Rest Time

白马时光

坠落

Falling in Love

甜醋鱼 著

百花洲文艺出版社
BAIHUAZHOU LITERATURE AND ART PRESS

图书在版编目（CIP）数据

坠落 / 甜醋鱼著 . -- 南昌 : 百花洲文艺出版社，2023.4

ISBN 978-7-5500-5141-6

Ⅰ . ①坠… Ⅱ . ①甜… Ⅲ . ①长篇小说－中国－当代 Ⅳ . ① I247.5

中国国家版本馆 CIP 数据核字 (2023) 第 040326 号

坠落

ZHUILUO

甜醋鱼 著

出版人	陈　波
出品人	李国靖
责任编辑	黄文尹　程昌敏
特约编辑	张　丝　陆珍珠
封面设计	小茜设计 Miniqian Designstudio
版式设计	童　磊
出版发行	百花洲文艺出版社
社　址	南昌市红谷滩区世贸路 898 号博能中心 I 期 A 座 20 楼
邮　编	330038
经　销	全国新华书店
印　刷	三河市金元印装有限公司
开　本	880mm × 1230mm　1/32
印　张	11.25
字　数	321 千字
版　次	2023 年 4 月第 1 版
印　次	2023 年 4 月第 1 次印刷
书　号	ISBN 978-7-5500-5141-6
定　价	52.80 元

赣版权登字：05-2023-44

发行电话 0791-86895108　　网　址 http://www.bhzwy.com

图书若有印装错误，影响阅读，可向承印厂联系调换。

UILUO 13:14 100%

·关注

周挽咬了下唇，强忍住睫毛的颤动，撕开创可贴，贴在他下巴上。

ZHUILUO
XX站
K市南站
·关注

她跑到栏杆边上，看着眼前的雪景。
这比她记忆中平川市最大的那场雪
还要大得多。

目录

Falling in Love
我希望你开心，也希望你
能过自己想过的人生。
——《坠落》

第一章

会挽雕弓如满月的“挽”

闷热的夏天就像关在囚笼里的野兽。刚下完一场雷阵雨，地上还湿漉漉的，空气里已经又腾起令人烦躁的闷意。

周挽走到医院门口透气，她穿着舒适干净的棉质连衣裙，随意地盘起头发，白皙的颈间掉落几缕碎发，干净清澈的眼垂着。

她没来得及吃中饭，胃有些难受。

周挽慢吞吞地抱着膝盖在路边蹲下来。

也是在这时，周挽看到了马路对面的陆西骁。

少年人高腿长，穿着白色短袖和牛仔裤。很随意的打扮，到陆西骁身上却衬得少年气十足。他靠在网吧门口的墙上，短发利落，眉眼深邃立体，没什么表情，懒洋洋的。

接着，从网吧里走出个腰细腿长的女生。女生雪白的肩膀上只有两根细细的酒红色带子，她走到陆西骁旁，往他身侧一靠，踮着脚凑到他耳边说话。而陆西骁则配合地躬身侧耳靠近，贴心得很。

女生在他耳边说了句什么，他笑了，平静淡漠的眼泛起波澜。他也侧过去，两个人挨得极近。

他回了句话，笑得有点儿痞。

周挽看着眼前这一幕，缓缓地眨了下眼。

她当然是认识陆西骁的，阳明中学没有人不认识他。

他生了副好皮囊，又是洒脱恣意的性子，在十六七岁的少男少女中格外吸睛，也惹来不少爱慕与倾心。他身边总是站着各种各样的漂亮女生，但他对谁都没怎么用过心。

论起来，周挽和他其实有过一次交集——那是高一的初夏，她在早餐店里碰到陆西骁和他的朋友们。

一群男生聊天，嘴上没个把门的，谈及某个与他最近关系不错的女生，便起哄着七嘴八舌说了几句。

周挽当时坐在旁边，捕捉到其中的几个字眼，感觉不太舒服。

她下意识地去看话题的主角。主角神色自若、八风不动，正低头喝粥。早餐店的桌板很矮，他个子太高，整个人坐得有些委屈。他皮肤很白，头发半湿，碎发耷拉在额前，手肘搁在膝上，垂着眼。

“骁爷，你倒是说说啊。”旁边的男生扯着笑问，“到底怎么样啊？”

他抬眼，目光噙着极淡的笑意，散漫又随性：“什么怎么样？”

“你还装，你能不知道我们问什么？”

他笑着插科打诨道：“真不知道。”

朋友不跟他废话，眨眨眼：“感觉怎么样？”

听到这儿，周挽皱起眉。

陆西骁吃完早饭，扯了张纸巾慢条斯理地擦了嘴，后背靠在塑料椅上，抱着臂不说话。也是在这时，陆西骁看到了后面皱着眉的周挽。少女长得很秀气，小小的鼻子、小小的嘴，眼睛很大，是那种鹿眼，属于一看就会让人觉得无辜清纯的眼型，好像一眼能望到底。

两人对视几秒，以周挽先移开视线结束。

陆西骁从喉咙底呵出一声笑，屈指在桌面上轻敲，一副散漫的样子：“得了，这儿还有小姑娘在呢。”

…………

当时的她甚至都还不知道他的名字，后来听同伴提及才知道。

陆西骁。

果然，之后就常能见到他身边站着形形色色的姑娘。不过像陆西骁这样的人，自然不会因为那三秒的对视就记得她。

马路对面，女生撒了会儿娇，半拉半拽地又将陆西骁拉进了网吧。

周挽的胃疼缓和了些，正起身准备去买点儿什么垫垫肚子，手机铃声就响起来了。

“喂？”她接起电话，“陈医生。”

陈医生说：“挽挽，你奶奶的检查报告出来了，你有空过来一趟，顺便把后面半个月的药也配了。”

“好，我现在就在医院门口，马上进来。”

周挽奶奶有尿毒症，肾功能衰竭，已经有几年了，靠着每周的透析过活。

医生办公室内，陈医生将检查单、化验单摆在周挽面前。

周挽常陪着奶奶来医院，科室的医生护士都认识她，也暗自为她可怜，看她生得乖巧秀气，于是平日里见了她来便也会多寒暄关心几句。

“现在的情况你也能看到，之后的透析频率我建议是要提高到每周至少两次。”陈医生说。

周挽低头仔细看化验单上的上下箭头，点头：“好。”

陈医生知道她家里的难处：“费用上你也要提前做准备。”顿了顿，他又补充道，“如果有什么需要帮助的可以找我。”

陈医生在医院里工作了十几年了，看惯了太多生老病死，也看过太多放弃老人不再治疗的。老话说，久病床前无孝子。既然是老话，自然是有它的道理的。

而周挽奶奶病了这么多年，这孙女只要学校那边能请得了假，就会陪着一块儿来。明明自己不过才十六七岁的年纪，遭受这一切却从不抱怨，温和平静得让旁人看着怪心疼的。

周挽淡淡笑了下，跟他道谢，但也不愿麻烦他：“我再想想办法吧。”

周挽拿着化验单离开医院。头顶太阳高悬，空气闷热得每吸一口气都像是吸入了一团干巴巴的棉花。

周挽额角沁出细密的汗，她站在公交车站，用胳膊夹着一摞化验单，一只手拎着一袋子药，另一只手在给妈妈郭湘菱打电话。

刚“嘟”了一声，电话就被挂断了。

公交车来了。

周挽是被人群挤上车的，车内夹杂着女人尖厉的叫骂声和男人身上难闻的烟酒味。

周挽被挤到一个角落，抓住扶杆，手里的手机振动了一下。

妈妈回了短信。

妈妈：挽挽，现在妈妈有点儿事不方便，怎么了？

周挽的手指在屏幕上迟疑地顿了一下，而后回复。

周挽：见面说吧。

妈妈：那今天晚上吧，我到时候找你。

周挽：好。

那还是公交车上多扒手的年代，周挽不敢将手机放进口袋，只牢牢地攥在手里。她看着窗外掠过的景色，公交车在颠簸着前行。

她很清楚妈妈是什么样的人。她的妈妈，和作文里那些深夜背着发烧的孩子去医院、在断电的盛夏给孩子扇扇子的母亲不一样，在周挽父亲去世后不到一个月，她就离家了。后来听说她是和镇上某个小老板在一起了。再后来，她的感情路也并不顺利，断断续续地又交了不少男朋友。

郭湘菱——也就是周挽的妈妈，长得实在漂亮，但和周挽不同，她是明艳的美，加上先前在品牌店当销售员，照猫画虎倒真能撑出一副名媛样。

听说最近她真和一个很厉害的男人在一起了。

这个世界上有各种各样的母亲，或无私，或温柔，或急躁，或执拗，在平川市菜市场里就能见识到。只不过周挽运气不好，碰上一个自私、利己的母亲。

她明白，如果用短信的方式向郭湘菱借钱，郭湘菱一定会拒绝。所以周挽必须见到她。

吃过晚饭，周挽照着郭湘菱给的地址来到一家咖啡馆。

郭湘菱还没到，她便找了个角落的座位，从书包里拿出一张物理竞赛卷子。

一张试卷做完，已经过去一个半小时。郭湘菱终于到了。

“挽挽。”郭湘菱踩着小羊皮高跟鞋小跑过来，“等好久了吧？”

周挽收起卷子说：“没有很久。”

郭湘菱笑着捏了捏她的脸，叫来服务员点了一杯咖啡，又给周挽点了杯热牛奶：“明天还要上学，喝牛奶吧，不然会睡不着。”

说来奇怪，把当时10岁的周挽一个人丢在家的是她，可继续装作温柔亲密样子的也是她。

郭湘菱寒暄了几句，先是说周挽瘦了，又询问她的功课怎么样。

“上次考了第二名。”

“班级第二？”

“嗯。”周挽喝了口热牛奶，淡淡的甜意从口腔漾开，她舔唇，“也是年级第二。”

郭湘菱笑弯了眼，揉了揉她的头发：“我家挽挽真有出息。”

“妈妈。”周挽说，“我今天找你是有事。”

“哦，差点儿忘了，什么事？”

“奶奶的化验单今天出来了，之后看病有很多要用钱的地方，奶奶医保里的钱早就用得差不多了，我课余时间打工挣得慢，所以——”她停顿了下，去看郭湘菱的表情。

郭湘菱依旧笑着，只是笑得有些抱歉：“挽挽，我知道你跟奶奶感情深，但是妈妈现在一个人，也实在拿不出来很多。”

“嗯，我知道的，我不是要你的钱。”周挽低着头，看着牛奶泛起的波纹，“但是爸爸之前不是有一笔存款吗，我想先用那笔钱给奶奶治病。”

郭湘菱的表情滞了一瞬，她叹了口气：“挽挽，你应该知道，奶奶的病不是靠透析就能治愈的。”

周挽抬起眼。小姑娘眼睛很大，眼下微微泛了红。

郭湘菱又叹了口气，像是妥协：“医生说需要多少钱？”

“每周要多做一次透析，每次大概是 400 块钱。”

“抢钱吗这是！”郭湘菱睁大眼，“奶奶的病不是挺稳定的吗？怎么又突然要多花一笔钱？挽挽，你年纪小，看着好欺负，可要当心被骗了！”

周挽蹙起眉。

“行行。”郭湘菱摆手，“可这一笔长期的钱我也拿不出来，这样吧，我先给你 500 块钱，之后的再说。”郭湘菱从钱包里抽出几张钞票，不小心多抽出一张，又重新塞回去，递到周挽面前。

周挽接到钱的那一刻，只觉得自尊被扔在地上践踏。但她没办法，只能接过钱，然后道谢。

郭湘菱接起一个电话，立马扬起笑意，叠着声说：“回了回了，你催命啊！”

挂了电话，她立马拎着包起身：“挽挽，妈妈还有事先走了，你把牛奶喝了再回去吧。”

“嗯。”

郭湘菱很快离开了。

周挽将 500 块钱放进书包内层，拉上拉链，又拿起杯子将牛奶一饮而尽，也起身出去了。

她走到外面时正好看到郭湘菱坐进一辆车里——黑色锃亮的轿车。

郭湘菱坐在后座，前面是司机。看来邻居们口中的流言不假，这回妈妈的确找到了一个很有钱的男人。

车没走多远，忽然减缓速度在路边停靠，车窗被缓缓摇下。郭湘菱的声音很有穿透力，清晰地传到周挽的耳朵里——“阿骁，上车啊，一道回去。”

周挽视线一顿，黑沉沉的睫毛往下压。

陆西骁。

他就站在路边，眼睛漆黑，眼梢耷拉着，看上去极为冷漠又不耐烦。

他没理会郭湘菱的招呼。

夏季的雷阵雨突如其来，倾盆而下。

周挽来不及反应，两手挡住头踩着水花朝公交车站方向跑。她的衣服彻底被打湿，黏答答地贴在身上，头发也湿了，水珠贴着发丝往下流，浸透了双眼，看出去雾蒙蒙的。

周挽扑掉臂上的水珠，将书包背到胸前，挡住半透出来的白色内衣。她再次朝那辆轿车看去。

陆西骁似乎是“啧”了一声，眉眼疏离冷淡，拉开副驾驶位的车门坐进去。他没有关车窗，手肘搭在窗沿，任由它半敞开，也任由斜打的雨点落在他身上。

陆西骁属于骨骼生得硬朗且利落的人，这样骨相的人很容易让人产生深刻印象，此刻的他和白天在网吧外的感觉很不一样。

周挽定定地看着他，心思乱得像打乱的毛线团。她只是忽然想起，邻居的议论似乎是这样说的：那郭湘菱还真是厉害，这回竟然搭上了那个姓陆的大老板。

——姓陆。

在暴雨中，轿车疾驰而去，路边积水掀起波浪。周挽独自站在公交站牌前，却迟迟等不到雨停，奶奶还等着吃药。

她将配来的药放进书包里，又将书包紧紧护在胸口，然后冲进了雨幕中。

雨中飞奔的少女，和车中冷然的少年，分明是背道而驰，却在这一刻，被一根无形的线拉扯着，纠缠不清。

周挽跑到家时雨已经停了，而她早已浑身湿透。

几个邻居正坐在小区外花园树下闲聊，一见她这副落汤鸡模样当即“哎哟”了一声：“挽挽，你跌河里啦?！”

周挽笑笑："没带伞。"

"那你等雨停再走啊。"说着，女人又破口大骂这鬼天气，她将桌上的牛皮纸袋递过去，"带回去跟你奶奶一块儿吃。"

袋子里是还温热的绿豆饼。周挽推辞，女人强硬地塞进她手里："还热着呢，回去抓紧吃，冷了就不好吃了。"

这是建了将近三十年的老小区，周边的邻居都是极平凡的普通人，也互相认识，抬头不见低头见的，都会打声招呼，自然也都知道周挽家里那些事。

周军生前热心，所以如今邻里也常帮衬着，力所能及地照顾些，算是回报。

周挽道谢，往里头走。身后是女人们唏嘘的议论声——

"真是可怜了这孩子，听说成绩还特别好，老周要是活着这孩子也能无忧无虑地长大。"

"谁叫摊上那么个妈，白眼狼，忒不是东西！呸！"

"你再骂也没用，她现在可是飞上枝头成凤凰了，都快四十了傍上这么个大户。"

"你当大户都是傻的？也就面儿上有些光，我可不信有钱人真那么蠢带这种女人扯证去。"女人的语气满是不屑，"何况陆家那儿子也不是什么好惹的主儿。"

"怎么了？"

"这你还不懂嘛，陆家就一个儿子，那么大家产以后可都是给那儿子的，傻子才会让亲爹娶个穷女人回来。"

…………

楼道里的灯坏了。周挽摸黑上楼，钥匙对着锁孔杵了好一会儿才打开。

"奶奶。"

"唉。"白发苍苍的老人正在厨房，笑得慈祥，"挽挽回来啦。"

周挽将书包撂在桌上，跑进厨房道："奶奶，都说了让您早点儿休息的。”

“我给你煮碗馄饨。”奶奶笑着拍拍她手背，“喏，好了，都浮起来了。”

“我来盛吧。”周挽拿出碗，盛了馄饨端到外面桌上，她将书包里的药拿出来，又倒了杯温水，“您先吃药。”

“好。”

周挽坐下吃馄饨，看着奶奶坐在对面吃了药，又见她不停地挠着皮肤。

“又痒了吗？”周挽问。

尿毒症的症状之一，皮肤会干燥瘙痒。这在奶奶身上表现得极为明显，她手臂的皮肤本就干燥，又被抓得发白，出现一层层的皮屑，泛起颗粒状密密麻麻的红点。

周挽迅速吃掉最后一个馄饨，然后拿来药膏。

“我自己涂就好。”奶奶说，“你去休息，明天还上学呢。”

“我给您涂完就去睡。”周挽将冰凉的药膏抹在奶奶手臂上，躬着身细致地涂抹开，又吹了吹，“还痒吗？”

“不痒了。”奶奶笑着说，“快去洗个手睡觉。”

周挽知道，那药膏若是真的那么灵，奶奶就不会痒得连续好几晚睡不着，还把手臂抓破了好几处。

卧室内只点了一盏灯。周挽拿出作业，周末她忙着打工和去医院，还有些卷子没写。

写着写着，她脑海中又浮现出刚才街上的那一幕。

耳边是隔壁房间里奶奶的咳嗽声，从肺底咳出来，每一下都那么沉，像是要将五脏六腑都咳出来。

鼻间嗅到的则是这阴雨天独有的潮味。

一个突兀的、阴暗的念头突然挤入周挽脑中——如果，能让郭湘菱结不了婚呢？不，不只是不能结婚，还要让她离开陆家，不能享受那些荣华富贵。她背叛了爸爸，抛弃了自己，对奶奶见死不救，凭什么心安理得地享受?

周挽对郭湘菱是有恨的。平日里还好，只是在疲惫的深夜，这些恨就如深渊谷底的藤蔓，裹着黑气，将她那颗心脏全部缠绕起来。

时至今日，她依旧记得爸爸三七那天。

不少邻居都来吊唁、帮忙，尽可能地多给吊礼钱。

那天大家都疑惑地问：你妈妈去哪儿了？

郭湘菱一天都不在，直到深夜才回来。周挽拉开窗帘，看到楼下有一个男人送她回来，两人笑得眉眼舒展，交谈甚欢。

郭湘菱回来后直接拿出了行李箱，将衣柜里的衣服都装进去。

周挽推开了这间父母从前的卧室，她站在门口看着自己母亲，难以理解地问她要去哪儿。

郭湘菱只说：“挽挽，我要出去几天。”

周挽却仿佛明白过来，她死死拽着郭湘菱的拉杆箱，哭着求着让母亲别走。那个10岁的小女孩儿，刚刚失去了父亲，对母亲的离开惊惧不已，将自己卑微到尘埃里，死缠烂打，哭闹纠缠，嗓子都哑了，腿在地板上摩擦得发红。

曾经的周挽那样乞求挽留过郭湘菱，但并没有成功阻止她离开的步伐。

周挽几乎是没有知觉地在纸上一笔一画用力写下三个字——郭湘菱。

要怎么做才能报复她?

接着，周挽又在纸上写下另外三个字——陆西骁。

“挽挽。”顾梦从前桌转过身，“物理卷子做了吗？”

周挽说：“没有，你哪道题不会？”

“我都不会。”马上就要检查作业了，顾梦只想尽快抄一下，又偏头问周挽的同桌，“姜彦，姜彦，你做了没？”

一旁的姜彦推了推眼镜：“没有，过段时间就要物理竞赛了，胡老师说我们只要做竞赛卷就行。”

顾梦撇了撇嘴："哦。"她转回去，又去找别人要卷子。

姜彦问周挽："你准备好竞赛了吗？"

周挽摇头："不是还有一个月吗？"

"一个月很快的，一眨眼就过了。"姜彦手里转着笔，说，"我有点儿紧张，这次竞赛如果能成功冲进全国赛的话，就有希望拿到华清大学夏令营的门票了。"

周挽对他笑了笑："加油，你成绩这么好，肯定可以的。"

姜彦看着她，诧异道："你不紧张？"

"我还好。"

"现在靠裸分上华清大学太难了。"姜彦说，"难道你以后不想考吗？"

周挽翘了翘唇，温暾道："我没仔细想过，顺其自然。"

姜彦则摇头道："周挽，在国内，华清大学不是别的什么学校能比拟的，考上了就能有更轻松的未来。"

周挽没说话，侧头看向窗外。蓝天白云，天高地远，就像广阔无垠的未来。

那她的未来呢？周挽想象不出来。她就像一只羽翼渐丰的幼鹰，原本是该属于高空的，自由自在，如今却被一根无形的线牵制，飞不远，也飞不高。

她家附近有一个老旧的电影院，电影院底下则是一家游戏厅，有些学生放学后常来玩，生意还算不错。这家游戏厅是周军朋友开的，后来全家搬离平川市，游戏厅便托周挽照料着，每个月会给周挽一笔工钱。说是拜托，其实是借个由头替去世的朋友照顾他的女儿。

每天放学后，周挽便会来游戏厅交接班。

"小老板，"一个明艳漂亮的女生跑过来，两手搭在台上倾身靠近，嗓音清脆，"给我一百个游戏币！"

周挽从作业中抬起头："100 块钱可以办张卡，后面买币打九五折。"

“行，那办一张吧。”

周挽低头登记卡时，听到那女生转身抬手兴奋地唤：“阿骁！”

周挽指尖一顿，看到陆西骁朝着这个方向走来。

女生亲昵地搂住他胳膊，撒娇：“我都等你好久了！”陆西骁扯了扯嘴角算作回应，看起来兴致缺缺，抽出张100元放在台上。他一只手臂被女生扯得晃来晃去，好似一身懒筋，极为散漫的模样。

周挽登记好游戏卡，递给女生：“好了。”

“那玩游戏只要刷卡，不用再拿硬币了是吗？”女生问。

“嗯，是的。”

女生点点头，看向陆西骁时眼睛都是亮的：“阿骁，你想玩什么？”

他嗓音喑哑，像是刚睡醒：“随便。”

“那我们去玩投篮机好不好？”

陆西骁穿着一身利落的黑，骨节分明又修长的手抓起篮球，一个接一个地投，他其实投得很随意，不急躁，只是随便玩玩，但个个都投得很准。

身后渐渐聚了不少围观的人，这样的目光引得那个女生更为得意。“阿骁。”女生都快黏他身上了，“待会儿我们玩双人的好不好？”

“不玩。”他淡淡地说。

“你陪我一起嘛。”

“你自个儿玩。”陆西骁抄起游戏卡刷了一下，直接给她按了开始键。

又有新客来，周挽又给一对情侣办了卡，忽然听到那个男生说：“哎，那儿什么情况，吵架啦？”

周挽顺着男生示意的方向看过去。大概是陆西骁的态度惹得女生不高兴，她轻蹙着眉，眼眶泛红，可怜又委屈的样子。而陆西骁却靠在一边，垂眼看着她，没什么情绪，更不可能找到心疼的意思。

“陆西骁，你能不能对我上点儿心。”女生不满道，“每次都是我找你，现在也不跟我一块儿玩游戏，有你这样的嘛！”

“许怡璇。”他垂着眼，声音很淡。

只这一声，许怡璇就明白，她没法儿在陆西骁面前拿乔。

陆西骁不会惯着她的。她作过头了。

他食指按了按眉心，看上去兴致阑珊：“算了吧。”

她睁大眼问：“什么？”

周挽看着许怡璇的眼泪夺眶而出，那样明艳漂亮的女生到陆西骁面前也变得这样狼狈落魄。周围站着许多人，许怡璇脸上挂不住，转身跑着离开了。

陆西骁就是这样子的人。其实大家都明白——毕竟总能看到他身边站着不同的女生，但依旧挡不住前仆后继的人。也不知是着了什么迷。

许怡璇走后，陆西骁没去追。他去卫生间洗了把脸，出来时脸上还挂着水珠，水珠顺着利落的脸部线条往下流。

他走到周挽面前，从她桌上抽出一包口香糖：“多少钱？”

“5 块。”

陆西骁扫码付钱，抬眼瞥见周挽时视线一顿。他似乎是觉得有点儿眼熟，漫不经心地随口问一句：“阳明的？”

周挽抬眼：“嗯。”

他撕开口香糖包装，抽出一条塞进嘴里，含混道：“叫什么？”

“周挽，”顿了顿，她补充道，“会挽雕弓如满月的‘挽’。”

陆西骁扬眉，意味不明地笑了一声。在他的笑声中，周挽的脸开始发热。

“陆西骁。”他说。

“我知道。”

他抬眼。周挽也抬眼，同他对视。

她曾经在某本书上看到，和一个人对视两次，就能让他记住你。

这是第二次。

第二章

蓝色毛绒球的钥匙扣

回到家时，奶奶已经睡了。

周挽回到房间，书桌上还摊着本子，上面是昨天她写下的“郭湘菱”和“陆西骁”。

她坐在桌前，视线垂着，看着这两个名字。

一道线将这两个名字连接起来。如果——她和陆西骁……

那么陆父大概会勃然大怒，也不可能再和郭湘菱在一起。

周挽脑海中忽然冒出这个念头。她有自知之明，知道陆西骁从来没有将任何人放在心上，她也不可能是那个例外。但这样或许更好。

只要被陆父知道，就够了。

只要短暂地利用一下陆西骁的恣意随性。

不会伤害到谁。

周挽从没想过自己有一天会产生这么阴暗的想法，可这一刻她就是控制不住，这些念头如同吐着芯子的毒蛇，在她心间爬行。

她抬头，看着镜中的自己。屋内很暗，台灯将她周身晕开一圈毛茸茸的光，少女柔软的黑发垂在胸前，皮肤白皙细腻，小小的脸，小巧精致的嘴和鼻，清澈又浑圆的鹿眼，像两颗黑葡萄。

周挽长得漂亮，从小就被周围人夸赞。但她的漂亮更多的是清纯与干净，和陆西骁身边的那些女孩子不同，她们大多是明艳又张扬的。周挽不确定自己可不可以，但至少——现在陆西骁已经知道她的名字了。

9 月桂花飘香，整个学校都浸润在桂花香中。

顾梦摘了不少桂花，放到袋子里，自制了一个香囊送给周挽。

等香囊中小巧的桂花都败尽，便迎来了校运会。

校运会开幕式有个各班举牌入场的环节，周挽则被推去举牌。举牌的女生都要穿统一的衣服，一改宽大肥厚的校服，而是白色修身短袖和百褶裙。

顾梦一见她换衣服出来便惊呼道："挽挽！设计校服的人真应该遭天谴的！你穿这样的短裙也太好看了吧！"

百褶裙里面有安全裤，但很短，裙摆只到大腿中段偏上。周挽有点儿不适应这个长度，手扯着裙摆，试图让裙子再往下些。

顾梦拉住她的手："你别扯，就该这样的。"

"我怕一会儿走路时裙子晃动会走光。"

顾梦笑起来："才不会呢，先不说里头有打底裤不可能走光，而且学校怎么可能给你们准备超短裙，这就是普通短裙，不会走光的。"

运动会放飞了不少同学的心，一大早操场上就闹哄哄的。

直到校长致辞结束，各班呈方阵入场。

周挽在1班，拿着"高二（1）班"的牌子站在最前，旁边是7班。

陆西骁就在7班。

高二的十个班级中，7班是成绩最差也是最混乱的，方阵也七倒八歪，举牌子的女生还没来。

周挽回头看了一眼。陆西骁和他那群朋友站在最后，没穿校服，笑得随意。阳光打下来，衬得陆西骁皮肤更白，他似乎刚剪了头，鬓角被剃短了，利落的轮廓线条完全显露出来，拉扯出锋利的冷感和轻慢感。

而此刻他旁边还有个女生，坐在花坛边上，仰着头主动和陆西骁搭话。这个女生周挽有些印象，是文科班的文娱委员，常主持学校里的大型活动，不是7班的。

周围乱哄哄的，夏日的日光劈开郁郁葱葱的树叶，将光斑零星地投洒在他们身上，泛着淡淡的金光。

女生笑得很耀眼，伸长手跟陆西骁说了句什么，大概是让他扶一把。

陆西骁头不动，只是视线往下，居高临下地看着她，轻扯嘴角：“自己起不来？”

“腿麻了嘛。”女生笑着说。

陆西骁看着她，依旧没动。女生也不觉得没面子，挑眉：“这么狠心？”

他八风不动，笑着说：“嗯。”

女生“啧”了一声，利落地起身，掸了掸裤子。

与此同时，许怡璇快步越过操场跑过来——她是7班举牌的代表，穿着紧身短袖和短裙，身形被勾勒得极好。

她跑到陆西骁面前，眼眶通红，声音带着浓浓的哭腔：“陆西骁，她是谁？”

没等陆西骁回答，她强撑着的理直气壮的质问就坍塌了，许怡璇拉住他的衣摆，眼睫颤个不停，放低了姿态：“阿骁，我错了，我以后不总缠着你了，你不要这样好不好？”

这样漂亮的女孩子，到了陆西骁面前，不知怎么就变得卑微又可怜。

周围人都看着。

“阿骁，我——”

“许怡璇。”陆西骁打断她，“以后离我远点儿。”

他惯常总带笑意的嗓音都收起了，声线冷硬，绝情得很。

顾梦站在周挽身后，凑到她耳边感慨道：“没想到许怡璇这样的大美女都不能收了陆西骁。”

周挽看着他们缓缓眨了下眼，收回视线，轻声问：“梦梦，她们明知道陆西骁是怎样的人，为什么一个个还偏要去撞南墙呢？”

难道真要赌自己会是让浪子回头的那个命中注定吗？为了一段感情丢弃自尊和骄傲，周挽不能理解。她想，如果她不幸也喜欢上这样一个人，她不会告诉他。她不会让他践踏自己的尊严，只会将这份喜欢守护成一个无人知晓的秘密。

顾梦惊奇道：“挽挽！你开窍啦！居然能从你嘴巴里听到这样的问题！”

接着，她又摇头晃脑、故作深沉道，“青春嘛，总是要碰到几个‘人渣’，伤儿回心的，不然回忆起来都是方程和向量，多无聊啊。”

主席台前主持人朗声道：“接下来迎面走来的是我们高二年级的梯队，为首的是高二（1）班的同学们……”

周挽调整好思绪，举牌带着班级方阵往前走。

另一边，许怡璇掉着眼泪被好友拉走，另一个女生讨了个没趣，也走了。

几个男生中忽然响起议论。

“哎！1班那个举牌的谁啊，怎么之前没见过？”

“那个大学霸吧，好像回回年级第二，之前穿校服看脸就觉得超清纯的，妥妥一个初恋脸。”

“不行，这也太乖、太可爱了吧。”蒋帆大声道，“以前怎么没看到过她？”

“你这天天翘课没见过人家正常。”

“叫什么名儿啊？”

“人家是学霸，回回年级大榜上都能看见名字的那种，叫什么挽，忘记姓什么了。”旁边的同伴回答。

“哎，阿骁。”蒋帆拱了拱一旁的陆西骁，“认识不？”

陆西骁从手机上移开视线，抬头看到周挽的时候轻挑了下眉。

“初不初恋？”蒋帆说，“我这回算是明白什么叫初恋脸了。”

陆西骁没说话。

蒋帆默认他不可能认识这种类型的妹子，捂住胸口：“不行，我不能再看了，心都被甜化了。”

陆西骁挑了下眉：“甜？”他想起那天在游戏厅，少女站在晦暗又杂乱的背景中，轮廓流畅，五官小巧，浓黑的纤长睫毛下明明是圆润的鹿眼，却从眼底透着份执拗和傲气。也就长得甜，性格可甜不了。

蒋帆觉得他是欣赏不了自个儿的新晋女偶像：“这还不甜？”

陆西骁嗤笑一声。

入场仪式结束后，最先开始的项目是各项田赛。

周挽报名了标枪。倒不是因为擅长，而是很少有女生愿意报这类项目，因此只要报名就能拿到名次。体育委员拜托，她便报名了。

标枪很早就开始检录，周挽没来得及换衣服，她将校服外套系在腰间就跑去检录，很快被带到比赛场地。因为考虑安全因素，标枪平时连练习机会都没有，这还是周挽第一次摸到标枪，比她想象中还要沉些。

结果当然显而易见，标枪都没在地上扎住。

蒋帆报了跳远，就在标枪场地后头比赛，看着周挽扔标枪哈哈大笑。

“这是不是有点儿反差萌。”蒋帆乐得不行，“这也太可爱了，我不行了。”

陆西骁侧头：“你就这点儿出息。”

“耗子刚说这妹子叫什么 wǎn，听说还年级第二呢，阿骁你真没在布告栏上看到过她的名字？真没有印象？”

陆西骁说：“我看那玩意儿干吗？”

“也是。”蒋帆“啧”了一声，“比完赛就问名字去。”

陆西骁看了他一眼，无声地扯了下嘴角。

周挽硬着头皮上了五轮比赛，报名的女生都不会扔标枪，浑水摸鱼的周挽最后竟还得了个第五名，也就是倒数第二。

顾梦也在一旁乐：“早知道我也报了。”

周挽将号码牌回形针取下来，放进口袋。虽然活动量不大，但标枪握着沉，周挽出了层薄汗。

“走了。”周挽说，“梦梦。”

“我们先去看跳高好不好？”

“嗯。”

与此同时，身后忽然传来一道声音——“周挽。”

磁性、深沉又清冽，带着轻慢的淡淡笑意。

她脚步一顿，回头。

陆西骁穿着黑色短袖，风吹过去，掐出利落的宽肩窄腰，再往上看，下颌线条流畅分明，脖颈修长，喉结明显，头发被风吹得有些乱。

他直直地看着她。

这是他第一次叫她的名字。

周挽愣了一下。

他抬了抬下巴，示意她看前边："校牌掉了。"

陆西骁这一声突兀的"周挽"，不仅让周挽本人愣住，连旁边的顾梦和蒋帆也愣住了。在两人发怔的表情中，周挽轻声道了谢，捡起掉落在地上的校牌，拉着顾梦迅速走了。

"不是。"蒋帆侧头看向陆西骁，"你认识啊？"

"就知道个名字。"

"那你刚才不告诉我！"蒋帆愣了愣，又觉得不对劲儿，低声问，"阿骁，你可别告诉我你也对我偶像有意思啊？！"

陆西骁侧头扫他一眼。蒋帆心里"咯噔"一下，心道不会吧，这也不是阿骁的作风啊！

但他还是拍了拍胸脯："你放心，我们好兄弟，兄弟情第一。"

陆西骁挑眉，嗤笑："说什么呢？"

蒋帆看向已经走远了的周挽，那一截纤细的腿白得晃眼。

但他还是觉得不可思议："你真没那个意思？"

"没。"陆西骁说。

另一边，顾梦也没想到周挽这样的乖乖女竟然还认识陆西骁，以前可从来没见到过两人有任何交集。

"挽挽，挽挽，你跟陆西骁什么情况？"

周挽重新别好校牌："什么？"

"他怎么知道你名字的啊？"

周挽停顿了一下，实话实说："之前他带许怡璇去游戏厅，我们碰到过一次。"

“这样啊。”顾梦点点头，“吓我一跳，还以为你们认识呢。”

周挽垂着头笑了笑：“我还能上哪儿去认识他。”

…………

运动会结束，随之而来的是成山的作业。

临近放学，教室里哀号声一片，周挽和姜彦因为物理竞赛还额外多两张竞赛卷。

放学后周挽在学校做了会儿作业，快到游戏厅的换班时间才离开。

书包很沉，压着肩膀。

天又开始下雨，这回周挽吸取了教训，没忘记带伞。她撑开伞，低头刻意躲开水坑——今天穿了白鞋，弄脏了很难洗。可有时运气就是那么背，一辆摩托车沿着路边疾驰而过，水花“唰”的一下溅起，全部打在周挽身上。

她惊呼一声，还来不及后退，校服就湿了一大片，几滴水珠还挂在脸上。

耳边响起男生恶作剧得逞的笑声。周挽抬眼看去，便看到三辆摩托车停在前边，为首的男生染着一头黄发，另外两个吊儿郎当地冲她吹口哨。

“小妹妹，去哪儿啊？”黄毛笑起来，“哥载你一程。”

周挽攥紧伞柄，后退一步，警惕地盯着他们：“不用了，我快到了。”

“衣服都湿了风吹着不冷？”黄毛贼喊捉贼，“可别感冒了，快降温了呢。”

“真的不用了。”周挽将手放进口袋，“我……我爸爸马上就来接我了。”

周挽心跳如雷，她看过太多这一类的社会新闻，明白自己如果被他们带走会遭遇什么。她拿出手机放到耳边，强装镇定：“喂，爸爸，你快到了吗……”

话还没说完，那三人就笑得快要喘不过气来，黄毛更是笑得脸通红，还呛了几声：“小妹妹，你有 15 岁没，怎么连打电话都不会啊？”

黄毛走下车，径直朝周挽走过去。

周挽后退，他直接一把拉住她的手腕。他手糙得很，又很用力，立马将她的手腕弄红了一圈。周挽被他突如其来的动作吓到，尖叫出声。

“别给脸不要脸。”黄毛压低声音，凑到她脸前，呼吸直直地打在周挽脸上，“听话点儿，哥还能亏待你不成？”

“你放开我。”周挽用力挣扎，声音不受控地泛起哽咽，“求你了，我可以给你钱，你先……放开我。”

少女这副模样更让他肆无忌惮。黄毛抬手刮了刮她的脸：“啧，真滑。”

周挽只感觉浑身血液倒流，四肢冰凉，胃里恶心得很，她试图用伞挡开，却被黄毛直接掀开了丢在一边。风将伞骨整个向上掀开，其中一根伞骨折断，露出锋利的尖端。

少女浑身发抖，声音打着战，仿佛能任人随意欺负摆布。

没人知道这一刻周挽在想什么。她看着被折断的尖锐伞骨，心想，如果他真的敢对自己做什么，她就用这伞骨刺瞎他的眼睛。

她不要被折辱，不要被玷污。

只是后面还有两个男人，她肯定逃不掉，也敌不过。

怎么办？

与此同时，身后忽然响起一道声音——“马邵。”

风刮着树叶，在空旷的街道中，周挽听到一个声音。这次她没回头，就听出了这个声音来自谁——陆西骁。

少年没有打伞，直接将卫衣兜帽套上，松松垮垮的。

周挽的手腕被微凉的温度包裹，整个人被他拽到身后。

她看到陆西骁的侧脸。瘦削又凌厉，优越的骨相让他不管什么角度都没有死角，神色冷静又淡漠。

周挽没有想到会有人救她。从小到大，都没有人来救她，她独自一人承受一切。更没想到，来救她的人会是陆西骁，那个郭湘菱结婚对象的儿子。

“干吗呢？”陆西骁淡淡地问。

马邵见到他便立马松开周挽，接着笑起来，完全是熟络的语气：“怎么？阿骁，这是你认识的人啊？”

这样的字眼让周挽皱眉，陆西骁却没说话，不置可否。

“得。”马邵兀自点点头，“早说是你熟人嘛，我也不至于做这种事。”

接着，马邵弯腰，他凑近周挽丝毫没有歉意地说：“小妹妹，得罪了啊，不好意思。”

周挽别过脸，陆西骁再次开口，沉声喊：“马邵。”

马邵笑笑，丢下一句“得空了一块儿玩”便重新跨上摩托车走了。

周挽垂着的眼睫毛轻颤，她看向陆西骁，控制住声音中的颤意：“谢谢。”

陆西骁看了她一眼，没说话，直接往前走。

她捡起雨伞，伞已经坏了，不能再用。

天还淅淅沥沥地下着小雨，平川市夏秋交替时年年如此，雨水多得让人觉得周遭都快被浸泡得长水草了，整座城市淹没在雨中。好在雨并不大。周挽叹了口气，拎着坏了的雨伞，淋雨跟在陆西骁后头。

两人一前一后，前者同样没打伞，戴着兜帽。周挽有些奇怪地打量陆西骁，她并没有刻意跟着他，但两人走的方向都是一样的。

难道他是担心刚才那个混混又会来找她麻烦，想送她回去？不过一秒，周挽便否定了这个想法。她自嘲地扯了扯嘴角，陆西骁这样耀眼万分的人，怎么会花时间在她身上。

正想着，陆西骁不知什么时候停下脚步，回头问：“你的伞呢？”

周挽抬头，看到了他的眼睛。他眼型是狭长的，本该是多情的眼睛，但又像深不可测的池沼，将什么情绪都吞吃进去，显得无动于衷、漫不经心。

周挽说：“坏了。”

陆西骁垂眼，扫了眼她手里的伞。“哦。”他继续往前走，直到站在公交车站牌下，“等会儿。”

周挽愣了一下：“怎么了？”

陆西骁没回答，大概懒得解释。周挽看着他拿出手机，指尖在屏幕上按了几下，没过一会儿，一辆出租车停在公交车站附近。陆西骁的长腿重新跨入雨幕，坐上副驾驶，而后拉下车窗：“还要淋雨？”

周挽愣了一下，有些慌乱地跟他道谢，然后拉开后座门。

“去哪儿？”司机问。

陆西骁一边低头看手机一边回道：“前边那个游戏厅。”

周挽黑睫颤了颤，又跟他道了句谢。

陆西骁笑了声，从前座扭头：“你这嘴巴长了就会说这句？”

“……”

他没等周挽回答，已经半合上眼。过分修长的身子有些委屈地窝在并不宽敞的出租车座椅中，周挽似乎能感受到从他身体里泛出的倦怠和烦躁。

因为刚才那一遭，周挽到的时候早班的那个哥哥已经走了，好在是阴雨天，游戏厅内人并不多。

她去里间换了干净的衣服出来。

陆西骁今天不知怎么倒有闲心玩游戏。玩的是赛车游戏——他独自一人坐在那个区域，懒散地靠着椅背，露出冷峻的侧脸。

这个游戏其实很难玩，因为方向盘反应过于灵敏，经常会撞车甚至直接飞到天上，但陆西骁却没有，修长骨感的手握住方向盘，很轻松地就拿到第一名。

底下的积分券“滋滋滋”地往外冒了一长串。

周挽看了会儿，便从书包里拿出卷子开始做题。

外头雨越来越大，噼里啪啦地砸在对面的铁皮棚上，噪声刺耳。游戏厅里头许多人都走了，就剩下周挽和陆西骁。厅里很安静，只有他打游戏的声音和周挽笔尖摩擦试卷的声音。

他抄起地上的一摞积分券走过来问：“这有什么用？”

“积分券。”周挽说，“可以兑换后面的奖品。”她后头的玻璃柜中放满了各式各样的奖品，周挽目测他那些券的数值，“这里应该有两千多，可以换一个钥匙扣，如果不换的话也可以帮你存档到卡里，后面累积起来再换更好的奖品。”念及陆西骁也许不会再来这里玩游戏，周挽又问，“需要现在就给你兑换掉吗？”

他挑了下眉，随意道：“行。”

周挽打开玻璃柜，有粉色和蓝色两种钥匙扣，她扭头问：“你是要蓝色的吗？”

“嗯。”

她拿出来：“给。”

陆西骁拿过，食指勾着钥匙扣。那是个蓝色毛绒球的钥匙扣。

他随手塞进口袋，又看向周挽，她已经坐回去继续做作业了，物理卷，草稿纸上拥挤又整齐地写着解题步骤。陆西骁忽然想起今天白天他们说的“回回年级第二”，轻扯了下嘴角。

周挽见他还没走，疑惑地重新抬起头。视线正好和他的撞上，她眨了下眼。

陆西骁说：“哎。”

“嗯？”

“那个怎么玩的？”他指着其中一台机器。

“哦，那个规则有点儿复杂，我过去跟你说吧。”

两人来到游戏机前，周挽耐心地跟他讲游戏规则以及拿更多积分券的诀窍。陆西骁长腿一伸，从一旁钩了把椅子放到周挽身后：“坐着说。”

周挽坐下后，他也在旁边坐下。两人挨得有些近，周挽能闻到他身上的味道。她抿唇，无声地攥了下空拳，继续说：“你看准机会把球落到这个位置就有抽奖机会，运气好能一次出好多积分券。”

陆西骁双手揣兜，靠在一边，抬下巴：“你试一次。”

“啊？”

同一句话他不会说第二遍。周挽迟疑了三秒，将手放到按键上。

陆西骁垂眸看了眼，那手小得很，又修长纤细，指甲修剪得整齐干净。她紧紧盯着里头的转盘，红光映在她脸上，衬得她眼睛亮极了。

接着，她“啪”的一下按下按键。一颗珠子从上落下，滚动一圈，一个凹槽都没落入，自然一张券都没有。

“……”她虽然看店看了许久，但实在没有游戏的天赋。

陆西骁不给她任何面子，直接笑出声：“我看你那架势，还以为挺厉害的。”

周挽撤了手：“你自己来。”

陆西骁倾身，没怎么犹豫，直接按下键，珠子直接落入那个最难进的凹槽，游戏机开始嘀嘀叭叭地闪烁着放起音乐——有抽奖机会了。

屏幕转动，紧接着，积分券又出了厚厚一沓。

周挽觉得有被侮辱到。

“就这样？”他问。

“……嗯。”

他随便玩了几轮，又吐出不少积分券。就在这时，他的手机忽然响了。手机就放在游戏机上，周挽并非故意的，但还是看到了来电号码——没有备注，只有号码。

但这串号码她实在太熟悉了——它来自郭湘菱。

陆西骁又玩了一把，才看向手机，他嗤笑一声，直接挂断。周挽明白他今天为什么浑身都带着烦躁劲儿了。

又过了五分钟，郭湘菱又打来电话。

周挽坐在他旁边，轻声问：“你不接吗？”

陆西骁用行动回答，直接将郭湘菱拖进了黑名单。“啪嗒”一声，手机被他扔到旁边桌上。

说来可笑，郭湘菱无数次因为“不方便”挂断周挽的电话，如今却又在陆西骁身上自食其果。她曾经试图用乞求得来的亲情，在陆西骁眼中根本一文不值。

周挽猜测，陆西骁大概是不想回家，才会将时间耗在她这里。他一直玩到关店才起身，手里的积分券几乎要握不住。

“你要兑换吗？”周挽问。

“你们这儿最高的奖品是什么？”

“那个。”周挽指向另一边，银光闪闪的玻璃柜里头，是一辆很漂亮的自行车。

“有人兑换过吗？”

“没有，那个积分太高了，应该要充个好几千块钱才能拿够那些积分。”

陆西骁指尖在桌上敲了敲：“你最喜欢哪个？”

他问得太随意了，以至于周挽也很随意地答道：“自行车，这样再碰到下雨天我就可以少淋点儿雨了。”

周挽将那些券录入一遍。陆西骁已经有两万多点积分，她又问了一遍：“需要兑换吗？”

他漫不经心地笑：“先存着吧。”

第三章

陆西骁，你想吃面吗

雨后的深夜，路边都是被打落的桂花，黄灿灿的一片，被踩得泥泞不堪。映着月光，散发出最后一点儿幽香。

这回他们不是前后走，而是并肩。这条街人声寂静，昏黄的路灯射下光线，电线在头顶交错，黑压压地覆下来。

陆西骁手机响了，他接通了来电："喂？不去。懒得过去。"

说完他挂了电话。

他的声音很好听，磁性沙哑，带着鼻音和散漫的笑意，不像刚才放学那会儿那么低了。

周挽侧头看向他。他的个子实在是高，她要仰着头才能看到他的脸。

他看向另一边，周挽顺着他的目光看过去，那是一家老式的火锅店，虽然是老式的，但味道正宗，很多人慕名前来，晚饭时间常常人满为患。

"吃吗？"陆西骁忽然问。

"什么？"

周挽问出口才反应过来他刚才说了什么，眨了下眼，又想起前几天自己在草稿纸上写下的那两个名字。

她抿唇想，真的要这么做吗？她知道，这件事一旦做了决定就回不了头了。也许她原本平静的校园生活会被打破，而她也会彻底沦落为自己所不齿的那种人。

没等到她的回答，陆西骁也不再问，直接朝那家店走去。

"那个——"周挽出声，叫住他。她终究没能敌过内心的阴暗。

陆西骁停下脚步然后回头，灯光和月光打在他头顶。他扬眉，无声地询问。

周挽吸了口气，缓声道："这么晚了，我们别吃火锅了，这旁边有家面馆。"

周挽寻了个借口。那家火锅太贵了。

陆西骁对吃什么没异议，跟着周挽走进旁边的面馆。

店面很破，塑料桌、塑料凳在冷色的白炽灯下泛着油腻腻的光泽，因为便宜，这家店平时大多是外卖，很少有人会来店里吃。

周挽倒是来过几次，认得老板。"康叔，我要一碗三鲜面。"周挽侧头看向旁边的陆西骁，"你吃什么？"

他在菜单上扫了一圈，都没什么兴趣，淡淡道："一样。"

康叔应道："好嘞！两碗三鲜面！"

走到桌边，周挽叫住陆西骁，抽出纸巾将他那侧的座位认真地擦干净——毕竟是她提议来这里吃面的。

少女垂着眼，她睫毛很密，眼睛也大，显得干净又有种说不上缘由的勾人。她个子瘦小，皮肤白皙，看着好像柔弱得随便一逗就会哭，偏偏那双鹿眼还透着股执拗不服输的劲儿，矛盾地碰撞出一种奇妙的和谐。

难怪会被马邵那群混子欺负。陆西骁无声地扯了下嘴角："喂。"

周挽抬头："嗯？"

"以后再遇到下午那种人，说我名字就行。"

周挽愣了一下，没想到他会说这样的话，点头："嗯。"

"'嗯'什么，知道我名字吗？"

"知道的。"周挽擦干净他这侧的桌椅，又去擦对面的。

"我叫什么？"

"陆西骁。"她说。

那是周挽第一次叫他的名字。后来过了很多很多年，陆西骁再回想起周挽，总能想到她第一次叫他名字的声音。清恬的嗓音，却不像有些女生那样唤得黏糊，反而很干脆利落。

不过这都是后话了。而当下，周挽叫他名字的时候正抬头看向他的眼睛，少女坦荡又水汪汪的眼撞进他的瞳孔，这让那一声呼唤无端地显得郑重。

他听到她说：“陆西骁。”

认真，郑重。

陆西骁认识很多人，听到过用各种各样情绪叫他名字的，或开心，或难过，或生气，或撒娇。他骨子里就随性恣意，同类相吸，身边的人自然也一样。这还是他第一次听到郑重的“陆西骁”三个字，以至于吞噬掉所有他习惯的反应，后脊泛起类似痉挛的感觉。

最后他轻慢地笑了：“得，你以后再碰到那群混混儿，还是直接闭嘴来得管用。”

周挽并不知道刚才那一声在他心头掀起的惊涛骇浪，自然也没听懂他话中的含义：“什么？”

陆西骁懒得解释，周挽也没再问。

康叔端着两碗三鲜面过来。

周挽点的是小份，二两面。她低头吃面，眼角的余光瞥见陆西骁只动了几下筷子，很快就不再吃了。

大概从小的优越生活让他对食物也很挑剔。

等到周挽放下筷子，陆西骁出声问：“走了？”

“等一下。”周挽又去要了一份青菜素面，打包带走。

这是她的习惯，康叔早早将面下锅，又说：“哟，我这没打包盒了，门边有，帮我拿个过来行不？”

周挽到门边抱了一摞打包盒过来，回到收银台前时陆西骁也已经站在那儿了。

康叔利索地将素面打包好。

“多少钱，康叔？”周挽问。

康叔笑道："这帅哥刚付好了。"

周挽愣了一下，从他手里接过面。

外头街上更静了，门口的路灯坏了一盏，有野猫尖厉的叫声。

"刚才那些面钱，"周挽问，"我转给你吧。"

陆西骁垂眸扫她一眼："不用给我。"

"不行的。"周挽坚持，"要给的。"

那些面不过二十几块钱，陆西骁懒得为这些钱推托来推托去。还就还了，没什么所谓，可刚拿出手机，就没电自动关机了。

周挽说："那你告诉我号码，我加了你再转过去。"

陆西骁报了自己的手机号。周挽将手机号输入进去，点下"搜索"键，陆西骁的账号就跳了出来——他头像是一片黑，名字就是"陆西骁"。

在大家的网名都五花八门的年代里，陆西骁直接用了自己的名字，不过他也确实有这个资本，周挽看过他身边总有数不清的朋友，他这名字确实是响当当的。

周挽盯着他的头像看了会儿，选择"添加到通信录"。

到家时已经很晚了，可奶奶还没睡。因为这些天奶奶皮肤病又犯了，总是一夜一夜地睡不着觉。

周挽轻轻地走进她房间，奶奶果然还没睡，她便将面递过去："奶奶，您晚饭肯定没怎么吃，吃点儿东西再睡吧。"

"哎哟，怎么又给我花钱。"奶奶嘴上这么说，却笑起来，"早跟你说了这钱你就存起来，奶奶没用，就会拖累你，可不能把你以后读大学的钱也花掉了。"

周挽拿了小桌板放到床上，将还热气腾腾的面打开："奶奶，快吃吧。"

她又从抽屉里拿出一管药膏，抹到奶奶发红的皮肤上，用指尖抓痒容易破皮感染，她一边涂药膏一边用指腹打圈按摩，以此来减缓病痛的折磨。

她一边按摩，一边垂着眼说："奶奶，您不用担心我上学的钱，我都已经想过了，我们学校有奖励机制，只要高考能考上好大学，就会有对应的奖金，还挺多的，足够用来付大学四年的学费了。”

奶奶拍拍她的手背：“奶奶知道你懂事也聪明，只是心疼你小小年纪不仅要用功读书，还要操心那么多事。”

周挽无声地摇头。

“只希望我们挽挽苦尽甘来，以后的日子真能顺顺利利、心想事成，有出息有成就。”说到这儿，奶奶停顿了下，继而说，“不，不，其实我的挽挽不需要成为大家眼中成功的人，奶奶只希望你快乐自在，成为善良的人。”

周挽指尖一顿——成为善良的人。

少女深色的瞳孔仿佛吞噬了许多阴暗的念头和不可言说的想法。

“奶奶，”周挽轻声问，“怎样才算一个善良的人？”

奶奶笑道：“挽挽现在就是啊。”

周挽没再说话，继续抹药膏。

她长相乖巧，成绩不错，最会扮乖守拙，大概所有认识她的人都会认可这一点——她是个善良的人。只有周挽知道，自己并不善良。

她对郭湘菱的恨，从很早就滋生了。周挽偶尔渴求郭湘菱的母爱，偶尔厌恶她的做作，想报复她，想让她为自己的所作所为付出代价。

身边朋友都阳光温暖，喜欢、讨厌都写在脸上，就连今天碰到的那个叫“马邵”的浑蛋，他至少也坏得纯粹坦荡。但她却将自己的坏都藏在心里，自幼就习惯伪装。她不露声色地接近陆西骁，用这样下作的方法，只为了报复郭湘菱。

昏暗的房间里，周挽的眼眶渐渐红了。她在心里自嘲，她果然是坏透了，明明这一切都是她自己做的决定，可到这一刻却还在怪别人、怪命运将她逼成这样，而她还要扮作受害者的模样委屈自怜。

只有这一次。周挽默默告诉自己，只有这一次。

她只坏这一次。出了那口多年的恶气，她就真的做一个善良的人。

“对了。”奶奶打断她胡乱的思绪，“明天就是你爸的忌日了，你有空的话记得去看看他。”

“嗯，我记得的。”

奶奶拍拍她的脑袋：“好了，快去睡觉吧。”

周挽洗完澡后又将今天被弄脏的校服全部洗干净了。她的手生得白嫩，又是敏感肤质，洗完衣服后双手被洗衣液泡得通红，还长出一些小疹子。

每回都是这样，周挽已经习惯了，等睡一觉红疹就会消失。

她没放在心上，躺到床上。今天这一天都让她觉得格外疲惫，闻到被子里阳光的味道，才终于浑身松懈下来。

她闭着眼，在过分黑暗又安静的夜中蜷缩起身子。就在这时，床边的手机忽然亮了——“陆西骁”通过了你的好友申请。

“再过段时间就是物理竞赛了，咱们班就你们俩参加，可要给我好好打起精神来准备，学校对你们俩这次冲进全国赛可是寄予了很高的期望的。”物理老师说，“这是上回竞赛班上考的卷子，你们考得不错，是竞赛班前两名。”

周挽接过卷子，她 104 分。

“你们回去把错题看一看，还是不会的就来问我。”物理老师说。

走出办公室，外头阳光很好。正是课间，大家站在走廊边聊天玩笑。

“周挽，你考了几分？”姜彦。

“104。”周挽说，“你呢？”

姜彦停顿了下，语气低落：“103。”

周挽笑笑：“差不多。”

“能给我看看你的卷子吗？”

“嗯。”周挽把卷子给他。

姜彦将她的错题看了一遍。他们俩的成绩是物理竞赛班数一数二的，不会做的题也都差不多，只有一道小题，周挽比他多算了一步。

每回期中考、期末考，姜彦都是年级第一，而周挽是年级第二。但姜彦清楚，周挽比他聪明得多，如果这世上真有“天才”的话，那周挽显然更比他配得上这个头衔。他挖出所有时间去学习，去做错题难题，而周挽却用大把的时间在兼职赚钱。可即便是这样，他们之间的差距还是拉不开，甚至这一次，周挽还超过了他。

姜彦心有不甘，也因此激发起更多的危机感，但他并不讨厌周挽，相反，周挽是他少有的好朋友。她是他心中的对手，更是值得尊重的队友。

“周挽，你这一步是怎么想出来的？”姜彦问。

此时，他们正走到7班门外——那是陆西骁的班级。

周挽远远就看到他了。陆西骁的手肘靠在走廊窗台上，姿态懒散，他头发有些长了，被风吹得凌乱，因为逆着光，他的轮廓与五官都被映照出一片朦胧感，好像被晕染开的水墨画。

周围站着他的朋友，一群人勾肩搭背、谈天说地，时不时还能听到几句臊耳的浑话。陆西骁是融入他们的，在他们说一些不堪入耳的笑话时也会跟着笑，但他站在那儿却像个疏离的看客。

游戏人间，却又仿佛能随时抽离。

“哎，蒋帆。”周挽听到其中一个男生说，“那不是你小偶像吗？”

那群男生纷纷侧头看过来。

周挽立马移开视线，看向地面，目不斜视地往前走。眼角的余光里看到陆西骁也回过头，将侧脸拉扯出一道凌厉线条。

蒋帆举起拳头作势要打。

“怎么，你什么时候胆儿这么小了，上回不是还叫嚣着要去要号码吗？”朋友调侃道。

蒋帆说：“算了，我怕阿骁揍我。”

这话一出，立马炸锅，大家围着陆西骁问到底什么情况。

陆西骁的视线在周挽身上慢悠悠地扫了一通，扬眉说：“我什么时候说过这话？”

蒋帆认识陆西骁多年，多少明白他的性子。虽然也不觉得他真有多认真，但总归是有些兴趣的，或者说，好奇。不然上回校运会他也不会叫住周挽。

蒋帆了然地看他一眼：“哦，那我现在就去要号码。”

陆西骁意味不明地哼笑，不置可否。

…………

“周挽？”姜彦又唤了一声。

周挽回神：“啊？”

“我刚才问你这道题的这一步你是怎么想出来的？”

周挽看向试卷，将自己的思路都告诉他。

回到教室，周挽拿出手机，里头一条回复也没有。

今天早上，她发了两条消息。一条是给陆西骁的，将面钱发了个红包给他，他还没收；另一条是给郭湘菱的，说今天是爸爸的忌日，问她要不要去一趟，她也没回复。

周挽今天跟老师请了假，提前离开学校。

她买了花和糕点，坐公交车去城郊公墓。

今天是周军的忌日。

周军是个文科生，也是那个年代少有的大学生，后来做了初中语文老师，温文儒雅。

郭湘菱是周军的第一个相亲对象，郎才女貌，两人很快就确定了恋爱关系，往前推二十年，他们也曾是一对大家口中称羡的璧人。郭湘菱学历不高，在生了周挽之后，郭湘菱就辞去了服装店的工作，在家带孩子。

后来，周军因为教学能力强，总是带毕业班，因此常常忙到很晚才能回家。他没有发现，郭湘菱也常常晚归。

再后来，她身上渐渐出现了一些她消费不起的奢侈品。周挽当时发现了，但只觉得好看，并没意识到这意味着什么。

直到周军生病去世，郭湘菱不出一个月就搬走了，周挽才明白过来其中的不对劲儿。而当时，她才不过十岁。

周挽将鲜花放在墓前。墓碑上照片中的男人笑容温和，看上去谦谦有礼，眉眼间是淡淡的笑意。

比起郭湘菱，周挽长得更像周军。

“爸爸。”她跪坐在墓碑前，将新买的糕点放在小盘子上，“奶奶最近不太舒服，所以今年没能来看你。

“她……也没来。”

“她”指的是郭湘菱。

周军是爱郭湘菱的。他从没谈过恋爱，和郭湘菱相亲结识，算是初恋，婚后很爱护疼惜她。他会在结婚纪念日买花给她，会在她生日时为她写一封情书，会大晚上跑半座城为她买想吃的水果。

“这么多年了，你还会想她吗？”周挽看着相片，轻声问。

“可我不能原谅她背叛你。”周挽说，“我可以理解她为了更好的生活丢掉我这个拖油瓶，可我不能原谅她背叛你，也不能原谅她对奶奶见死不救。”

“爸爸，我要做一件错事。”周挽垂下眼睫，“你会原谅我吗？”

…………

从公墓离开后，周挽去医院拿奶奶的药。

下公交车时，郭湘菱打来电话。

“喂？”周挽接起。

“挽挽，不好意思啊，妈妈现在才看到你的消息。”郭湘菱的语气里带着歉意。

她总是这样，做尽了恶人的事，却又要营造一副好人的假象。可有时候周挽觉得，自己其实挺像郭湘菱的。

斑马线尽头绿灯跳转，周挽不紧不慢地过马路，淡淡道：“没事。”

“最近妈妈太忙了，实在没空陪你一起去，这样吧，一会儿我转你些钱，你多买些祭品给你爸送去。”

周挽忽然觉得很恶心很厌恶，但她依旧没表露出来，也没告诉郭湘菱自己已经去过墓园。

“好。”

挂了电话，郭湘菱很快就给她转了钱过来。

100 块钱。

周挽走进医院去找陈医生，拿了奶奶的药。

“对了挽挽。”陈医生说，“过两天记得让你奶奶来一趟医院，又要做透析了。”

“好。”周挽应声，“谢谢陈医生。”

走出办公室，周挽坐电梯下楼。就在这时，她忽然听到身后的声音。

浑不吝的，带着漫不经心的笑意，更多的却是冷意：“所以呢？”

她回头，看到陆西骁。他就站在不远处，对面是一个西装革履的中年男人，严肃深沉，不怒自威，而他后面站着的，则是郭湘菱。

男人勃然大怒：“陆西骁！你什么态度！”

郭湘菱挽住男人胳膊，温声道：“好了老陆，孩子还小，你跟他生什么气？”

“还小？”这话反倒让男人更冒火，“我好吃好喝供着他十几年，要什么有什么，他倒好，处处给我丢脸！早知道你这副浑蛋样儿，当初我就不该跟你妈……”

没等他说完，陆西骁骤然发怒。他一把拽住男人的衣领，“砰”的一声将男人推在墙上。

周挽见惯了他谈笑风生、潇洒恣意的样子，却是第一次见他这样生气，陆西骁额头青筋暴起，胸膛剧烈起伏。

“陆终岳，你最好别再给我说一个字。”陆西骁说的每一个字，都仿佛是从喉咙里挤出来的，“你没资格提我妈。”

说完，他转身就走，步伐生风。他没看到周挽，和她擦肩而过。

而郭湘菱却顺着视线看到了周挽。那一刻，她眼中有慌乱闪过——她不想周挽现在走过来。

周挽如了她的意，转身跑下了楼。

医院里人很多，人潮拥挤，喧哗吵闹，周挽追不上陆西骁，一直追到医院外。

“陆西骁！”她喊。

他没听到，继续大步往外走，脸沉得吓人。

周挽跑得气喘吁吁，伸长手臂去拉他的袖子，却被他向前的力带到，向前踉跄跌了一步，好不容易才站稳。

陆西骁回头，垂下眼睛。少女两根手指紧紧攥着他的衣服，手很小，指节因为用力而泛白。她跑得脸颊都红了，喘着气，马尾松散下来，几缕碎发被风吹乱。

“陆西骁。”她喘着气又唤了一遍他的名字。

陆西骁看着她，没说话。

周挽仰头看向他，清澈的眼好像能一眼看到底。她身后是向着地平线陷落的夕阳。

“你想吃面吗？”

第四章

你够狠心的啊

陆西骁并不觉得那家面馆的面好吃，但不知怎么就点了点头，跟着周挽又去了昨天那家面馆。

“还是三鲜面吗？”周挽问。

“嗯。”他淡淡地应道。

周挽跟康叔说了“跟昨天一样”，而后很快就抽出手机把面钱付了。

既然他不愿意收昨天的钱，周挽就再请回来，虽然这点儿钱在陆西骁眼里大概根本不值一提——他的一双鞋估计都能抵周挽几个月的生活费。

陆西骁并不是神经大条的人，很快发现她着急付钱的动作。他侧头，淡淡地说：“算得这么清楚？”

周挽抿唇，温声细语地回答：“赚钱不容易的。”

她性子静，话不多，更不会聒噪，只是问一句答一句，声音细细软软的，不嗲，是极为干净的声线。陆西骁忽然觉得她在旁边待着倒是一点儿不会招人烦，还让人觉得静。

“为什么要赚钱？”陆西骁头一回见她就是在游戏厅兼职。

“奶奶生病了。”

他扬眉，并没有表现出过分的诧异或同情：“你爸妈呢？”

“我爸爸在我小时候去世了。”

“那你妈呢？”

因为这个问题，周挽不小心咬破了舌头，口腔中蔓延开血腥的铁锈味，但她什么都没表露出来。

见她不说，陆西骁也没再问，他端着两碗三鲜面到桌边坐下。陆西骁拿筷子时周挽瞥见他手背上的伤，看上去有些日子了，但疏于照顾，那伤口好了又破皮，红了一片。

周挽收回视线，低头吃面。这回陆西骁也颇给面子地吃了几筷子。

两人安安静静地吃面。周挽先吃完，她拿了纸巾擦嘴，而后轻声对陆西骁说："我出去一下。"

面馆附近有家药房，周挽买了消毒酒精和纱布回来。她将袋子推到他面前，视线垂着："你手上的伤需要消毒。"

陆西骁挑眉。他被各种各样的女生宠惯了，并不把这种关心放在心上，很不给面子："用不着。"

周挽顿了顿，没被他这态度影响到，也没坚持手上的动作，只是将后果告诉他："消毒不做好，之后可能会发炎，更麻烦。"

之前奶奶就有过一次这种情况。

陆西骁靠在椅背上，下颌微抬，轻描淡写地看了她一会儿，笑了。他倾身，将手伸到她面前，无言。

周挽疑惑地抬起头。陆西骁笑得有些轻慢："我不会。"

"……"

他心情似乎又变得不错，让人捉摸不透。

周挽拿出消毒酒精，用棉签蘸了点儿，帮他的伤口消毒。她低着头，样子格外认真，头发垂在胸前，有几缕扫过他指尖，让他有些痒。

这个角度，很适合陆西骁观察她。她睫毛很长，鼻尖挺翘，五官青涩，和她这清冷长相不符的大概就是那两颗虎牙，蒋帆会觉得她甜便是这两颗虎牙的功劳。

最后，周挽给他贴上纱布："好了。"

陆西骁低眸扫了一眼，处理得还挺像那么回事。

"去游戏厅？"他问。

"嗯。"

“走吧。”陆西骁起身。

周挽跟着他走到外面，问：“你也要去吗？”

“顺道送你。”

游戏厅离面馆并不远，周挽跟着陆西骁往前走。

中途陆西骁接起一个电话。对面声音很响，周挽在旁边也能听到：“阿骁！有人故意闹事！”

陆西骁停下脚步：“在哪儿？”

地址周挽没听清，只听到说是步行街的哪儿。

“嗯。”他声音依旧很淡，“我现在过去。”

挂了电话，周挽说：“你去吧，我快到了，自己过去就行。”

“行。”陆西骁说，“有事找我。”

坦白来讲，陆西骁脾气并不算非常差，跟那些一点就着的人还是很不一样的，基本不存在他主动找人麻烦的时候。但他偏偏性格轴，又硬，从不跟人低头。

陆西骁到的时候场上已经是一片狼藉。他不打算加入，只捋了把头发，在台阶上坐下来。天还没黑透，刚刚亮起的路灯映在深蓝色的空中，像一颗颗明亮的星。

蒋帆的汗都要糊住眼睛，眼角的余光瞥见懒散坐在一旁的陆西骁，吼道：“阿骁！你来了倒是搭把手啊！”

他轻笑一声，漫不经心：“不都快结束了吗？”

这样的场面，可以轻而易举地给每个参与其中的人都贴上一张“混混儿”的标签。而陆西骁虽没加入其中，却很明显是发号施令的那个。

黑衣服，凌厉的身形，面无表情地抬着下巴睥睨众人，五官轮廓在斑驳的灯光下显得更立体。

就在这时，对面一人的腰侧忽然闪过一道亮光。

谁都没有察觉到，除了陆西骁。

他眼底漆黑如墨，起身，动作极快，肌肉线条偾张。

他出手利落，没一会儿就结束了这场混战。陆西骁随意地拍落手臂上的尘土，走到摔倒在地的那人面前，居高临下地看着他："回去告诉骆河，以后直接找我，别玩这些阴的。"

谁都知道陆西骁和骆河不对付多年。

蒋帆在一旁不屑地啐了一口，又偏头问："你下午翘课干吗呢？最近老不见你。"

陆西骁脑海中浮现出周挽的样子，他扯了扯嘴角："医院。"

"去医院干吗？"

"陆终岳生病了。"

"怎么样，不严重吧？"蒋帆问。

陆西骁哼笑一声："谁知道，他总归不缺人照顾。"

蒋帆知道他家里那些事，也知道最近陆终岳给他找了个难缠的后妈，让陆西骁烦得不行。他拍了拍陆西骁的肩："行了，去玩会儿。"

一群人去了常去的店，有人叫来了几个女生。

陆西骁坐在角落，修长骨感的手指拎着杯子，随着吞咽的动作喉结上下滑动。他话不多，偶尔才开口，可偏偏这副样子最招女生喜欢。

叶橙越过众人，坐到陆西骁旁边，捏着酒杯递过去和他的碰了碰，发出清脆的声音。

陆西骁侧头。叶橙冲他笑："心情不好？"

陆西骁轻笑，没说话。

叶橙听说过外界对陆西骁的评价，知道他是个怎样的人，而此刻他的举动仿佛是对叶橙的鼓动。这样的环境下，一点点交错的呼吸都容易让人多想。叶橙的心脏怦怦乱跳，她试探着靠近陆西骁。

他没反应，叶橙便卸下力靠在他身上，手肘像是被什么硌到，她低头看到从他口袋里露出来的半截钥匙扣——一个蓝色的毛绒球。

和陆西骁的气质实在不符。

她好奇地将它拿出来，钥匙扣上没有钥匙。“怎么都没挂钥匙呀？”她问。

陆西骁扬眉：“我让你碰了？”他总是这样，说过于直白的话，不给面子。

叶橙没碰到过这样不给她面子的男生，但也不恼，用食指钩着那串毛绒球将其高高提起，靠在他肩上看。“这应该不是你买的吧？”叶橙笑着问，“你看上去不像是会喜欢这种的。”

“别人送的。”陆西骁说。

“还蛮可爱的，骁哥，你把这个送我好不好？”

她知道陆西骁家境殷实，也听说过他对朋友出手阔绰，叶橙倒也并非真想要这个钥匙扣，只是想以此和他产生一点儿关系。

陆西骁没说话。叶橙晃了晃他的手臂：“好不好嘛？”

他抬了抬下巴：“放下。”

他声音依旧懒懒的，但这回却莫名地透出些警告的意味。

叶橙听出来了，将钥匙扣放在茶几上。

陆西骁倾身捞起，将钥匙扣重新揣进兜里，随着这个动作，叶橙看到了他手臂上的伤，应该是刚才打架过程中不小心被划到了，血迹已经干涸。

“骁哥，你手受伤了。”叶橙说，“要不要处理一下？”

“懒得去。”

周围是吵闹的摇滚乐，叶橙将唇送到他耳边：“我会，要不我帮你弄？”

陆西骁侧头，看了她一会儿，笑了：“心疼我啊？”

叶橙看着他在斑驳灯光下侧过来的脸，鼻梁高挺，眼底带笑，是潇洒恣意的模样。

叶橙的心跳又漏掉一拍，浑身的感官知觉都轻而易举地被他牵着走。刚才还怕他生气，现在又被他惹得心动。好像不管多么自信又开朗的女生，到了陆西骁面前都容易露怯。

她鼓起勇气去牵他的手：“是啊。”

陆西骁鼻间充斥着女生身上的香水味。他混迹惯了这种声色场合，早已习惯各式各样的香水味，只是这会儿忽然觉得刺鼻。不知怎的，他回想起周挽身上干净清冽的衣物柔顺剂的气味。

他扯了扯嘴角，顿觉意兴阑珊，起身。

蒋帆叫住他："阿骁，干吗去啊？"

他向后摆摆手："走了。"

夜色已深，周挽今天难得在12点前就上床休息。

半梦半醒之际，放在枕边的手机忽然振动了一下。她觉浅，迷迷糊糊睁开眼，茫然地盯着白墙上某一点许久，思绪才渐渐回笼，看向亮着屏幕的手机。

光线刺眼，她眯着眼费劲儿地看，"陆西骁"发来一条信息。

周挽愣住，甚至觉得自己是在做梦。伸手在自己大腿上掐了把，疼的。

不是梦。

他怎么会给她发信息？已经凌晨1点30分了。

周挽的那点儿困意也没有了，手肘支着半撑起来，点开微信。

他发来一张图片。

周挽点开，立马就认出那是他的手。他应该是坐在台阶上，手腕搭在膝盖处，手自然下垂，而他冷白的臂上有一道三厘米长的伤口。

接着，手机又振动了一下，他又发来一条信息。

陆西骁：怎么办？

周挽没有立马回复，而是先给陆西骁改了个备注。

两人天差地别，在学校里大概从来没有人会把他们俩联系在一起。

这样寂静的夜里，手机顶上有消息框弹出来，显示"陆西骁"给她发来信息。"陆西骁"这三个字就像是某种禁忌，将静谧的周遭划开一条口子，从里面吹来猎猎腥风，让这个夜晚都浸满他身上独有的味道。

他就是有这样的本事，举手投足间就在人心间留下深刻的痕迹。

周挽先是将备注改成一个单字——"陆"。但是看了会儿觉得依旧不够，改成了数字“6”。

她看着对话框上的“6”，终于如释重负般舒出一口气，回复：你受伤了？

他发来语音，只有一秒。周挽将音量调到最低，又蒙上被子，担心被任何人听到。

“嗯。”少年沉哑的声音传出来，他懒劲儿浓，就连这一个字都有他独有的烙印。

周挽刚才听到他打电话的声音，知道他去干什么了。顿了顿，她坐起来，打字：你附近有药店吗，可以让药店的医生帮你……

没打完，周挽心想陆西骁那个性格应该不会开口麻烦别人来处理伤口。

她将那一行字删除，重新输入：你去药店买消毒酒精、棉签和大号的创可贴，跟今天我……

还没打完字，陆西骁直接打了语音电话过来。

这回周挽彻底愣住。她完全没有想到陆西骁会给她打电话。

手机掉在床上，嗡嗡嗡地拼命振动，她手足无措，不知道要不要接，接了又要说些什么。

直到门外响起奶奶的咳嗽声，周挽担心吵醒奶奶，慌乱地滑开接听键。

她还喘着气，将手机放到耳边，平复呼吸。

陆西骁没说话，能听到他那头传来的呼啸风声，以此证明这电话确实已经接通了。

周挽用力攥紧手机，轻声说：“陆西骁。”

他便笑了，笑声深沉沙哑。

周挽不明白：“你笑什么？”

“睡了？”陆西骁笑的是她嗓音里的睡意。

扰了别人的觉，非但不觉得抱歉，还幸灾乐祸。

周挽抿了下唇。她有时觉得陆西骁就是个幼稚爱捉弄人的男生，有时又觉得他有种超越这个年纪男生的成熟和冷然。

“现在醒了。”周挽温暾道，“你包扎了吗？”

“没。”停了会儿，他接着说，“我不会。”

跟下午时一样——我不会。

难不成是让她现在过去给他包扎吗？周挽没说话。

“有点儿疼。”他嗓音带着淡淡的笑意，轻描淡写地在她心头又加了个砝码，“不包扎的话，明天会发炎吗？”

“……”

若是换了别的女生，听到这一句早就马不停蹄地深夜赶去。但周挽早已在爸爸和奶奶身上看惯了各种病痛，并不会对这些大惊小怪。她回忆刚才他发来照片上的伤口，轻声回：“应该不会，你别去碰它、别沾水就可以了。”

陆西骁坐在车水马龙的街头台阶上，风吹过他的头发和衣服，勾勒出凌厉的身形，他漫不经心地笑出了声。像是听到了极为有趣的反应，他笑得胸腔颤动。

“周挽，”他笑着说，“你够狠心的啊。”

随着物理竞赛的比赛时间一天天接近，周挽连午自习的时间也没了，需要去实验室上竞赛课。

卷子一张张地考，周挽没能再超过姜彦，回回都是第二名，好在和姜彦的差距不大，一直保持在 5 分之内。

讲完去年竞赛卷的压轴题，黑板上密密麻麻地写满了解题步骤。

周挽抄完笔记，手撑着脑袋看向窗外，放空大脑来休息。

“周挽，”姜彦站在她旁边，“要喝水吗？我一并倒来。”

周挽跟他道谢：“我自己去吧。”

“没事，坐着吧。”姜彦拿过她桌上的水杯。

竞赛班上的同学都是在全年级几百号人里头名列前茅的，五分钟的下课时间，同学们也井然有序，没人大声喧哗，窗外男生在篮球场打球的声音比教室里的声音更响。

周挽注意到，陆西骁也在其中。他身形挺拔，人高腿长，动作流畅地运球过人，投篮，赢得众人欢呼。

周挽已经好几天没见到他了。也不知是自己太忙，还是他压根儿没来学校，他们最后的联系也停留在那天午夜的那通语音通话。

他也没再来游戏厅。

周挽虽然有靠近他的想法，但实在没这方面的经验，尤其面对陆西骁，好像自己做什么都会被他看破用心。

周挽回想起那晚挂断电话前他说了什么："周挽，你够狠心的啊。"

难道是没有去找他，惹他生气了？可听他当时的语气也不像生气啊。

与此同时，周挽忽然瞥见一个女生跑过操场，来到篮球场，她站在球场边，手里握着一瓶矿泉水。

有男生调侃，纷纷看向陆西骁。

女生朝他挥了挥手，嫣然一笑，旋开瓶盖递过去。陆西骁接了，仰头灌了一口。

周挽的眼睫轻颤，抿了抿唇。她忽然意识到一点——陆西骁空窗期从来不长，他已经和上一个分开一段时间了。那么，这个女生，是……会是她想的那样吗？如果真的是，周挽原本的计划全部会取消。

她虽然想报复郭湘菱，但绝不会用这样的方式。

她不想伤害除了郭湘菱之外的任何人。

"看什么呢？"姜彦将装满温水的水杯放回她桌角，顺着她的目光看过去。周挽没注意到他眼里闪过的嫌恶，只听到姜彦说："总有些人明明拥有一切，却从来不珍惜。"

"你说谁？"周挽问。

"陆西骁。"

周挽愣了一下。姜彦不是那种爱在背后嚼舌根的人，确切地说，他的朋友圈不大，每天都埋头在课本和试卷中。周挽还是第一次见他主动评价一个人。

“你不喜欢他吗？”周挽问。

姜彦摇头说：“周挽，他和我们压根儿不是同一类人，他靠着家里的钱整日挥霍，荒废度日，但如果他离了家呢，他什么都不是。”

周挽没说话。

他继续道：“你信不信，周挽，再过二十年，我们就会成为比他厉害千百倍的人，他会被我们踩在脚下。”

姜彦没掩饰话中的刻薄。

周挽顿了顿，她其实并不认可姜彦的话。在如今这个世界，成绩并不代表一切。一个人想要成功，学习成绩其实只是很小的一环，眼界、机遇、性格、朋友、魄力，这些都是不能缺的。

而他刚才说——陆西骁会被踩在脚下。

周挽想，就算未来哪天，他真的落魄了，也不可能被踩在脚下。他轻狂到自负，一身傲骨，满怀棱角，锐利且肆意。这样的人，哪怕人生全部洗牌归零，哪怕是死，都不可能被折辱。

最后周挽只是笑了笑，问：“姜彦，你想成为怎样的人？”

“功成名就。”姜彦答，“你呢？”

“我没仔细想过。”周挽看着窗外的蓝天白云，轻声说，“但希望我以后，至少能成为一个善良的人。”

姜彦笑起来：“对你来说，这也能算个梦想？”

周挽笑着，对此不置可否。

下午 5 点，放学铃响彻整个校园。随之而来的是长达 7 天的国庆假期，以及成堆的作业。

周挽被物理老师喊了过去。

“周挽，老师了解过你的家庭状况，所以你能有现在的成绩，一直是老师很欣慰也很骄傲的一件事。”物理老师说，“这次的竞赛说不定就能成为改变你人生命运的那把钥匙，你一定要花心思做下去。”

周挽点头：“嗯，我知道的老师。”

“你可别光打雷不下雨啊，光知道了不行，可别忘记做。”物理老师从抽屉里拿出一沓卷子，“这是我看了前几年的竞赛卷整理出来的预测题，你回去好好看看，时间可不多了，趁着国庆假期把它吃透了，另一份一会儿你给姜彦就行。”

“好，谢谢老师。”

走出办公室，回1班教室要经过一条很长的走廊。

经过7班教室门口时，周挽步子一顿。

中午在篮球场上看到的那个女生，现在正趴在窗沿上，手肘撑着脑袋向前倾。而坐在靠窗座位的正是陆西骁。

“阿骁，国庆你有安排没？”女生问。

他没看她，懒散地靠在椅背上，光明正大地玩手机：“怎么？”

“还能怎么，想约你出来玩咯。”女生说得很直白，“国庆你要干吗？”

“睡觉。”他说这话时抬起头，正好撞上周挽的目光，她很快就收回了视线，装作不认识一般，目不斜视地走了。

他似笑非笑地扯了扯嘴角。

周挽快步走过7班门口，回想刚才那女生的话。

大概她现在才是陆西骁身边的人。既然这样，那就算了吧。之前那些阴暗的念头，在这一刻终于被击毙了。

想要报复郭湘菱是真，但此刻的如释重负也是真。

…………

每年秋天都随着国庆假期如约而至。

一场秋雨一场寒。周挽披上了外套，背着书包去游戏厅。

决定不再招惹陆西骁后，她又成了从前那个好好学习天天向上的周挽，游戏厅、图书馆、家三点一线。

陆西骁也没有再找过她。不过这才是正常的，他那样的天之骄子，朋友多到数不清，又怎么会记得她。

之前周挽曾偶然间听到在他身边的女孩子抱怨，说陆西骁太随性、太自由，来去自如，如果不主动找他，他似乎就根本不会记得你，谁也无法束缚他。快乐是真的，患得患失也是真的。连她们都是如此，周挽这样不过有过几面之缘的女生更是不值一提。

周挽推开游戏厅大门，和人交接班后便坐下来开始做物理卷子。

做完一面，旁边有人喊她："美女，这台机器里没积分券了！"

周挽应声，拿了钥匙和积分券过去，装到机子里。

回到座位，看到手机屏幕亮着，显示着"6"给她发来一条信息。

周挽愣了一下。反应过来"6"是谁，她心脏突突地狂跳，乱了一瞬。

她屏着呼吸打开。

6：在游戏厅？

第五章

如果有人背叛你

在周挽回复他一个“嗯”后，不到一刻钟，陆西骁便来了游戏厅。他似乎刚睡醒，脸侧有很淡的红印子，头发有些乱，因为困意和倦怠整张脸显得更加冷漠疏离，黑衣黑裤，气质很冷。

这都已经天黑了，才睡醒吗？

他径直走到周挽面前，一手倚着柜台，一手摸出钱包，将500块钱放到她桌上。

周挽将这500块钱充到他游戏卡里，将卡递还给他：“好了。”

陆西骁没有走，依旧靠在台边，痞里痞气的，然后他抬起眼看向周挽，眼底没什么情绪，如一汪深潭。

更多时候，周挽觉得陆西骁并不是一个喜欢热闹的人，哪怕他有那么多咋咋呼呼的狐朋狗友，身边也从不缺姑娘，但他似乎总对这些兴致缺缺。就像现在，刚刚睡醒的他，那点儿轻佻又合群的表象被撕碎，不加任何伪饰的冷漠倾泻出来，整个人都浸透在漠然的黑暗里。

他扬眉：“不认识我了？”

周挽叫他的名字：“陆西骁。”

他扯着嘴角笑，嗓音很哑，好像感冒了。不过也是，降温天穿这么点儿衣服，不感冒才怪。

他下颌微抬：“那就是装不认识我？”

“……”周挽不知道他指的是什么。是指她没有像那些女生那样缠着他，还是指放假前那天下午看到他当作没看到？顿了顿，周挽垂下眼睫，淡淡地问：“你有喜欢的人了吗？”

她问得很直白。

陆西骁皱起眉，像是不明白她为什么会这么问：“没。”接着他想起那天下午的场景，又说，“那个不是。”

周挽愣了一下，她无意识地勾着手指：“哦。”

她马上要参加物理竞赛，因此没有分心和陆西骁多聊，很快就又开始埋头刷题。而陆西骁则在一旁打游戏，他已经将这些游戏都玩熟了，轻而易举地又赢得不少积分券。

周围有女生惊羡地看着，议论纷纷。

陆西骁无疑对这个年纪的人有很大的吸引力。有些女孩子鼓起勇气上去要联系方式，陆西骁没给，漫不经心地都拒了。

周挽听到那头的声音，抬头看了一眼，又重新低下头。

做完两张竞赛卷，她眼前的光忽然被挡住。

她抬头。陆西骁站在面前，将手里厚厚一沓积分券放到她桌上。

“这么多……”周挽吓了一跳。

陆西骁敲敲桌子：“下班没？”

周挽看了眼时间，才发现已经夜里 11 点，游戏厅里只剩他们俩，空空荡荡的。

“下了。”周挽说，“我先帮你把积分录进去。”

那么厚一沓，光是录入就花了好几分钟，周挽看机器上显示的数量，已经有四万积分：“要兑换吗？”

他指尖在桌面点了点：“存着吧。”

周挽将游戏卡还给他，他依旧没走，等周挽收拾好东西走出游戏厅时，他跟着她一块儿离开。

两人走在静谧无人的街道上。秋雨过后，地上都是枯黄的落叶，被他们踩得沙沙作响。

陆西骁忽然问：“吃面吗？”

周挽脚步一顿，点头："好。"

依旧是那家老面馆，这回康叔都没问他们要吃什么，直接朝里头的小厨房喊了句"两碗三鲜面"。

周挽又抢着把钱付了。注意到陆西骁看向她的视线，周挽想，他跟女生出去时或许不喜欢这样，顿了顿，轻声解释道："游戏厅里你充了很多钱了，我有提成可以拿，应该请你的。"

他扬眉。周挽想了想，又补充了句："虽然现在我只能请你吃便宜的。"

他笑："行，以后请我吃贵的。"

他心情好时这样暧昧的话信手拈来，难怪惹得那么多女生放不下他。

陆西骁话不多，周挽也是，两人安安静静地吃完两份面，起身离开。

之前陆西骁就送她回去过一次，今天是第二次。

周挽不觉得他是特地送自己回去，应该只是因为顺路。

但郭湘菱现在并不住在这儿。这一片多是旧楼，远离正在开发的闹市区，郭湘菱如今便住在那房价最高的地方。

周挽只能想到一个原因：陆西骁自己搬出来住了。也不难猜，他看上去很讨厌郭湘菱的样子。

"陆西骁。"周挽向前小跑几步，跟紧他。

他侧头。

"你家也在这附近吗？"

"我一个人住。"他说，"再前面点儿。"

果然。

旧小区前面两条街有一片旧楼，有几座有些年头的小洋楼，虽不能和现在的别墅相比，但在二十几年前那些小洋楼是最时髦的。他大概就住在那儿的老楼里。

走到周挽家外，她朝陆西骁挥挥手："我进去了，再见。"

他淡淡地"嗯"了一声。

周挽走进单元楼，又回头看了他一眼，收回视线。

旧小区没有电梯，她跑上楼，在拐角处用力跺脚，感应灯接连亮起，到她所在的第三层灯坏了，没亮。

周挽开锁进屋：“奶奶。”

没动静。是睡了吗？

难得奶奶今天没再不舒服，可以睡个安稳觉了。

周挽放下书包，揉了揉眼睛，打算熬夜再刷会儿题，就在这时，她隐隐约约听到从奶奶卧室传来的急促喘息声。

周挽的心一瞬间提了起来，冲进奶奶的房间。白发苍苍的老人在地板上蜷缩着，费劲儿地呼吸，像是呼吸不进空气般，手指紧紧抓在心脏位置，地板上还有吐出的秽物。

周挽扑过去，将奶奶扶起，靠在自己的臂弯：“奶奶……奶奶……您怎么了，您别吓我啊……”

老人脸色惨白，额头密布大颗大颗的汗珠，身上还有一下接着一下的痉挛。

从没遇到过这样的情况，周挽慌乱到手足无措，平日里的镇定冷静都消失不见——她无法想象没有奶奶的日子要怎么办。

如果连奶奶都走了，她真的就只剩下孤零零一个人了。

陆西骁没走远。反正到了家也空荡寂静，没有人气儿，他不急着回去。

他忽然听到身后传来的声音：“陆西骁！”

他第一次见到这样的周挽，泪流满面，呼吸凌乱又破碎，好像在濒临崩溃的边缘。她牢牢抓住陆西骁的手腕，像是要抓住茫茫大海中最后一根浮木，声音哽咽颤抖：“我奶奶……我奶奶好奇怪，好像呼吸不过来，怎么办，陆西骁，怎么办……”

“周挽，”陆西骁按住她的肩膀，弯下腰直直地盯着她的眼睛，漆黑的瞳孔像沼泽一样，让人深陷进去。

他声音镇定，从容又坚定：“叫救护车没？”

周挽在他的注视下慢慢恢复理智，立马摸出手机拨通120。

救护车的声音划破宁静的夜空。好在今晚是陈医生值班，了解奶奶的病情，很快就进入抢救室，吸氧、测心率。

周挽站在手术室外，浑身冷汗涔涔，还没从刚才的惊惧中缓和过来。她脸色苍白，下唇被无意识地咬出了一道血痕。

陆西骁站在一旁看着她。眼见着那道血痕越来越深，鲜血几乎要渗出来，他上前一步，用微凉的指尖在她脸颊上轻轻触碰了一下。

周挽骤然回神，猛地抬眼看向他，嘴唇终于松开。

“怎么了？”周挽问。

“没什么。”陆西骁收回手，揣进兜里，淡淡道，“我下去一趟。”

“嗯。”顿了顿，周挽又想起一句，“谢谢你。”

陆西骁没回应，转身下楼。周挽猜他应该是回去了，但没想到不过十几分钟他就回来了，手里拿着两瓶水。

他拧开，递给周挽。周挽道谢，喝了一口水后，干涩的嘴唇和喉咙同时得到滋润。

抢救室的红灯一直亮着，抢救室外有两个人，周挽坐着，陆西骁懒散地倚墙靠着，两人安安静静，谁都没说话。

周挽知道，按照礼数她应该让陆西骁先回去，不用在这儿陪她。但她实在没精力再分神去跟他说一句话。除此之外还有一个原因，她怕。

她怕今天真的得到一个不好的结果，注定此后她都要孤单一人，至少接受这个现实的当下，还有人能陪着她。

事实证明，陆西骁是个最好的陪伴者。他存在感强，光站在那儿也不会让任何人忽略掉他；他也很安静，沉默地站在一旁，不会打扰人。

每分每秒都像是折磨，直到手术灯熄灭。

护士走出来说一切顺利。周挽浑身脱力，紧绷的神经终于松懈下来，眼泪瞬间就止不住地淌下来。

接下来又是一系列的奔波，奶奶被安置到病房，周挽到陈医生办公室去询问奶奶的情况。

深夜的医院里还是有那么多人，他们在无声诉说着人世间的苦痛与折磨。

处理完这一切，周挽才想起来还没付手术费。

陈医生诧异地扬眉："你已经付好了啊？"

周挽愣了一下。陈医生在电脑上调出记录："你看，还付了半个月的病房钱。"

"可我没有付啊。"

正好一个护士走进来："是手术时你旁边那个男生下楼去付的钱。"

周挽一愣。陆西骁？

他下楼那趟，不只是买了水，还帮她付了医药费。这一瞬间，周挽心头五味杂陈。她问护士多少钱，想把医药费还给陆西骁，但听到那个金额后便沉默了——她一时没法儿拿出那么多的钱。

从医生的办公室出来后，周挽去病房看了一眼奶奶。

陆西骁付的是单人病房的钱。病房内很安静，可以睡个好觉。

奶奶的手术麻醉还没退，一时不会醒来，周挽倒了杯水放在她床头，离开病房，给陆西骁发了条信息。

周挽：你在哪儿？

过了会儿，陆西骁回复了她。

6：楼下。

周挽在医院门口找到他。陆西骁迎着月光，身形挺拔。

"陆西骁。"

他回头，没说话。

"谢谢你。"周挽郑重地向他道谢。

他淡笑道："你今晚只跟我说这句话了。"

"这次是谢你帮我垫付了医药费。"周挽看着他说，"但是我没法儿马上还你，能不能过段时间我凑齐了钱再给你？”

“不用。”他垂眸，漫不经心回道，“你不是也请我吃面了嘛。”

周挽愣了下，轻声说：“这差得也太多了。”

“一样的事。”

周挽知道他不缺钱。或许那些医药费对他而言确实是不值一提的，但她不能这样想，没有人理所当然就该帮助她。只是，陆西骁似乎跟她从前以为的很不一样。

她从前以为，他恣意随心，痞坏又无情，认识很多狐朋狗友，总是花天酒地、游戏人间，是个坦荡随性到对很多人很多事都无所谓的人。所以，她试探性地想要利用他来报复郭湘菱。

反正他不可能对她用心，也不可能难过。

如果一切如她计划那般顺利，只要一个月——陆西骁对任何女生的兴趣都不会超过一个月。只要一个月，她就能报复郭湘菱，然后和陆西骁好聚好散，桥归桥路归路。但现在，她发现陆西骁并不像他表面那样肤浅。

他的心思其实很细腻，还成了奶奶的救命恩人。

陆西骁在台阶边坐下来，侧头看她：“坐会儿。”

周挽在他身边坐下，她有些拘谨，手规矩地放在膝上。

秋风吹在身上很舒服，只是刚哭过的脸被吹得有些干，周挽抹了抹脸，轻声道：“陆西骁。”

“嗯？”

“你喜欢你身边的那些女孩儿吗？”她忽然问。

“那……些？”陆西骁侧头，看向她的视线变得玩味。

但周挽的目光平静坦荡，眼底清澈。她没再回答陆西骁的那句反问，知道他听得懂。

紧接着，陆西骁收回视线，淡笑道：“不喜欢。”

“可你身边来来往往的有许多女生。”

“闲着无聊。”他漫不经心地笑，很无所谓的样子。

周挽停顿几秒，转而问："你还不回去吗？"

"嗯。"

过了会儿，周挽又问："你为什么一个人住？"

"早搬出来了。"陆西骁似笑非笑，"何况我爸都接女人回来了，眼不见为净。"

他说得极为直接。

周挽用手拨着指尖的肉刺，一不小心就出了血，她抬手放在唇边抿了下，血腥味在齿间蔓延开。她眼睫颤了颤："你很讨厌那个女人吗？"

"那女的跟我无关，我只是看不惯陆终岳那样子。"

陆西骁双手撑在身后，人往后靠，抬着的下巴线条流畅。

周围是医院内进进出出、行色匆匆的人。

他以一种很平静的嗓音说："陆终岳背叛了我妈，又害死了她，所以我看不得他好过。"

周挽一愣。她当然知道他父母离异，却是头一回知道，他妈妈已经不在了。

"对不起。"她低头轻声说。

陆西骁扬眉看向她："除了'谢谢'和'对不起'，你还会说什么？"

"……"周挽看着天际的星星，今天雾气重，那星星也变得不明朗，阴阴沉沉的。

"陆西骁，"她看着那颗最亮的北极星，企图以此找准前行的方向，"那如果，有人背叛你，你会怎么做？"

陆西骁瞥了她一眼，笑了笑，开玩笑般漫不经心地答："我弄死他。"

奶奶到了第二天中午才醒，醒的时候周挽正坐在一边刷题。

"挽挽。"她声音哑了，很微弱地唤了一声。

"奶奶。"周挽立马起身过去，"您有没有觉得哪里不舒服？"

奶奶看了圈四周："我怎么来医院了？"

“昨天晚上您突然心律失常、呼吸困难，刚刚做完手术，后面还要在医院观察一阵才能出院。”

“要住院？”奶奶握住她的手，“不用住院，奶奶挺好的啊，挽挽，住院要花太多钱了。”

周挽说：“我已经付好半个月的住院费了，奶奶您就别操心了，借着这个机会把病养好了就行。”

“半个月？你哪里有那么多钱？”

“嗯。”顿了顿，周挽实话实说，“是我一个同学借给了我一些钱，等我后面有钱了再还他就行。”

奶奶心疼她还要努力挣钱，也自责自己这病恹恹的身子，但到底钱已交了，再说下去反倒让孙女也伤心。奶奶无声地叹了口气：“那你可得好好谢谢你那同学，是跟你关系不错的那个女孩子？”

“不是，是……”

话音未落，病房门被打开，门板“咚咚”敲了两下，有声音随之传进来：“周挽。”

陆西骁站在门口。他今天一改从前总是一身黑的装扮，穿着白色上衣和牛仔裤，干净清爽。

“陆西骁，”周挽眨了下眼，觉得不真实，“你怎么来了？”

他拎起手里的袋子，回答道：“顺路。”

里头是早饭。

“挽挽，这是？”

周挽说：“奶奶，这是我同学，叫陆西骁，昨天就是他帮我付的医药费。”

“这样啊。”奶奶笑得慈祥和蔼，对陆西骁说，“谢谢你啊，我身子骨不行，总折腾我们家挽挽，昨天多亏有你在，麻烦你了。”

陆西骁笑了笑：“没事，昨天我正好在她打工的游戏厅。”

他此刻的样子和从前很不一样。他笑得仿佛春风拂面，哪里看得出平常打架闹事的样子，倒像是个家境优渥、阳光正气的风云学长。

周挽将医生叫进来重新给奶奶检查了一遍身体，一切指标正常后她才松了口气。

陆西骁给奶奶带了一碗红枣粥，给周挽带了一屉蟹黄包。他也没多待，接了蒋帆的一个电话后便走了，真像是只是路过顺便买了东西带上来的。

奶奶喝完粥，笑眯眯地看着周挽："挽挽，刚才的男孩子是你成绩很好的那个同桌吗？"

奶奶听周挽提起过几次姜彦，知道他考试回回年级第一，知道两人是同桌关系不错，也知道再过几天要一起去参加物理竞赛。

"不是，他不是我们班上的。"周挽实话实说，"他来游戏厅打过几次游戏，所以才认识的。"

"这样啊，我看那小伙子长得真不错。"

周挽正削苹果，闻言抬头看了奶奶一眼，笑了笑："他在我们学校很受欢迎。"

"那你呢？"

"啊？"周挽愣了一下，"奶奶，你说什么呢。"

奶奶笑起来："我们挽挽害羞啦？"

"我们就只是朋友而已。"周挽说。

奶奶点点她额头："你还没开窍呢。"

但其实，她和陆西骁真的算是朋友吗？

她和陆西骁的关系说近不近，说远似乎也不远。他们只是一起吃过几次面，可昨天晚上他陪了她那么久，今天还送了早饭过来。

但陆西骁在人群中太拔尖亮眼了，以至于成为他的朋友似乎也得他点头承认才可以。周挽不确定陆西骁有没有把她归为朋友，毕竟其他人根本不知道两人认识，在学校里遇见了也不会打招呼。

朋友不会是这样的状态。更何况，她一开始接近陆西骁的目的就不单纯。

友情不应该蒙尘。她也不配成为陆西骁的朋友。

周挽垂着眼，想起昨天晚上陆西骁坐在台阶上时说的话——

“陆西骁，那如果，有人背叛你，你会怎么做？”

“我弄死他。”

周挽跟人换了一晚上的班照顾奶奶，第二天一早便去了游戏厅。

国庆节游戏厅生意不错，很多情侣结伴来玩。

中途姜彦给她打来电话问压轴卷最后一题怎么做，周挽将自己的解题过程拍下来发给姜彦。图片上的加载圆圈旋转又旋转，发出去的那一刻，游戏厅门被推开，一群人闹闹哄哄地走进来。

“欢迎光临。”周挽边说边抬头，看到来人愣了一下。

是陆西骁和他那些朋友。

蒋帆也没想到能在这儿见到周挽，很自来熟地打招呼：“哎，这么巧，你怎么在这儿？”

陆西骁侧头淡淡地扫了他一眼，嗤笑一声。

“哎，阿骁，”蒋帆注意到他的表情，立马道，“我可都已经为了兄弟两肋插刀、忍痛割爱了，你这态度不地道啊。”

陆西骁扬眉：“我让你割爱了？”

陆西骁走到台前，从钱包里抽出游戏厅的会员卡，又摸出几张100元。

周围人见状，先是愣住，而后是此起彼伏的起哄声。

“可以啊骁哥，下手够快的啊。”其中一个男生说，“什么时候背着我们连会员卡都充上了？”

这些人向来口无遮拦，毫无避讳。周挽对此招架不住，抿着唇，安静地低头将钱充进会员卡里：“好了。”

陆西骁“嗯”了一声，拿过卡。

众人朝游戏机方向走，周挽听到他们的调侃议论声。

“你别说，周挽长得还真挺好看的，越看越好看，乖乖的。”

“危险发言啊，当心骁哥揍你。”

“哈哈哈哈哈可别，我哪儿敢？”

他们从没见过陆西骁对哪个女生这样过。

哪次不是那些女生主动靠近，飞蛾扑火般甘愿为他燃烧整个青春。

一群人联机打魂斗罗，把按键按得噼里啪啦响，时不时夹杂几句骂声。打了几局，他们又换了台游戏机继续。游戏厅里头因为他们都热闹不少。

其间，周挽抬眼看了陆西骁一眼。他没打游戏，懒洋洋地靠在一边，正低头看手机。他对周围的视线很敏锐，抬眼朝周挽看过去，坦荡地挑了挑眉，无声地抛出一个疑问。

周挽轻轻地摇了摇头，低头做题。

过了许久，游戏厅内的人渐渐少了。

蒋帆走到周挽桌前，说：“小偶像。”

“啊？”

蒋帆凑过去看她在写什么：“不愧是学霸啊，你们1班的卷子是不是跟我们班的都不一样啊？”

周挽温暾道：“一样的，只是这是竞赛试卷。”

“竞赛啊——”蒋帆“啧啧”几声，“化学？”

周挽怀疑他视力有问题：“物理。”

陆西骁走过来，将一摞积分券放到桌上，嘲道：“说得好像你还知道我们班卷子长什么样。”

蒋帆不满道：“……你不也不知道嘛！”

陆西骁轻嗤一声：“还算能看出来是物理题。”

“……”

周挽主动出声打圆场，抱起那一摞沉沉的积分券：“我先把这些数目录进去。”

蒋帆问：“这有什么用？”

周挽说：“可以兑换礼品。”

蒋帆看向她身后那片礼品墙：“那这里头有多少积分了？”

周挽估计了下手头这些积分券的数量："这里大概有两万，加上卡里存着的差不多有六万了。"

"这么多？"蒋帆诧异道，"那能换什么奖品了？"

"这一排的都可以。"周挽用手示意了一下，想起他们之前在篮球场的样子，又补了一句，"那个篮球也可以。"

"这奖品不错。"旁边男生说道，"还是限量款的，我记得要大几百呢。"

周挽看了陆西骁一眼，问："要兑换吗？"

"不用。"陆西骁说。

"骁哥别小气啊。"

"打游戏还换个限量款篮球，这不香吗？"

蒋帆奇怪地问："这积分不换也没用，你存着干吗？"

陆西骁看了他一眼。

蒋帆奇道："你要换什么？"

陆西骁抬起下巴，示意那辆自行车。

蒋帆更奇怪了："你一个跑赛道还嫌慢的，要自行车干吗？"

陆西骁懒得理他，蒋帆又问周挽："小美女，你知道不？"

周挽顿了顿，想起之前陆西骁问她最想要哪个。

她嘴巴张了张，还没说什么，陆西骁就懒声道："少跟这家伙说话。"

一瞬间，一群人的起哄声快要掀翻天。

"可以啊骁哥！"

"哈哈哈哈哈！还带这样的。"

"我就问以后蒋哥还敢不敢一口一个小美女地叫！"

…………

周挽一时不知道该作何反应，沉默着。

陆西骁抬手，微凉的指节在她脸颊轻轻蹭了一下，嘴角微翘，似笑非笑的，那样子简直要多坏有多坏。

"听到没？"他懒洋洋地问。

周挽纤长的睫毛飞快地颤了颤，顺着他的话回答：“听到了。”

周围响起爆笑。

就在这爆笑中，众人隐隐约约改变了一点儿对周挽的看法。

她不仅和从前那些女生性格、外表不同，在陆西骁这儿似乎也是有点儿不同的，以前陆西骁可不管那些女生跟谁聊天。不过看着周挽那副模样也就懂了。少女纯洁又干净，一切心事都泄露在颤动的睫毛和小心翼翼的呼吸中，她的五官精致小巧，找不到一点儿瑕疵，像是精美的瓷器，让人不由自主地想要保护。

就在这时，门口忽然又进来几个人，长得不像善类。

“陆西骁。”为首的人唤道。

众人循声回头，纷纷皱起眉，在周围拉开难言的紧张气氛，蒋帆皱眉啐了一口，不耐烦地低语：“怎么又是他们。”

显然，他们并不是朋友。

周挽从前听别人提及陆西骁，总能听到说他又打架了。他太张扬、太嚣张，既能吸引人，也能招来厌恨。而现在，他就站在原地，八风不动、百毒不侵，面无表情地垂眼看人，透着一些嚣张与轻蔑。

片刻后，他笑了笑：“出去说？”

陆西骁双手揣兜，在周围其他人的窃窃私语中走出了游戏厅。

周挽看着他们离开的背影，忍不住蹙起眉。

会打架吗？不知道他会不会受伤……

周挽回想起上次在他手机里听到蒋帆提到过那个人的名字——骆河。

应该就是刚才叫陆西骁名字的男人，他看起来比陆西骁年纪大些，身上已经没有半点儿学生气，眉眼间都是阴沉暴戾。

周挽的心口莫名地产生一股慌乱感，连带着试卷也看不下去。她握紧拳头，深吸了口气，又缓缓呼出，努力让心跳慢下来。距离下班剩下的最后一个半小时，周挽只做了两道大题。

她揉了揉眼睛，觉得头昏脑涨，将冰凉的手贴在额头上让自己清醒。

关了所有游戏机以后，周挽背着书包离开游戏厅。

月朗星稀，深夜的秋风吹透单薄的衣服。周挽打了个寒战，裹紧外套，低着头往外走。

眼前，鞋尖的方向出现了一个身影。

“陆西骁。”

他回头，轻笑了一声：“周挽，”说这话时他是笑着的，但语调是冷冷的，“你挺狠心啊，还知道出来。”

她眨了眨眼，温暾道：“下班了。”

陆西骁轻嗤一声。

周挽注意到他下巴上的血痕，像被指甲划伤的，其他倒没什么受伤的地方。

周挽察觉到了他的不爽，但不懂为什么。难道是她没出来，让他在那群朋友面前丢脸了？她上前一步，解释道：“我以为你们去别的地方了，就没出来。”

他没说话，沉默着，低着眼睑居高临下地看她。

周挽仰头看着他的脸，试图哄他：“陆西骁，你脸受伤了。”

“嗯。”无所谓的语气。

“里面有创可贴，我给你包扎一下好不好？”周挽轻声道。

“周挽。”他骤然倾身靠近，直接抬手扣住周挽的后颈，强硬地将她的脑袋抬起来，漆黑的眼睛紧紧盯着她，笑意未达眼底，像是要看进她心里。

“你装什么乖？”他说。

周挽一怔。她最会扮乖藏拙，旁人都说她又乖又听话，陆西骁是第一个看透她的人。但他并没有深究于此，很快就兴致缺缺，懒得纠结。

他直起身，很淡地嗤了一声，越过周挽，径直走向游戏厅。

周挽忙跟上去，重新开锁、开灯。

“陆西骁，你等我一下。”周挽对着前面的后背说，“我去里屋拿创可贴。”

他没回答。

周挽从里屋翻出一个小铁盒，又从小铁盒里找出一片创可贴，确认没有过期。

周挽出去时，陆西骁正站在娃娃机前，操纵着夹子。

他来过好几次游戏厅，但周挽还是头一回见他玩娃娃机。

游戏机发出粉红色的光，打在他脸上，勾勒出他的轮廓，额前碎发垂着，眼神平静又淡漠，修长骨感的手指握着游戏柄。

周挽想说，这种机器都被设置过，刚才有人抓起过两个，现在应该很难抓到。

刚要开口，夹子便稳稳钳起娃娃。随着“啪嗒”一声，他弯腰，拿出那只娃娃。

周挽走上前，将创可贴递给他。陆西骁垂眸，倾身将脸靠过去。

周挽闻到他身上的清冽味道，无端地屏住呼吸，有些发怔。

他抬眼，目光直白，嗓音喑哑：“不是要哄我吗？”

他对她的内心简直心知肚明。但又从不追问为什么怕他生气、为什么在他面前装乖，永远这副随性自在、来去自如的样子。

周挽咬了下唇，强忍住睫毛的颤动，撕开创可贴，贴在他下巴上。她指尖不小心碰到他下巴上的皮肤，有些糙，是被剃掉的胡楂儿。

“好了。”

“那走。”他转身就走。

…………

又如往常一样，两人走在那条熟悉又寂静的街道上。

地上落叶更多了，被踩得沙沙作响。

“陆西骁，”周挽说，“之前医院里你帮我垫付的那笔钱，我能不能等年底再还你，按照银行的利息，可以吗？”

陆西骁看了她一眼，淡淡地说：“不急。”

“谢谢。”

很快，他们就走到了周挽家的门口。

“那我先进去了。”周挽朝他挥手，“谢谢你陪我回来。”

陆西骁没说话。

周挽走到门口时，身后的陆西骁忽然出声：“周挽。”

“怎么了？”

“给。”他拿起手里的娃娃。

周挽愣了一下，重新走到他面前，接过娃娃抱在怀里，很认真地说：“谢谢你。”

自从周军去世以后，周挽就再没有过什么玩具和玩偶。

他笑了下，语气里带着一抹坏：“像你。”

周挽低头，透过微弱的灯光看到公仔粉色的背面。

她翻过来。

那是一只大脸盘、绿豆眼、红腮帮、塌鼻子的屁桃君公仔。

第六章

独属于他的镇静剂

国庆假期结束的第二天就是物理竞赛，还是省级比赛，要去外地考试。

学校包了一辆大巴车，前一天放学的时候竞赛班的众人便坐上大巴一道去了。

拿到省级一等奖的才有资格去参加国家级的竞赛。竞赛班里一共26人，有一等奖希望的只有周挽和姜彦两人。

大巴车上两人坐在一起。昨晚周挽没睡好觉，一上车就开始补眠，而姜彦则在一边看摘抄的错题。

等到目的地时，天色已经大暗。

负责的老师站在队伍最前面，嘱咐道："大家两两组合入住，一会儿会把晚餐送到你们房里，今天晚上都不要另外点外卖，要是吃坏了肚子，这么久的准备可都白费了。"

周挽和一个长相可爱的女生被分配到同一个房间，女生叫黄佳，性格开朗，立马过来笑着冲她说了声"嗨"。

学校很看重这次比赛，为了让他们能够休息好，安排的住处也很不错。

"周挽，你一会儿先洗澡还是先看书？"黄佳问。

"都可以。"

"那你先洗澡吧，我一会儿出去一趟，回来再洗。"

"好。"

周挽先给奶奶打了个电话。

洗完澡出来时黄佳正好回来，正站在门口跟人挥手道别："晚安，早点儿睡哦，明天考试加油。”

外头是个男声，声音温柔，笑着说：“你也是，晚安。”

黄佳关上门，回头看到周挽：“你洗好啦？”

“嗯，里面还暖和，你快去洗吧。”

黄佳搓搓手：“好，外面可真是太冷了，怎么今年10月份就跟要过冬了似的。”

周挽坐在桌前，拿出几套做过的预测卷，黄佳很快也出来了，在周挽旁边坐下，两人一起复习。她手机振个不停，时不时弯着眼笑出声，过了会儿，黄佳侧头问：“周挽，你有喜欢的男生吗？”

“啊？”周挽摇头，“没有。”

黄佳耸了耸肩道：“其实一开始组竞赛班的时候，我和我朋友还偷偷讨论过，觉得你跟姜彦两人成绩好、长得好，都前途无量，特别适合。”

周挽很诧异地说：“怎么会，我跟姜彦只是朋友而已。”

“因为你们是第一名和第二名嘛，还是同桌，不过后来我就看出来不是啦。”黄佳说，“而且后来相处久了，我觉得姜彦性格挺无聊的，死脑筋、书呆子，白长那么帅。”

周挽想了想说：“我性格应该也挺无聊的。”

“才不会！”黄佳语气夸张，“你长得超漂亮！脾气看上去就很好，温温柔柔的，我要是男生我肯定特别喜欢你。”

周挽换了个话题：“刚才那个男生是你们班的吗？”

“是啊，也是我同桌。”黄佳拿出手机翻照片，“你看，刚才我们拍的。”

是两人的合照，脸贴在一起，笑容灿烂。

男生是竞赛班一个戴眼镜的高个子男生。

周挽看着那张照片，莫名地想起从前看陆西骁和别的女生站在一起时的模样。

“黄佳，”周挽问，“对一个人有好感是什么样的感觉？”

“很开心呀，见到他很开心，跟他说话很开心，虽然有时候会吵架，但他马上就会来哄我。”黄佳说起这事满脸幸福。

周挽顿了顿。

黄佳八卦地凑过去：“周挽，你这么问，是不是有有好感的男生？”

“……没有呀。”

“什么没有！你这个反应肯定有！谁啊谁啊？”

周挽不知道该怎么解释，好在黄佳没追问，两手捧脸，“啧啧”两声，又忽然道：“反正我觉得啊，只要别是我们班的陆西骁就行了。”

周挽一顿，侧头。

黄佳说：“虽然那么多女生倾慕他，但我总觉得，跟他那样的男生在一起，是只能远观的，否则说不定自己也会受伤害。”

与此同时，周挽手机一振。“6”发来一条信息。

周挽做贼心虚般很快拿起手机，点开微信。

6：不在游戏厅？

周挽：我今天不在，去外地参加竞赛了，店应该开着，可以去。

6：什么时候回来？

周挽：后天傍晚。

顿了顿，她又补充地问了句：怎么了？

陆西骁没再回复。

周挽又看了会儿书便早早睡觉了。

…………

考试持续了两天。

去年的卷子简单，按照规律，今年的题就会很难，事实果真如此。

周挽将头发利落地扎起来，沉下心做题。

其实周挽适合难题，因为题目越难，差距才越能拉开。最后一门考试有三个小时，铃响后很多人还有半页卷子都空着。有些对这次竞赛看得重的同学一交卷就开始啜泣。

周挽收拾好东西走出考场，下楼时碰到姜彦。

“周挽，你考得怎么样？”

“还行，倒数第二题的后两个小题不会做。”周挽说。

“那题啊，我第二小题做出来了，第三小题写了一半也没做下去。”

看来姜彦发挥得很不错。周挽笑了笑，察觉他状态的不同：“你今天好像心情特别好？”

“嗯。”姜彦脸上难得出现这样开心的笑，“今天我爸来接我。”

学校开了很多次家长会，周挽从来没见过姜彦的父母。她知道姜彦是由外婆、外公带大的，想来他父亲应该常年在外工作。

考试结束后，大巴车将他们统一送回学校，到的时候天已经黑了。

姜彦一下车就直奔向校门口的一辆锃亮的黑色轿车，轿车车头上有一个小金人，周挽即便对车没了解也知道这是什么牌子。

轿车车窗摇下，姜彦笑着说：“爸，你等很久了吧？”

西装革履的男人也笑着：“不久，我也刚来，快上车吧，带你去吃饭。”

“好。”姜彦扭头冲周挽挥手道别。

男人问：“这个是你同学呀？一块儿上来吧，我送你回家。”

“不用了叔叔。”周挽说，“谢谢叔叔，我到前面坐公交很方便的。”

周挽见过姜彦的外婆，是一个很朴实的老太太，也知道他家境一般，所以才一直都很功利心地想要成功。但是她看他爸爸，似乎有点儿眼熟。周挽自觉没这样的本事去眼熟这样一个男人。

她想也许是错觉，然后独自朝着公交车站方向走。走到一半，她忽地脚步一顿，终于想起来了——那是……陆西骁的父亲。

上次在医院时她和这个人有过一面之缘。刚才开着豪车的男人，好像就是陆西骁的父亲。

紧接着，她又想起之前姜彦对陆西骁的评价。姜彦说：“他和我们压根儿不是同一类人，他靠着家里的钱整日挥霍，荒废度日，但如果他离了家呢，他什么都不是。”

这到底是怎么一回事……

还未及周挽细想，迎面忽然传来一道急促的喊声。

“挽姐！哎，挽姐！”蒋帆喘着气跑过来，“我可终于找到你了！”

“你……你叫我名字就好了。”周挽忍不住后退一步，轻声问，“你找我有事吗？”

“你跟阿骁有联系没？”

周挽愣了一下：“昨天晚上联系了。”

“骆河那个疯子上回在阿骁身上吃了瘪后就一直怀恨在心，昨晚趁他一个人的时候耍阴的！”

周挽的心猛地一跳：“那他没事吧？”

“现在就是不知道他怎么样我才着急。”蒋帆一脑门儿的汗，“敲门也没反应，打电话就挂断，多亏了还能挂断，至少说明还活着。”

“打得很严重吗？”

“不清楚，我看那地上一摊血，估计用刀了，平时还没事，偏碰到昨天那日子。”

周挽问：“昨天？怎么了？”

蒋帆原不想说，但看着周挽那双干干净净的眼，加上现在这状况自己也实在没办法，只好和盘托出：“昨天是阿骁他妈妈的忌日，他妈妈当年去世对他打击特别大，每年的这天他虽然什么都不说，但气压都特别低。”蒋帆叹了口气，“我主要怕他受了伤又不管，小伤也就罢了，那都动刀子了，再不注意万一感染就麻烦了，可是会闹出人命的。”

周挽皱起眉：“那你有办法见到他吗？”

“我要有办法就不来找你了！”

“……”

蒋帆说：“你去他家一趟吧，说不定他肯见你呢。”

“啊？”

“求你了。”

“……”

周挽拿着蒋帆给她的地址，成功地找到了她家后面两条街的那幢小洋房，小山路 18 号。那是一幢有些年头的小洋房，三层楼，有一个小花园，只是疏于打理，杂草长到齐腰高，屋侧的一面墙壁上爬满了爬山虎。

荒废的，又透着不加修饰的野蛮。

周挽怕陆西骁真的会出什么事。

外面的铁门没有锁，一推就打开了，发出刺耳的声响。周挽环顾四周，缓缓走进去。里面的门关着，周挽按了门铃，等了好一会儿也没人来开。

顿了顿，她拿起手机，拨通了陆西骁的电话。没有铃声，只是一下接一下的沉闷的“嘟”声，到最后，传来了冰冷的女声——您拨打的电话暂时无人接听。

周挽蹙眉，又回拨过去。

依旧还是原样，正当她以为陆西骁不会接电话时，“嘟”声忽然停了，电话那头死一般地寂静，只剩下极轻的呼吸声。

“陆西骁。”周挽轻声说。

他依旧没说话。

周挽眼睫轻颤，缓声说：“我在你家门口。”过了两秒，电话直接被挂断。

周挽握着手机的指尖微微收紧，她垂下手，将手机放进口袋，攥着书包肩带，很轻地叹了口气。

蒋帆是他的好朋友都没办法，她又能有什么办法。

周挽在门口站了会儿，决定去药店买些纱布和消毒酒精，再买点儿吃的回来放在他门口。

刚转身要离开，忽然“咔嗒”一声，门被打开了。

屋里很暗，一盏灯都没开。陆西骁白衣灰裤，头发凌乱，眼睫垂着，他面无表情、居高临下地看着眼前的少女。

周挽从大巴下来以后就直接来了这儿，肩上还背着沉甸甸的书包，长及胸前的黑发垂在脸侧，显得那巴掌大的脸又小又白，漆黑如墨的眼瞳平静而柔和地注视着他——她和周遭的一切格格不入。

陆西骁松开门把手，什么话都没说，脱掉脚下的拖鞋，踢给周挽，转身进屋。

周挽迟疑了一下，蹬掉脚上的帆布鞋，踩进他的那双拖鞋。

拖鞋很大，她穿起来很不合脚。她弯下腰，将自己的鞋子整整齐齐地放到鞋架一边，同时也注意到那鞋架里再没多余的拖鞋，只有她脚下这一双。

陆西骁一个人住，这偌大的三层楼都属于他一个人。

孤零零的。

“我能开灯吗？”周挽问。

“随你。”这是陆西骁今天第一次开口说话，他的声音哑得像是被砂纸用力磨过。

周挽将鞋架上的开关打开，客厅的吊灯亮了起来。陆西骁不适应突如其来的光线，紧紧蹙起眉，抬手挡住眼。

周挽看到了凌乱的客厅，地上乱七八糟地散落着东西，空气里都是浓重到弥漫不开的味道。

她又走过去开窗通风。陆西骁躺在沙发上，看着少女忙碌的背影，扯了下嘴角：“来干吗？”

“是蒋帆让我来看看你，说联系不到你。”周挽看着他冷白到显出病态的脸，不知是真的受伤了还是因为不见天日。

陆西骁嗤笑了一声。

周挽问：“你受伤了吗？”

他侧过头，没说话。

“哪里？”

“怎么，你要帮我包扎？”

周挽点头：“嗯。”

陆西骁轻笑了一声，起身走进卧室，没一会儿拎了袋东西出来，丢在茶几上，一卷纱布滚落在地上，散了长长的一片。

陆西骁重新坐回去，靠在沙发上，扯起裤管。他穿了条宽松的灰色家居裤，大腿上缠着纱布，但包扎得很随意，像是随便绕了几圈，有殷红的鲜血从里面渗出来。

他瘦且干练，肌肉并不偾张，也看不出常年坚持锻炼的痕迹，但肌肉线条流畅，满是野蛮生长的痕迹。

周挽被那抹血色刺痛了眼，盯着看了三秒，倏地红透了脸。

陆西骁看着她的反应："不是说，要给我包扎吗？"

周挽不说话了，过了很久才上前一步。

陆西骁欣赏够了她的表情，没有逼迫，讽笑了一声，直起身，将染了血的纱布一圈一圈绕开，然后丢进垃圾桶。

周挽不再看他，低头收拾茶几上的一片狼藉。

地上全是玻璃瓶，周挽在屋内看了一圈才找到饮水机，她走过去倒热水。饮水机旁的架子上放着一张相片，上面是一个很漂亮的女人，笑容温柔。

她有一双和陆西骁一样的狭长眼睛。周挽凭借这双眼睛很快判断出照片里的女人是谁——她是陆西骁的妈妈。

她倒了杯温水，陆西骁已经换好纱布，靠在沙发上。

周挽走过去，跟他说："先喝口热水吧。"

他不喜欢被管束，抬眼看她，眼底一片冷然："你管我？"

周挽一顿，松开手，将那杯温水放到他面前的茶几上。

他看了一眼，没动。

"陆西骁，"周挽不知道他的过往，却能看出他波澜不惊下的无边伤痛，她试图安慰他、鼓舞他，让他不要再这样消沉下去，"如果你妈妈还活着的话，一定不希望看到你这个样子。"周挽轻声说。

陆西骁动作一顿，忽然直起身。

他的动作幅度太大，牵扯到腿上的伤，但他连眉头都没皱一下。

"周挽，"他冷着声，一字一顿道，"你以为你是谁？"

周挽浑身一僵。是的，她以为她是谁。她和陆西骁甚至连朋友都称不上，有什么资格站在别人的伤痛上去劝告什么。

“还是说你有别的什么企图，”陆西骁盯着她，“不想看到我这样？”

他轻笑出声，笑意里更多的是讽刺，没有丝毫暖意。

“行啊，那顺你的意。”他拽住周挽的手腕，猛地用力向自己拉近。他的手是滚烫的，眼却是冷的，嗓音也是冷的。

周挽跌坐在沙发上，摔在他身上。陆西骁扣住她的胳膊，用力迫使她靠近自己。

周挽浑身僵硬，因为这动作动弹不得。现在的陆西骁太危险了，濒临丧失理智。

陆西骁捏着她的下巴抬起，冷着脸靠近。

周挽用力侧过头，从喉咙底挤出一声呜咽：“……陆西骁！”

他忽地松开手，周挽摔在沙发上，用双手支撑住身体，心有余悸地喘气。

陆西骁并不想真的对她做什么，只是为了逼出她的真实反应。

“耍我，是吗，周挽？”他冷眼看着眼前脸涨得通红的少女，没有一丝情绪，极为平静地说，“周挽，你想干什么？”

他抬手箍住她纤细的脖颈，粗鲁地将她拽起来，抵在沙发背上，然后一字一顿地冷声问：“为什么要故意靠近我？”

他太清醒透彻了，周挽那点儿把戏从来没有逃过他的眼睛。

从那晚在游戏厅，她说自己的名字是“会挽雕弓如满月的‘挽’”时，他就已经看出来了。只不过心情好时懒得计较，现在他懒得装傻了，也不再给她任何面子。

周挽没说话，她不知道该怎么解释。这件事，不管从什么角度去看，都是她企图在先，利用在先。

都是她的错。

陆西骁掐着她脖子的手不自觉地用力，并不是会窒息的力道，但用力抵着颌骨处，卡得她生疼。

她呛咳一声：“陆西骁，”周挽皱着眉，难耐地说，“疼……”

陆西骁松手，但锐利的目光依旧紧紧地盯着她。

“陆西骁，”周挽起身，捡起地上的书包，轻声说，“对不起，打扰你了，以后我不会再出现在你面前了。”

不管她多恨郭湘菱，都不应该这样做。这不道德，也对陆西骁不公平。

周挽朝他微微欠身，转身离开。

陆西骁看着她离开的背影。她身形单薄，好像被风一吹就会倒下，会很轻易地被折断。

而当她按下门把手，一点点拉开门，外头路灯细密的光洒进客厅，光影照亮她周身，像是镶上了一圈毛茸茸的金边。

陆西骁忽然想到那天在医院外的事情，他和陆终岳大吵一架，大步离开时，周挽追着他气喘吁吁地跑出来，手指紧紧攥着他的衣摆。

她身后是陷落的夕阳，光晕似乎将她周身都点燃了，有温柔又浪漫的感觉。她气都喘不匀，仰头问他：你想吃面吗？

他记得那双清澈的眼睛。

“周挽。”陆西骁忽然出声叫住她，连他自己都不知道缘由。只是觉得，只要周挽走出这扇门，往后他们就真的没有任何瓜葛了。

陆西骁想，他并不喜欢无趣又平淡的周挽，只是周挽在一定程度上和他很相似，她总是很安静，什么都不问，像没有好奇心。可她能懂他，尽管他什么都没说。

她在身边的时候，陆西骁会感受到一种少有的平静。周挽像是独属于他的镇静剂。

周挽停下脚步，没回头。

陆西骁靠在沙发里，身子陷进去，他闭了闭眼，也没看她，哑声说：“周挽，我饿了。”

第七章

这世上总有那么多巧合

“老板，我要一碗红枣银耳粥。”周挽站在收银台前说，“谢谢。”

陆西骁受了伤，周挽只敢给他买清淡些的东西吃。这家粥店就在他家前面，主要卖粥，还另外附带些小配菜，口味很不错，而且分量大又实惠，生意很好。

周挽坐在一边等，玩手机消磨时间。点开朋友圈，第一条就是姜彦发的，是他坐在车上和他父亲的合照。

周挽指尖一顿，点开照片，然后放大。她眉心蹙起，认真地看着照片，心里更加确定这就是她在医院里见到的陆西骁的父亲。虽然那次距离有些远，但陆西骁父亲并不是让人过目就忘的长相，他长得很硬朗严肃，气场强大，气质鲜明。

其实他和陆西骁那随性的性格很不像，陆西骁还是更像他妈妈。

只是，姜彦和陆西骁的父亲，为什么会是同一个人?

“小姑娘，粥好啦。”老板唤道。

周挽的思绪被打断，她连忙起身接过，又道了声谢。

红枣银耳粥分量很足，沉甸甸的一盒。

回去时发现门还留了条缝，周挽轻轻地推开门，换上拖鞋走进去。

陆西骁听到声音，侧过头淡淡地看了她一眼。周挽帮他把打包盒盖子打开，将粥推到他面前：“我不知道你喜欢吃什么，但你受伤了，今天先吃点儿清淡的吧。”

陆西骁问：“你的呢？”

“什么？”

“晚饭。”

周挽一顿，她忘记自己也还没吃饭：“我不饿，晚点儿再吃好了。”

陆西骁起身，转身进了厨房。周挽听到水龙头的水声，很快，陆西骁拿着碗走了出来，碗没沥干，水一滴滴地落在地毯上。

他将碗放在桌上，把筷子咬在嘴里，一言不发地将一半的粥倒进碗里。

热气腾腾的。

粥被推到周挽面前，勺子也扔在她眼前。

陆西骁全程没说话，做完这些，他低下头开始大口喝粥。

周挽抿唇，双手捧住碗说：“谢谢。”

两人占据茶几的两角，安静喝粥。

周挽吃东西慢且专心，陆西骁吃完后就转过头盯着她看。

好几次周挽都被看得浑身不舒服，回看他好几次，他依旧不眨眼地看，可就是不说话，到最后周挽实在受不了，问：“怎么了？”

陆西骁问：“不是说不饿吗？”

周挽停顿了下，轻声说：“不能浪费。”

他不屑地嗤笑一声。

周挽加快速度喝完粥，将碗筷拿进厨房洗干净，就在这时，门铃忽然响了。

“我去开门。”周挽说。

估计是蒋帆又来了。

周挽跑去开门，拉开门的瞬间愣在原地。不只是周挽，门外那人也一样愣住了。

“周挽？”姜彦睁大眼睛，“你怎么会在这儿？”

这世上总有那么多巧合。有些事因为巧合变得更美好，而有些则因为巧合变得更糟。

陆西骁不知什么时候走到周挽身后，他平静地冷眼看着姜彦，扣住周挽纤细的手腕将少女拉到自己身后。

“你来做什么？”他问。

姜彦终于将视线从周挽身上移开：“爸打不通你电话，让我来找你一起去吃饭，车就在楼下。”

陆西骁一言不发，抬手关门。

姜彦用手肘挡住房门，他沉着脸，眼底幽深，低声说：“有本事你以后都别来。”

陆西骁忽然笑出声，像是听到了什么格外有趣的笑话，侧了侧头，问姜彦：“你知道我为什么看不起你吗？”

“这些本就是应该属于我的！”姜彦少见地大声怒吼，“凭什么你能轻松拥有这一切，而我却要付出千万倍的努力?!”

“行啊，那你趁早改名姓陆，没人拦你。”

“陆西骁，你有什么资格在这儿居高临下地跟我说话？”姜彦眼底火烧，恶狠狠地盯着他，“你记住，真论起来，你才是私生子。”

私生子。

周挽脑袋“嗡”的一声，下一秒陆西骁已经冲过去一把将姜彦推倒在地。他拎着姜彦的领口，拳头朝着他的脸用力砸下去，姜彦的眼镜腿折断了，鼻梁立马红肿起来。

“陆西骁！”周挽反应过来，扑过去拉架。

他身上有伤，随着过激的动作伤口迅速崩开，鲜血浸透纱布沿着皮肤流下来，他却感觉不到痛一般，双目猩红，一拳一拳地砸在姜彦脸上。

周挽去拽他手臂，被他向后的力推倒，也摔在一旁。

乌云迅速挡住清冷的月亮，连最后一丝光亮都不再施予。

周挽顾不上被擦得一片血红的掌心，又去抓陆西骁的手。

“别打了！”她用尽全力抱住他手臂，“别打了，陆西骁！”

陆西骁终于停下动作，垂眸看向周挽雪白手心上的血丝和尘土，理智稍稍回归。

他深吸了口气，强压住愤怒和戾气，站起身。

他看着周挽去搀一脸青紫的姜彦，他近视四五百度，眼镜被打掉后眼前模糊一片，周挽扶着他，好不容易才坐起来：“姜彦，你没事吧？”

陆西骁的眼神冷到极点。

“姜彦，你再敢乱说话，我一定弄死你。”他狭长的眼尾扬起一片极浓的煞气，“滚。”

陆西骁转身进屋，拿起周挽的书包丢到她面前：“你也滚。”

暴雨过后，浓重的雾一早就氤氲了整座城市，潮气席卷，寒意侵袭。

一场秋雨一场寒。

“挽挽，”顾梦转身，趴在周挽桌上小声问，“姜彦怎么回事啊，跟人打架了？”

周挽想起昨天那场争执。私生子，诸如此类。

她摇头表示自己也不知道，什么都没说。

姜彦是学校最看重的尖子生，不仅是清北预备役，更是有希望直接冲击保送生的人选。今天一来学校，满脸挂彩的他立马被班主任叫去办公室询问情况。

直到数学课快要开始他才回来。数学老师后脚也走进教室，敲敲桌子：“来，都回座位，把昨天的试卷拿出来。”

周挽拿出试卷，侧头小声问：“没事吧？”

“没事。”姜彦答，过了会儿，他问，“周挽，你怎么会和陆西骁认识？”

“之前他来过我看的那家游戏厅，就这么认识的。”

姜彦没那么好糊弄，皱眉：“那你怎么会在他家？你昨天一回来就去了他那儿？”

周挽停顿了一下，说：“之前有一次晚上我奶奶不舒服，是他帮忙陪我一起去的医院，昨天碰到他朋友说他受伤了，我就去看看。”

“他帮忙？”姜彦不相信地反问，不屑道，“他不惹祸就不错了。”

姜彦的态度让周挽莫名地不舒服，坚持道：“是真的。”

“你和他关系很好？”

周挽想起他最后的那句“你也滚”，冷脸冷眼的样子，看起来对她厌恶至极。

周挽摇头：“没有。”

“你离他远点儿，他可不是什么好人。”

“那你和他……”周挽停顿了一下，问，“姜彦，你和他是什么关系？”

姜彦沉默了会儿。

正当周挽觉得自己触及他隐私，想要道歉时，姜彦开口：“我是3月的生日，他是11月的生日，我比他大。”

“所以你昨天说他是……”私生子。

“私生子”这三个字周挽没说出口，总觉得这是一个太沉重的标签。

姜彦说：“嗯，我和他同父异母，他妈就是小三，抢了本该属于我和我妈妈的一切。”

周挽沉默。

“所以，我一定要很努力，一定要成功，一定要把他踩在脚底下。”姜彦说。

后面几天陆西骁都没有来学校，不过这是常态，没人会觉得奇怪。

周挽依旧每天四点一线，学校、医院、游戏厅、家。

奶奶重新做了一系列检查，确定没问题后周挽去办了出院。

这半个月单人病房的钱都是陆西骁出的，而微信里躺着的对话框时间却停滞在十天前。

那是她去外地考试时，陆西骁问她什么时候回来。

周挽算了算自己手头的余钱，要还陆西骁还差好几千，她叹了口气，打算后面尽快凑齐了一并发给他。

周五放学那天傍晚，周挽在走去公交车站的路上碰到蒋帆。

“挽姐！”他老远就开始喊。

周围很多人都听到了，周挽脸热：“你别这么叫我。”

“行行行，周挽。”蒋帆说，“上回多谢你啊，我就知道得求救于你。”

“陆西骁的伤怎么样了？”

蒋帆说：“应该好差不多了吧，他身体好，恢复很快。”

周挽点头：“那就好。”

“你怎么不自己问他？”

周挽稍顿，说：“他应该不想跟我说话。”

“你们吵架了？”蒋帆问。

周挽没说话。

蒋帆一副了然的模样：“阿骁脾气特别犟，跟他爸这么多年都水火不容，但其实只要不触及他底线就不会怎样，你稍微哄哄他就好了。”

周挽想，还是算了。她和陆西骁本就不是一路人，本就不该认识，如今就当作悬崖勒马、重回原轨吧。

“不过有一点啊，你别在阿骁面前提他妈妈的事，这是死穴，一提就炸。”蒋帆又说。

周挽顿了顿：“我那天在他家看到他妈妈的照片了，看起来很温柔漂亮。”

“我和阿骁从小就认识，小时候我去他家见过他妈妈，确实特别好看。”蒋帆笑了笑，“不然也生不出阿骁这样的。”

“他妈妈是怎么走的？”周挽轻声问，“生病了吗？”

“不是。”蒋帆垂眸看了她一眼，叹了口气，低声，“自杀，跳楼。”

秋风卷着枯叶呼啸而过。

11 月初的时候，省级物理竞赛的成绩就出来了。

物理老师一早就跑到教室叫周挽和姜彦去他办公室——周挽已经从他脸上的表情猜到，这次他们俩都考得不错。

“你们俩真是太给老师争气了！”他笑出一脸褶子，用力拍着两人的肩膀，“太好了，太好了，都是一等奖，学校可都在连夜加急做横幅了。”

姜彦如释重负般呼出一口气，露出满足又放松的笑意，接着问：“那全国比赛在什么时候？”

“明年开春，三四月份的时候。”物理老师说，“这个放心，学校很快就会安排好你们俩下一轮的竞赛辅导。”

早上两节课后，有升旗仪式。

操场上几十个班级方阵整齐地排列着。校长站在主席台上笑容满面、春光得意，激动地宣布本次物理竞赛取得的成绩。

三等奖 8 名，二等奖 3 名，一等奖 2 名。

一批批的学生上台领奖拍照，周挽和姜彦排在最后。两人并肩站在旗杆下，校服整洁端正，手中拿着证书样式的奖状。

今天太阳不错，有些刺眼。

底下众人纷纷鼓掌。周挽微眯着眼，拿着奖状笔直地站着。

就在这时，操场一侧的铁门吱嘎一声被推开，陆西骁走了进来。

他没有穿校服，但穿了简洁的短袖和黑色运动裤，两鬓剃短后，更衬得骨相深刻，他脸上的表情很淡，被阳光照得微微皱眉。走起来时显得他格外人高腿长。

周挽的目光落在他身上。

他一出现，便吸引了不少女生的注意。一批是认识他的，抬手朝他打招呼，一批是低调的旁观者，钦羡地窃窃私语。

当然，他也吸引了台上校长的注意。

“陆西骁！”校长对着话筒斥道，“这都几点了，才来学校?!”

陆西骁抬眼，视线先看向周挽，而后平静地移开。

旁边一群损友幸灾乐祸地大笑。

校长看不惯他很久了，怒目圆睁：“你给我到主席台上来罚站！”

陆西骁也无所谓，什么都没解释，抬脚朝主席台前走。

周挽垂下眼，眼睫轻颤，在他经过时闻到他身上的味道，那是被阳光缠绕后散发出的一点儿辛辣的凛冽。

他在周挽斜后方站定，依旧是那副漫不经心的样子。

校长又斥了他几句，这才想起让人继续拍周挽和姜彦的获奖合照。

负责拍照的同学是学生会宣传部的，也是周挽的同班同学。

中午，她将几张照片洗出来，挑了一张要贴在学校公告栏的，还剩几张，她问周挽要不要拿着收藏。

一共三张，有远照、近照、单人特写。

同学指了指单人特写的那张照片："我觉得这张拍得你特好看。"

周挽都仔细看了一遍，拿起那张远照："可以给我这张吗？"

"这张？为什么？"

周挽笑了笑，说："以后看到这张照片能想起来是什么事，特写的太近了会想不起来。"

"也是。"女生点点头，笑道，"那这张你就拿着吧。"

周挽跟她道了谢。等她走后，周挽低头重新看向那张照片——背景囊括了整个主席台，站在她斜后方的陆西骁也在其中。他下颌微抬，潇洒恣意的模样，瞳色被阳光映照得偏浅，视线漫不经心地落在她的背影上。

奶奶出院后，周挽不用每天再往医院跑一趟，放学后会直接去游戏厅。

周挽跟人交班结束，刚坐下便听到一旁传来一道女声，一边甜腻地夸着"真厉害"，一边鼓掌，捧场极了。

来游戏厅玩的除了学生外，情侣居多，这样的声音时常能听到，周挽没在意，也没朝那边看。

直到她又听到一个声音："自己玩去。"

磁性、深沉、冷冽，又将漫不经心的疏离融合得恰到好处。

陆西骁。

自从那次他生气让她“滚”后，他就再没有来过。而刚才那道甜腻声线的主人就站在他身侧，高腰短裙配长筒靴，稚嫩却明艳的脸，正是陆西骁从前身边常会出现的那些女生的类型。

女生撒娇道：“不是说好了要陪我的吗？”

陆西骁“啧”了一声，很不耐烦的样子。

“陆西骁，”女生拽着他手臂往后走，蹦蹦跳跳的，“你去看我跳舞好不好？”

陆西骁扯开被她抓着的手，跟她一起走到跳舞机旁。

那女生一看就是有舞蹈功底的，前奏旋律一出来便在跳舞机上活动开来，耀眼又自信，她腰细腿长，引得周围不少人围观。

除了陆西骁。

他中途接到电话，走到一边，懒洋洋地靠在墙上。

对面的蒋帆问：“阿骁，我妹跟你在一块儿是吧？”

他不耐烦地说：“给你十分钟，过来把人领走，吵死了。”

“我现在真走不开，被老刘逮住了。”蒋帆快要崩溃了，“你就帮我看一会儿，别让她那个‘神经病’瞎跑。”

陆西骁“啧”了一声，挂掉电话。

跳完一首曲子，周围自发地响起鼓掌声，蒋韵一转头没找到陆西骁，皱起眉，最后在角落的椅子上找到他。

蒋韵气冲冲地走过去：“你不是答应看我跳舞嘛！”

陆西骁抬脚钩住茶几，腿往旁一拽，挡住蒋韵的来路：“站那儿。”

蒋韵过不去，只能站在他两米外。

“再给我吵一句，我把你扔出去。”陆西骁不耐烦地说。

蒋韵瞬间睁大眼睛，不敢相信他竟然会说出这么没绅士风度甚至粗鲁的话。

蒋韵只比蒋帆小一岁，如今在三中读高一，从亲哥那儿看到陆西骁的照片便觉得帅，好不容易找到今天这个机会。他的脸比照片上还帅上百倍，但这狗脾气真是到了人神共愤的程度!

蒋韵从小被宠大，当即一跺脚，捡起旁边一本杂志丢到他身上："浑蛋浑蛋浑蛋！"发泄完，她愤愤转身，又跑去自己玩。

陆西骁独自坐在沙发椅上，人陷进椅背里，长腿大喇喇地敞着，眉眼低垂，看上去倦怠又冷漠。

而周挽则坐在另一边，低头做题，安静又柔和，和这嘈杂的背景格格不入。

陆西骁不知道自己是何时抬眼看向周挽的。直到一旁的游戏机被触发彩蛋环节响起音乐，他才回过神来。

蒋韵玩了一圈，拿着攒的积分券跑到周挽面前："小妹妹，这个是可以兑换吗？"

周挽看上去的确稚嫩显小，不怪蒋韵叫她小妹妹。

"嗯，是的。"周挽淡淡笑着，指了指身后的玻璃柜，"这些积分差不多可以兑换这一栏的，你可以看一下喜欢哪个。"

蒋韵趴在柜台前仔细看，半晌后食指一指："那个钥匙扣还挺可爱的！"

周挽指尖稍顿，克制住本想看向陆西骁的视线。

钥匙扣，陆西骁也有一个，蓝色的。

"要粉色的吗？"周挽轻声问。

"嗯。"

周挽拿了一个给她，蒋韵用食指钩着钥匙扣拎起来看，笑了笑，从包里摸出钥匙。刚要挂上，身后忽然伸来一只手，陆西骁从她手里夺过钥匙扣，丢回到周挽面前。

"砰"的一声。

蒋韵跟他的梁子算是彻底结下了："你干什么！"

陆西骁扬眉："谁准你拿了？"

"我自己赢来的！"

他伸手，两指夹过她手上的游戏卡，晃了晃：“我的卡。”

“你怎么这么小气！”蒋韵简直难以置信，“帅哥这么小气可就不招人喜欢了！”

陆西骁嗤笑：“我缺你的喜欢？”

蒋韵被他气得不轻，她实在理解不了长这么帅的人怎么嘴那么欠！

紧接着，她的眼眶便红了。倒不是委屈得想哭，单纯是被气的。

蒋韵打小就这样，一生气眼眶就会红，但在周挽眼里就不是这样了。

说起来，她还真是看过几个女生被陆西骁气哭了。抿了抿唇，周挽试图打圆场，看向陆西骁，轻声说：“你卡里有好几万，钥匙扣只要两千多的积分，不影响的。”

陆西骁侧头看向她。

他的目光淡漠又锋利，有嘲弄，有戏谑，有冷意，有审视。

周挽招架不住他的目光，低下头。

陆西骁轻笑了一声，意味不明道：“你倒是替我大方。”

周挽想起从前他说过的那句话：“周挽，你以为你是谁？”

是的，她以为她是谁。

蒋韵一跺脚，忍无可忍，转身就走。

陆西骁也不去追，没一会儿，他手机振动了一下，蒋帆发来一条语音，他点开：“阿骁，你跟我妹吵架了？她气冲冲地给我打电话骂了你一通。”

周挽一愣。

……蒋帆的妹妹？

陆西骁低头回复：“我跟她吵什么？”

周挽：“……”确实不算吵，单方面压制而已。

蒋帆又回了条语音，笑着的，听起来心情格外好：“我还头一回听有女生说再也不想见到你的。”

陆西骁嗤笑了一声：“正好，没见过你妹这么烦的。”

周挽不知被这句话戳到什么笑点，低头翘了下嘴角，又很快克制住，抬头，陆西骁正看着她。

不确定他有没有看到，周挽不动声色地回看他。

陆西骁将手机揣回口袋，视线没动。

周挽顿了一下，问："你不去追吗？"

他挑眉："没听到蒋帆说的？"

"啊？"

"她是我的谁啊，我追个屁。"

"……哦。"过了几秒，周挽觉得他这话说得不严谨，纠正道，"就算是，你应该也不会追。"

陆西骁忽然笑了，跟刚才的笑不同，这回是真正意义上的笑。他眯了眯眼："周挽，几天不见，你长本事了啊。"

反应过来自己刚才那句话像是在撑他，周挽缩了缩脖子，又摇摇头："没有。"

陆西骁想说什么，但手机这时又响起来了。他垂眸，很轻地蹙了下眉，眼底深邃。他转身走到外面，接通电话，但是没开口。

电话那头的陆终岳咳嗽一声："你在哪儿？"

陆西骁勾唇："你管我在哪儿？"

父子之间到了这一步实在可笑。陆终岳说不出那句亲昵些的"阿骁"，陆西骁则句句带刺。本该是最亲密的人，却恨不得将对方刺得鲜血淋漓。

听到他的话，陆终岳皱眉，但强压住心头的火："今天你爷爷 70 岁寿诞，让你一起回老宅吃顿饭。"

陆西骁皱眉，样子很不耐烦，但最后还是说："知道了。"

陆老爷子虽已 70 岁，但白发很少，依旧硬朗，精神气十足。

陆终岳并非独生子，他还有一个姐姐，陆启兰。通常这样的大家族产业都是留给儿子，但陆老爷子偏不是一般人，没这样的陈规，同样器重女儿。如今的陆氏集团，陆终岳担任总经理，亲姐姐则是副总，但两人手头股份相同，实权也同等，最后陆氏集团交给谁还要听陆老爷子的。

这也是为什么，陆终岳无法将姜彦名正言顺地带回陆家。

他还需倚仗陆老爷子。

陆西骁是最后一个到老宅的，席间只差他一人。

这次的寿诞并未大办，只是叫上家里人一块儿吃个饭。

“阿骁，快过来。”陆老爷子冲他招手，“坐我旁边来。”

陆老爷子退休后，平日里只爱些字画，陆西骁投其所好，准备了一支上好的狼毫毛笔作为生日礼物。

老爷子笑得合不拢嘴：“我就知道还是阿骁最了解我。”

陆西骁回：“谁让这桌上就我跟您两个闲人。”

陆终岳沉声道：“阿骁。”

不仅是警告的语气，还唤了在外从来不唤的称呼。

陆西骁讽刺地提了提嘴角。

老爷子摆手：“没事，这有什么，我还就喜欢跟阿骁聊天。”

陆启兰笑着侧头问：“阿骁现在读高二了吧？”

“嗯。”

“那往后学业可就越来越重了，不过幸好，现在有人可以照顾你了，姑姑也好放心些。”陆启兰说。

这张桌上，可以说陆启兰是见人说人话，见鬼说鬼话。陆启兰哪里不知道陆西骁的成绩，又怎么会不知道陆西骁早就搬出去住了，何来的照顾？

陆启兰又看向陆终岳：“对了终岳，今天是爸的生日，怎么不把小郭也带来，我们可都还没见过呢。”

陆终岳笑着摆手：“她笨嘴拙舌的，今儿这日子还是算了。”

“多大年纪啊？”

“比我小 4 岁。”

这倒是让陆启兰惊讶。以陆终岳的财力地位，新交的女朋友怎么也不会是 40 多岁的女人。但转念一想便明白了，他可以有很多年轻貌美的女人，但明面上能提的那个必须注意影响和评价。

而那郭湘菱能走到如今这一步，必然有她的过人之处。

“那挺好的，年纪大些沉稳，也能照顾好阿骁，对了，那她有孩子没？”

陆终岳说：“好像有个女儿吧，不过不跟她，没什么联系。”

陆启兰笑笑，侧头问：“阿骁，你和你继母相处得怎么样？”

陆西骁冷眼看向她。

老爷子经过了一辈子的大风大浪，怎么会听不懂那些话里的意思：“行了，我生日聊那些人做什么，都吃饭。”

老爷子清楚自家孙子的气性，此刻开口是给陆启兰留面子。

但陆西骁不打算给。他撂了筷，清脆一声，轻笑：“姑姑，我还是不劳你费心了，你有空还是多操心操心你自己。”

陆启兰的脸唰地白了。

陆西骁看着她，目光晦暗不明：“你费了多少心机嫁到莫家，他们要是知道你在外头的那些事，莫家还不得要了你的命？”

陆西骁从小就看惯了这些：敌意、陷害、心口不一，以及背叛。

周挽写完作业，收起纸笔，看着窗外被风卷落的树叶。

她思绪飘远，好像在胡思乱想些什么。

这时，手机的振动打断了她的思绪。

她垂眼，愣了愣神。是陆西骁打来的电话。他怎么会打来？

周挽轻咳一声，接起电话：“喂。”

他没说话，只能听到他那头呼啸的风声和摩托引擎的轰鸣。

“陆西骁……”周挽关窗，让屋内更安静些。

周挽不知道说什么，又觉得这么挂断不礼貌，便任由通话继续，她收拾好书包，洗了手爬上床。

她躺进柔软的床铺，说：“我要睡觉了，陆西骁。”又过了几秒，她说，

“晚安。”

“周挽。”

她指尖一顿：“嗯。”

陆西骁淡淡地问：“你会背叛我吗？”

这回轮到周挽说不出话。她想，陆西骁应该是喝多了。不然他不会深夜打她电话，也不会问她这个问题。

他可是陆西骁啊，他自由洒脱、恣意张扬，永远被簇拥着，总是具有主导权。这样的人，根本不会在意这个问题。

没听到周挽的回答，陆西骁却笑起来。

后来过了很多年，周挽总是回想起陆西骁此刻的笑，懒散轻慢，意味不明，但更多的是温柔。

这是陆西骁第一次对她展露出真正的温柔，独属于他的温柔。

尽管此刻他说的话实在很难让人觉得温柔——

“算了，无所谓。”陆西骁说，“反正你记着，你敢背叛我我就弄死你。”

有一句话说，青春总是因为懵懂而显得格外美好，但长大后的周挽却无数次想要改变。如果再来一次，她就会发现，他们之间的关系，其实是在这一刻就真正开始改变了。

陆西骁虽然依旧口头不饶人，但实则，那个在无数女生心中神祇一般的少年，正从高台走下，缓缓走到了她面前。

第八章

陆西骁，对不起

周挽难得没睡好。她不知道陆西骁的话到底是什么意思。

她原以为自上次他让她滚后，两人之间的联系就到此为止了，她不会再利用陆西骁，也不会让他知道自己和郭湘菱的关系。

而现在，陆西骁似乎是……消气了？

翌日一早，周挽打着哈欠去学校。

上午两节课后是大课间，周挽被物理老师叫去了办公室，如今马上就要开始准备全国比赛，物理老师给了她两套竞赛书，让她把另一套拿给姜彦。

竞赛书又厚又沉，沉甸甸地坠在臂弯。

周挽捧着书回教室，正好经过 7 班教室。走廊窗边聚着一群男生，蒋帆也在其中，朝她打招呼。

周挽到底和他们差距太大，一产生交集就引人注意，周围有许多同学都朝着他们看。

她有些拘谨地回了个笑，算是回应。她越过蒋帆继续往前走，眼角的余光忽然看到他抬起手，大声喊道："阿骁！"

周挽脚步一顿，连带着心跳都加快了几分，没敢抬头。

他一步又一步地靠近。她看到陆西骁的鞋尖，停在她正前方。

周挽往侧边走，向前刚迈了一步，就有一只手拽住她的臂弯，将她扯得往后退了一步。

周挽抬头，陆西骁垂眸看着她。

他今天竟穿了件白衬衫，在他身上显得格外好看，衬得他青春又恣意。

他挑了挑眉，淡淡地问：“没看到我？”

周挽小声：“嗯。”

他轻笑着说：“你当我傻的？”

“……”

身后“哎哟哎哟”响起了一片起哄声。周挽在众人的注视中红了脸，无声地往后挣了挣袖子。

陆西骁松开手：“晚上还去那儿？”

“今天不去，我要去医院找一下治疗我奶奶的医生。”

“哦。”

周挽说：“那我先走了。”

陆西骁干脆地侧身，让她过去。

放学时天空又下起小雨，周挽坐公交车到人民医院。

从陈医生手里接过报告单，周挽看完后说：“最近奶奶身体不舒服的次数比以前多了很多，可为什么这些指标跟之前的还是差不多？”

陈医生说：“奶奶年纪大了，身体抵抗力会慢慢变差，所以那些症状在她身上就会凸显得更加明显，这都是没办法的事，只能尽量缓解。”

“那透析也没办法吗？”

陈医生拍拍她的肩膀，温声道：“挽挽，我一开始就告诉过你，透析并不能根治，不过——”他忽然停顿了一下。

周挽说：“什么？”

“最近医院里有新的肾源，对于奶奶的病来说，根治只有一种方法，就是肾移植。”顿了顿，陈医生继续说，“但是有些事我也要提前跟你说，奶奶年纪大了，这样的大手术肯定是存在风险的，而且器官移植手术费用很高，这些都是需要你们去好好衡量并商量的。”

“需要多少钱？”

“至少要准备 30 万元。”

周挽攥紧书包肩带。这么大额的费用，周挽当然拿不出来。但她也无法看着奶奶的身体一天天消瘦下去，直到落下最后一滴烛泪。

有任何痊愈的可能，周挽都不会放弃。奶奶是她最亲近的人，甚至，她只有这一个亲近的人了。

她不能失去奶奶。她早就失去了太多东西，这是她唯一拥有的了。

如果奶奶也走了，她就真的一无所有了。

“那手术钱……”周挽轻声但坚定地说，“我想想办法，如果有合适的肾源一定要告诉我。”

陈医生问：“确定要做？不再考虑考虑了？”

“嗯，过几天我会让奶奶来再做一次全身检查，看看她身体机能适不适合做移植手术。”

“行。”陈医生看着眼前的女孩儿，她身躯单薄，却又满是韧性，过了会儿，他又叮嘱道，“这笔钱不是小数目，最近有些贷款很危险，可千万别走错了路。”

周挽笑了笑：“谢谢陈医生，我不会的，我……先给我妈打电话问问。”

听到她这句话，旁边站着的护士神色微变，似乎是要开口劝阻，但看到陈医生扫过来的目光，又闭上了嘴。

周挽走到走廊，拨通了郭湘菱的电话。

“挽挽。”郭湘菱语气亲昵，“找妈妈什么事？”

周挽靠在墙上，眼睑垂下，轻呼出一口气：“奶奶的病，后面可能要做一个手术，医生……”

话音未落，郭湘菱就已经打断她：“不是已经每个月成百上千地做透析了，怎么又要做手术，是你奶奶让你来跟我要钱的？”

这话周挽听着很不舒服，皱眉道：“当然不是。”

“行了。”郭湘菱妥协般问，“多少钱？”

“30 万元。”

“30 ?！”郭湘菱尖声叫嚷道，“那医生骗钱哪?！”没等周挽说什么，她又换了种语气，苦口婆心的样子，“挽挽，你以后就会知道赚钱有多不容易了，奶奶年纪那么大了，先不说她能不能支撑得住这样的手术，说难听点儿，就算真治好了，她又可以多活几年？花这几十万块钱买四到七年的寿命，不值当。”

不值当。所有的东西在郭湘菱眼里都可以明码标价、用钱来衡量。

用 30 万元来换奶奶几年的寿命，不值当。用她后半辈子的荣华富贵去换女儿不那么艰难的成长，也不值当。

周挽垂下眼，不想和她吵：“我不是要你的钱，我只是想用爸爸之前存着的那些钱给奶奶看病。”

“你爸爸存的钱？”郭湘菱刻薄地笑了一声，“挽挽，你太高估你爸爸了，他只是一个老师，能存多少钱？”

从前郭湘菱就常和周军吵架。学校里有些家长过年过节都会给老师送个红包，算作“照顾费”。周军每回都原原本本地给人送回去，不知挨了郭湘菱多少骂，说他假清高真穷酸。周军虽不能接受她的观念，但每回笑笑也就过去了。

郭湘菱说：“小时候你的吃喝用度虽然不能说最好，但也是我们力所能及范围内的最好的，花销不小，后来你爸爸的葬礼、你奶奶的病，还有这些年大大小小的一笔笔的钱，你自己算一算，现在别说 30 万元，就连 3 万元都拿不出来。”

…………

周挽没要到钱。

她靠在医院雪白的墙壁上，吸了吸鼻子，然后重新回到陈医生的办公室。刚走到门口，她听到里面的声音，忽地脚步一顿。

“刚才你干吗不让我劝挽挽？”是护士姐姐的声音，“你明知道她那个妈不可能给这么多钱。”

陈医生说：“她自己不走这一遭，你怎么劝都没用。”

“可现在不是白叫她伤心一回。”护士姐姐叹了口气，“当初周军对郭湘菱那么好，他那瘤一查出来，她不就立马同意放弃治疗了吗？”

“医院每天那么多生老病死的，这样的事你见得还少吗？”

“我就是气不过！她丈夫那么好的人，女儿又那么懂事，她怎么能绝情到这地步！”

立马同意放弃治疗。

立马同意放弃治疗。

立马同意放弃治疗。

…………

这几个字眼不断在周挽脑海里碰撞。

她转动了门把手。护士姐姐看到她，愣了一下，又见她红透的眼眶，顿时手足无措道：“挽挽……”

“所以，那时候，我爸爸本来可以活下来的。”周挽一字一顿道。

陈医生快步走到她面前，按住她的肩膀说：“挽挽，你听我说，你爸爸那时候已经是晚期，癌细胞扩散，来不及了。”

“那至少，还能多活一段时间。”周挽的眼眶红得像是要滴血，“是吗？”

这回陈医生也说不出什么。

周挽的胸膛剧烈起伏，她努力克制哽咽的声音：“是她杀了我爸爸。”

“挽挽，那时候你还小，是你爸爸不让我告诉你具体的病情，他自己也决定放弃治疗。”

陈医生声音温柔，就像从前爸爸跟她说话时的模样——

“他说，他的挽挽是个很聪明的小朋友，以后肯定有大出息，会有美好的未来和很深厚的见识，挽挽会替他去这个世界各处走走，替他再好好活一遭。

“所以，他不想再苟延残喘，一来不愿意让你看到他因为化疗而憔悴的样子，二来也是想省些钱，好让挽挽往前走的时候可以有钱买车票。

“他想让挽挽成为一个自由自在、没有烦恼的孩子，可以永远有大步向前的勇气，也有从头再来的底气。”

好让挽挽往前走的时候可以有钱买车票。

这是周军的愿望，却是现在的周挽从来没有想过的奢望。

她是一只稚鹰，她可以往前飞，但永远有一根绳子束缚着她，只要飞远，就会被一点儿一点儿地往回拽。她被拽得生疼，羽翼剥落，血肉模糊。

小巷里的路灯昏暗，纵横交错的电线在头顶缠绕，黑压压的，像是整片黑夜都要覆下来。

她明白爸爸的想法，也能理解他做出放弃治疗的决定，但这真相来得太突然，让她无法承受。

所有的一切，她最无法原谅的还是郭湘菱。

她无法想象，在爸爸自己决定放弃治疗，又听到同床共枕多年、被他爱护多年的妻子也马上同意放弃治疗时，他会是一种怎样的感受。

至少会有一点点唏嘘和委屈吧。

而周挽更清楚的一点是，郭湘菱这么做，没有一丝一毫是因为周挽或这个家，全是为了自己。所以，就是她杀了爸爸。

周挽的心尖像是被什么掐住了，仿佛在湿漉漉地开始往下滴血。

她是个极为理智的人，但此刻，有什么情绪似乎在失控，一步步走向更加糟糕的方向。她从未有一刻像现在这样恨过郭湘菱。

她甚至很阴暗很恶毒地想——为什么当初，死的不是郭湘菱?

这个念头出来的瞬间，周挽自己都吓了一跳。

但也仅此而已，这个念头没消失，她只是自嘲地想，她终究还是像郭湘菱多一点儿，如果是爸爸，一定不会有这种念头。

她想要让郭湘菱失去一切。

她想要让郭湘菱付出代价。

她想要让郭湘菱痛不欲生。

她甚至可以放弃自己的未来，也要为父亲争回一口气。

她这么想着，低头往前走，额头忽然撞到一个人的胸膛。

周挽抬头，对上陆西骁带着笑意却又惯常淡漠的眼。他伸出手，指尖在她脸上很轻地碰了一下："站这儿半天了，又装看不见我？"

周挽不知道为什么，这一刻心间鼻间都涌上一种滔天的委屈，她眼眶迅速湿润，连带着呼吸也变得凌乱又脆弱，一滴眼泪砸落在地。

她狼狈地想低下头，下一刻却被陆西骁钳住下巴向上抬。

他并没有因为她突然的眼泪而无措，只是挑了挑眉，淡淡地问："怎么，谁欺负你了？"

她没说话，也说不出话，喉咙像被什么堵住，只能溢出几声绝望的哭声，更多的眼泪落下来，濡湿了他的指尖。

陆西骁俯身，指尖顺着她的眼睫触碰，为她擦掉泪珠。

他叹了口气，低声说："怕什么，我给你出气。"

这回，周挽再也克制不住。她的下巴被握在陆西骁手中，只能抬着头，眼泪就这么大颗大颗地直接砸下去，沾湿了整张脸，后来终于忍不住，痛哭出声。

陆西骁见过许多女生哭，但没见过周挽这样的哭法。她是内敛安静的，却被滔天的酸涩淹没。那是一种近乎崩溃的哭声，自暴自弃，没有一点儿伪装的余地。

最终，他抬手环过她的后颈，捂住她湿漉漉的眼睛，将少女搂进了怀里。

"周挽，"他的嗓音磁性深沉，声音贴在她耳畔，"我带你去玩好不好？"

周挽的眼泪迅速从他指缝逸出，沾湿他的衣服。过了很久，她一点儿一点儿地抬起手臂，环住了陆西骁的腰。

她闭了闭眼，收紧手臂，感受到他周身的温度和气味。

周挽嗓音破碎，努力地说："对不起。"

"对不起什么？"

她只说："对不起，陆西骁。"

她连鼻息和嗓音都是破碎的。

陆西骁并不明白她在道什么歉，但见她这模样也懒得纠缠这一点，只是笑了笑说："是够对不起的，这衣服你得给我洗干净。"

深秋的夜晚露气重，陆西骁将身上的卫衣脱下来，里头只剩下一件短袖，他作势要让周挽穿上。

周挽看了眼他身上的单薄衣服，摇了摇头，后退一步，无声地拒绝了。

陆西骁才不理她，扯着她的手臂把人拉近，直接将卫衣给她套进去，动作太粗鲁，把周挽的头发都弄得乱糟糟的。

他索性拽掉她的皮筋，用手指当梳齿，将她的头发重新理顺。

"手。"陆西骁淡淡地说。

周挽将手伸出袖管。那卫衣太大，套在她身上可以当裙子，连手也伸不出来。她像是偷穿大人衣服的小朋友。陆西骁无声地扬了扬嘴角，转身继续往前走。

周挽跟着他走过好几个红绿灯，泪早就干涸在脸上，她在绿灯最后三秒时跑了几步，追到陆西骁身边。

"我们去哪儿？"她问。

陆西骁侧头看了她一眼："现在才想起来问？"

"……"

他笑："去把你卖了。"

"……"

深夜的末班公交按着喇叭驶过。

陆西骁握住周挽的手腕，隔着卫衣。周挽愣了一下，垂眸看向他的手，修长骨感，皮肤冷白，底下的青筋很明显。

他做这样的动作自然极了，都没看她一眼，没什么表情地继续往前走。察觉到周挽的视线，陆西骁侧头看，又顺着看向她手臂，他扬眉，漫不经心道："想跑也来不及了。"

"……"

去把你卖了，想跑也来不及了。

周挽轻声说：“我没想跑。”

陆西骁笑起来，夸她一句：“那你胆儿还挺大。”

“卖我又不值钱。”周挽说。

陆西骁上下打量她一圈，配合地点头：“是，小平板儿，卖不出价。”

“……”他说得太直白，周挽害羞地低下头。

陆西骁捏了捏她过分细瘦的手腕：“养肥了再卖。”

周挽跟着陆西骁不知拐了多少弯、穿过多少红绿灯，到后面车辆越来越少，连带着路口的红绿灯都没有了。

再往前走，周挽听到摩托引擎轰鸣的声音。这声音有点儿熟悉。周挽想了好几分钟才想起在哪里听到过这个声音，昨天陆西骁给她打电话时的背景音里就有这个。

他应该经常来这儿。

最后，他们来到一片破旧的小区，拐角处有一间二十来平方米的超市。

陆西骁松开她的手，掀开门帘，走了进去。

周挽犹豫了两秒，也跟了进去。

超市内白炽灯刺眼，毫无掩饰地照射下来，周挽看到里头坐着几个流里流气的男生。

男生们的目光齐刷刷地看向周挽。

周挽不自在地往陆西骁身后靠。陆西骁则坦荡地往旁边跨了一步，彻底将周挽挡到身后：“看什么呢？”

“怎么还不给看了？”其中一个男生笑着调侃道，“这谁啊？还是头一回见你带人过来。”

陆西骁笑笑，懒得解释：“车呢？”

“后头呢，你今天要玩？”

“嗯。”

陆西骁再次牵住周挽，这回牵的是手，拉着她往后走。

掀起卷帘门，里头别有洞天，是一个昏暗但偌大的空间。一边是几辆锃亮帅气的摩托，另一边是赛道。

他从旁边抄起一个小些的头盔，刚要给周挽戴上，注意到她脸上干了的泪痕，他往一个方向抬了抬下巴："去洗把脸。"

周挽走进卫生间。这里只有冷水，她用冷水洗了脸，又走了出去。

她任由陆西骁给她戴上头盔。

他看着她的眼睛问："敢吗？"

周挽眨了眨眼："我自己骑吗？"

"你会骑？"

"……"她摇头。

陆西骁也戴上头盔，笑了一声："坐我后面。"

周挽点头。

陆西骁将她的挡风眼罩拉下，"咔嗒"一声。

在摩托车启动的那一刻，周挽才明白为什么陆西骁要问她一句"敢吗"。

从前周军也骑摩托车，周挽总坐在后头，她总是吵着让他快些快些，要超过旁边的车才行。但跑赛道的车和跑马路的车当然是不一样的。

车冲出去的那一刻，周挽就反射性地搂住陆西骁的腰，被摩托车的速度逼出一声尖叫，她浑身紧张，额头贴着他后背，闭紧了眼。

赛道上设置了许多障碍和急转弯，好几次人都倾斜到几乎挨着地面。

"周挽。"陆西骁忽然叫她名字。

她好不容易才在疾风中应声回答。

"睁眼。"

她不敢，更加抱紧他，眼睛闭得紧紧的。

"我让你睁眼。"他说。

周挽颤声道："我不敢。"

陆西骁当然能治她，简单得很。他将油门踩到底，引擎轰鸣，打在身上的风更猛烈。

周挽难得在他面前大声说话："陆西骁！"

他得逞地坏笑："睁眼，我就慢点儿。"

周挽的睫毛飞快地颤动着，终于缓缓睁开眼。在后视镜中，她看到陆西骁流畅的脖颈和突出的喉结，也看到周身掠过的景致。

脑袋被紧紧罩在头盔里，感受不到猛烈的风，让人产生一种莫名的安全感。

她这十几年来都循规蹈矩、按部就班，从未经历过什么超常的事。

而现在——不知道为什么，周挽忽然想起今天陈医生对她转述父亲曾说过的话：他想让挽挽成为一个自由自在、没有烦恼的孩子，可以永远有大步向前的勇气，也有从头再来的底气。

她想，陆西骁或许就是这样的人。

感觉到她放松的手，陆西骁便知道她睁开了眼，故意捉弄她道："抱这么紧，腰都要被你勒断了。"

周挽红了脸，试图松开。谁知他又突然加速，让周挽重新摔在他背上。

"想摔下去就放手。"他说。

周挽只好重新环住他的腰，刻意收力，不弄疼他。

陆西骁带她跑了一圈赛道，最后折返到原点，下车。

周挽想摘头盔，可捣鼓一阵还是没法儿弄下来，陆西骁垂眸，手指抵在她下巴处解开扣子，替她摘了头盔。

周挽轻声道："谢谢。"

"比我以为的胆子大不少。"陆西骁说。

周挽摘了手套，陆西骁这时注意到她双手通红，手背上还有隐隐约约的淡淡红点。

"手怎么了？"

"哦，这个。"周挽低头看了一眼，"我手碰冷水容易这样，刚才洗脸的时候碰了冷水，过会儿就好了，没什么事。"

陆西骁不易察觉地皱了一下眉："哦。"

周挽问："该走了吗？"

"嗯。"他往外走，周挽紧跟上。

陆西骁回到超市，却没马上离开，而是绕了一圈，从一个货架上拿下一副手套。小超市里的商品有限，手套只有一个款式的两种颜色，陆西骁拿了最上头的那个，黑底红花纹的毛线手套。

他将手套丢在收银台："多少钱？"

此刻超市里只剩下一个男生，枯黄的头发，很长，用黑色细发箍往后箍着，他挑眉："你什么时候还用这玩意儿了？"

陆西骁"啧"了一声。发箍男笑道："直接拿走吧，没几个钱。"

陆西骁没跟他客气，利索地撕开包装袋，丢给周挽。

周挽没想到他会给自己，手忙脚乱地接住。

她愣了一下："怎么了？"

"手都快冻掉了。"陆西骁看了她一眼，淡淡地说道。像是嫌她磨叽，陆西骁又拿回手套，拽过她的手，动作很不温柔地给她戴上手套。

周挽轻轻抿唇："谢谢。"

"阿骁。"发箍男笑起来，"长大了啊，会心疼姑娘了。"

陆西骁斜了他一眼。

周挽想了想，走过去问："你好，这个手套多少钱？"

他把手套送给陆西骁是因为交情，但没理由要送给她。

"妹妹，说了不用，怎么还这么客套。"发箍男倾身，手肘撑在玻璃台上，对周挽说，"没事，你以后管着点儿陆西骁，让他少惹点儿事，就算帮我忙了。"

周挽愣了一下。她试图用眼角的余光偷看陆西骁的表情，可是没看到。

但想也能知道，他话少，对别人的想法也不在乎，肯定一脸无所谓的样子，也懒得去纠正。

周挽没说话。陆西骁已经走到门口，回头问："还不走？"

"走了。"周挽忙说。

发箍男喊道："这就走了啊？才玩一圈？"

陆西骁背对着他抬手摆了摆，算是回答。

外头的夜色更深了一层。

站在一个红灯前，陆西骁侧头看她，淡淡问道："开心了吗？"

周挽愣了一下。陆西骁并不知道她是因为什么不开心，当然也不知道那样的事怎么可能会轻易放下。但经过刚才的事，周挽的心终于不像先前那样闷着了——之前她整个人都濒于崩溃和坠落的可怕边缘。

"嗯。"她浅浅笑着，"谢谢你。"

陆西骁看着她笑，周挽的侧脸线条柔和，露出浅浅的梨涡，温和又柔软。他收回了视线，继续盯着红灯的倒数计时看。

周挽今天走了不少路，这双鞋子也有些磨脚，脚跟有些疼。跟着陆西骁又走了一阵，她便渐渐落在他后头。

陆西骁回头："走累了？"

"……嗯。"

"那打车。"他说着拿出手机。

周挽制止他："不用……"打车太贵了。

陆西骁沉默，用询问的目光看她。

周挽指了指一侧的共享小黄车："这个吧。"

陆西骁从没骑过这种车，站在原地看着周挽走过去，拿手机解锁了一辆。那不是自行车，而是黄色小巧的电动车，前头一个方形的大灯，车篓里一只黄色塑料头盔，顶上竖着根天线。她倒是会戴这种头盔，很利索地戴上了。头盔对她来说太大，摇摇晃晃的，看上去可爱又滑稽，像什么卡通人物，头顶还顶着天线。

陆西骁扯着唇角笑了一声。

周挽看他："你不骑吗？"

"我不会。"

"……这个很简单。"都跑赛道了，怎么可能不会骑电动车。

“我跟你一辆。”

周挽有些犹豫：“但是，这个车动力不行，我不知道能不能载得动你。”

“我轻着呢。”陆西骁随口胡诌，“手机没电了，扫不了。”

周挽虽有些抗拒，但还是同意了：“那我载你。”

陆西骁笑了一声：“哦。”

电动车实在窄得很，周挽只敢坐一点点，背挺得笔直，像罚站一样拘束又紧张，陆西骁倒坦然，这么大个人坐在她后头还一点儿不觉得害臊。

她连眼神都不敢乱瞟，目视前方，一时没注意到地上的坑，车颠簸了一下。陆西骁顺势跌得靠在她背上。

周挽的后背瞬间就绷紧了，连忙说：“对不起，我没看清。”

他的手松松地搭在她腰侧，像是在抱怨：“开小心点儿啊。”

被他抱怨，周挽都没顾得上在意放在自己腰侧的手，又说了句“对不起”。

“这么大条路，偏开到坑里。”他继续道，语气慢悠悠的，似是调侃。

周挽都要被他说得抬不起头来。

他笑了一声，意味不明：“故意的啊？”

周挽就没遇到过这么恶劣的人，她被他这么调侃，脸红了又红，梗着脖子强装镇定说：“才不是。”

好在陆西骁没再得寸进尺，她悄悄松了口气。

深秋的风是凉的，但周挽开得很慢，风打在身上还算舒适。

等红灯时，陆西骁看向周挽，她露出的一截脖子白皙又纤细。他扯了扯嘴角，拿出手机极其随意地对着她拍了张照，然后发了朋友圈。

单独一张照片，没有文字。

第九章

热议的中心

电动车开到家门口，周挽将车停到旁边的一片空地上，重新锁上。这次骑行花了 4 块钱。

“今天谢谢你带我玩。”周挽站在陆西骁面前，看着身上的卫衣，“这件衣服我洗好了再给你。”

“嗯。”陆西骁随口应声，又瞥见她戴着的手套，轻蹙眉，“算了。”

“什么？”

“别洗了。”他淡淡道，“我不要了。”

周挽愣了一下，抿了抿唇，想想这也挺正常的，刚才她哭的时候都把他的衣服弄脏了：“……那我买一件给你吧。”

“不用。”陆西骁打了个哈欠，一副兴致缺缺的样子，随口道，“用这个换吧。”

他抬起手给她看，手腕上是刚才捋下的她的头绳。

周挽一顿：“啊？”这价格也差得太多了……

但陆西骁那样子，像是懒得再纠缠这件事。他不缺一件衣服的钱，再说下去大概又要不耐烦。

他挑眉：“还不进去？”

“进去了。”

周挽转身，跑进小区楼，隔绝了周遭的湿冷气息。她忽然又想起什么，停下脚步，回过头来。陆西骁还站在原地，昏黄的路灯在他身上和地上投射落下斑驳的光圈，他没什么表情，淡漠又疏离的样子。

他有两种完全割裂的气质，一面玩世不羁，一面出世疏离。

周挽站定，又朝他挥了挥手，说了声“再见”。

那声音不大，他应该听不见。

陆西骁看着她，双手揣兜，懒洋洋的。

周挽觉得他应该不会跟她挥手。但过了两秒，陆西骁将手伸出朝她挥了一下，很快又放回身侧，全程没什么表情。

回到家奶奶已经睡了，周挽不打算把今天的事告诉她，说了也是徒增她的烦恼。

尽管陆西骁说了不要那件衣服，但周挽还是将衣服洗了，挂到阳台上。她手上的皮肤实在嫩得很，一碰冷水就通红，被冷风一吹就起红点，碰了洗衣液就直接起红疹。

周挽看着手背上的红疹，重新戴上那副手套。

她坐在床头，脑海中又开始回响今天陈医生说的话。那种陌生又熟稔的感觉再次席卷而来，像是吐着芯子的毒蛇紧紧缠住她，而后推着她坠入漆黑之地。

周挽闭了闭眼，深吸了口气。

她不能原谅郭湘菱，她从未有一刻那么恨一个人。哪怕她要坠落深渊，她也要拉着郭湘菱一起。

爸爸是要上天堂的，但郭湘菱不可以。

而陆西骁——周挽想起那次去他家里时看到的他的样子。

颓败又落寞，一提起母亲就开始狂暴——像曾经被伤害后的应激反应。

从骨子里来看，他大概是缺爱的。

尽管有很多女生喜欢他，可他不需要那些。那他需要什么呢？

周挽回想了过往种种，也想起许多人对他褒贬不一的评价。

她想，陆西骁应该并不享受孤独，哪怕他生性冷漠，但孤独会让他沉溺过往的痛苦，所以他能忍受嘈杂的喧嚣，也不排斥恋爱。

不是因为多喜欢，而是寻求一个暂时的避风港，来逃避孤身一人时的痛苦回忆。

那她就陪着他。不吵不闹，在他需要的时候陪着他就好了，不让他感觉到孤单。尽可能地对他好一点儿，至少以此来弥补一下她利用他的愧疚。

周挽想，以陆西骁的性格，两人若真能走到那一步，她借此报复了郭湘菱后，要不了多久，陆西骁也就对她厌倦了。那么至少，在那条时间线到来之前，她可以对他好一点儿。

她暗自下定决心，眼睫垂着，点开手机，看到朋友圈里的黑色头像——那是陆西骁的头像，他几乎没有发过朋友圈。

周挽愣了一下，然后点开。忽地，她的眼睛微微睁大。

他发了张她的照片。照片里她戴着黄色的头盔，头上顶着天线。周遭是空旷无人的街道，红灯正跳动着倒计时。

愣了会儿，周挽给那条朋友圈点了赞。

陆西骁醒来时屋内漆黑一片。他看了一眼时钟，已经上午 11 点。

窗帘拉着，外面在下雨，阴沉沉的。他坐起来时脑袋有些沉，鼻子也塞住了，喉咙干涩，他皱着眉捞起床头的水喝了一口，并没有缓解那种涩意。

估计是昨晚着凉了。他闷着嗓子咳了几声，踩着拖鞋进浴室洗澡洗脸。

出来时他腰间系了条浴巾，上身赤着，肌肉线条流畅分明，宽肩窄腰，标准的好身材。

陆西骁任由身上未擦干的水珠滴落，弯腰拿起手机。

昨天那条朋友圈发了后他没再看。其实他也不知道自己为什么要发，只是觉得挺有趣的，就发了。

这会儿有很多评论和点赞，内容无非都是震惊和调侃，从前他可从没发过哪个女生的照片。

陆西骁粗粗一扫，视线停留在点赞栏中的一个名字——周挽。

她也点赞了。

他轻扯嘴角，点进那个名字，给她发信息：在干吗？

周挽没马上回复，陆西骁将手机丢在一边，继续睡觉。

周挽在午自习的时候做完了上午四门课程布置的作业。午休还剩一刻钟结束，教室里大家都趴着在睡觉，分外安静，只剩下雨落在窗沿的声音。

周挽拿出手机，这才看到陆西骁一个半小时前发的信息。

6：在干吗？

她指尖一顿，回复：做作业。

片刻后，她又回了一条。周挽：你今天没来学校吗？

五分钟后，陆西骁回复了。

6：生病了。

周挽：怎么了？

6：感冒，估计。

周挽想起那件卫衣。昨天她心情太差了，没能顾上陆西骁把衣服给自己后会不会着凉。

周挽：吃药了吗？

6：没。

周挽：家里有吗？

6：不知道。

周挽打字：那你外卖买点儿感冒冲剂。

顿了顿，她又删除了这句，重新打字。周挽：那我帮你买药，叫外卖送去你家吧。

6：不要。

6：懒得起床开门。

周挽：……

他简直就像个不想吃药、不肯配合、任性的小朋友。

周挽不知道该怎么办。

6：你过来。

周挽：那我放学去。

6：现在。

周挽：我下午有竞赛培训课，不能走。

他没再回复。

午休结束铃响起，同学们陆陆续续地醒来。

周挽眼前摊着习题册，脑海中却想着陆西骁刚才发来的话。昨天她刚暗自下了决定，以后要尽可能地对他好，更何况他感冒也是因为自己。周挽心里实在过意不去，最终起身去了办公室。

她借口说要去医院，班主任知晓她家里的情况，很快就批了请假条。

…………

周挽离开学校，先去药店买了感冒灵，然后坐公交去了陆西骁家。

她站在门口，按响门铃。在铃声响到第三下时，陆西骁打开了门。他穿着宽松干净的家居服，扬着眉看着她。

周挽拿起手里的袋子："还难受吗？"

"不是说放学来？"

周挽看着他的眼睛，问："你生气了吗？"

"怕我生气才现在过来的？"他嗓音有点儿哑。

"嗯。"算是吧。想让他开心点儿。

"哦。"他脱掉脚上的拖鞋，踢到她跟前，转身进屋了，"那就算生气了吧。"

周挽愣了一下，踩上拖鞋，关门，跟着他进屋。

陆西骁散漫地靠在沙发上，把抱枕扯在胸前，低头玩手机。

周挽从茶几上拿了个玻璃杯，洗干净以后倒了杯温水，又将感冒灵倒进去搅拌均匀，递给陆西骁。

陆西骁看了她一眼，接过，一仰而尽。

周挽站在他跟前说："一会儿你回房睡一觉，捂着被子发发汗，会舒服点儿，这两天尽量早点儿睡觉，好好休息。”

陆西骁抬眼。

周挽收拾好桌上的感冒灵包装袋：“那我先回去了。”

“站着。”陆西骁开口。

周挽脚步一顿，回头看他。

陆西骁朝一旁抬了抬下巴，周挽按他的示意在旁边的单人沙发上坐下。

“这就走了？”他挑眉，语气恶劣，“没良心，我因为谁感冒的？”

周挽抿了抿唇：“那我再陪你待一会儿。”

陆西骁没再理她，靠在沙发上玩手机，过了会儿，把手机丢到一边，闭上眼。周挽从一旁找到一条毯子，走过去给他盖上。他的睫毛动了动，但没睁眼，也没说什么。

周挽坐在一旁，有点儿后悔怎么没带本书过来。屋内安安静静的，周挽实在无事可干，拿手机搜了些历年的全国竞赛卷看，手机屏幕小，看得眼睛酸涩。

下午3点钟，她看完去年的试题，揉了揉疲惫的眼睛，这时姜彦发来一条信息。

不知什么时候开了振动，手机发出“嗡”的一声。

周挽忙关掉振动改成静音，回头看了陆西骁一眼，幸好他还睡着，没被吵醒。

经过这一天，周挽对他的印象又有点儿改变，原以为他最讨厌无理取闹的人，现在看来，那个无理取闹的人倒像是他自己。

要是他被吵醒了，估计又得说她。

姜彦：马上就竞赛课了，你不回来吗？

周挽：我现在有点儿事，可能来不及赶回来。

姜彦：你尽量过来吧，听说今天讲的内容挺难的，是重点。

周挽无声地叹了口气，心道自己要是一声不吭地走了，陆西骁醒来肯定要生气。

周挽：我应该来不及了，你去上课吧。

姜彦：好吧，那明天我把笔记给你。

周挽：好，谢谢。

姜彦：对了，有道题我不太会，我虽然能做出来，但是解题思路很绕，你这部分内容掌握得比我好，一会儿有空了你帮我看看吧。

接着，姜彦发来一张物理题的截图。

周挽一个“好”字还没发出去，身后忽然伸过来一只手，抽走了她的手机，丢到一旁的沙发上。她闻到他身上独有的清冽气味。

手机在沙发上弹了好几下。

“说是陪我，你倒挺忙。”陆西骁淡淡道。

“……”知道姜彦和他关系复杂，这一刻周挽竟莫名地产生一种被抓包的错觉。

“我……”她欲言又止。

陆西骁得寸进尺：“你什么你？”

“……”他太理直气壮，让周挽恍惚间觉得自己似乎真的做错了，她低下头，不知道该说什么。

“因为你才感冒，陪都陪得没诚意。”他说。

周挽问：“怎么做才有诚意？”

“同甘共苦。”

周挽没听懂，水汪汪的眼睛看着他，等他接下来的解释。

陆西骁看着她那双眼，三秒后，他移开了视线。又过了几秒，他忽然直起身，又俯身靠近她。

两人之间的距离瞬间被拉近，周挽鼻间充斥着他身上的气息。沐浴露的清冽味道，勾勒出一个少年棱角分明的模样。

周挽屏住呼吸。陆西骁朝她吹了口气，捏着周挽的下巴，使她的脖颈呈现出一道优美的弧度。

他垂眸看着她，玩味地勾唇。陆西骁的拇指指腹按在她下唇上，一下一下地轻蹭。他脸上挂着散漫的笑意，对这一切游刃有余，片刻后，他挑了挑眉，拖着声调懒洋洋地说："共苦嘛，把感冒传染给你好了。"

周挽听明白他的言下之意，浑身僵硬。

陆西骁越靠越近，周挽想后退，身体却因为巨大的震惊而定在原地，只能徒劳地睁大眼。

陆西骁观察她的反应，片刻后，周挽猛地侧过头，躲开了。

动作幅度太大，她的手不小心打掉了茶几上的玻璃杯，"咚"的一声，杯子砸在地毯上。

陆西骁动作一滞。

周挽又往后靠了靠，低下头，因为惊吓胸膛起伏个不停。

完了。他肯定要生气了……

可谁知，陆西骁下一秒却笑了起来。他靠在沙发上，侧着头笑，声音因为感冒透着浓重的鼻音，从喉咙里发出来，深沉低哑，像低音炮。

"还以为你能装乖到最后。"他说，"看来也就这样。"

"……"周挽觉得这人怎么能恶劣成这样。

他早看透了她，知道她并不像表面那么乖巧听话，他不问为什么，也不在乎她以哪一面对待他，只是想看她狼狈脸红的样子。

周挽的脸越发地红。

陆西骁欣赏了会儿她的窘态，笑着说："回去吧。"

周挽一愣。

他挑眉："不是有课？"

周挽回到学校时正好赶上竞赛课。

能进入全国物理竞赛的只有她和姜彦两个人，老师找了间小教室单独给他们俩上课。

姜彦看到她，低声问："不是说过不来吗？"

周挽说："本来有点儿事。"

姜彦虽然觉得有点儿奇怪，但也没有多问。

竞赛课结束后，周挽整理好书包往外走。顾梦挽着她的手臂，边下楼梯边跟她闲聊。

顾梦最近认识了一个高三的男生，但不敢去要号码，也不敢主动做任何事，只敢跟周挽不停地说那男生有多好看。

周挽对她形容的长相没印象，问："你有照片吗？"

"我哪儿敢拍他。"顾梦说，"反正你知道他超级超级帅就行了！"

周挽想了想，问："跟陆西骁比呢？"

"那当然陆西骁好看了。"顾梦笑起来，"他可是公认的校草，不过围在他身边的女生太多了，容易自找痛苦，还是算了。"

周挽没说话。

"周挽！"身后的姜彦跑了上来。

"怎么了？"

"明天周六，我们要不要一块儿去图书馆学习？"

"明天啊。"周挽想了想，"我不确定我明天有没有别的事，到时候我给你发信息吧。"

姜彦点头："行。"

走到校门口时，周挽忽然脚步稍顿。

陆西骁站在校门口那棵歪脖子树下，背靠着树干，懒洋洋的，金黄的夕阳照在他身上，周遭都亮堂堂的。

不少女生都打量着他。忽然，他抬起头，看到对面的周挽，而后又看到站在她身侧的姜彦，不易察觉地皱了下眉。

他提步走了过来。周挽心跳倏地紧了。

顾梦也注意到陆西骁了，但没太在意，直到他离她们越来越近，最后站定在周挽面前。

"去医院还是游戏厅？"他垂着眼淡淡问道。

顾梦嘴巴张得能塞得下鸡蛋。

周挽紧紧攥着校服下摆：“游戏厅。”

“那走。”他说着就转身，并不对此刻的举动作任何解释，也丝毫不在意周遭众多人的视线。

周挽迟疑两秒，小声地跟顾梦说了句“我先走了”，然后一言不发地跟上陆西骁。

“周挽。”姜彦忽然沉声叫住她。

周挽脚步一顿，回头。

姜彦眉头紧皱，问：“你真的要跟他混在一起？”

话音刚落，周挽就听到陆西骁讽刺的嗤声。

怕又像上次那样打起来，周挽立马瞥了一眼他的表情，看不出太多生气的迹象，就是单纯地不爽。

他懒得跟姜彦废话，也不想在众目睽睽下让人看笑话。

他拎起周挽的书包，将两条带子从她肩上卸下来，拎在手里。

“给你一分钟解决。”陆西骁说完，拎着她的书包往前走。

周挽根本不知道要怎么解释她和陆西骁的关系，她只是看了姜彦一眼，轻声说：“他不是你想的那样。”

不管他们的父亲母亲之间有着怎样的纠葛，也不管到底谁才是受害者，陆西骁都是无辜的。而现在她也可以确定，陆西骁不是坏人。

或许自我，或许过于随性，或许多情，但从本质上来看，他不是坏人。

姜彦看她的目光很复杂：“你站在他那边。”

“我没有站在任何人一边。”周挽摇了摇头，“姜彦，你是我重要的朋友，但你不能限制我跟谁靠近。”

陆西骁故意将步子迈大。周挽追上他时气喘吁吁的，一边平复呼吸，一边问：“你怎么过来了？”

他淡淡地说：“顺路。”

“感冒好点儿了吗？”

“差不多了。”

他步子又迈得小了点儿，周挽终于可以放缓速度：“你声音好像还有点儿哑，晚上睡前再喝一次药吧，我放在茶几上。”

“嗯。”他声音始终很淡，惜字如金，还在不爽。

周挽安静地走在他身边，也不知道该怎么哄他，只能尽量降低自己的存在感，好让他“眼不见为净”。

一直走到游戏厅，陆西骁都没再跟她说一句话。

周挽如往常一样到柜台前，边看店边做作业，陆西骁则随便找了个游戏机玩，脚边的积分券出口往外不停地吐出一叠叠的券。

周挽做了一会儿题，发现手机一直振个不停，关系不错的顾梦给她发来一串消息。

顾梦：???

顾梦：什么情况！你和陆西骁!!!

顾梦：他怎么会在学校门口等你!!!

顾梦：救命！陆西骁不会想追你吧?!

周挽抬眼看向陆西骁，他嘴唇紧闭，眉眼低垂，正没什么表情地玩游戏。

周挽：没有啦，陆西骁怎么会追我。

他看上去根本不会有那份耐心追任何一个人。那些女生，哪个不是主动黏在他身边的?

周挽：他经常来游戏厅，所以才慢慢熟悉了些。

顾梦：可！他！都！来！校！门！口！等！你！了！

周挽指尖一顿。她也不知道陆西骁为什么会过来。

她经常想不明白陆西骁做一些事的动机。陆西骁是一个特别随性的人，做事也不讲什么缘由。

紧接着，顾梦又给她发来一条链接。

周挽点开链接，是学校贴吧里的帖子。阳明中学的贴吧还挺热闹的，其中一部分的热闹来自陆西骁，经常会有别的学校的女生来贴吧问关于陆西骁的情况，但周挽几乎没点进去看过。

顾梦发来的那条帖子的标题是——陆西骁今天在校门口是在等周挽吧???

1楼：周挽和他到底什么关系啊?

2楼：陆西骁以前身边那些女孩子都不是这个类型的啊?!

3楼：我觉得周挽长得超漂亮超清纯超乖的！成绩好性格好，感觉跟陆西骁不是一路人的啊……

4楼：已经在怜爱美女了，虽然陆西骁帅是真的帅，但渣也是真的渣啊!

5楼：之前我看到陆西骁朋友跟周挽打招呼我就觉得奇怪了。

6楼：就算是真的也不会在一块儿很久吧，陆西骁对女生的耐心哪能超过一个月。

7楼：虽然但是，就算被渣，能每天看看陆西骁的脸也够了。

8楼：之前加了陆西骁微信，想说之前有一次他朋友圈发过一个女生的背影，我那时候就觉得很像周挽。

9楼：其实我觉得周挽比陆西骁以前身边的那些女生都要好看，有点儿神仙姐姐的气质，完全就是初恋脸!

…………

周挽一条条地看下来。大家对此并没有像顾梦那样震惊，毕竟陆西骁身边的姑娘多了去了，也知道他不过是一时兴起，要不了多久就会对她生厌，和他身边以前跟着的那些女孩子没什么分别。

到深夜，游戏厅里大家来了又走，只剩下周挽和陆西骁两个人。

他把厚厚一沓积分券拿给周挽，周挽则帮他全部录入。

“走了？”他问。

“嗯。”周挽看了他一眼，收拾好书包，跟他一道回去。

月亮藏在晦暗的云后，还没路灯亮。雨刚停，路边积着一个个小水坑，有车疾驰而过时积水会飞溅起来。

陆西骁扯着周挽的手腕将她拉到里侧。

两人依旧安静。过了会儿，陆西骁嗓音低哑地问："吃面吗？"

"你想吃吗？"

"随便，看你。"

"我还挺饱的。"周挽说，"你饿的话我陪你去吃。"

"那就算了。"

他们走过面馆。雨珠顺着屋檐落下，滴滴答答。身后又传来汽车的声音。

陆西骁没回头，只是极其自然地抬手搭在周挽的肩膀上，半揽着她一起往路里侧走了几步。

尽管隔着衣服，但这样过分靠近的姿势还是让周挽浑身一僵，陆西骁像是感受到了，走到里侧后就将手放下了。

周挽无声地舒出一口气。下一秒，耳边响起陆西骁意味不明的笑声。

周挽脸上一热，他又是故意的。

怎么有这么爱捉弄人的人。

忽然，身侧传来车喇叭声。

嘟嘟——

周挽侧头，被过亮的车灯晃了眼。她看到郭湘菱拉下车窗，探出半个头，冲着陆西骁喊："阿骁！"

第十章

最终还是走到了这一步

周挽只觉得浑身血液倒流，秋风虽不刺骨却一下吹透了她的衣服。她飞快地扭过头，不想让郭湘菱看到自己。

但这样的场合，终究是徒劳的。郭湘菱怎么可能看不到她？

她脸上也闪过一瞬间的震惊和诧异，但没有表露出来，她演技比周挽好些，脸上还维持着讨好的笑意。

郭湘菱顿了顿，继续道：“阿骁，明天周末，跟我一起回家住吧。”见他不说话，郭湘菱又道，“你爸爸嘴上虽然不说，但你是他儿子，他肯定是想你的，周末回家吧阿骁。”

还真是一副贤惠体贴的继母形象。

陆西骁停了脚步，低着头，在原地轻轻地跺了跺脚，忽然笑了一声。

讽刺又戏谑。

“你还真把自己当我妈了？”他看着郭湘菱，目光里没有温度，“有这份精力，你不如去想想什么法子，好给陆终岳再生个儿子。”

这话说得刻薄，郭湘菱脸色稍变。

这话虽难听，却是实打实的法子。郭湘菱哪里没想过？现在虽然名义上她是陆终岳的另一半，但陆终岳也不是个蠢人，根本不打算带她去领证，每回都扯些借口搪塞她。

郭湘菱想过再要个孩子，哪怕她现在的年纪已经不适合再生产，但一个孩子就能保住她往后的富贵和安稳。那她也算是真正熬出头了，可陆终岳根本不让她得逞。

陆西骁说完，抬步就走。

周挽没跟上，还愣在原地。

他回头，淡淡道："周挽。"

"啊。"她无意识又茫然地应了一声。

陆西骁看了她一会儿，察觉到她表情的不自在，不再废话，上前一步，用手臂揽过她的肩膀，把她带到身边。他穿着宽大的外套，敞着怀，周挽像是被他抱进怀里，显得格外亲昵。

郭湘菱张了张嘴，可看着两人的背影，忽地眉心一跳，什么都说不出来了。

周挽被陆西骁带着走了好一段路，才想起回头看一眼。

那辆黑色轿车在原地停了片刻后，掉头走了。

"不问那人是谁？"头顶忽然传来陆西骁的声音。

"什么？"

他没重复，周挽压下频率失衡的心跳，缓声说："你继母吗？"

陆西骁嗤笑一声："继母？她也配？"

"……"

陆西骁在她头上敲了一记，漫不经心道："要是别人说这话就要挨揍了。"

周挽看了他一眼："你很讨厌她吗？"

"烦。"

"那你爸爸很喜欢她吗？"周挽问。

陆西骁笑了笑："他只不过是需要一个漂亮、听话又好拿捏的女人。"

周挽愣了愣。她从邻居的议论中听到过类似的话，但她难以理解，如果不是因为喜欢，为什么要这么做？郭湘菱需要，可陆终岳并不需要。

鞋尖踢到小石子儿，骨碌骨碌地滚到一边，掉落在窨井盖的空隙。

"那如果——"周挽顿了顿，"她做了你爸爸不喜欢的事呢？"

"那就甩了呗。"陆西骁无所谓地说。

走到小区门口，周挽跟他道别，又叮嘱他记得回去吃药。

原以为陆西骁对这样的嘱咐会很不耐烦，但他只是扯了扯嘴角：“太苦。”

周挽耐心道：“良药苦口利于病。”

他笑了声，微微倾身，玩味道：“那我要是喝了，有奖励吗？”

周挽一愣，不明所以：“你要什么奖励？”

他笑着抬了抬下巴，张开手臂。

陆西骁确实有吸引女生的资本。哪怕风评极差，花边绯闻满天飞，可还是有数不清的女生喜欢他。不仅是他那副皮囊，更多的是他举手投足间的气质和张力。

就像现在——他身形挺拔，站在昏黄的路灯下，肩线开阔平直，腰又被风掐出鲜明的折角，眉眼低垂，嘴角噙着散漫的笑意，透着不羁的意味。

周挽站在原地，看了他一会儿，而后上前，慢吞吞地靠近。

她没抬手抱，陆西骁也没有。

动作着实有些别扭，过了两秒，周挽抬手很轻地抱了下他的腰。

陆西骁轻笑了一声。周挽立马放下手，后退一步：“我回去了。”

“哦。”

屋内很安静，周挽在玄关换鞋，奶奶这时推门出来：“挽挽回来了。”

“奶奶，您怎么还没睡？”

“午觉睡久了，晚上就睡不着了。”

周挽换了鞋进屋，将书包放到椅子上：“明天我们要去医院一趟哦。”

“怎么又要去医院？”

“没事，做个身体检查，前几天我和陈医生说过了。”

“上个月不是刚检查过吗？”奶奶说，“挽挽，奶奶真没什么事，别在我身上乱花钱。”

周挽笑了笑：“这次的检查不一样，之后就没别的检查啦。”

这次的检查当然不一样，是为了肾移植手术做的检查。

回到卧室，屋内只开了盏台灯。

周挽躺到床上，视线忽地看到书桌上放着的那只屁桃君公仔，一脸傻相。

陆西骁给她夹的。

周挽看了会儿，忽地扯起嘴角轻笑了一声。

郭湘菱的电话就在这时候打过来了。

周挽看着来电显示，明白接下来一定是一场暴风雨。

她起身锁上门，犹豫了半分钟，接起了电话："喂。"

她刚出声，就被郭湘菱的声音淹没："周挽！你到底想干什么！"

终于不再是虚情假意的"挽挽"。周挽抿紧唇。

郭湘菱压低的嗓音里满是怒火和怨怼："你都知道是不是？周挽，我问你是不是都知道！"

周挽露出个自嘲的笑："知道你和陆西骁爸爸的事吗？"

"周挽！"从前乖巧沉闷的女儿第一次对她露出锋利的爪牙，郭湘菱震惊之余更觉得愤怒，火气都快将她点燃了，"你和陆西骁怎么会认识，你们到底什么关系?!"

刚才在路上遇到时，郭湘菱一开始虽然诧异，但觉得或许两人只是同学——她难以想象周挽这样乖的孩子怎么会在这个年纪做这种事情。但后来她看到陆西骁揽过自己女儿的肩膀，亲昵又自然地走了。

周挽沉默地低头看着被子上的图案，眼底慢慢染上冷意和恨意。

郭湘菱只顾发泄："周挽，你从小就是个白眼狼！小时候就只亲近你爸，怎么，现在你爸已经死了，你还想替你爸逼着我守寡?!

"我这辈子做得最错的事就是跟你爸结婚还生了你！一个窝囊没出息，一个狼心狗肺！"

周挽的手一片冰凉，浑身都在不受控地发抖。但开口时却极为平静，真像是郭湘菱说的那样，狼心狗肺。

“妈。”她很轻地唤了一声。

“你别叫我妈。”郭湘菱刻薄道，“我哪儿担得起你这一声妈？”

周挽便不叫了，淡淡地说：“我和陆西骁的关系，你难道看不出来吗？”

这回轮到郭湘菱沉默了。

周挽借着刚才陆西骁那个足以让人误会的举动，笑了笑，说：“你应该看得很清楚了。”她眯了眯眼，抬起下巴，手攥紧了被子，“如果陆西骁的爸爸知道了这件事情，你说他是生自己儿子的气，还是生你的气？”

郭湘菱气得人和声音都在抖：“周挽！”

“到时候你可能就得灰溜溜地滚出陆家了。”周挽这辈子都没用这样讥诮的语气说过话。她没法儿控制自己的恶毒，却在心底深深唾弃自己、厌弃自己，这副样子和郭湘菱还真是有几分相似。

郭湘菱问：“你想怎么做？”

周挽闭了闭眼，说：“给我 30 万元，我可以闭嘴。”

“你这是勒索。”电话那头传来高跟鞋快速敲地的声音，大概是郭湘菱走到了别处，她压着声音威胁道，“周挽，你勒索我！ 30 万元，我现在报警就可以让你坐牢！”

周挽觉得自己大概已经不会伤心了。亲妈威胁她说可以让她坐牢，她竟然也能笑出来。

“你是不是忘了，你是我妈，真报了警你觉得警察会怎么处理？”周挽说，“更何况，你不怕这件事闹得尽人皆知吗？”

郭湘菱是没良心，但真论狠，却比不上周挽。她就是一只亮出尖牙的狼崽，哪怕势单力薄，但咬住猎物的后颈就打死不松口，大不了两败俱伤、同归于尽。

反正光脚的不怕穿鞋的。

郭湘菱没有再嚷嚷着骂人，她在掂量。

周挽知道，她成功了一半——尽管是借着由陆西骁亲手造就的误会狐假虎威。

她心里清楚，如果真报了警，她就会完败。让陆西骁知道她接近他是这样的目的，陆西骁从此以后都不会再理会她，他痛恨别人的背叛。

郭湘菱的困境自然就解了。

过了很久，郭湘菱说："只有15万元，你爸卡里有5万元，我会再另给你10万元。"

周挽沉默。

郭湘菱咬紧牙："只可能这么多，我的日子没你想的那么好过，陆终岳防着我，不可能向他要那么多钱。"

她说的是真话。

周挽说："剩下的15万元，你要在三个月内打给我，否则三个月后的今天，陆终岳会知道这一切。"

郭湘菱忍着好大的恶心，指甲都攥青了，才憋出一句："好。"

周挽本来没想过今天要这么做的。这一切都来得太突然，她没想到今天会遇到郭湘菱，也是被她过分的话激到现在的地步。

不过这样也好。

只要奶奶能够治病，只要奶奶身体健康，她从此以后就和郭湘菱桥归桥路归路，再不会干涉对方的事。

只是，三个月。

还有三个月。三个月后，陆西骁还会对她有兴趣吗？

周挽筋疲力尽地躺到床上，没多久，她的手机收到一条转账提醒。

15万元。

她看着后面的几个零，数了好几遍。周挽第一次拥有那么多钱，却根本开心不起来。这一笔沉甸甸的钱就像是某种罪证，在她身上彻底盖了个无法消除的戳。一切都无法挽回了。她最终还是走到了这一步。

贪婪，阴暗，恶毒，虚伪，自私。

欺骗，背叛。

她静静地躺在床上，手臂横在眼睛上，安静得像睡着了。

过了很久，周挽才慢慢佝偻起身。心脏好像在沉重地坠落，周挽的牙齿被咬得酸痛，但还是没忍住那一声呜咽，她将脸埋进被子里，呼吸急促又凌乱，紧握住的指节变得惨白。

最终什么努力都苍白无力。她在那个安静黑暗的夜晚痛哭失声。宿命引着她，终于坠落到一片淤泥中，浑身都被弄脏了。染上的黑色，挡住了那些光芒。

次日一早，周挽陪奶奶去医院做全身检查。

她独自一人坐在走廊的椅子上，发了会儿呆，忽地想起一件事。

她将上回陆西骁帮她垫付的医药费用按银行利率算了利息，又将那些零头补齐后，全部转给了陆西骁，再次跟他道谢。

陆西骁没有马上回复，才早上 8 点 30 分，他大概还在睡。

周挽收起手机，头微仰着靠在墙上，放空大脑。

不知过了多久，奶奶检查完出来了："走了，挽挽。"

周挽起身，问陈医生检查报告什么时候出来。

"要等下周了，到时我给你打电话。"陈医生说。

"好。"周挽跟陈医生道过谢，然后搀着奶奶离开医院。

奶奶看她还背了书包，问："你一会儿要去做什么？"

"去趟图书馆，跟我同学约了一起做这次新发的物理试卷，有点儿难。"

"好。"奶奶笑了笑，"那你快去吧，奶奶自己回去就行。"

周挽不放心，本不愿让奶奶自己回去，但她一再坚持，周挽只好同意，目送她走到对面的公交车站后，她才转身往图书馆的方向走。

周挽没看到，她走后，奶奶又去了一趟医院。

"老太太，您怎么又回来了？"陈医生见到奶奶，诧异地问，"落什么东西了吗？"

"没有，陈医生，我来就是想问问你。"奶奶说，"挽挽让我做的这个检查，是不是为了我后面做什么手术？"

陈医生一愣，周挽不让他告诉奶奶这件事。

迟疑了会儿，他叹了口气：“您怎么知道的？”

“挽挽她妈今天一早给我打电话说的。”

陈医生对周挽的妈妈没一点儿好印象，皱起眉：“她跟您说什么了？”

奶奶露出无奈的神色，“嗐”了一声：“她还能说什么，以为是我让挽挽去跟她要钱，说了一堆难听的话。”

“您别理她，身体要紧。”

“我知道。”奶奶笑了笑，“我来就是想拜托您一个事，不管结果出来怎么样，麻烦您都对挽挽说我的身体不能做手术。”

陈医生一顿。

“我明白你们医生不能骗人，但这是我的身子，得由我来决定要不要做手术。”奶奶说，“挽挽年纪还小，还没成年，那么大一笔钱，我怕她为了筹到这些钱真的什么都不要了，她还年轻，未来的路还很长，不能总是耗在我这个老太婆身上。”

奶奶说着眼眶就红了，声音打着战，她紧紧握着陈医生的手：“所以陈医生，我拜托你了，就跟挽挽说不能做手术，只要她能好好长大，我就心满意足了。”

她的挽挽是个苦命的孩子。父亲早早走了，又被母亲抛弃，唯一可以依靠的奶奶还缠绵病榻。

挽挽那么努力地长大，成绩优异，努力赚钱。她不想成为挽挽的绊脚石。

周挽买了一个烤红薯当午饭，到图书馆后在二楼找到姜彦。

她在他对面坐下，拿出卷子，马上就静下心开始写题。

“周挽。”姜彦叫她。

她抬头，压低声音：“怎么了？”

“你和陆西骁……”

他还在在意周五放学时周挽跟陆西骁走了的事。

周挽一愣，抿了抿唇，没说话。

姜彦说："你想过以后吗，周挽？高考之后，你会去什么学校，他呢？他连考大学都难！"他实在痛恨陆西骁，嗓音也不自觉地放大，在安静的图书馆中显得格外突兀。

"小声一点儿。"周挽说完，停顿片刻才开口，"姜彦，你觉得我的以后是怎样的？"

"考上名校，顺利毕业，找到一份很不错的工作。"

周挽垂下眼，轻笑："你太高看我了，你说的这些我连想都没想过，我跟你不一样，姜彦，这些对我来说不是容易的事。"

"你跟我不一样，难道跟陆西骁一样？"

周挽依旧摇头："其实我挺羡慕他的，能活得那么纯粹坦荡，喜欢就喜欢，讨厌就讨厌，没一点儿伪装。"

姜彦还欲再说，被周挽打断："做题吧。"她低下头，轻声说道，"或许在全国竞赛里拿到好名次，我才有资格谈以后。"

…………

这次发的卷子特别难，做完后已经傍晚 5 点，周挽该去游戏厅了。

周挽收拾好东西离开图书馆，拿出手机时才发现陆西骁几小时前就回复了她一条信息。

6：？

一个问号。

周挽：医药费。

6：不是说年底？

周挽垂了垂眼，回复：我妈妈给我的钱。

陆西骁没再回复，确认了收款。

店里人声鼎沸，干冰机将整个舞台都弄得雾蒙蒙的，混杂着浓重的烟酒味，追光灯和鼓点都随着音乐在激荡。

陆西骁坐在卡座里侧，修长骨感的手指拎着玻璃杯，他脸上带着散漫的笑意，视线轻飘飘地落在形形色色的来往人群里。

“骁哥，明天是你生日吧。”其中一个女生问道，她眼睛亮亮的，直直地望着对面的陆西骁。

陆西骁抬眼，扬眉。

“明儿几号？”

“18号。”

蒋帆道：“还真是阿骁生日，今年打算怎么过？”

陆西骁轻嗤一声：“有什么可过的。”

“那不成，咱骁哥18岁大寿，可得好好过。”

陆西骁笑骂着朝他踹了一脚。

旁边又有一男生说：“18岁那可就成人了，当然得干点儿成年人的事了，是吧骁哥？”他冲陆西骁一阵暧昧地挤眉弄眼。

这话一出，倒提醒了大家另外一件事，很快就有人问及昨天学校贴吧里的那条帖子。他们早就看出陆西骁和周挽关系不一般，也起哄调侃，但更多只是闹着玩，毕竟这两人的状态实在不像真的有什么。

如果是真的，像陆西骁来这种地方，女生不可能不跟着。而几次见到周挽，都是陆西骁主动招惹的她。昨天放学就更过分了——谁都没见过陆西骁专门等过谁。

“骁哥，你和那小学霸到哪一步了？”有人问。

陆西骁懒洋洋靠着椅背，利落的喉结上下滑动。

“你这话说的，忒看不起咱骁哥……”

眼见调侃得要朝着没分寸的方向发展，陆西骁倾了倾身，杯子不轻不重地磕在茶几上：“差不多得了，我单身。”

“单身？”男生诧异道。

“就没开始过。”

这回所有人都更诧异了。陆西骁对谁都没什么耐心，怎么偏偏那周挽就成了例外？

蒋帆则眯了眯眼，他跟陆西骁认识的时间最久，也是知道更多内情的，知道上次周挽去陆西骁家里的事。他更清楚，陆西骁对周挽的确是特别的。

有人问了个很关键的问题：“是还没开始，还是没打算开始？”

陆西骁往后靠进沙发里，懒散轻慢：“难不成就非得处吗？”

处不处都一个样，没什么可改变的。

陆西骁觉得现在这样挺舒服，便由着这状态继续。但听在有心人的耳朵里就像是变相的拒绝，坐在陆西骁旁边的漂亮女生失落的神色稍稍恢复了一些。

几个男生调侃几句，又聊到了别的话题。

女生看着陆西骁的侧脸，看着他散漫的模样，心中悸动不已，过了会儿，她忍不住靠近：“骁哥。”

女生的心脏怦怦跳个不停：“你明天生日干什么呀？”

“睡觉。”

“一个人？”

陆西骁眼神扫过来时女生才反应过来自己刚才说了句多么有歧义的话，她想问是一个人过生日吗，不是问是不是一个人睡觉。

他骨相优越，眉眼又轻佻，在斑驳跳跃的灯光下更显得多情。

他挑眉：“不然？”

女生脸涨得通红。过了好一会儿脸上的绯红才褪去，她鼓起勇气，在嘈杂的音乐声中贴近陆西骁的耳朵。

“本来还想明天再跟你说生日快乐的，现在看来没办法了。”女生笑着说，“那我今天晚上就送你一首歌，提前祝你生日快乐。”

还没到后半夜，乐队还没来，舞台上的麦克风空着。

女生上了台。及腰长发，精致妆容，眼波在灯光下流转。

她刚说了声“大家好”，底下众人便纷纷看过去，然后齐齐发出口哨声。

陆西骁的视线淡淡地看过去。女生紧握着话筒，视线穿过众人，与陆西骁四目相对。

她想，这大概是她这一生中最勇敢的时刻。

“大家好，明天是一个人的生日。”她坚定地看着陆西骁，“我想唱一首《开不了口》送给他，祝他生日快乐。”

底下的起哄欢呼声一片接着一片。

在女生青涩又认真的嗓音下，不少人顺着她的目光看向陆西骁。

后者懒懒地坐在那儿，看不出他到底是什么情绪。

唱到最后，女生的嗓音都染上了暗恋独有的酸涩。

结束后，她下台走回到卡座，拿起杯子：“陆西骁，提前跟你说生日快乐。”

周围男生准备起哄，刚要鼓掌，被陆西骁的眼神制止了。

卡座周遭安静下来。陆西骁没拂她面子，拿杯子跟她碰了一下，一饮而尽：“谢了。”

他将空杯子放回茶几，接着起身往外走：“出去会儿。”

女生一怔，眼眶迅速红了：“……陆西骁。”

她鼓起最后一点儿勇气叫住他。

陆西骁回过头。

“我——”

剩下的几个字还没说出来，陆西骁便打断她：“抱歉。”

女生甚至分辨不出这到底是陆西骁最后的礼貌，还是最后的残忍。

她最终还是没能亲口告诉他自己的心意。

他脸上没什么表情，在光怪陆离的灯光下冷漠又疏离，无声地将两人之间的距离无限拉远。

陆西骁没再看她，抬手指了指外面，转身走了。

女生看着他离开的背影，心想，他大概永远不会明白什么叫作热爱——那种几乎要迷失自我的、盲目的爱。不管什么时候他都能冷静自持，随时随地都能清醒地抽身，决绝又冷漠。

游戏厅里，周挽关灯锁门。

刚走出去，手机就响了一声，是陆西骁发来的信息。

是陆西骁常去那家店的定位。

6：过来。

周挽愣了一下，看了眼时间，已经夜里 11 点 5 分了。

6：喝多了。

周挽：你感冒了，应该早点睡的。

6：嗯。

周挽看着手机屏幕，有点儿犹豫。

太晚了。

犹豫片刻，周挽还是决定过去。

她不知道陆西骁到底什么情况，天又这么冷，要是真把他一个人丢在那儿，怕出了什么事。毕竟是周挽利用他，她有错在先，所以只能顺着他的心意去弥补，尽量让他开心点儿。

游戏厅离他发来的定位有十几千米，为了快点儿赶到，周挽打了辆出租车。她很少在深夜到市中心，第一次见平川市热闹繁华的夜景，灯红酒绿。她透过车窗往外看，灯光打在她白皙的脸上，透着晶莹的光泽。

出租车内的导航提醒还有 500 米到目的地。

周挽老远就看见闪烁跳动的灯牌。车又开近了点儿，她便看到了站在店外的陆西骁。

他懒洋洋地靠在墙上，人高腿长，站在这灯红酒绿中，成了道风景线。

周挽抿唇。

“小姑娘，到了哦。”司机将车停在一旁。

“谢谢师傅。”周挽低头拿钱包找钱。

刚抽出一张 50 元，旁边车门就被打开了。

陆西骁一手搭在车顶，微微弯下腰，靠近周挽。他的嗓音透着浓重的磁性和喑哑，还带着鼻音：“师傅，多少钱？”

“25 元。”

周挽忙说：“我自己付就好。”

陆西骁没理她，挡住她的手，扫了码：“好了。”

出租车开走，周挽站在陆西骁身侧，被他捞着手腕带到里侧，他侧头，看她：“饿吗？”

“还好。”

“那去吃点儿。”

他走在前面，带着她走进旁边一家咖啡店，点了份鸡肉卷。

周挽问：“你不吃吗？”

“不饿。”

咖啡店里暖气开得很足，让人透不过气，他们买了鸡肉卷便又走出来了。

周挽撕开外包装，咬了一口。鸡肉很嫩，裹着生菜，咀嚼间汁水溢出来，很好吃。

“你一个人吗？”

“蒋帆他们都在。”陆西骁说，“还在里面。”

“那你怎么先出来了？”

他懒声道：“里面有人对我有意思。”

周挽一怔。他说得太突兀也太直白，她一时不知道该作何反应。

陆西骁这话说得有点儿奇怪，再加上他说话时是看着她的，显得有点儿刻意，像……讨赏。

周挽的脑海中刚浮现出这个念头，她就甩了甩脑袋，觉得自己一定是太困了不清醒。

鸡肉卷只吃了一半，剩下的吃不下，周挽又去咖啡店要了个袋子，将剩下的装在里面。

明天是周日，不用上课，周挽忍下哈欠，问：“回去吗？”

陆西骁说：“陪我逛会儿。”

“去哪儿逛？”

“随便哪儿。”

周挽跟在他身侧，陪他在灯红酒绿的街上漫无边际地瞎逛。

周围很吵闹，往来的行人说说笑笑，他俩却很安静。

周挽第一次从他身上感受到那么浓重的孤独感——甚至比他妈妈忌日那天，他独自颓败在家时还浓重。

明明周遭那么热闹，他却格格不入。

蝉噪林逾静，鸟鸣山更幽。

“陆西骁。”

他回头。

“我带你去玩吧。”周挽说。

周挽想，至少在这段时间，尽量让他开心点儿吧。

第十一章

陆西骁，祝你 18 岁生日快乐

陆西骁扬眉，吃惊又好笑地重复：“你带我去玩？”

周挽一顿，又瑟缩几分：“嗯……你不想的话就……”

“去吧。”陆西骁说。

在周挽小时候，周军因为总是带毕业班，工作很忙，下班后已经很晚，想带周挽去玩也没有什么去处，所以那时候他们经常去的一个地方便是市郊的一家开放式游乐场。

那家游乐园是公益性质的，只需要市民卡，不需要门票，也不会闭园，随时去都可以玩。

周军去世后，周挽已经很久没有去过这里了。

等到了游乐场外，周挽才发现游乐场已经重新修缮过，这个点还零星有些人。

“你想玩什么？”周挽问。

“随便。”

“那我们去坐摩天轮吧。”周挽指了指不远处，“到最高点的时候，可以看到平川湖，夜景很漂亮。”

她小时候经常坐。

他们到摩天轮下面时刚好有人下来，周挽弯腰进入座舱，陆西骁也进去了，座舱晃动了一下，而后变得平稳下来。

摩天轮缓缓上升，这座城市的夜景也缓缓浮现在眼前。

周挽经常觉得坐摩天轮会产生一种幸福感。站在高处去俯瞰整座城市，好像可以暂时从渺小和平凡中脱离出来，变得稍微不一样一点儿。

“陆西骁，”她趴在窗边，“你看，那个就是平川湖，晚上亮晶晶的。”

陆西骁没说话。

周挽回头看他，见他坐在对面，眉心微蹙，不太舒服的样子，半合着眼。

“怎么了？”周挽问，“你不舒服吗？”

他眼皮都没抬，沉着声“嗯”了一句。

周挽以为是他感冒了的关系，拿手背去贴他额头，却发现他身上很冷，唇上的血色都褪去了。

周挽愣了愣，迟疑地问：“你恐高吗？”

他哑声应了。

“刚才上来前你怎么不说？”

陆西骁面色不善地看了她一眼，然后又闭上了眼睛。

周挽第一次见他有害怕的东西，觉得吃惊，看着他这副表情又觉得有些好笑，明明恐高却还要逞强。她抿了抿唇角，本想忍，但没忍住，轻轻笑出了声。

陆西骁睁眼，抬手捏住她的脸：“笑什么？”

周挽立马闭上嘴，他捏得用力，周挽不得以将脸凑过去好缓解些痛感，嗫嚅道：“疼。”

陆西骁没松手，说：“道歉。”

她好脾气地说：“对不起。”

他这才松开。

周挽趁着他闭眼的空隙，又微微抿了抿唇，将笑意压下去后才开口：“你忍一忍，马上就到下面了。”

走下座舱时，陆西骁脸还白着，一手搭在周挽肩上，力道有些沉。周挽只好环过他的腰扶住：“你没事吧？”

陆西骁不太爽地骂了句脏话。

到一旁的长椅边坐下，周挽去小超市买了瓶矿泉水，拧开了递给他。

他喝了口水，总算将那种恶心压了下去。

周挽看着他的表情，问：“你恐高很严重吗？”

“还好。”

“……”哦。

因为恐高，很多其他项目都不能玩，休息好后，周挽带陆西骁去玩碰碰车。碰碰车是小朋友喜欢的游戏，也是这个游乐场内最受欢迎的项目，这个点了还有人在玩。

双人碰碰车，陆西骁开车，周挽坐他旁边，系好了安全带。

有八九岁的小朋友见到哥哥姐姐也来玩，很兴奋，开着车过来，用稚嫩的声调挑衅说：“我要和你们决斗！”

坐在旁边的妈妈笑起来：“你几岁啊，就要跟哥哥姐姐决斗。”

周挽弯眼，也笑。

小男孩儿察觉到被人轻视，样子很不高兴，而陆西骁则抬了抬下巴：“来。”

小男孩儿立马兴奋起来。

陆西骁一个开惯了赛道的人，这碰碰车哪里能难倒他，更不用说对手还是个小朋友。刚开始小朋友还铆着劲儿跟他比赛，到后来完全被压制，车被堵在角落里动都不能动，毫无游戏体验。

一秒，两秒，三秒。游乐场内爆发出嘹亮的哭声。

陆西骁：“???”

周挽：“……”

“陆西骁，”周挽拍拍他的手臂，“你先停下。”

陆西骁将车停到一边。

周挽立马下车走到小男孩儿身旁，她蹲下来，软着声哄道：“对不起啊小朋友，哥哥不是故意的。”

男孩儿的妈妈忙说：“没事，没事。”

男孩儿比不过，觉得自尊心受到了极大的伤害，索性倒打一耙说哥哥赖皮。

陆西骁“啧”了一声。他没过去，长腿委屈地缩在狭窄的碰碰车内，眼睛看着周挽。

小姑娘蹲下来也小小一个，侧脸柔和又漂亮，眼睛很亮。风将她的碎发吹乱，毛茸茸地散在额角。

陆西骁看着她，喉结上下滑动，而后移开视线，站起身来。

周挽摸了摸口袋，正巧今天拿了两颗游戏厅的水果糖。

她拿出一颗递给男孩儿：“是哥哥不对，原谅哥哥好不好？”

男孩儿接过糖，这才抽抽噎噎地止住了哭声。

妈妈又跟周挽道了声歉，抱起小男孩儿离开。

周挽起身，陆西骁已经从碰碰车内出来了，正站在不远处的昏暗中，她走过去说：“小朋友都被你吓哭了。”

陆西骁淡淡道：“他自己要跟我决斗的。”

周挽想笑：“人家才几岁？”

陆西骁嗤笑：“你倒是挺会哄人。”

他有情绪，周挽不说话。

陆西骁又对她动手动脚，掐她脸，抠她刚才的字眼：“还是我不对？”

周挽有些无奈，哄了那个现在又要哄这个：“他哭了嘛，就顺着他一些。”

“哦。”

“……你不高兴吗？”

他不说话。

周挽顿了顿，将口袋里剩下的那颗糖递给他：“吃吗？”

他挑眉：“当我要饭的？”

“……”周挽刚要将糖放回口袋，他忽地伸手从她手里把糖拿走，直接将那颗水果糖挤到嘴里。

橙子味在口腔中蔓延。

周挽看了眼时间，已经很晚了。今天起得早，她有些困了，眼皮都快耷拉下去，忍不住打了个哈欠。

陆西骁咬碎糖果："回去了？"

"嗯。"

他拦了辆出租车，两人都坐在后座。

过了零点，陆西骁的手机蹦出不少消息，他扫了一眼，都是些生日祝福，刚想滑掉，结果手滑点到语音，蒋帆那有穿透力的声音传出来，鬼哭狼嚎地说祝他 18 岁生日快乐。

周挽愣了一下，侧头问："今天是你生日啊？"

"嗯。"他淡淡地说。

"生日快乐，陆西骁。"周挽立马认真地说。

陆西骁扯了扯嘴角，笑了一声。

"我之前不知道，所以没能给你准备礼物。"

陆西骁其实完全不在乎这些。他是真觉得生日没什么可过的，更何况，他是个不缺礼物的人，很多女生都会往他抽屉里塞礼物，他连人名和脸都对不上，最后那些礼物也不知被丢到了什么地方去。

陆西骁侧头看了她一会儿，说："那给你点儿时间准备，明晚我来拿礼物。"

周挽一顿，而后浅笑着说："好。"

出租车停到周挽家门口。远离闹市区后，后半夜的小区更是寂静无人，连鞋子踩过落叶的声音都显得格外刺耳。

周挽避着落叶走。

"我到了。"

"嗯。"

"生日快乐。"周挽又说了一遍，她转过身，仰头看着陆西骁的眼睛，"你今天开心了吗？"

陆西骁抬眉："还成。"

"那就好。"

"干吗？"他沉沉地笑，"想让我开心？"

周挽点头，说得认真："嗯。"

陆西骁愣了一下。眼前的少女脸上笑意淡淡，两个梨涡好似盛着蜂蜜。她过肩的头发柔软地贴着白皙的脖颈，乖巧又精致，脆弱又坚韧。

她看着他眨眼，睫毛忽闪。

陆西骁的那颗心脏，像是被那纤长浓密的睫毛挠了挠。

他嗓音有些哑："回去吧。"

周挽跟他挥手："再见，陆西骁。"

他把手放在口袋里没拿出来，只抬了抬下巴示意，目送她走进楼道。

陆西骁在原地又站了几分钟，才抬脚离开。

次日一早，周挽起床后先把剩下的周末作业都做完，在家吃过午饭后便离开家。

她想了一晚上要给陆西骁买什么生日礼物，却还是想不出来。太贵的负担不起，他又好像什么都不缺。没办法，只能去外面逛一逛，看看有没有适合的礼物。

最后，她停在一家饰品店前。玻璃台上陈列着各式各样的相框，其中一个是很复古的雕花镂空金属相框，跟陆西骁住的那小洋楼很贴合。

周挽想起上次在他家看到的放着她妈妈照片的相框，木质的，大概是这个夏天雨水太多，潮气重，已经有些褪色泛白。

这个倒是挺适合的。

周挽挑定了礼物，拿去付钱。

"135 块钱。"店员说。

"这么贵啊。"

"小妹妹，你看看这个做工就知道很烦琐精致了，现在这年头贵的就是手工活儿。”

周挽没多说，又选了个简洁的灰色礼品袋，将相框放了进去。

陆西骁说今晚来拿礼物，那应该是会来游戏厅。

周挽没给他发消息说自己已经买好了礼物，觉得这样太刻意。

傍晚吃过晚饭后，周挽便拎着礼品袋到游戏厅。周末人比较多，忙了好一会儿才得闲。

坐下没一会儿，一个男生忽然走过来：“哈喽。”

周挽抬头：“有什么事吗？”

男生抓抓头发，笑起来很阳光：“小姐姐，你单身吗？”

“啊？”周挽微怔。

“那我能要你的号码吗？”男生接着说，拿出手机，“我叫——”

还没等他说完，旁边忽然插来一道生冷的男声：“周挽。”

陆西骁的整张脸都沉着，五官越发显得利落，修长的手指捞过那人的手机丢还给他。

男生愣住。

陆西骁侧头，冷眼看他。男生只觉得像被冰刃剜了一刀，他是个好说话的，立马说了句“抱歉”，转身离开。

陆西骁眯了眯眼，一手抬起周挽的脸，看了她一会儿，扯着嘴角意味不明地嗤了一声：“你还挺吃香。”

“……”

他不爽时的压迫性极强，就连周遭的空气似乎都变得稀薄了，让人透不过气。

“我没给他号码。”周挽解释道。

她能感觉到陆西骁对她是有好奇和兴趣的，而由这兴趣中又分出一点儿喜欢和占有欲。或许并不多——只不过他向来随性，懒得伪装，直接将不爽写在脸上，像是放大千百倍，让人误会他好像有多么深情。

陆西骁淡淡问道：“我的礼物呢？”

周挽将礼品袋从桌子底下拿出来，递给他。

陆西骁打开，拿出里面的那副相框，挑了下眉：“就相框？”

周挽抿唇：“别的太贵的我……”

她话没说完，就被陆西骁打断了：“我是说，照片呢？”

周挽顿了顿。她原本买这个相框是觉得可以把那个受了潮的相框换掉，但明白在他面前提他妈妈是禁忌，她没敢开口。

陆西骁看了她一会儿，拿出手机，直接对着她拍了张照。

游戏厅光线昏暗，闪光灯自动打开，拍下的瞬间少女表情错愕，眼睛睁大，圆鼓鼓的，像饱满的黑葡萄。

陆西骁看了会儿照片，轻笑了几声：“就这张吧。”

“……”

蒋帆这时候打电话过来，让他出来玩。

这儿吵，陆西骁直接点了免提。

他淡淡道：“不去。”

“你生日还真一个人过啊，出来呗，我们一群人呢。”

“生日跟你们一群男的过，我有病？”

这时在一旁打游戏的人突然触发了什么惊喜关卡，游戏机响起欢快的声音，蒋帆听到后愣了一下，随即明白了，拖着长音“哦——”了一声。

蒋帆的语气暧昧：“那是不合适，成年了嘛，是该做点儿成年人的事。”

周挽拿笔的指尖一顿，眼睫颤了颤。

陆西骁睨着她的表情，清清楚楚地看到血色从她脖颈蔓延到脸上。

他勾唇，丢下一句“滚蛋”，挂了电话。

他没借方才那句话继续戏弄周挽，拿了游戏卡，便到一旁打游戏去了。

周挽松了口气，埋头继续写题。

后面几个小时，陆西骁都在那儿玩游戏，周挽则做完了两套卷子。

直到晚上 11 点，陆西骁又拿着厚厚一沓积分券让周挽录入，他断断续续地来游戏厅，但每回都能拿不少券，到现在已经有将近 10 万的积分。

周挽看了眼10万能兑换的礼品，多是些电饭煲、榨汁机一类的，陆西骁肯定用不到，她便也没提，任由这些积分继续存着。

今天天又冷了，吸口气都要打个哆嗦。

冬天的空气总不太好，天空中也暗暗的，没几颗星。

周挽戴上上回在陆西骁朋友超市拿的手套，搓了搓手，仰头看天。

“不知道今年会不会下雪。”周挽说。

平川市已经两三年没有下雪了，就算下了也不过是雨夹雪，落到地上就化了。周挽记忆中曾出现的漫天遍地的雪，还是在童年的时候，爸爸陪她一块儿堆雪人。

“不会。”陆西骁说，“暖冬。”

地上的落叶都被扫光了。这一条路两边种的是樱花树，如今这个季节只剩下交错的光秃秃的树干。

周挽很轻地叹了口气。

陆西骁侧头问：“你喜欢下雪？”

“嗯。”周挽点头，“你不喜欢吗？”

“太吵。”

他的描述很奇怪，但周挽却能明白。

下雪天很吵，每回平川市下雪都会引得大家尖叫欢呼，下雪天路上的人格外多，就连朋友圈也变得忙碌。

周挽笑了笑：“我觉得很干净。”

世界一片雪白，很干净。好像那些丑恶、阴暗、哭喊、痛苦都不再存在。

就连她自己，似乎也能变回童年那个因为打雪仗、堆雪人就特别快乐满足的周挽。

“那年底去看雪。”陆西骁淡淡地说。

“你不是说，今年不会下雪吗？”

陆西骁看了她一眼，眼角微扬，声音里带着笑意和一点儿青春的张扬放肆：“我说能让你看到，自然就能看到。”

周挽愣了一下，她有点出神地看了陆西骁一会儿，才收回视线。

她想，年底。今年过年在 2 月初，还有三个多月。如果年底陆西骁还会带她去看雪，那么他们这段说不清道不明的关系至少还能维持三个月。这样的话，之前威胁郭湘菱在三个月内给她剩下的 15 万元也能实现。

奶奶应该就有钱做手术了。

周挽这么想着，下一秒，又深深厌弃自己的想法。

陆西骁问：“你几岁？”察觉到她的心不在焉，他扯着她的马尾往后轻拽了下，“问你话呢。”

“什么？”

“你几岁了。”

“16。”

“生日呢？”

“3 月 25 日。”

陆西骁扬眉道：“你上学早？”

“嗯，我爸爸是老师，我小学时他帮我安排得早了点儿。”

这是陆西骁第一次听到她提起自己的父母。

两人继续往前走。陆西骁察觉她情绪不高，像有心事一样，明明刚才在游戏厅时还没有这样。

他侧头，漫不经心地问：“想什么呢？”

周挽一顿，仰起头看他的眼睛。他的眼底平静，却有一种了然的感觉，像是完全看透她，明白她的情绪。

有时候，陆西骁确实是个很细腻的人，尽管他很少说话，但她的许多情绪变化他都了然于心。这种感觉很奇妙——像这个世界上的另一个自己。

换句话说，像知己。

但周挽偏不能告诉他自己想的是什么。她摇了摇头说：“没什么。”

陆西骁不勉强，没再问。他送她到了家门口，周挽转过身，看着他的眼睛认真地说：“陆西骁，祝你 18 岁生日快乐。”

她的语气诚恳又认真，好像把心剖出来一般。

陆西骁眉心微跳，喉结滑动。

“希望你永远都能自由自在，随心所欲，做你想做的事，成为你想成为的人。”周挽嗓音轻软且坚定。

风轻轻吹，吹去最后那句话。

“永远敢爱敢恨，万事顺遂。祝你有朝一日能遇见那个让你真正喜欢的女生。”

也祝你能坦坦荡荡地恨我。

周末一过，冷空气入侵整个平川市。

教室里大家戴上围巾、帽子和手套，穿上最厚重的冬装校服。冬天正式来临，气温一降，加上教室里暖气舒适，连带浑身的瞌睡虫也全部复苏，大早上教室里哈欠连天，都昏昏欲睡。

班主任走进教室，敲门板：“都醒醒，都醒醒。下午 3 点有平川篮球杯决赛，剩下两节课改自习，想去看比赛的就去学校旁边的市体育馆看，不想去的在教室自习。”

这话一出，教室内瞬间沸腾，尖叫欢呼声一片。

班主任气不打一处来：“刚才还一个个的没精神，一说玩就活过来了！你们学习要有这个劲头哪个考不出好成绩！”

顾梦立马转过身来：“挽挽，挽挽，你去不去？”

“我不去了吧。”周挽说，“我看不懂篮球。”

“又不是去看篮球的，那是去看帅哥的！”顾梦说着，忽地压低声音，“而且陆西骁也去，你俩最近不是……”她暧昧地冲周挽眨眨眼。

周挽愣了一下：“陆西骁也去吗？”

“对啊！你不知道吗？”顾梦说，“平川篮球杯都开始两三个月了，包括市内所有高中的比赛，这次的决赛应该是阳明和十八中打，陆西骁还是队长呢。”

周挽想起上回看到他打球的样子。

顾梦晃着她手臂哀求：“去嘛去嘛，挽挽你最好了，我想去看。”

周挽最后点头道：“好吧。”

顾梦又问一旁的姜彦：“你去不去，姜彦？”

他正在做作业，闻言指尖停顿，淡淡道：“不去。”

顾梦不知道他和陆西骁之间的渊源纠葛，只说他要学会劳逸结合，不能只知道读书。

高二（1）班是整个年级里成绩最好的班级，班内竞争也大，只有一半的人请假去看比赛，剩下的一半在教室里自习，其他班几乎所有人都跑光了，7 班更是一个人都不剩。

市体育馆就在阳明中学旁边，从北门出去走 200 米就到了。

周挽和顾梦跟着人群入场，坐在第一排。

位置不错，视野开阔。

“十八中的人都到了，怎么陆西骁他们还没出来？”顾梦说。

周挽说：“可能在换衣服吧。”

场地里面站着六人，白色球衣背后写着十八中和各自的姓名拼音，周挽粗粗瞥了一眼，视线忽地停住，看到其中一人——LUO HE。

骆河。

她在他转身时看到他的脸，正是之前找陆西骁麻烦、和他打架的那个人。原来他是十八中的学生——但他身上没有一点儿学生气，而是社会地痞流氓样，不只是他，十八中的那几个人都是这样。

十八中是平川市最差也是最混乱的高中。

周挽听到身后的男生在议论。

“骆河那群人天天打野球，听说手可脏了，我估计今天这场球打得应该挺难的。”

“连陆西骁都打不过他？”

“论技术应该陆西骁强点儿，但他打球太规矩，而且很少拼全力打，对上十八中那群人估计难，半决赛那场碰上十八中的那个前锋直接被肘击，鼻梁都断了。”

…………

周挽心下一紧。

这时，全场响起一片欢呼声。

陆西骁带头，众人进场。他们穿着红色的球衣，个个身高腿长。

顾梦跟着众人尖叫，夸张道：“这是男模队吧！”

周挽头一回听到这样的形容，笑起来。

陆西骁走到候场座位旁，捡起丢在地上的绷带，缠在脚踝上。

他小腿肌肉流畅，跟腱很高，脸上没什么表情，对周围那些欢呼尖叫视若无睹。缠完绷带，他起身，脱掉身上的黑色外套，就在这时，他注意到在第一排坐着的周挽，先是愣了一下，而后挑眉。

他倾身，手搭在栏杆上，毫不在意周围的目光，问：“怎么来了？”

“陪我朋友来的。”周挽轻声说。

他将外套递过去，什么都没说，动作极其自然。

周挽连忙接过，弄整齐后好好地抱在怀里。

他是全场的焦点，此刻，连带着周挽也成为全场的焦点，身后有议论声响起来。

“陆西骁和周挽到底什么情况？上次贴吧里不是还说陆西骁接她放学？”

“他们俩怎会认识?！”

“陆西骁真的很帅，又苏又撩。”

“你别说，周挽还真是挺漂亮的，越看越好看，而且长得好乖哦，跟陆西骁站在一块儿还挺配的。”

“我觉得还是那种御姐型的跟陆西骁配。”

…………

周挽抱着他的衣服，目视前方，只当作什么都没听到。

随着一声哨响，比赛开始。

跳球过后，陆西骁控球，迅速朝篮下运球。

十八中的几人全部盯死他，不给一丝缝隙，骆河双臂张开，挡在陆西骁前面。

陆西骁冷眼看他，所有人都觉得这样的情况只能把球传给队友，但队友也都被防死，几乎是死路一条。

谁都没看清，陆西骁做了个假动作，骆河被晃倒。

他原地起跳，手腕下压——砰！

进球！

全场沸腾。

开局就拉起热度。

陆西骁稳稳落地，低眸扫向倒在地上的骆河，轻嗤了一声。

骆河脸色一变，青筋暴起，起身朝队友吼了句："回防！"

第一节结束，18：24，阳明中学领先。

一下场就有许多女生上去送水，有阳明的，也有十八中的。

陆西骁没接，穿过人群，捞起座位上的毛巾擦汗。

他直起身，看着周挽说："水。"

旁边就有准备好的一箱矿泉水，周挽连忙跑去拿，递给他。

陆西骁扬眉，她又帮他拧开瓶盖。

陆西骁接过，仰头喝水。水瓶里的水迅速减少，他喉结上下滚动，喝完一瓶水，把瓶子丢在一旁。

"你感冒好了吗？"周挽凑近了小声问。

陆西骁似乎没听清，弯下背，将耳朵送到她嘴边："嗯？"他身上热烘烘的，满是偾张的荷尔蒙气息，周挽咬了一下嘴唇，又重复了一遍。

他轻笑，直起身说："早好了。"

第二节比赛一开始，很多人就发现十八中的打法不同了，十八中根本不给陆西骁拿球的机会，阳明的选手一控球起跳，就借势撞倒。

后背在绿色塑胶场地摩擦着，发出刺耳的声音。

“这都不吹！犯规啊！”身后有男生骂道。

“骆河那群人肯定买通裁判了，这种球都不吹，裁判是瞎了吗?!”

陆西骁脸色没变，语调平静，冷声道：“都好好打。”

但十八中这群人野球打惯了，球越打越脏，陆西骁投篮时也被推倒。

但裁判只给了几张无关紧要的黄牌，底下不满的声音越来越响。

等到半场结束，48 ∶ 32，十八中一节砍了 30 分反超。

“这个球真是长见识了，耍赖成这样就算赢了又怎样？”

“听说骆河和陆西骁不对付好几年了，就是故意激怒他，之前半决赛也没见打这么过分。”

…………

周挽很少看这样的比赛，手全程紧攥着，指甲在手心嵌出红痕。

陆西骁和几个队友站在一起，正讨论下节比赛的战术。

刚才有两人伤得严重些，一个腿扭伤了，一个手臂被撞出瘀青。

周挽看得心被揪起来，不太舒服。

“梦梦，我去趟卫生间。”周挽说。

顾梦说：“好，你知道在哪儿吗，要不要我陪你去？”

周挽笑了笑：“没事，我知道的。”

周挽洗了把脸，看着镜子里的自己，脑海里是刚才陆西骁被撞倒的样子。

还有半场。周挽很轻地叹了口气，只希望他别受伤。

周挽出了卫生间，发现骆河迎面走来。

周挽绕开他走，没想到他的腿却往旁边一迈，堵住她的去路。

周挽抬头。

“你就是陆西骁身边那个？”骆河看到刚才陆西骁让她拿衣服了，他目光轻佻地从上到下打量她，“这小子口味变了啊，现在喜欢这种毛都没长齐的小丫头了。”

又有几人从一旁的男厕走出来，闻言笑起来。

“骆哥，清纯的有清纯的好处。”

“谁知道面儿上长这么清纯，背地里怎么样呢。”

…………

羞辱戏弄的话从他们口中说出，夹杂着狎昵放肆的笑。

周挽咬紧牙，不吭声。

见她是个好欺负的，那些粗俗的言语更变本加厉，像针似的句句扎向周挽。

周挽是个不愿惹麻烦的，但也是不愿折腰受辱的，她沉默很久，最终静静开口：“你们敢在陆西骁面前这么说我吗？”

少女被羞辱，脸上却不动声色，目光平静自若。

骆河忍不住皱眉，像是被她眼底的光刺到。

不知道为什么，她此刻的目光让他想到了陆西骁。一张清纯柔和的脸，连声音都是软的，却孤傲冷静、坦然地跟他对视，那一瞬间好像有什么锋利的东西破开了她表面的柔和。

实在是和陆西骁一个模子刻出来的。

骆河突然就明白了为什么那姓陆的高傲冷血，从不高看谁一眼，却愿意和眼前这个女的多亲近几分。他们本就是一路人。

骆河挑眉说：“我怎么不敢？你不知道陆西骁被我揍过几回吧，哦，是的，你是不知道，毕竟那会儿他身边的人还不是你。”

“那你们何必下黑手只为了赢他，哪怕赢了也不光彩。”周挽直直地看着骆河，“听过一句话吗，真正的强者才不和弱者争输赢。”

谁把输赢看得重，谁就是那个弱者。强者眼里根本没有弱者，他有他更远的山和天。所以从一开始，陆西骁和骆河之间的输赢就已经分明了。

骆河被激怒，猛地上前拽住周挽的领口：“你是不是以为我不打女的？”

她个子那么小，人又瘦弱，仿佛骆河稍用力就能直接将她折断，可她却一点儿也不害怕，平静漆黑的瞳孔看着他，从喉咙里挤出一句："我没那么以为，你打女生很正常。"

骆河被她几句话气得发疯。其他人拉住他，在旁劝道："算了算了骆哥，这毕竟是陆西骁罩着的，你要打了她陆西骁肯定……"

骆河青筋暴起，回头吼道："我还怕他不成？"

"可他是个不要命的，光脚不怕穿鞋的，再说一会儿还有下半场，比赛马上开始了，别在这儿耗着了。"

骆河紧紧盯着周挽好几秒，扬起的手放下来。但他憋着的火气又要发泄，揪着周挽衣领的手干脆用力地一推。周挽直接从卫生间外的五级台阶上摔下去，额角重重地磕在尖锐的折角上。

"砰"的一声。

刺痛顺着脊椎骨往上爬，她疼得发不出声，只能闷哼，人蜷缩着发抖，有什么滚烫的液体从额头往下滑，渗进眼睛里。

…………

耳边又传来哨声和尖叫声。下半场开始了。

周挽过了很久才缓过来，慢慢爬起来。她的脚踝扭伤了，皮下出血，青紫一片，估计到了晚上就会肿起来。额头和手心都擦破了，额头更严重些，都流血了，好在很快血就止住了。

她拿纸巾擦掉周围的血迹，将马尾放下来，拨乱碎发，挡住额头的伤。

她本来并不是那么鲁莽的人，就像她最擅长扮乖一样，换作以前遇到刚才那种情况，她一定一声不吭，不会惹怒对方。

可看到他们刚才在球场上那样欺负人，周挽连扮乖装弱都装不下去。

只不过现在受了伤，怕陆西骁看出来，周挽不敢再进去。要是被他知道，他打球大概也会带上情绪，那裁判摆明了是十八中的人，陆西骁出手狠的话肯定会判犯规。

如果陆西骁都被罚下场了，那就真的没赢的希望了。

周挽不想他输。

她独自一人靠在场馆外，将全身的力放在没有受伤的右脚上，左脚只轻点地。

球馆内尖叫欢呼声此起彼伏，看来陆西骁进了不少球。

又一节结束，周挽的手机忽然响了一声。她点开消息。

6：在哪儿?

周挽：外面。

怕他会出来，周挽又很快回了一条。

周挽：里面太闷了，我在附近逛逛。衣服在我座位上，你一会儿记得拿。

陆西骁没再回复。

没一会儿，最后一节比赛开始了。

周挽听着里面的声音，也跟着心潮澎湃，到最后，一道长而响亮的哨声划破黄昏，整个体育馆都快被尖叫声掀翻，还能听到很多女生喊着陆西骁的名字。

五分钟后，陆陆续续有人走出来。每个出来的人无一不在感慨刚才那场比赛的精彩。

周挽等了好一会儿才等来顾梦。

“挽挽？你后半场怎么都没回来，我还以为你先回教室了呢？”顾梦跑过来挽住她手臂，“你肚子很不舒服啊？”

周挽拨了拨头发，含糊地“嗯”了一声。

“要不要去医院啊？”

“不用了，现在已经好了。”

顾梦想摸摸她脑门，却看到她额角碎发下的伤，顾梦吓了一跳，一把撩开周挽的头发：“你这是怎么了?!”

“刚才摔了一跤，没事，不疼。”

“这么大一个口子呢还不疼啊？”

周挽抿着唇笑："就摔的时候疼了一下。"

"你小心点儿嘛，那其他地方没事吧？"

"没事的。"

周挽强装出没有崴脚的样子，不想让顾梦发现。

顾梦挽着她的手臂："刚才你没来看真是太可惜了！你都不知道刚才陆西骁有多帅！"

"赢了吗？"

"赢啦！还领先8分呢，十八中那几个畜生半场回来后打得就很急，太莽撞了，没防死陆西骁，他就趁机进了好多球。"

难怪刚才尖叫声那么热烈。周挽低头轻笑。

忽然，身后传来一道磁性深沉的声线。

"周挽。"陆西骁叫住她。

她回头。少年直接在红色球衣外套上外套，模样轻狂。拉链敞着，身上还有未擦干的汗，他迎着照进走廊的夕阳，大步走向她。

顾梦立刻撞了撞周挽，朝她拼命眨眼，丢下一句"我先走了"，立马跑开。

陆西骁走到她旁边："你朋友还挺识趣的。"

"……"周挽摸着额角那几缕碎发。

"我赢了。"他说。

周挽忍不住笑起来："我知道。"

"一会儿他们去吃东西。"他问，"去吗？"

周挽一顿："我还要去游戏厅，就不去了。"

风总是不听话，穿堂风贯穿了整条长廊，周挽的头发被吹乱了。

陆西骁的视线从她的眼睛移到额头，看到他皱眉，周挽心道，完了。

"怎么弄的？"他声音沉下去。

"摔的。"

这话诓得了顾梦，却诓不了陆西骁。

“摔能摔出这样的伤？”他冷笑一声，“说实话。”

周挽抿唇，不说话。

陆西骁突然发怒，他真正发火的时候谁的面子都不给：“这到底是谁弄的！”

周挽静了两秒，说了实话：“骆河。”

他扯着嘴角冷笑一声，点头说：“可以。”

疾风穿堂而过，陆西骁转身大步地走，猎猎生风。

骆河那群人正好换了衣服，朝着陆西骁迎面走来。

陆西骁步子不停，沉着脸，毫无征兆地一拳打在骆河脸上。他用了十分的力气，骆河踉跄得险些跌倒，瞬间尝到口中的血腥味，半边脸发麻，没有一点儿知觉。

再下一秒，不等周围人反应过来，陆西骁掐住骆河的脖子一把将他摁到墙上，手臂上的青筋几乎爆裂，骆河的脚跟都离地了。

他眼神冷得不像在看什么活物：“骆河，你算什么东西？”

他的掌心不断用力，骆河连气都喘不过来，第一次那么狼狈。

陆西骁双目血红，一字一顿道：“也敢碰我的人。”

第十二章

在我脏的时候爱我

那天实在是一片混乱，最后，警笛声拉扯着暗下来的天际，直到警察到了现场才终于分开扭打在一起的两伙人。

周挽亲眼看到陆西骁打架的样子，终于理解了为什么连骆河这样的人也会怕他。他根本听不进去任何劝，双目血红，不管不顾，完全丧失理智，就连自己受伤也浑然觉不出疼的样子。

警车拉着一群人走了，总算终结了这场闹剧。

周挽也在其中，作为了解实情的围观群众。

她坐在陆西骁旁边，侧着头小心翼翼地打量他，他眉毛处出了血，高挺漂亮的鼻梁破了道口子，手掌都磨出了血。

周挽试图去握他的手。陆西骁却迅速抽出手，侧头看向窗外，冷着一张脸，一声都不吭。

周挽抿了抿唇，轻声问："疼吗？"

他不说话。

周挽咬了下唇，默不作声，再次固执地去牵他的手，陆西骁再次躲开，却终于转过头愿意看她，只不过眼底仍带着未消的火气："周挽，你挺厉害。"

她低着头不知该说什么，眼圈变得有点儿烫，一股涩意涌上鼻腔。莫名地有点儿想哭，但她不愿意在这种环境下掉眼泪。

她吸了吸鼻子。

"哭个屁。"陆西骁冷声道。

周挽咬紧牙，强压住泪意。

陆西骁说："现在哑巴了？被人欺负不来找我，还想帮那群人瞒下来，真够可以的，你怎么不干脆跟着他们走啊？"

周挽的头越埋越低。"我就是不想你和他们打架。"她嗫嚅道。

"那你不会跑？腿白长的，跟没跟你说过离他们远点儿。"

"说过。"她小声地说，又被训斥得忍不住辩驳一句，"他们人很多，我跑不了，后来被他推了一把，脚扭到了，有点儿疼。"

陆西骁一顿，直接伸手扯起她的校服裤管。他动作粗鲁，将周挽的校服裤子拽到膝盖上，露出雪白纤细的小腿，周挽的脚踝处呈青紫色，已经肿得老高。

陆西骁看了会儿，最后忍不住低声骂了句脏话。

蒋帆坐在前座，透过后视镜看两人。

要不是阿骁确实是在气头上他不敢瞎劝，不然那周挽的可怜样儿谁看了不心软，也就阿骁能对着这样一张脸无动于衷，非但不安慰，还舍得训斥。

更重要的一点是，蒋帆还是头一回见陆西骁这样。

他桃花众多，但凡有哪个被骆河欺负了，陆西骁都一定会讨回来。所以陆西骁为了周挽打架倒不是件多值得震惊的事，令人震惊的是他竟然愿意费那么多口舌教训一个姑娘。

陆西骁看完周挽脚上的伤越发恼火，但这火却怎么都发不出来了，就在他胸腔里横冲直撞，烧得他五脏六腑都疼。

派出所里，警察让他们交代斗殴过程，陆西骁懒得说，骆河鼻青脸肿的更是憋着不说，两边都是倔脾气，警察只能看向周挽："你说。"

周挽顿了一下，将从半场结束后发生的一切都一五一十地说出。

包括十八中那几人说的那些让人难以启齿的话。

那些不堪入耳的句子无论谁听了都要生气，眼前的少女声音温软，人又瘦弱，眼眶红着，看着楚楚可怜又委屈，警察们越听也越觉得骆河那群人不是东西。

而这些都是陆西骁不知道的。

他打骆河只是看到周挽额角的伤，现在又得知她因此扭伤了脚踝，还被那样羞辱。他猛地起身又朝骆河挥过去一拳，两边的人再次沸腾，好几个警察拽住陆西骁才勉强将他拉回到座位上。

陆西骁很少这样怒气外露，他胸腔起伏，眼神冷酷：“骆河，这事没完，你看我怎么对付你。”

警察啪啪地用力敲桌子：“这里是派出所！再给我吵一个试试，全部拘留！”

周挽连忙去扯陆西骁的袖子，晃了晃，示意他不要冲动。

陆西骁没好气地看了她一眼，甩开她的手，但好在没再继续闹了，按了按眉心，烦躁又倦怠地靠在椅子上。

半小时后，周挽说完整个过程，警察劝诫结束，两拨人各自签了保证书，才算结束。

“阿骁，还吃东西去吗？”蒋帆问。

“吃个屁。”陆西骁不耐烦地说，停了几秒，又朝旁边的周挽侧了下头，“我先送她。”

蒋帆一群人便先走了，陆西骁叫了辆出租车。

很快出租车就到了，停在外面，周挽沉默地忍着脚踝越来越难耐的痛意，一瘸一拐地跟着陆西骁上车。她不知道车要开去哪里，也不敢问。

周边的建筑越来越熟悉，车停在游戏厅旁的那家面馆。

陆西骁率先拉开车门下了车。

周挽的腿越来越疼了，她费劲儿地弓着身，手用力地撑在椅背上。

陆西骁站在一边，看了她一会儿，本是懒得帮她的，可越看心越烦，他“啧”了一声，快步走到她面前，半个身子探进车里，直接将她抱出来。

把人抱出车后他也没放下周挽，直接抱着她走进面馆，然后放到椅子上。全程面无表情，脸冷得可怕。

正在煮面的康叔“哎哟”一声：“这是怎么了？”

周挽冲他浅笑了一下：“崴脚了。”

“不严重吧？”

“没事。”

“吃点儿什么？”

陆西骁说：“两碗三鲜面。”

很快面就上来了，周挽低头专心吃面，对面的陆西骁忽然放下筷子，一言不发地走出面馆。

周挽愣了一下。

康叔笑问：“你们闹别扭啦？”

“我也不知道。”周挽都不知道陆西骁到底是因为什么在生气，这都气了多久了？

“小伙子血气方刚，脾气不小啊，对小姑娘可不能这样。”康叔笑着说。

没一会儿，陆西骁回来，手里拎了个袋子。他腿一伸，钩着周挽的椅子将她侧过来，然后又蹲下，扯起她的裤管。

周挽缩了下腿，被陆西骁看了一眼，她便不敢动了。

她的脚踝被他握在掌心里。

再次看到她的伤，陆西骁眉心紧皱，他咬开消毒水的瓶盖，吐到一边，直接把药水对着她的脚踝倒下去。

刺痛感好似顺着神经蔓延到全身，周挽全身打了个战，用力咬住下唇，不发出声音。

陆西骁利索地帮她消毒，将冰敷袋贴在她脚踝处拿纱布固定住。

他抬眼，看到周挽的下唇被咬出一道深陷的痕迹，她眼眶鲜红，在强忍眼泪。

“被人欺负了不说，疼了也不说？”陆西骁淡淡道。

周挽低着头，轻声道：“也还好。”

陆西骁嗤了一声，懒得再理她，坐回对面，只是那面都被泡得坨了，陆西骁搅和几下，撂了筷子。

周挽说：“再新点一碗吧。”

“走了。”他起身。

周挽连忙跟上。到面馆外，陆西骁站在门口，听到她出来的脚步声，侧头看了一眼，蹲下身：“上来。”

周挽脚步一顿。

直觉告诉她，现在还是不要逆着陆西骁的意思为好。她慢吞吞地挪到他背后，又小心翼翼地趴到他背上，动作还是慢吞吞的。

陆西骁的手环过她的腿弯，轻而易举地将她背起来。

周挽微微收着胸，控制距离，没有完全靠在他背上，但这样的距离还是太近了，能清晰地闻到他身上的味道。

风将光秃的树杈吹得直响，陆西骁的身影被光拉得很长。

“陆西骁，”周挽看着他的侧脸，轻声问，“你在生气吗？”

他没说话。

顿了顿，周挽说：“我错了。”

“你错哪儿了？”

周挽想了会儿，答：“我不该去招惹那群人。”

“他们再对你说那种话，你就给我打回去。”陆西骁淡淡地说，“还有呢？”

“……”这回周挽是真不知道自己错哪儿了。

没听到她的回答，陆西骁周身的气压明显又降低了。

又要哄。周挽回想他刚才发火时对她说的那些话，眨了眨眼，试探性地说：“我以后不会瞒着你了。”

陆西骁侧头看了她一眼，没什么表情地扯了扯嘴角，语气总算缓和下来：“腿疼不疼？”

“还——”周挽下意识地想说“还好”，好在及时止住了话头，改口道，“疼。”

回答完后她还暗自松了口气——要是又答错了陆西骁可能又要生气了。

“袋子里有伤膏贴和化瘀药酒，冰敷之后涂。”陆西骁说，“少走动，明天请假，别去学校了。”

“最近课有点儿难，学校还是要去的。”周挽一边说一边观察陆西骁的表情，“我早上打车去吧。”

陆西骁皱了下眉，最后说：“行。”

一直走到小区门口，陆西骁也没放她下来，径直走了进去。

这儿没有电梯，只能走楼梯。

“几楼？”他问。

周挽本不想让他背上去，但明白他固执到不会听她的话。

“三楼，”她圈着陆西骁的脖子，轻轻靠过去，温声道，“谢谢。”

他背着周挽到三楼：“这里？”

“嗯。”

陆西骁放下周挽，她从口袋里拿出钥匙，刚要开门，奶奶忽然从里面急慌慌地推门出来。

“奶奶？”

“挽挽，你没事吧？”奶奶拉着她的手，“可吓死我了，你兼职那地方有个男生打电话到家里说你今天没过去，手机还打不通。”

周挽愣了一下，这才反应过来今天完全把游戏厅的事忘在了脑后，手机也不知什么时候没电了。她不想让奶奶担心，只说没事，随便寻了个借口遮掩过去。

奶奶看向她身后的陆西骁。这男生她是见过的，上回她住院他还来送过一次早饭。

陆西骁主动地低声唤了一声：“奶奶。”

“唉。”奶奶笑起来，“你送我们挽挽回来的啊？”

“嗯。”

“谢谢你啊。”奶奶说，“要不要进来坐会儿再走？”

周挽忙说："不用了奶奶，家里也没什么可招待的，今天也不早了，他还要回去休息呢。"

陆西骁勾唇，难得站得笔直："嗯，我先回去了。"

"那好吧，有空了来家里玩啊。"奶奶招呼道。

"嗯。"陆西骁应。

周挽目送他转身下楼，又忽然急急地叫住他："陆西骁。"

声控灯应声亮起，他站在下一层的台阶平台上仰头看向她。

周挽抿了抿唇道："谢谢你。"

周挽没让奶奶知道自己受伤的事，回房间后先给游戏厅上早班的那个哥哥打了电话道歉，说等到这个月的工资发了就把这天的钱另外补给他。

"没事，这么客气干吗？"对方笑着说，"人没事就好。"

挂了电话，周挽安静地坐在床上。

她照着陆西骁方才对她说的，在脚踝上抹了药酒，又贴上伤膏。

卧室内蔓延开浓郁的药酒味。

她又想起刚才在面馆，陆西骁蹲在她身前给她冰敷的样子，虽然他在消毒时故意动作粗鲁让她疼，但周挽还是觉得，陆西骁真的是个很好的人。

自从周军去世、郭湘菱离家，周挽已经不记得上一次有人坚定地站在自己身后是什么时候的事了。

陆西骁像是靠山。

受委屈了可以找他，他会帮她出气——这样的感觉对周挽来说实在是很陌生。

她靠在床头，看着对面桌上陆西骁送她的屁桃君。

过了会儿，她起身用没受伤的那条腿跳到桌边，将屁桃君拿到床边，抱在怀里。

她试图睡觉，但怎么也睡不着。半晌后，她拿出手机，给陆西骁发信息。

周挽：你到家了吗？

她等了好一会儿，陆西骁都没回复，可能已经睡了。

周挽：晚安。

她将手机放到旁边，闭上眼睛。

陆西骁洗完澡出来，身上湿漉漉的，水顺着肌肉线条往下流。

刚才打架时他身上也留下了几道瘀青，但不严重。

洗过冷水澡，方才那点儿说不清道不明的烦躁总算缓解了些。他也不知道自己为什么会生气。周挽受伤关他什么事，她要瞒着事实更不关他的事，更何况还讨个清闲，实在没什么可气的。

陆西骁越想不明白，心里就越发烦躁，越是烦就越是生气。他浑身都不舒坦，还把那些火通通对向了周挽。小姑娘倒好，一点儿都不生气，也不抱怨，把他的那些坏脾气照单全收，小心翼翼地观察他的表情，绞尽脑汁地想哄好他。

陆西骁不是傻子，这些他自然都能感觉到。

他擦了擦湿漉漉的头发，把毛巾被丢到一边，走到床边捞起手机。

周挽：你到家了吗？

周挽：晚安。

陆西骁扬眉，看了这两条短信一会儿，又看了眼时间。

已经是一小时前发的了。

他坐到床上，回拨了个语音电话过去。倒不是有什么要说的，无非是想打就打了。

铃声响了好一会儿才接通，手机里传来的是少女软糯困倦的声音：“喂？”

陆西骁不知怎么的，似乎整个人都被电了一下，太阳穴一跳。

听出来周挽是被吵醒了，陆西骁也丝毫不觉得愧疚。

周挽没听到他的声音，又耐心问：“怎么了吗？”

“睡不着。”陆西骁说，“聊会儿。”

卧室内很安静，但外面的风声变大了，那棵老树的树枝噼里啪啦地刮在窗户玻璃上。

周挽坐起来，揉了揉困倦的眼睛，无声地打了个哈欠，顺从地“嗯”了一声：“聊什么？”

“药擦了没？”

“擦了。”

陆西骁不擅长找话题，懒散地靠在床头，屈着腿，漫不经心的，也不说话。

周挽抱着腿，把头枕在膝上，过了会儿说：“陆西骁。”

“嗯？”

“你还不睡觉吗？”

“嗯。”

周挽透过惨白的月光看向时钟：“好晚了，熬夜对身体不好。”

“自己困了就这么说。”陆西骁笑起来，“你倒会哄人。”

“……”

“睡吧。”陆西骁勾唇，淡淡道，“晚安。”

次日，周挽醒来发现脚踝没昨晚那么肿了，只不过瘀紫看起来很是吓人，踩在地上时脚疼得发烫。

她打车到学校，一瘸一拐地走进教室。

昨天篮球赛上发生的事早就被人发到了学校贴吧上，那会儿顾梦虽然已经走了，但在网上看到了消息，一见到周挽就拉着她问没事吧。

“没事。”周挽笑了笑，“就脚崴了一下。”

“看着好严重啊，那群十八中的真不是东西，打球脏就算了，怎么还牵扯上你！”

周挽摇了摇头：“真的没事。”

顾梦还想说什么，副班长忽然敲了敲门板说：“周挽，老班找。”

顾梦非坚持扶着她到办公室门口。

周挽推门进去，班主任朝她招招手："周挽你来。"

"物理全国竞赛的时间已经定了，在明年3月，除去寒假，剩下的时间也不是很多了，学校很看重这次比赛，打算给你和姜彦另外请个外校的特教，从明天开始每天自习课和放学后的一小时都会给你们俩补课。"

周挽愣了一下，刚要开口，就被打断了，班主任明白周挽要说什么。

"老师也知道你的家庭情况，知道你的辛苦和不容易，但是目光要放长远，你的未来远不止现在这样，一定要清楚什么才是对你真正重要的。"班主任说，"所以老师希望你认真考虑一下，这段时间尽量不要去兼职了，有什么困难可以来找我，把心思都放到竞赛上，你是个聪明的小姑娘，只要肯花时间精力，竞赛获奖肯定没问题的。"

她知道老师的好心，全国竞赛卷的难度大大提升，周挽也逐渐觉得有些力不从心，其实之前就已经考虑过这个问题。再者，现在还有郭湘菱给的那笔钱，至少不急用。

周挽点头，跟班主任道谢。

正准备离开，又被班主任叫住："周挽，"他的表情有些犹豫，看了周挽一会儿，说，"有些事情，你自己也要学会衡量。"

周挽一愣："什么？"

"最近学校里不少同学都在谈论，老师多少也知道，你和那个陆西骁的事。"班主任说，"那小子天天不来学校，今天又没来，老师相信你是个聪明的孩子，自己应该清楚。"

班主任大概也被周挽的表象迷惑，以为是陆西骁主动纠缠她，却不知这一切都是她步步为营下的有心靠近。

周挽垂了垂眼，不露声色道："嗯，我知道。"

离开办公室回到教室，周挽经过7班门口。

陆西骁果然没有来学校，座位上空荡无人。

直到放学，陆西骁都没有来，也没有在微信上找她。

周挽给游戏厅老板打了个电话，说明了自己的情况。老板从前和周军是好友，自然同意了。

“没关系，反正那边另外招人很方便的。”老板说。

“那我这几天学校那儿先请假，等您招到人了再离开。”

“没事，本来就是小本经营，这几天反正工作日，关几天没关系，你今天直接回家休息吧。”

周挽稍停顿了一下：“今天可以的，今天我们还没开始补课。”

老板笑着：“真不用，也就一晚上，你今天回去就好好休息吧，叔叔可等着看你考上华清给游戏厅做活招牌呢。”

拗不过老板的坚持，周挽道了谢，又说了句抱歉，挂了电话。

走出校门，她忽然听到前面一群女生的议论声。

“我表姐是十八中的，听说今天陆西骁去十八中又把骆河打了一顿，直接把人打进医院去了。”

周挽的心跳漏了一拍，随即剧烈跳动起来，随之而来的还有不安感。

“真的假的，不会是因为贴吧里说的周挽那个事吧？”

“肯定是啊，不然呢？陆西骁以前都懒得主动招惹骆河的，这次直接去十八中堵人。”

“他不会真的喜欢周挽吧？”

“不会吧，那是陆西骁啊，我根本想象不出来他会真心喜欢哪个女生。”

“哈哈哈也是，之前跟在他身边的那个女生我也以为他很喜欢，结果转眼就跟人陌路了。”

后面的话周挽没心情继续听下去，她脑海中只盘旋着她们说的话：陆西骁堵在十八中门口，打了骆河。

周挽忍着脚疼往前跑了几步，叫住其中那个女生：“同学，你好。”

女生回头看到自己嚼舌根的对象突然出现在眼前，顿时尴尬不已，但周挽看着并不生气，也不像是来兴师问罪的。

女生红着脸，问：“怎么了？”

“刚才你说的陆西骁……”周挽顿了顿，“你知道他有没有受伤吗？”

“啊？”女生眨了下眼，“这个我也不清楚，应该没有吧？没听别人说起这个。”

周挽暗暗松了口气：“谢谢。”

她不希望陆西骁再因为她的事受伤了，她已经欠他够多的了。

周挽给陆西骁打了电话。音乐声响了好一会儿，却没人接。

周挽垂了垂眼，正好一辆空出租开过来，周挽伸手拦住了。

司机问：“去哪儿？”

周挽停顿许久，说了陆西骁家的地址。

过了一刻钟，出租车停在那座荒芜的小洋楼前。

周挽跟司机道谢，下车。庭院内种了几簇美女樱，左一朵右一朵，各种颜色都有，有些杂乱，但依旧能看出种这些花的人是个有情调、热爱生活的人。

周挽按下门铃，没人应。她又给陆西骁打了通电话，依旧没人接。

难道不在家吗？可除此之外，周挽就再没有别的办法可以联系到陆西骁。

印象中，陆西骁晚上多是和他朋友出去玩的，一时之间应该也不会回来，周挽叹了口气，走下一级台阶。

与此同时，“咔嗒”一声，身后的门被打开了。

陆西骁看着她挑了下眉：“你怎么来了？”

“我刚才听人说，你和骆河打架了。”周挽去看他衣服外露出的皮肤，“你有没有受伤？”

“没。”他说得极为自然又平静，就像和骆河打架都是平白无故的，并不是为了她。

周挽停顿了一下，又仔仔细细地看了一遍他的脸，发现确实没有伤口，这才松了口气。

陆西骁穿了件黑色外套，显得身形利落，他转身锁门，走下台阶：“吃晚饭没？”

“还没。”

“那一起。”陆西骁淡淡地说，“跟我朋友。”

周挽一愣，但陆西骁已经继续朝外走了，她轻声应了，慢慢跟上。

站在家门口，陆西骁又打了辆车。

他一路都没说话，似乎还困着，仰着头闭目养神，周挽侧头去看他。他的下颌线条流畅，棱角分明。

也是随着这个动作，周挽看到他颈下有一条血痕，虽然被衣领挡了大半看不真切，却又真实存在。

应该是刚才受的伤——周挽别开眼，这一刻的情绪难以言喻。她已经记不清有人给自己撑腰是什么样的感觉。

记忆中只有一次，还是小学时，她那时脸上婴儿肥未退，皮肤白眼睛大，每个见了她的人都夸她像洋娃娃。班上有个男生，总是以欺负她来博关注，一次两次周挽都好脾气地没计较，到后来那个男生变本加厉，在一次体育课跳远时故意伸脚绊她，害她摔了一跤，腿上直流血。

虽然能明白小朋友不知道这样是有安全隐患的，这也并不是多恶劣的事，但那是周挽唯一一次见爸爸发火。周军不肯同意男生家长说的轻易和解，坚持一定要让男同学转班，以后没法儿再靠近她、欺负她。

周挽就站在爸爸身后，他的肩膀宽厚，给她带来充足的安全感。

好像只要爸爸在，她就什么都不用害怕。

可生活总是颠沛流离，好像这样才足以证明世事无常、颠簸起伏。周挽不知道是从什么时候起习惯自己给自己安全感、自己去面对狂风骤雨，她根本没想过，受了伤、受了委屈可以跟别人说。

直到陆西骁用那种不耐烦的、恼火的、冷戾的态度，逼她说出自己的委屈，逼她承认疼。

…………

车停在一家大排档前。

店面虽破旧拥挤，但人却很多。

陆西骁一下车，就有人跟他打招呼，话说一半看到他身后的周挽，动作一顿，颔了颔首，唤道：“挽姐。”

周挽：“……”

大概是为了与他们对陆西骁的称呼相配，周挽也落了个“姐”的称呼，她这模样和眼前这些人比起来，这声“姐”实在违和得不行。

周挽抿了抿唇，也朝人低了低头：“你叫我名字就好，周挽。”

“是是是，挽姐。”

“……”

陆西骁侧头淡淡地看了她一眼，什么都没说。

走进包厢，里头十一二个人，都是阳明中学里出了名的刺头儿，估计个个儿都吃过处分，常年活跃在通报批评中。

周挽本想就近坐在门口，里头一个男生站起来：“挽姐坐里面呗。”

陆西骁垂眸，低声问：“坐哪儿？”

桌子太大，包厢内可走动的空间不大，走到里面还要许多人挪位置，周挽不愿麻烦别人：“这里就好。”

“这里要端菜。”陆西骁说，“里面吧。”

“……”

众人纷纷起身让位，周挽一边小声说着“不好意思”一边往里头走，陆西骁就坐在她旁边。

他一坐下，旁边男生就给他把杯子倒满了。

陆西骁朝桌上看了一眼，没饮料，侧头：“喝什么？”

“白开水就好。”

他很轻地蹙了下眉：“果汁喝不喝？”

“我都可以的。”

正好服务生进来，陆西骁说：“再来一杯西瓜汁。”

菜陆续都上齐了，一群人边吃边聊，举着杯子碰个不停，陆西骁也喝了不少，他喝得快，一次半杯。

周挽偏头看他，他脸色依旧正常，没一点儿醉了的迹象。

察觉到她的视线，陆西骁侧头，无声地扬了一下眉。

周挽摇了摇头："没事。"

他俯身靠近，凑到她耳边，微凉的气息打在她耳畔："我下去结账。"

"嗯。"

陆西骁刚走，周挽的手机便响了，是陈医生打来的电话。

她眉心一跳，肯定是奶奶的检查报告出来了。

周挽走到卫生间接起电话："喂，陈医生。"

"挽挽，你奶奶的检查结果出来了。"陈医生说，"我看了下，因为奶奶年纪大了所以有些指标很不稳定，做手术的话可能有点儿困难。"

周挽一愣，只觉得全身的血都往上涌，双手冰凉。

"为什么？"周挽勉强稳定住呼吸和声音，"您上次不是说，奶奶身体基础好，年龄也不算特别大，做手术问题不大。"

陈医生停顿了一下，开口似乎很是艰难："这次的检查有几个新指标，数据都不太好。"

周挽没说话，她的大脑一片空白。

陈医生温声劝解道："挽挽，奶奶的病情一直挺稳定的，手术也有风险，其实继续这样治疗也是种稳妥的办法。"

周挽浑身都没了力气，后背贴着墙壁，身体一点点滑落下去，蹲在地上。再也忍不住，大颗大颗的眼泪滚落，她抬手捂住眼睛："可只是这样子治疗，奶奶还能陪我几年？"

这回陈医生没说话。尿毒症到了晚期会出现很多综合征，具体能活多久谁都没个定数。

电话挂断，手机摔在地上，周挽抱着膝将脸深深埋进臂弯，痛哭失声。因为之前陈医生对她说过，奶奶身体底子不错，通过做移植手术有很大可能痊愈。

周挽过早地以为奶奶真的能做手术。可到这一刻她才明白，在困境中最怕的不是层出不穷的坎坷，而是一瞬即灭的希望之火。

她真的以为看到了希望，真的以为奶奶能够再健健康康地活很多年，甚至想好了以后读了大学也可以带奶奶一起去新的城市。

到这一刻，这些希望被彻底打破。

而她甚至都已经向郭湘菱要了钱，拿到了 15 万元。为了这个不存在的希望，她已经堕落，已经成为坏人。她成了自己最不想成为的样子，从前尚且还能劝服自己，这一切都是为了奶奶。

可现在，希望破灭，她结结实实地摔进那一片肮脏的淤泥，罪恶的印记深深烙在她身上，再无法从头来过。

她这些日子的步步为营、虚伪算计，都成了徒劳。她已经不再需要剩下的那 15 万元，也不需要再想尽办法得到陆西骁的关注。

周挽回到包厢时已经又恢复了之前的样子，丝毫看不出哭过的痕迹，只是周身的气息都沉了又沉。

陆西骁还没回来。

周挽回到座位，坐下时不小心带倒杯子，剩下的半杯西瓜汁都洒了，弄湿了她的裤子。她低声说了句“对不起”，然后手忙脚乱地收拾。

“没事没事。”旁边的男生帮她扶起杯子，迅速抽了好几张纸巾，“再给你点杯西瓜汁？”

“不用了。”周挽忍着喉底的酸涩。

正巧他们在倒果酒，到周挽旁边，笑着问了句：“要么换个喝喝？”

周挽抬头看了他一眼。

男生没别的意思，只是普通的询问。现在大家眼里她和陆西骁是关系好，自然没人敢对她怎么样。

周挽握住杯子，往酒瓶瓶口靠了靠。

这种果酒不容易醉，不喝多就没事，不至于在众人面前出丑。

“真喝啊？”男生愣了一下。

周挽垂着眼：“嗯。”她从来没喝过这种，但现在她实在太难受了。

一群男生没察觉周挽低落的情绪，以为她大概平常就是这副安静样子，齐齐起哄着说：“好魄力。”

倒了满满一杯，周挽喝了一口。没想象中那么难喝，带着一点儿苦味，倒符合她现在的心境。

陆西骁过了一刻钟才回来。他坐回到座位，侧头看了周挽一眼，她用手撑着脸，挡住大半面容，但露出来的一点儿脸颊却泛着不正常的红。

陆西骁看向她的杯子，他抓住周挽的手臂：“你喝酒了？”

“嗯。”周挽缓缓眨眼，反应明显变慢了，补一句，“果酒。”

陆西骁皱眉：“谁给她倒的酒？”

倒酒的男生实在没什么眼力见儿，还冲陆西骁暧昧地眨了眨眼：“看不出来挽姐还挺能喝的，喝了好几杯。”

陆西骁抬眼，一言不发地看着那人。

他眼底藏着火气，不耐烦极了，一时之间，没人敢吭声。

蒋帆出来打圆场：“阿骁，真是周挽自己要喝的。”

陆西骁又看向周挽，眉间紧皱，半晌，他捏着周挽的手臂将她提起，声音冷得可怕，已经处于暴怒的边缘。

“走了。”走出包厢门时，陆西骁停了脚步，侧过头，视线落在刚才那个男生的身上，“下次再这样，别怪我不给你面子。”

接着，“砰”的一声，陆西骁摔门走了。

男生实在觉得有些委屈，跟蒋帆说：“不是，骁哥生我气做什么，又不是我逼挽姐喝的酒。”

蒋帆看他一眼：“他气的是这个吗？”

“不然呢？”

“你刚那话说的，”蒋帆说，“你忘了阿骁到十八中去堵骆河是为了什么？”

还不是因为那群人嘴欠，对周挽说那些没皮没脸的话。

男生还是觉得冤：“可我那话也不是很过分吧，再说了，我们以前不都这样吗？更过分的有的是，也没见骁哥这样啊。”

“他以前身边的那些女生听得了这种话，周挽听不了，你也不看看那些女的什么性格，周挽又是什么性格。”蒋帆顿了顿，又道，“再说了，阿骁对周挽和对那些女的难道一样吗？”

陆西骁拽着周挽的手臂疾步向前。

周挽脚踝的疼痛一开始尚且还能忍，到后来被牵扯得越来越疼。

“疼。”她小脸皱着，眼眶泛红，“陆西骁，我脚疼。”

陆西骁被说不清道不明的愤怒冲昏头脑，这才想起来她脚上有伤，停下脚步看向她。

小姑娘两颊浮起红云，细眉皱着，眼泪忽然涌出眼眶，砸落在地面。

陆西骁一愣：“哭什么？”

周挽知道他不喜欢女生哭哭啼啼的，连忙抹了抹眼泪，但随即想起刚才那通电话——她已经不再需要利用陆西骁了。

她低着头，不再擦泪，眼泪再次砸落下来，“啪嗒啪嗒”全掉在地上。

陆西骁看了她一会儿，微微俯身，放轻了声音：“脚很疼？”

周挽点头。他蹲下身，轻轻撩起周挽的裤腿。因为刚才的快步走动，脚踝红肿得发烫，他仰头看着她，低声说：“对不起。”

周挽摇了摇头。

陆西骁转身，手往周挽的腿弯上一横，轻而易举地将她背起。

这个点的大街上有很多人，而且多是年轻人。

陆西骁也实在吸睛，一路走过去引得不少女生回头偷看议论。

周挽不太好受，她的额头抵着陆西骁的肩膀，只觉得心肺都像被烧灼一般，酒精带着燃烧的灼热感往喉咙涌，弄得脑袋都昏沉沉的。

陆西骁背着她走在吵闹的街头，侧头说：“别哭了。”

周挽说：“我没哭。”

“真醉了？”

“有点儿头晕。”

陆西骁嗤了一声：“没事喝什么酒。”

“因为我有点儿难过。”因为喝酒，她声线拉得很长，少见地黏糊。

“难过什么？”陆西骁问。

“陆西骁，”周挽吸了吸鼻子，想自己大概真的是喝多了，清醒的状态下她没那么强的倾诉欲，“我做了一件很坏的事，可到现在我才发现，一切都是徒劳无功。”

周挽的声音很轻，带着克制的哭腔和涩意很难察觉，更多的只是叹息：“就好像，我为了一件事放弃了所有，甚至不惜成为坏人，可最终什么都没得到，什么都没法儿改变，只改变了一件事，就是我变坏了……可我不想变坏……”

陆西骁听着背上的小姑娘断断续续地对他说这些话。他不知道周挽说的这些具体指的是什么，但他也没问。

他没什么情绪地扯了扯嘴角，继续往前走，淡淡道：“变坏就变坏吧。”

“你不讨厌坏人吗？”

陆西骁笑了：“难不成你觉得我是好人？”

“嗯。”周挽没犹豫，下意识地点头，“你是好人。”

至少他坦荡、纯粹。

陆西骁扬眉：“那你看人眼光不行。”

“……”周挽枕着他肩膀，偏头看着他棱角分明的侧脸。

她喝多了，根本没意识到两人现在的距离有多近。

“陆西骁，”她低头，用手背用力地抹眼睛，“我真的好难过。”

他环着周挽的腿又往上颠了下，半晌，开口低声道：“听过这样一句话吗——在我脏的时候爱我，不要在我干净的时候爱我，干净的时候人人爱我。[1]”

他的声音很低很沉。像不疾不徐的风，稳稳地、牢牢地吹进周挽心头，并驻扎其中。

“周挽，”陆西骁看着前方亮起的绿灯，“变坏也没关系，反正总会有人爱那样的你。”

那或许是周挽认识陆西骁那么多年，回顾青葱岁月，发现他第一次对她那么耐心、那么温柔。

告诉她，你不必难过，不必难堪，总会有人爱你的一切。

不只爱你花团锦簇，也爱你满身淤泥。

1　在我脏的时候爱我，不要在我干净的时候爱我，干净的时候人人爱我。——肖斯塔科维奇

第十三章

窥见的秘密

出租车停在周挽家的小区门口，陆西骁背着她爬上三楼，然后将她放下。她已经快要睡着了，陆西骁扳起她的脸，问："钥匙呢？"

"书包。"

他扯过她的书包，翻了个底朝天，终于在旁边的夹层里找到了她家门的钥匙，刚要开锁，却又被周挽拦下来。

"等一下。"

陆西骁拧眉，侧头看她。

她手里攥着钥匙，人慢吞吞地贴着门框滑坐在地上。喝醉的感觉并不好受，但的确会麻痹那根痛苦的神经，这次喝酒不算太后悔。

"我在这儿坐会儿再进去。"周挽说，"等酒劲儿过去了。"现在这样被奶奶看到，肯定会担心得整晚睡不着，后面几天都要胡思乱想。

陆西骁居高临下地看了她一会儿，说："你这种喝几杯酒就醉的，你觉得酒劲儿会很快过去？"

周挽没有这方面的经验："会很慢吗？"

"你在这儿冻成根冰棍儿也过不去。"

"……"

陆西骁踢了踢她的鞋子："到我那儿缓去。"

周挽愣了一下。若是换个人说这样的话，一定会让人觉得是图谋不轨，但陆西骁说却不会，就是个随口的提议。

天确实太冷了，在楼道里待半小时肯定会感冒。

但深更半夜到异性家，周挽也知道不合规矩。

“没事，就在这吧，那样太麻烦你了。”周挽说。

“起来。”陆西骁不耐烦，拽着她的后衣领将人拎起，“酒醒了自己回来。”

周挽还想说什么，陆西骁“啧”了一声，像是极为不耐烦，俯身拦腰抱起她，以一个公主抱的姿势抱着周挽大步下楼。

周挽挣扎了一下，但碰到他冰凉的手后便停下了。刚才他一路背着她过来，手被寒风吹得刺骨，周挽将自己的手轻轻盖在他手背上。

陆西骁垂眼看她，不动声色地轻扯了下唇角。

好在陆西骁住的地方离这儿不远，他步子迈得大，没一会儿就到了。

他将周挽放下，把棉拖丢到她面前：“酒醒了自己回去。”

周挽点头，跟他道谢。

陆西骁没再理会她，直接进了卧室，周挽在沙发边坐下，观察着四周，茶几上散落着几个易拉罐，除此之外看不出这儿有人住的迹象，没有一点儿烟火气。

或许周围都是大理石砖的缘故，这儿的温度也格外低，有几分阴冷。

没一会儿，身后那间卧室响起水声。

陆西骁在洗澡。

周挽的眼睫颤了颤。这一刻，她终于生出些无法忽视的别扭。

已经很晚了，外头漆黑，杂乱荒芜的院子里什么都没有，像是掉落在这片城市中的一座孤岛。

孤岛上只有她和陆西骁两人，实在是有些不合规矩。

因为喝多了酒，她呼出的气都带着酒味，灼热滚烫，弄得周身的皮肤都发烫泛红。于是眼前大理石做成的茶几就成了“解药”，周挽跪坐在地毯上，缓缓低下头，将脸贴在冰凉的大理石面上，终于缓解了些。

脑袋清明了，只是眼皮越来越重。

过了大概十分钟，卧室门打开了。

陆西骁穿着灰白色的家居服走出来，看到趴在茶几上的周挽，挑眉问：

“在干吗？”

周挽坐起来，一边脸颊冰得发麻，嗫嚅道：“没干吗。”

“要洗澡吗？”

周挽一顿：“不用了。”

他意味不明地轻嗤了一声，坐在一旁的单人沙发上。

周挽又重新靠回去，抓了抓脖子。顺着她的动作，陆西骁忽然视线一顿，拧眉道：“脖子怎么了？”

“什么？”

他坐起来，拽掉周挽放在脖子上的手。小姑娘白皙纤细的脖颈上泛起许多红点，又被抓出一道道的红痕。

“痒？”他问。

周挽点头。

“你酒精过敏？”

周挽愣了一下：“我不知道。”

她摸了摸自己的脖子，忽然想到小时候有一回吃酒糟鸡，她不喜欢那个味道，吃了一口就没再吃，但当天晚上就浑身发痒，爸爸给她买了过敏药才好了。

“啊。”周挽愣怔着抬头看向陆西骁，“好像是。”

他低声骂了句脏话，折身走向卧室：“我换件衣服，去医院。”

周挽实在不想再麻烦他、折腾他，心里越发过意不去，加上现在这个节骨眼儿，她也不太想去医院。

“陆西骁，”周挽出声道，“买个过敏药就好了，别去医院了。”

他皱眉，没说话。

周挽又说：“真的，我小时候过敏吃药就好了。”

他问：“还记得什么药吗？”

“记得。”周挽说，“我看看药店能不能送。”

陆西骁点头，坐回到椅子上。

两人沉默着坐在一起，陆西骁玩手机，周挽在睡觉。直到她觉得自己下一秒就要陷入深度睡眠时，门铃被按响，把浅眠的周挽吵醒了。

她睁开眼时，陆西骁已经起身去开门了。周挽听到他道了句谢，然后拎着袋子进来。

周挽看过说明书，吞了两颗药下去。

陆西骁将水杯放到一边："在这儿待会儿，要是还不舒服就去医院。"

"好。"周挽手撑着沉重的脑袋，"你先睡觉去吧，一会儿我自己会回去。"

"行。"他起身，走进卧室。

第一束阳光透过两半窗帘的缝隙照射进来，正好打在周挽的眼皮上，她眼睫颤了颤，蹙着眉缓缓睁开眼。

入眼是那只玻璃烟灰缸，上面折射出刺眼的光。

周挽伸手挡在眼前，思绪慢慢回笼。她这才想起来，这是在陆西骁家。

昨晚她不知什么时候睡着的，竟就这么睡了一夜。周挽猛地直起背，肩膀上的毯子滑落在地，她一愣，发觉空调温度调得很高，大概都是陆西骁做的。

不知不觉中，她又在麻烦他。

周挽坐在地毯上，后背靠着沙发沿，头仰着靠在沙发上，看着天花板缓缓呼出一口气。她试图用这样的方式将那些烦心事都抛诸脑后。

陆西骁还没醒，卧室里很安静。

周挽将毯子叠好，放在沙发上。她抬眼便看到不远处那张桌子上摆着的陆西骁妈妈的照片，照片里是个年轻、漂亮、温柔又有气质的女人。

陆西骁长得像他妈妈，但周身的气质却完全不同。

一个温柔到极致，一个冷冽到极致。

周挽想起从前姜彦说的——我和他同父异母，他妈就是小三，抢了本该属于我和我妈妈的一切。

她没问过陆西骁这些事，也不能问，但总是觉得不是姜彦说的那样。陆西骁跟他父亲之间的关系很不好，能长成现在这样多是母亲对他的影响，周挽觉得，他身上的许多潜藏在内里的好品质，都源于他母亲的潜移默化。

她皱了下眉，甩了甩头不再去想。

客厅里还有一面书架放满了书。上面已经布满灰尘，看得出很久没有人触碰过。

这些书大概是陆西骁母亲生前爱看的，或是收藏的。

周挽从包里找到一包湿纸巾，将那些书的表皮都擦拭干净，又用干纸巾擦干，再放回原位。其中一本墨绿色表皮的书装订得很简陋，在这一摞书中显得格格不入。

周挽垂眼，看着上面的字——肖斯塔科维奇。

她翻开发现里面是乐谱，首页写着他的生平介绍——肖斯塔科维奇是苏联人，生在 20 世纪那个特殊的年代，黑色恐怖笼罩下的国度，人人自危，许多艺术家为了正义发声、为了正义献身，只有肖斯塔科维奇选择了沉默，成为世人鄙夷不屑的“御用艺术家”。

他是个世人评价褒贬不一的艺术家。生平介绍的最下面，是一句话——在我脏的时候爱我，不要在我干净的时候爱我，干净的时候人人爱我。

周挽愣了愣，又重新看了一眼。

耳边仿佛响起昨天陆西骁对她说这句话时的声音。

低沉又坚定。

周挽垂了垂眼，将本子放回原位。

她是感激陆西骁的，至少在昨天，这句话真的给了她力量。所以哪怕在那份身体检查报告出来后，她不再需要郭湘菱剩下的那 15 万元，也不再需要利用陆西骁，她也没有就此和陆西骁斩断一切关联。

她愿意陪在他身边，让他不那么孤单，让他尽可能地开心，直到他对她彻底厌倦的那一天。到了那天，她就会离开，结束这一场乌龙。

周挽收拾好客厅，等了会儿陆西骁依旧没起床，于是轻手轻脚地离开，去了旁边那家粥店。

她自己买了半团粢饭，路上吃完了，给陆西骁带回去一碗粥和一屉蟹黄小笼包。

推开虚掩的门，周挽去厨房将早饭都拿了出来，放到瓷碗中。

不确定陆西骁是睡着还是已经醒了，周挽走到卧室门外想听一下声音，怕再晚一点儿早饭冷了不好吃。

卧室内传来很轻的说话声。陆西骁大概是醒了，在打电话。

周挽轻轻敲了敲门："陆西骁，吃早饭吗？"

没人回答，但那声音断断续续的，还在继续。

她等了会儿，觉得有些不对劲儿，又敲了下门："我进来了。"

过了半分钟，周挽推门进入。卧室内窗帘紧闭，没有一丝光亮，而随着门打开阳光倾洒进来，怕打扰到他，周挽立马关上门，卧室内又变得漆黑。

周挽过了许久才适应黑暗，看清楚床上的陆西骁。

他没醒，躺在床上，眉心紧皱，额头渗出大颗大颗的汗珠，脸色苍白。陆西骁的手紧紧攥在被子上，青筋尽显，像是发了什么癔症般说着梦话。

卧室里很安静。

周挽没发出动静，她被这副样子的陆西骁吓了一跳。

脆弱。她竟然在陆西骁身上看到了脆弱。

就好像立在悬崖上的精致瓷器，摇摇欲坠。风稍一吹瓷器就会坠落悬崖，支离破碎，从此颠覆。

她听清了陆西骁呓语的话——

"妈，不要。"他声音发颤，"求你……别跳……"

别跳。

周挽心尖一震。想起从前蒋帆告诉过她的，陆西骁母亲是自杀，跳楼。

明白自己现在是误闯了陆西骁的隐私空间，她手忙脚乱地想要离开，可下一秒陆西骁猛地坐起身，大汗淋漓，胸膛起伏，呼吸急促。

周挽定定地看着他的表情，觉得自己大概猜到了那个梦的结局。

也不知道陆西骁反反复复地做了多少次那种噩梦。

有些噩梦在醒来时让人庆幸，幸好那只是个梦。但陆西骁在一次次醒来发现的却是，那不只是一个梦。

这就是事实。梦中的地狱，就是他现实身处之地。

…………

陆西骁缓了足足两分钟，才平复了呼吸，抬头，看到此刻正站在门口的周挽。

“陆西骁，”周挽声音很轻，试图安慰他，“逝者不可追，你妈妈肯定也希望看到你能每天都开心自在，不管她现在身处何地，至少她都是爱你的。”

陆西骁忽然跨步下床，冷冷地看着周挽，漠然得像在看一个陌生人。

“周挽，你什么都不知道，就敢在我面前说这些，别太看得起你自己。”他的眼底带着压迫力，沉甸甸地压在周挽肩头，陆西骁冷声道，“滚。”

周挽挪不动脚步。

陆西骁眼底血红，一字一顿地冷声道：“你给我滚。”

蒋帆没说错，“妈妈”这个话题对陆西骁来说是不能碰的禁区。

周挽拖着又开始发疼的脚回到家，奶奶正坐在窗边剪窗花，阳光斜扫进来，半边桌子都暖洋洋的。

“奶奶。”

“挽挽回来啦！今天一大早干吗去了？我起来就看到你不在屋里了。”

周挽一顿，这才想起自己晚上没回来都没跟奶奶说一声，好在奶奶并没有意识到这点。

“有点儿事。”她含混地揭过这个话题，说，“您别剪窗花了，累眼睛。”

“我剪得慢，这不再过两个月就要过年了，到时可以贴上，看着也喜庆些。”

周挽笑了笑，但这笑转瞬即逝。她实在累极了，笑不出来。

“奶奶，我回房休息会儿。”

“嗯，好。”

周挽回房间，重新抹了遍药膏，躺在床上。床头摆着那只屁桃娃娃，周挽将它抱在怀里，茫然地仰头看着天花板。

她不知道自己是什么时候睡着的，只是醒来时枕头都已经湿透了。

后面半个月，周挽都没有再见到陆西骁。

郭湘菱也没有联系过她。剩下那15万元，只要她不给郭湘菱打电话提，郭湘菱大概永远不会给，也再不会给她打电话。

不过周挽也不打算要——她和郭湘菱的母女孽缘，也许就到此为止了。

她辞去了游戏厅的兼职，交接工作时查了一下陆西骁游戏卡里结存的积分券，已经有12万了，但都没有兑换。

受伤的腿也已经好了，周挽又恢复了从前的生活，好好学习，天天向上。

物理竞赛培训的课业越来越重，题目越来越难，她经常做到很晚，但每道题目解出来时都能得到成就感，也还不错。

渐渐地，学校又传开一条流言，说陆西骁已经不和她来往了。

大家没有好奇，都明白这一天迟早会来。哪怕周挽确实成绩优异又清纯漂亮，可她碰到的是陆西骁，不会被他当作宝。性格沉默还不会来事，只凭着那张初恋脸，迟早会厌。

顾梦生怕周挽会难过，这些天上课都常常扭头观察她。毕竟从前那些陆西骁身边的女生，最后哪个不是哭天抢地，希望他能回心转意。

“挽挽，”顾梦后来才敢问，“你和陆西骁真的……？”

“我们没有在一起过。”周挽说。

“啊？”

周挽淡淡笑了一下：“我不是跟你说过好几回吗？”

“可你们那样明显是在一起了啊。”顾梦说，“我还以为你只是不好意思承认呢。”

周挽垂着眼，声音带着淡而温柔的笑意：“没有。”

顾梦更气愤了：“渣男！”

“……”

“跟你暧昧，暧昧完了直接拍拍屁股走人。”顾梦替她抱不平，“白长那么帅，臭渣男！”

周挽笑笑，什么都没说。她自己心里清楚，她没任何资格去怪陆西骁。陆西骁就像是她波澜不惊的生活中掉落的一颗石子，让那摊死水终于泛起涟漪。

但也仅此而已。石子最终沉入水底，归于沉寂，她的生活也会重归一池死水。

包厢内人声鼎沸、烟雾缭绕，鼓噪的音乐节拍掐着心跳的频率振动，舞池内的人又蹦又跳，人紧挨着人。

陆西骁坐在角落里，旁边一群朋友扯着嗓子在谈天说地。

少年修长骨感的手指拎着杯子，琥珀色的液体在光怪陆离的灯光下流转，他的侧脸在灯光映照下泛着粉蓝的光泽，暧昧又利落，像一把利刃割破这旖旎的气氛。

毋庸置疑，陆西骁在这样的场子下绝对是吸睛的。

许多女生注意到他，跃跃欲试，终于有一个鼓起勇气走上前。

陆西骁坐在最里侧，女生倾身凑近他，问了一句话。

陆西骁抬眼，漫不经心地扫了她一眼。

旁边有朋友也听说了最近那些传闻，很上道地起身：“没呢，我骁哥现在单身，可遇不可求啊。”

他一边起身，一边招呼女生坐进去。女生看了陆西骁一眼，他不热络，也没拒绝。停顿两秒，女生走到卡座里侧，挨着陆西骁坐下。

他性子冷，周身气场都是冷的。

冷场片刻后，女生主动靠近，问：“你喝的什么呀？”

陆西骁回复：“随便点的。”

“好喝吗？”

陆西骁了然地轻笑，靠在沙发上，下颌微抬，痞里痞气的：“那你试试呗。”

女生脸一热：“可以吗？”

陆西骁没说话，她便拿起那杯子，轻抿了口，和她惯常喝的果酒不同，这杯味道格外重，口感又刺刺的，喝下去就让人忍不住皱眉，好像在灼烧喉咙。

等她缓过来，侧头便看见陆西骁正低头看手机。

她下意识地看向他的手机屏幕，是微信界面。他指尖往上滑，漫不经心的样子，说不出是在找哪个人还是只是闲着无聊。

他往下滑了许久，指尖稍作停顿，女生看到一个备注——周挽。

听着是个女生名。

“这是谁呀？”她问。

陆西骁扬眉道：“朋友。”

女生软着声笑起来：“你还有女生朋友啊？”

陆西骁微微倾过身，从茶几另一边拿出一个空杯，重新倒了一杯，这才回道：“不行？”

“行是行，就是感觉你性格挺冷，像是身边女生不断但又懒得交女性朋友的。”

这评价倒是挺准，陆西骁扯了下嘴角。

女生挖空了心思找话题：“你和你朋友吵架了吗？”

她注意到那个叫“周挽”的对话框在很下面的位置，他们应该许久没聊天了。

“嗯。”

“你的错吗？”

陆西骁皱了下眉，过了半分钟，说：“算是吧。”

“她长得漂亮吗？”

周挽的长相吗？陆西骁从来没有在心里评价过她到底好不好看。

只是在这一刻回想时，想起那天从游乐场回来，她说生日快乐，又仰起头，看着他的眼睛，极为认真地问：“你今天开心了吗？”

昏黄的路灯下，眼前的少女脸上笑意淡淡，两个梨涡好似盛着蜂蜜。她过肩的头发柔软地贴着白皙的脖颈，乖巧又精致，脆弱又坚韧。

那场景精致得像一幅暖色调的油画。毫无疑问，周挽是好看的。

陆西骁的眉间越皱越紧，他又回想她的身材，胳膊细腿也细，太瘦。

他没什么情绪地说：“一般。”

“那你看我怎么样？”女生忽然笑着问。

陆西骁侧头看她。

女生妆容精致，唇红齿白，上翘的眼线衬得人媚气，紧身裙下身材尽显。

是一眼看上去就漂亮的长相，和他身边从前的那些女孩一个类型。但这一刻，他脑海中却满是周挽的模样：柔软、坚韧、认真，还有几分拘谨。

他侧了侧头，没给任何评价，拒绝得很干脆：“抱歉。”

女生一愣，陆西骁起身往外走。

蒋帆叫住他：“干吗去？”

“走了。”

“这么早，有事啊？”

陆西骁的指尖在手机屏幕上轻敲两记，漫不经心又意味不明道：“有事，明天上学。”

陆西骁拦了辆出租车回家。

自从那天周挽从他家离开后，整整半个月，十五天，她都没再来找过他一次。

倒是有骨气。陆西骁轻扯嘴角，嗤了一声。

出租车里放着庸俗老套的广播，女主持人的嗓音矫揉造作，夸张刻意地大笑。陆西骁拉下车窗，任由寒风吹乱他的头发，百无聊赖地随意翻看手机。

点开相册时他愣了一下，里面还有一张周挽的照片。

是他生日那天，周挽送了他一副相框后他拍的。

说要拿那相框装她的照片也不过是当时随口的调侃，陆西骁甚至都没将这张照片洗出来。

照片里，少女表情错愕，眼睛睁得很大。她向来都是平静素淡的表情，这张照片定格下的错愕神情很少见，看久了倒还有几分可爱。

“师傅。”陆西骁出声，“这附近有照相馆吗？”

“照相馆啊，二中旁边倒是有一家，不过跟你这地址是反方向啊。”

“没事，先去照相馆吧。”陆西骁说，“麻烦了。”

一大早学校里就出了件事。

说是高一一个女生早恋被叫了家长，原本这样的事在高中并不算多稀奇，但那女生的妈妈反应强烈，一来学校就直接扇了那女生一巴掌，嘴里骂的话格外难听，大吵大嚷地叫骂，不堪入耳，最后反倒是老师来劝解。

在学校，这样的事很快就被传开了。

听说那女生是单亲家庭，跟了妈妈，被外婆带大。她妈妈是公立小学老师，脾气火暴又对女儿寄予了太多期望，望女成凤。

“好惨啊。”顾梦说，“那个妈妈明明都没有陪着她长大，却给她那么大压力，一来学校就打人，我要是那个女生都觉得丢脸到想转学了。”

旁边另一个女生也转过来参与这个话题：“那时候我正好在三楼，听到她妈妈骂她了，我就没见过骂得那么恶毒的，好像那不是她女儿一样。”

班主任用力敲了敲门板，大家安静下来。

“今天的事大家应该也都知道了。”班主任站在讲台上说，“你们现在都在高中的关键时期，谈恋爱这样的事等到大学没人会再管你，现在都给我把心思收一收，专心放到学习上来！”班主任的视线从左到右扫过来，“我丑话说在前头，最近学校严抓早恋，被发现了就都给我叫家长。”

1班班上也有几对偷摸谈恋爱的，大家的视线不经意间扫过去。

周挽低着头，忽然抽屉里的手机振动了一下。上学时基本没人会给她发信息，她都忘记调静音了。她手忙脚乱地拿出手机调整了模式。

“6”发来一条信息。

周挽愣了一下。6？陆西骁？

他们已经很久没有联系了。

她点开对话。

6：中饭一起？

周挽指尖停顿，迟疑了片刻。她不知道为什么陆西骁又来找她，这些天他都没来学校，还以为他早就不再理会她了。

周挽：我在学校，中午出不去。

6：我也在。

之前学校里就有挺多同学误会他们之间的关系，班主任又说最近学校在严查这方面，周挽不想徒惹是非。

周挽：晚饭可以吗？竞赛课结束后大概晚上6点钟。

6：行。

中午第四节语文课结束后，周挽和顾梦一块儿去食堂吃饭。

因为刚才陆西骁的那条信息，周挽一直在路上留意着周围，陆西骁从来不穿校服，走在人群中很显眼，但周挽没找到他。

吃完中饭，顾梦又要去小卖部：“挽挽，你喝奶茶吗？”

她摇头。顾梦买了杯热珍珠奶茶，两人一道回了教室。

随着日子进入12月，学校花园旁的早梅开了花，红白相间，空气中散发着淡淡的梅花清香。

“哎，那不是陆西骁吗？”顾梦忽然用手肘撞了撞周挽，小声嘀咕，“他今天怎么来学校了？”

周挽抬头。陆西骁穿着件黑色夹克，眉间微蹙，冬日苍白的阳光打在他脸上，映得他皮肤更加冷白，看上去不耐烦又倦怠的样子，像是刚睡醒。

像是察觉到什么，陆西骁抬头，看向周挽。

他朝她侧了下头，刚要走过来，忽然周围人群中爆发出一声惊叫——

“快看楼顶！”

底下的众人抬头，便见楼顶站着一个人，女生，穿着校服，在大风中衣摆被吹得掀起，看上去越发摇摇欲坠，让人心慌。

“谁啊这是?！”

“不会是要跳楼吧？”

“快去叫老师！”

“好像是薛析啊！”

周挽在震惊下脚仿佛被定在原地动不了，她只听到周围的议论声，说薛析就是早上因为早恋被叫家长的那个女生。

还听到人群中有人说她平时性格就内向自闭，遇事悲观，有抑郁症。

周挽看到陆西骁猛地转身，快步上楼。她下意识地跟着跑过去。

“挽挽！”顾梦在身后叫她，周挽来不及回应。

陆西骁的步子迈得大又快，周挽追不上他，到最后一级台阶时已经气喘吁吁，通往顶楼平台的门开着，封死的链条被铰断。

周挽的头发被风吹得凌乱，几乎喘不过气，她强撑着跑过去。

陆西骁就站在门口，他的脸色看起来更白了，眉头紧皱，手用力撑住墙才勉强支撑住身体，手背上青筋分明。

周挽想起来了，他恐高。但她没有想到，陆西骁会以最快的速度赶到楼顶救人。

…………

楼顶风大，风在耳边呼啸，阳光也亮，让人睁不开眼。陆西骁咬紧牙关，尽量让自己能够站直了走上前，但脑海中久久挥之不去的却是从前母亲从楼顶一跃而下的样子。

那时也是这样的艳阳天，抬头直视太阳，晃得人睁不开眼，也看不清人脸。随着沉闷的“砰”的一声，眼前都被血色晕染开。

脑海中的画面像是什么封印的咒语，让他根本挪不动步子，也无法抬头去看，甚至连声音都发不出来。

他浑身都是冰冷的，身体不易察觉地颤抖。

就在这时，他听到身后传来的急促脚步声。

可陆西骁没力气回头去看，脑袋昏沉，意识不清。

直到下一秒，一只温热的手掌紧紧握住他的手。有人站在他前面，替他挡去那刺眼的阳光。

他闻到周挽身上独有的洗衣液的花香气味。

身量不高的少女站在他前面，单薄又坚定，头发扎起，后颈白皙。

周挽用力地攥着他的手。他那一颗失衡的心脏，在一阵震颤后终于慢慢地归于正常的心率。

“薛析。”周挽回想刚才听到的人名，轻声唤她。

女孩儿已经跨过天台四周的围栏，坐在栏杆上，因为年久失修，栏杆“吱嘎吱嘎”地响，声音刺耳，让人感觉下一秒就会断裂掉落。

听到周挽的声音，女孩儿回过头。

她知道周挽，通过年级大榜上的表扬名单，以及最近学校的某些传闻。

但她和周挽不算认识，从来没讲过话。

周挽不敢贸然靠近，心跳很快：“你还很年轻，才高一，之后还有许多精彩的人生等着你，你先下来，不要站在那边，很危险。”

女孩儿不为所动，回过头，看了一眼底下乌泱泱的人群，里面有同学有老师。“我不是你，我成绩不好，长得没你漂亮。”薛析自嘲地笑了一下，“也没有你那样的未来和人生，我妈妈强势，控制欲强，只要我不按她说的做她就打骂，我在她眼里就是她的附属品，我不想再这样了。”

周挽稍顿，接着淡淡道：“你羡慕我吗？”

薛析看了一眼周挽，又看了一眼此刻她身后的陆西骁，他是学校女生都津津乐道的风云人物。

“当然。”薛析说，“我羡慕所有人。”

当人长时间沉浸在一种情绪中时就会走不出来，始终在死胡同中迷乱。

周挽说：“我父亲在我10岁那年生病去世，我母亲也在那一年抛弃我离开了家，这些年我和我奶奶两个人一起生活，奶奶得了重病，每个月靠透析维持生命，年纪大不能做移植手术，不知道能坚持到哪一年。

“这些年我都自己想方设法挣钱、拿奖学金，好让奶奶不用那么辛苦，可以维持生命。”

周挽的眼睛像是有某种吸引力，让人沉静下来，她嗓音很轻很淡，并不是刻意描绘自己的苦难，只是平淡地叙述事实。

“你觉得我就能看到自己的未来和人生吗？我连梦想都不敢有，也不知道自己会去往哪里，也曾经和你一样想过放弃一切，但我不想让我爸爸和奶奶失望，所以很努力地走到了现在。”

薛析平静下来，无言地看着周挽。

周挽说：“所以不管怎么样，至少你可以为了自己去活得漂亮一点儿，我们现在看到的世界都太小了，等再过几年，或许我们就能看到更广阔的世界，就会有不一样的心境，就会有现在完全想象不了的未来。”

周挽缓缓向她靠近，慢慢伸出手。

“薛析。”她轻声说，“再坚持一下吧。”

女孩儿的手抬到一半，仍在犹豫。

底下的人越聚越多，有老师也跑上来，有人喊着“她妈妈来了！”，薛析母亲和老师飞奔着上了顶层并冲出来。

她猛地收回手，攀住不锈钢栏杆，栏杆晃动，响声尖锐刺耳。

“不许过来！”薛析尖叫。

薛析妈妈满脸是泪，被她这一个动作吓得跌坐在地上，哀求着她不要跳。

周挽回头看了一眼薛析的妈妈。在她旁边还有一个人，是和薛析谈恋爱被叫家长的那个男生。

“薛析。”周挽回过头，“好好跟你妈妈谈一谈吧。”

“一样的，”薛析哭着摇头，“都是一样的，只要我从这里下来，她还是会打我骂我，她根本就不懂！”

“可你男朋友呢？”周挽忽然问。

薛析沉默，红着眼看那个惊慌失措的少年。

周挽说：“如果你今天真的从这里跳下去了，你有想过他吗？不管是真是假，他都会成为你自杀的背后推手之一。

“更重要的是，你就这样在他眼前跳下去，他会有这一辈子都无法磨灭的阴影。”

说到这儿，周挽忽然停顿了一下，心脏猛地一跳。

阴影。

她从来没想过陆西骁为什么会有恐高症。他明明什么都不怕，为什么偏偏会怕高？为什么会不管不顾地冲上楼救人，又为什么会浑身发冷脸色苍白，动都不能动？

无意中，她好像又窥见了陆西骁的秘密。

周挽回头看了一眼。天台上已经聚集了很多人，楼底吵吵嚷嚷，消防员已经赶到，喊声哭声交织成一片。

陆西骁就站在那儿，没什么表情，眉心还微皱着。这样的情况下，没有人注意到角落的他，也没有人知道他才是最先赶到这里的。

周挽心头蔓延开一种难言的涩意。她回过头，重新看向薛析，细细观察对方的表情：“你知道有些阴影是不可能消除的，回来吧，薛析，一切都可以从头来过。”

世界很大，未来也很远。

薛析红着眼定定地看着周挽。忽然，她蹲下身，站在那狭窄的楼顶边缘，痛哭起来。

周挽走到她身旁，弯下身，终于攥住了她冰冷的手。

她妈妈和老师们在这一刻齐齐冲上前，将她从栏杆那头抱回来。

周挽被人群挤到一边，楼底下响起大家的欢呼声，楼顶的风那么大，阳光那么刺眼，让一切都蒙上一层不那么真实的光影。

周挽回头看向陆西骁，缓缓朝他走去。

没有人注意到他们。

"陆西骁，"周挽去牵他的手，看着他额头的汗，轻声问，"你没事吧？"

他的声音很哑，像精疲力竭后的状态："嗯。"

周挽扶着他下楼，走下两层楼后他的脸色才终于缓和了些。

"陆西骁，"周挽脑袋里有点儿乱，也不知道该说些什么安慰他，"她没有跳。"

"嗯。"

"是我们一起救了她。"周挽轻声。

陆西骁侧头，对上她的眼睛，那双眸子清澈见底，平静又柔和，像是一汪无波的湖水。

他沉默地看了周挽一会儿，然后移开视线，淡淡地说："走了。"

周挽一顿，看着他离开的背影。少年身量挺拔，脊背笔直，又回到了那坚不可摧的样子，丝毫不见刚才在楼顶时的脆弱和慌乱。

学校里发生这样的事必然是轰动的。

全校老师开会后纷纷告知学生们不要将这件事传到学校外，降低事件影响度，而周挽则被点名表扬。

其实如果不是看到陆西骁跑上楼，周挽或许也没那么快反应过来，何况最先赶到那里的是陆西骁。

周挽本想告诉老师，跟她一起上去救人的还有陆西骁。可又担心学校里有些人会联系到他母亲的事，陆西骁大概也不想在这样的事件中多掺和，所以最后周挽什么都没说。

那件事情的最后，听说薛析的妈妈哭着抱住女儿，不停地跟她道歉，也终于重视起女儿的心理问题，决定暂时办理休学带她去看病。

薛析整理好书包，跟着妈妈离开学校前来找了一趟周挽，跟她道谢。

“不用谢我。”周挽朝她轻轻地笑了笑，“好好治病，下次见。”

“不知道下次还能不能见到。”薛析说，“等看完病，也许我会办理转学，换个环境重新生活。”

周挽点头表示赞同，但又停顿了下，问：“那你男朋友……”

“我刚才和他聊过了，我们决定先分开。”薛析耸了耸肩，笑道，“他出生在一个很幸福的家庭里，性格阳光温暖，这或许也是我喜欢他的原因，但其实我和他并不适合，而且这件事闹得太难堪了，我不想这样继续下去，如果还有以后，也希望是我治好了病，在一个很轻松的状态下和他重逢。”

或许让薛析钻进死胡同的从来不是恋爱被阻，而是数不清的痛苦都压在她身上，今天的事不过是压倒她的最后一根稻草。

周挽目送她离开，望着她走出校门。

阳光依旧明晃晃的。她漫无目的地想，如果有一天自己到了她的地步，最后一根稻草会是什么？

…………

一整个下午，周挽都没有再见到陆西骁。

经过 7 班门口时，她悄悄看向那个座位，没有人。

他又走了，也不知道他还记不记得他们约定的一起吃晚饭。

下午 5 点钟，放学铃响起，众人装着满满的作业和八卦谈资放学回家。

而周挽则和姜彦一起继续上接下来一小时的物理竞赛培训。

学校专门请来的竞赛老师也听说了今天学校发生的事，问周挽怎么回事，周挽一一说了。

老师问：“我听你们物理老师说，那女孩子还是你劝下来的啊？”

“嗯。”

“幸好幸好，不然这么年轻的生命，太可惜了。”

一旁的姜彦打断这个话题：“张老师，这道题怎么做？”

“哪道题？”老师靠过去，“我看看。”

自从周挽辞去游戏厅的工作，每天把更多的时间投入学习中，竞赛成绩便有了明显的提升，昨天那张卷子比姜彦还高了8分。

于是姜彦也更刻苦努力地学习，除了吃饭和上厕所，都坐在座位上埋头刷题，就连今天学校发生了这样大的事，也丝毫没有影响到他。

一小时结束，姜彦还要留校做会儿题，周挽先离开了。

晚上6点的学校很安静，有高三部的学生正在上晚自习。

周挽低着头往前走，出了校门，又走了几步，眼角的余光里出现了一双鞋。

她脚步一顿，抬起头。

陆西骁懒散地靠在树干上，听到声音抬眼，眼皮压出一条锋利又狭窄的褶皱。

见到周挽，他站直了些，淡淡地问："吃什么？"

周挽走到他跟前："都可以。"

"烤肉？"

周挽点头："好。"

学校旁边刚新开了家韩式烤肉，陆西骁懒得点菜，直接点了份双人套餐，又另加了两道招牌菜，菜很快就上了，堆满了一旁的推车。

服务员问需要帮忙烤吗，周挽不想麻烦别人，跟人道谢、拒绝后自己开始烤。她很少吃烤肉，但和同学去的时候都是她负责烤肉，动作还算熟练。

陆西骁就坐在对面看着她烤，时不时喝口冰水。小姑娘的脸热得红扑扑的，眼睫垂着。他才发现周挽的眼睫毛很长，在头顶灯光的照耀下落下一片浓密的阴影。

过了会儿，陆西骁开口说："行了，先吃。"

"你先吃。"周挽用烤肉夹把肉夹到他碗里，"我把这个烤完。"

陆西骁"啧"了一声，夺过她手里的夹子。

"你会吗？"周挽问。

"嗯。"他把盘上烤完的肉都放到周挽的碗里。

后面大多都是陆西骁在烤，周挽在吃，没一会儿，她便说饱了。

陆西骁抬眼："真饱了？"

"嗯。"

"那走。"

还剩很多肉片没烤，扔了可惜，趁陆西骁去付钱，周挽去拿了打包盒，把没吃完的都带走了。

走出烤肉店，周挽将打包盒递给他："这个你放冰箱里吧，天冷了，可以自己煮火锅吃，不过也要尽快吃掉。"

陆西骁没接，侧眼扫她，轻笑了一声："没锅。"

"你家厨房里有，用电磁炉就可以。"周挽之前看到过。

陆西骁挑眉，还是没伸手，嘴角微扬，却没笑意，更像是自嘲。

周挽顿了顿，说："等到周末，我可以去你家一起吃。"

"哦。"陆西骁接了打包盒，又抬下巴示意对面的便利店，"买瓶水。"

他走进便利店，轻车熟路地从货架上拿下两瓶矿泉水，然后结账。

周挽没进去，在便利店门口等他，他出来时周挽正坐在一旁的小秋千上，轻轻晃动着。

她微仰着头，两手抓着秋千绳，脚尖离地，侧脸白皙又柔和。

陆西骁在旁边看了她一会儿，喉结轻轻滑动："周挽。"

她起身，回到他身边："走了吗？"

陆西骁拧开其中一瓶水递给她，周挽道谢，喝了几口，粉唇沾上水珠，像被水晕染开的水粉画。

陆西骁移开视线，皱了下眉，又重新看向她。过了会儿，他淡淡地说："怎么不问我？"

"问什么？"

"今天的事。"

没想到他会主动提起，周挽停顿了一下，看着他的眼睛："你恐高的事吗？"

陆西骁居高临下地看着她，表情淡漠，看不出到底是什么情绪。

周挽就这么静静地仰头看着他，视线平静又坚定。

半晌，陆西骁忽然侧头笑了。他的笑声低哑深沉，闷闷的，带着鼻音。

“知道太多的人会被灭口。”他笑说。

周挽确实和其他所有人都不同。

她话不多，两人在一起时多是沉默的，各做各的事，交流实在算不上多，但周挽却是最懂他的那个，大多时候他什么都没说，她便都懂了。

中午时，她对薛析说如果就这么跳下去，她男朋友会留下一辈子都无法磨灭的阴影。说完这句，她回头看向陆西骁，神色微怔，带着点儿不可置信和恍然大悟。

那一刻，陆西骁便明白，她知道了自己为什么会有恐高症。

那种感觉很奇妙。

他不喜欢被人扒开伤口，但周挽并不会，她只是看到了伤痂而已。

夜晚的阴影和路灯的光亮交织，将两人影子的边缘都模糊虚化，难分你我。风将他的头发吹得凌乱，陆西骁淡淡道：“我妈跳楼自杀后，我才开始恐高。”

第十四章

要不要在一起

虽然已经猜到这一点，但听到陆西骁亲口说出，周挽还是怔了一下。

没想到他会这样直白。

周挽抿了抿唇，顺着问："为什么？"

秋千轻轻晃动着，陆西骁和周挽并肩而坐。穿着黑色夹克的少年和穿着蓝白校服的少女，像风一样年轻肆意。

周挽仿佛看到一扇门，正朝她缓缓打开。

在二十几年前，陆西骁母亲家是整个平川市都有名的大户人家，他外公外婆生前一个在政界，一个在文艺界，也是个能挺直了脊梁骨的书香门第。

而陆家的公司在陆老爷子手下成了平川市最早一批驻扎并蓬勃发展起来的企业。

陆母沈岚年轻时候曾经在某次活动中见过陆终岳一面。

不得不承认，年轻时的陆终岳长相硬朗帅气，桃花确实不少。

沈岚一见钟情，暗许芳心，很快就被母亲看出心思，知晓陆家家境殷实、前途无量，那陆终岳也确实一表人才，沈岚母亲便有意撮合。

一来二去，两家便渐渐熟了。

最后真正牵上那根线的还是陆老爷子，他发了话，说俩孩子投缘，不如定下亲。

那个年代，虽然早已盛行自由恋爱，但这样大家族的婚姻多还是由长辈牵线，再经双方同意。

沈岚当即红脸，又娇又羞地看向陆终岳。

陆终岳也正看着她，视线对上，他便温和地冲沈岚投去一个笑。

就这样，一场空前浩大的婚礼在平川市操办起来，陆老爷子对沈岚格外满意，很喜欢她的性子，也明白自己儿子的脾性，知道沈岚是最适合他的，若往后能在他旁边多提点几句，这儿子也能成器不少。

在其他人眼里，陆终岳和沈岚是门当户对、郎才女貌、天作之合。

在沈岚眼里也是这样。

婚后，陆终岳接管了公司，沈岚则赋闲在家，偶尔参加些书画展打发时间，日子过得津津有味。不出一年，沈岚便怀孕了。

陆老爷子开心坏了，亲自嘱托了人照料沈岚的饮食起居，那段时间陆终岳工作很忙，回家常很晚，但沈岚依旧乐在其中，感慨孕育生命的奇妙。

于是，在她的期待下，陆西骁出生了。

后面几年的生活依旧过得平淡又有情调，沈岚是个很精致的女人。

陆西骁在她的教养下听话又有礼貌，亲戚朋友们见了就夸，素来威严的陆老爷子唯独在这孙子面前没一点儿脾气，常被陆西骁揪着胡子、头发，疼得龇牙咧嘴，又笑得很慈祥。

所有人都说沈岚好福气，所有人都羡慕她有多幸福。

但转折总是会毫无预兆地降临。

沈岚沉浸在自己的幸福中，从未怀疑过陆终岳，也从未去想过他为什么工作越来越忙、回家越来越晚。

直到那天，一个女人的出现毫无预兆地打破了她的美好生活。

她在逛商场时见到陆终岳和另一个女人在珠宝店。

沈岚愣在原地，那一刻脑海中闪过很多念头。这个女人是谁？陆终岳是不是出轨了？他出轨到哪一步了？从什么时候开始的？她要不要离婚？小骁该怎么办？

可真相永远比她能够想象出来的底线还要过分。

一个小男孩儿忽然跑过去，抱住陆终岳的腿，语调稚嫩，叫他“爸爸”。

看那身高，和阿骁差不多。

沈岚突然跌坐在地，脑海中一片空白，有商场的店员跑过来扶她，可她却怎么也使不上力。

等好不容易站起来，陆终岳和那一对母子已经不见了。

后来陆终岳借口出差，要离开三天，沈岚没说破。

三天后的晚上陆终岳回到家，客厅里只有沈岚一个人坐着，他问阿骁呢，沈岚说送去外婆家了，有事要和他谈。

她极为平静地拿出一份离婚协议书，又极为平静地说要离婚。

哪怕那三天她以泪洗面，眼睛哭得红肿，这辈子从没这样狼狈过，但她还是下定决心了。

“离婚？”陆终岳不敢置信，“你怎么了？”

“婚后财产怎么分配协议里已经写得很清楚了，我不愿跟你争，基本是资产平分，只有一点，阿骁归我。”

陆终岳这才相信，沈岚是认真的。这个自结婚以来就对自己百依百顺的女人，是真的要和他离婚。

“为什么？”陆终岳问。

沈岚抬眼，眼眶通红，眼底是痛苦的决绝：“你自己做了什么，你不知道吗？”

陆终岳心里“咯噔”一下，但仍不承认。

沈岚气得胸膛起伏、浑身发抖，从包里抽出一沓照片甩在陆终岳身上。

全是过去三天他和一个女人还有一个孩子在海边游玩的照片。

沈岚想过陆终岳是出轨了，却没想到这一切比她想象的还要过分千百倍——

那个女人叫姜文盛，是陆终岳大学时候的女朋友。

那个孩子叫姜彦，是女人和陆终岳生的孩子，出生日期比阿骁还要早几个月。

到那一刻，沈岚才知道，自己孕期时陆终岳工作繁忙，到底是在忙些什么。

陆老爷子不满意姜文盛，但没有人知道陆终岳并没有和她分手，甚至还生下了孩子。沈岚原以为的完美婚姻，在这一刻被彻底打碎，成了最不堪的样子。甚至她才是陆终岳和姜文盛之间的那个插足者。

陆终岳盯着那些照片看了许久，说："我不同意离婚，我可以和她分开。"

如果沈岚只是个普通人家的女儿，就那么离婚了陆终岳也同意，但她不一样，更何况陆家还有个陆启兰时刻紧盯着他，等待他出错。沈岚那么受陆老爷子重视，而且如果两人真离了婚，陆西骁就会被沈岚带走，那他就真被陆启兰抓到把柄了。

沈岚崩溃地坐在地毯上，讽刺地笑："你可以和她分开？可你们都有孩子了。"

"岚岚，"陆终岳说，"是她怀孕时没告诉我，等我知道时已经不能再堕胎了，所以不得已才生下来，我保证那个孩子永远不会出现在阿骁面前。"

听到这些，沈岚简直想发笑。原以为，哪怕被多次阻挠陆终岳也要和那个女人在一起，他一定是深爱着她。到这一刻沈岚才明白，陆终岳是个多冷漠无情的人，他不爱姜文盛，同样地，他也不爱她。

"这些你留着和你父亲解释吧。"沈岚抹掉眼泪，维持最后的体面，留下那张离婚协议书，离开了家。

后来听说这事惹得陆老爷子发了好大的火，差点儿清了陆终岳手里的权。但顾念着孙子，陆老爷子还是拉下老脸，带着陆终岳来沈家登门拜访，挽留沈岚。

沈父和沈母虽然心疼女儿，但那个年代，在老一辈人眼中，离婚实在是件不光彩的事，于是也倾向于再给陆终岳一次机会。

陆老爷子保证，那个私生子永远不会进陆家的门，也不准陆终岳再见那对母子，不管发生什么，陆西骁永远是他唯一的孙子。

沈岚靠在沙发里，侧头看着窗外，没给任何回应，无声地拒绝。

而当时的陆西骁呢，他就站在门外，听完了全部过程。

他在那一刻就明白了，陆终岳背叛了沈岚，还有了一个私生子。

沈岚坚决要离婚，可命运弄人，半个月后，她突然反胃难受，去医院检查才知道，她怀孕了，已经有三个月。

她身子骨本就单薄，胎儿已经三个月了，如果再打胎很容易伤及根本。

沈父沈母不同意流产，陆家又屡屡登门求情挽留。最后，那样一身傲骨的沈岚还是屈服了。只是这样子的屈服到底违背她的心意，整个孕期她都郁郁寡欢，十月怀胎，到后来生产时大出血，难产，好不容易才救回一条命。

沈岚在鬼门关走了一遭，和十个月前的样子大相径庭，完全没了生气。

…………

这样的故事听得周挽心里发涩。

她是个生活在苦难里的人，记忆中快乐的回忆也不过是幼时和爸爸在一起的那些时光。

但沈岚不同，她出生优越、衣食无忧、受尽宠爱、家庭和睦，是所有人眼中幸福美满的人，却一朝陷入这样的境地，实在是大起大伏。

"然后呢？"周挽轻声问。

陆西骁喝了口水："虽然救回了一条命，但她和我妹妹身体都不好，之后就经常生病。"

周挽一顿，还是头一回听到陆西骁还有个妹妹。

"那时候我读小学，我妹妹 4 岁时因为身体不好，不能上学，老爷子就请了家庭老师。"他双手握着水瓶，语调平静，只是有点儿哑，"只是我妈越来越沉郁，有时几天都不出卧室，陆终岳受不了她这样子，觉得压抑，渐渐不回家，我妈也不再管。"

周挽不知道该说什么，只是觉得太可怜了，也太悲哀了。

无能为力的悲哀。

命运推着疲惫的沈岚不停地往前走，一步一步将她推向深渊。

陆西骁看着路灯落在地上的光圈："直到后来有一天我回家，看到我妈妈掐着我妹妹的脖子。”

“什么？”周挽的心脏重重往下一沉，几乎说不出话来，“为什么？”

“不知道，像是发了癔症。”陆西骁始终很平静，可这种平静却更让人觉得反常又害怕，“我冲过去阻止，她很快就放了手，然后哭着打自己，说自己错了。”

“她，是生病了吗？”

“也许是。”陆西骁顿了顿，继续说，“但也只有那一次，至少我只发现过那一次。

“再后来，我妹妹在5岁那年发高烧，四十度，烧得几乎昏迷，在医院待了两天，很突然地就走了。”

周挽轻呼出一口气。

陆西骁扯了扯嘴角：“我妈接受不了这个事实，抱着我妹妹的骨灰，跳楼了，也走了。”

尘土飘扬，又尘埃落定。一切怨怼和纠葛都随着这决绝的一跳画上了一个休止符。

“那一天陆终岳才回家，我那会儿应该已经几个月没看到他了，但我没继续待在那儿，老爷子的意思是让我去老宅住，我不愿意，去了我外公家。”陆西骁看着天上那朵暗沉沉的云，“但白发人送黑发人，我外公外婆也一天天地消瘦下去，又过了两年，他们俩也相继走了。

“从那之后，我就一个人搬到了现在住的房子，那是我妈婚前喜欢住的地方。”

周挽几乎难以想象，当时的陆西骁是怎么承受这一切的。在他还那么小的年纪，妹妹、妈妈、外婆、外公，一个个都走了。而他也随之颠沛流离，始终没有在一个地方真正定居过。

在这些变故之前，他也曾经是那个家庭优渥美满的天之骄子，受尽一切宠爱、前途无量。

不知道为什么，周挽在这一刻想到的是第一次去他家找他的那个画面。

前一天就是他妈妈的忌日，他一个人待在家里不愿见人、不想出门。

因为她提及他的妈妈，惹他发了火；他也一早就看透了她主动接近他的动机不单纯，让她离开。

周挽在那一刻确实决定将这场乌龙就此结束，跟他道了歉，走到门边按下门把手的那一刻，陆西骁却忽然叫住她。

“周挽。”他嗓音又沉又哑，像是院子里那片荒芜的杂草。

他陷进沙发里，仰头看着天花板，然后闭了闭眼，妥协道：“周挽，我饿了。”

他是孤单的吧，也害怕又被丢下，只剩自己一个人。

所以，那样骄傲的陆西骁，才会开这个口。

周挽吸了吸鼻子，不动声色地伸过手去攥住了他的手，力道很轻，稍一挣动就能挣开，但陆西骁没动，任由她牵着。

“陆西骁，”她轻声说，“我爸爸之前跟我说，善良的人走后都会回到天上，你妈妈会看着你的，也会一直陪在你身边。”

她又一次提及了他妈妈，但这回陆西骁没再发火。

这样的话或许只能骗骗孩子，但周挽实在不知道还能说什么安慰他。

陆西骁轻笑：“算了吧，我现在这副样子，她看到了更心烦。”

周挽没说话。她想，若这句话是真的，爸爸看到她大概也会伤心吧。

她学会了骗人，学会了利用，学会了伪装。

不过她死后应该就不能去天上了，见不到爸爸，倒也让他少伤心些。

秋千晃动，陆西骁起身说：“走吧。”

深夜寂静，树枝空荡。

陆西骁没打车，周挽便跟着他往前走，经过公交车站时，她拽了拽他的袖口：“乘车吗？”

“没硬币。”

周挽摸了摸口袋：“我有。”

身后的广告牌是某个培训机构的，蓝白色的光映照在陆西骁身上，将他周身都晕染上一层光，勾勒出少年的挺拔。

等了十来分钟，52 路公交车到了。

周挽往投币机里放入两枚硬币。

末班公交没什么人，两人坐在倒数第二排，周挽坐在靠窗的位置。

车厢中很安静，周挽回想他刚才说的那些话，心里还是觉得发涩。

她想起那天看到陆西骁做噩梦的样子，他眉心紧皱，额头渗出大颗大颗的汗珠，脸色苍白，手紧紧攥住被子，青筋尽显，嘴里是发颤的呓语——

“妈，不要。”他声音脆弱，“求你……别跳……”

后来他是在哪一刻被惹怒的呢，周挽试图回想当时说的话。

最后一句似乎是……不管她现在身处何地，至少她都是爱你的。

在她说出这句话的时候，陆西骁的脸色变了。

周挽怔了怔。

公交车开过四站，停下了。

陆西骁率先起身，下了车。

周挽跟在他身后，忽然，她出声喊：“陆西骁。”

他扭头，眼底的情绪很晦暗。

“我知道这些话由我来说可能不太合适……”周挽抿唇，“但是我还是想问你，你应该知道，你妈妈那时候生病了吧？”

他没说话。

“你妈妈是因为生病了，所以才会不受控制地差点儿伤害了你妹妹，也是因为生病了，她太痛苦，才会留下你一个人，这一切都不能否认她还是爱你的。”周挽看着他，认真道，“只是有一个罩子套住了她，她挣脱不开，也看不到罩子外的你，所以才会做出那样的决定。”

在她决定跳下去的时候，没有人出现在她身后叫住她，就像今天的薛析。如果那一刻有人出现，在她耳边喊出陆西骁的名字，周挽相信她一定不会就这样跳下去。

她只是走进了死胡同，眼前漆黑，什么都看不到。

陆西骁盯着她看了两秒，然后移开了视线，淡淡地说：“嗯，我知道。”

也许只是自己想多了，但周挽还是觉得松了口气。

走到小区门口，周挽朝他挥了挥手：“那我先进去了。”

“嗯。”

风太冷了，周挽叮嘱他也快点儿回去，然后小跑着往里走。

忽然，身后的陆西骁又唤道：“周挽。”

她停下，回头时头发被吹得乱糟糟的，糊住了脸：“怎么了？”

“要不要在一起？”陆西骁眼眸漆黑，直直地看着她，昏黄的路灯将他周身的棱角都虚化了，延伸开一片温柔缱绻，“跟我。”

周挽愣住，表情发蒙。

没听到她的回答，陆西骁也不急，站在原地静静地看着她。

她怎么也没想到，陆西骁会对她说这些。听那些女生说，陆西骁从来没主动过。

所以周挽以为，他们会一直这样下去。

直到哪天陆西骁对她厌倦。

理智告诉周挽，她应该拒绝陆西骁。

他们是两个世界的人，天差地别。她招架不住陆西骁，也吃不消他。

她才 16 岁，要准备物理竞赛，要准备高考，要挣钱，要带奶奶过好日子，容不得一步差错。更何况，奶奶不能做手术，她不再急需那 30 万元，也不需要利用陆西骁来威胁郭湘菱。

但周挽却听到自己的声音问：“如果我跟你谈恋爱，你会开心吗？”

陆西骁扬眉，站在离她 5 米远的地方，双手插着兜，懒散又轻慢的样子，轻笑道：“大概会吧。”

周挽能看到横亘在眼前的万丈深渊。

只要她点头，就会坠落。

她接近陆西骁的目的不纯，这是永远无法改变的事。

一旦被戳破，她就会万劫不复。

陆西骁会暴怒，会像他从前说的那样，如果有人背叛他，陆西骁就会弄死他。

不能和陆西骁在一起。

不能和陆西骁在一起。

千万不能。周挽在心里一遍遍地告诉自己。

…………

“好。”她轻声说。

可她还是想让陆西骁开心。

周挽开锁进屋，下意识地抬手去按灯，按下去的瞬间才想起灯泡上周坏了，一直没时间去换新的。

可下一秒，灯却亮了。不同于从前刺眼的惨白，而是很柔和的黄光。

周挽一顿，知道大概是奶奶换的。

她仰头看灯，橘黄色的柔和灯光散开，点亮漆黑的房间，让人觉得暖洋洋的，她抿了抿唇，不自觉地笑了一下。

奶奶已经睡了，周挽直接回了卧室。

今天在外一天，都还没来得及做作业。

周挽从书包里拿出试卷，坐在书桌前开始看题，做了几道题，脑海中又浮现出刚才陆西骁的样子。

在她点头说好后，陆西骁便低头笑了。而后走上前，到她跟前，漆黑的眸垂着，看着她挑了挑眉：“周挽？”

和他从前叫她名字时的声音不一样，有些沉，带着点儿柔，又带着点儿坏心的调侃，像是弯弯绕绕吹进心尖的一阵风。

周挽一顿，脸上不自觉地发烫。

她忽然不知道该作何反应。她从没遇见过这样的场面，最多也只是见过几次陆西骁和从前那些女生在一起的样子。

那些女生经常会跟他撒娇，有时陆西骁会笑，有时会不耐烦。

他应该不喜欢女生太过黏人，但也总不能太冷淡。

停顿了几秒，周挽垂眼，顺着他的话，声音带着细微的颤："陆西骁。"

陆西骁又笑了一声，拍拍她的脑袋："进去吧。"

他那笑声有点儿取笑的意思，但周挽还是觉得松了口气，像是通过了什么面试。

…………

正想着，手机一振。

6：到了。

以前陆西骁从不跟她说自己到没到家。只是，该怎么跟现在的"陆西骁"聊天?

顿了顿，周挽回复：你睡觉了吗?

6：还早。

6：在干吗?

周挽：做作业。

6：你做。

这是……聊完了吗?周挽捧着手机看了许久，陆西骁都没再回复，她垂了垂眼，想了半天还是发了条：你生气了吗?

过了十分钟，陆西骁才回复，发了一条语音。少年嗓音清冽，带着含混的笑意："洗了个澡，只是让你做作业而已，真当我天天没事就生气啊。"

周挽忍不住在心里吐槽，他就是很容易生气啊。

但她不敢把心里话真发出去。正思考应该回句什么，陆西骁又发来一条语音。

"挺晚了，你先做作业吧，不然得熬夜。"

周挽看着眼前一堆的试卷，全部做完大概真要过半夜 12 点，于是便提前跟陆西骁发了条"晚安"。

6：晚安。

他很快回复了。

周挽放下手机，抬头时正好瞥见镜子里的自己。柔软的黑发散开，脸颊泛着淡淡的红，鼻头因为刚才外头的冷风也泛了红，嘴角上翘，眼里含笑。

她愣了下，恍惚间觉得这个样子的自己似乎很少见，笑意都从眼底透出来。

她晃了晃脑袋，强迫自己不去瞎想，埋头做题。

周挽做题速度快，但还是写了两个小时才结束，她收拾好书包，又洗了个澡出来，手机里有一条未读短信——郭湘菱。

看到这个名字的那一刻，周挽浑身一凉，心跳都停了一拍。

自从上次向郭湘菱要了15万元后，郭湘菱就再也没有联系过她，周挽本以为从此以后都不会和郭湘菱产生任何瓜葛。

郭湘菱：方便打电话吗？

周挽垂眸，眼底晦暗，静静地看着这条短信。

如果是昨天，甚至是明天，周挽看到这条短信都没那么难受。

但今天，她刚刚和陆西骁在一起。

她手指慢慢在按键上敲动，回复：可以。

很快，郭湘菱就打电话过来。

这回没有了从前那些违心的客套，她不再称呼郭湘菱为“妈妈”，郭湘菱也不再假惺惺地叫她“挽挽”。

郭湘菱开门见山：“你奶奶能做手术吗？”

周挽沉默，没说话。

郭湘菱听懂了这无声的答案：“既然不能做手术，那笔钱还需要吗？”

周挽知道，郭湘菱就是认定了她肯定不会再要。她并不是贪财的人，那些钱只不过是为了给奶奶看病。

周挽深吸了口气，缓声说：“不用了，剩下的那15万元我不会再向你要，所以从此以后你都不要联系我了。”

“那你和陆西骁呢？”

周挽一顿，视线看向床头的那只屁桃娃娃："我没和他分开。"

"你们还在一起?!"郭湘菱不可置信，嗓音陡然尖厉起来，"周挽，你可答应过我这事不会让他爸知道的！"

"我只答应了你我不会去找陆终岳，从来没有答应过你我会和陆西骁分开，更何况，你也没给我一开始约定的30万元。"

"你这个贱人！"郭湘菱怒不可遏，口不择言，咬着牙骂，"贱人！白眼狼！"

听到那些词，周挽的脸上没什么表情，连眼睛都没眨一下。

郭湘菱磨着后牙压低声音说："难不成你还真喜欢上了陆西骁？呵，你以为你们真会有什么结果？真论起来，你可得叫他一声哥，周挽，你是我生的，你就是他继妹！是他妹妹！"

周挽浑身发凉，攥着手机的指节因为用力变得惨白。

郭湘菱冷笑："你还不知道吧，陆西骁曾经真有个妹妹，可惜死了，听说当时他还挺难过的。你说他要是知道了你也是他妹妹会有多生气？他可是陆老爷子最宠的孙子，你得罪了他，想想你还能有什么未来？"

周挽听不下去，直接挂断电话。手止不住地发抖，连手机都拿不住，任它"咚"的一声重重砸在地上。

她坐在床上整个人都蜷缩起来，抱着腿将脸埋进去，心脏跳个不停。

过了很久，周挽才慢慢平复下来。她不停地告诉自己，陆西骁不会知道那一切，他也不会从这件事中受到任何伤害。

她已经决定不利用陆西骁去报复郭湘菱了，以陆西骁和陆终岳的关系看，陆终岳不会知道他们的关系，不会知道她的存在。

一个月，两个月，陆西骁总会厌倦她的。

到时她就离开，一切都会恢复平常的样子。

这件事就会沉入大海，成为一个只有她和郭湘菱知晓的秘密，永不会有再见天日的机会。

这所有的事都是因她而起，自然也要由她来结束，给出一个还算不错的结局。

她只要这段时间陆西骁能开心一点儿就够了，也算是自己对他的弥补。

对，没错。就是这样。

不会出差错的。一定不会出差错的。

“来，大家都回座位，提前三分钟上课，我讲一下这次月考的事。”班主任敲了敲门板，走上讲台。

听到月考，教室里众人哀号起来。

上周的月考题都出得很难，大多数人的理综卷和数学卷根本就没时间做完，好几道题都完全空着。

“年级最高分还是在咱们班啊，706 分！”

众人纷纷将目光投向姜彦，纷纷感慨道，简直不是人，这样的卷子都能考过 700 大关。

班主任继续笑着说：“第二名也是咱们班的，701 分！”

于是大家的目光又看向周挽。

每回考试都是这样，姜彦和周挽，永远是年级第一、第二。

班主任观察了一圈众人的表情，又道：“我瞧着周挽和姜彦表情都还挺淡定的，你们其他人笑得这么起劲儿干吗？怎么，他们这些分到高考时是能分给你们还是怎的？一个个不学习，倒是挺会替别人的好成绩高兴。”

众人：“……”

班主任甩了甩手上的两张成绩条：“来，周挽和姜彦上来拿。”

周挽起身上前，接过，又听班主任说：“不容易啊周挽，万年老二这次总算是翻身了。”

周挽一顿，看向成绩条最后一栏——706。

她是 706 分，这次的第一名是她。

姜彦脸上淡淡的笑意僵了一下，不敢置信地看向自己手上的成绩条。

底下的同学们再次沸腾起来。

“什么意思，这次第一名是周挽啊？”

“神仙打架！”

“见证历史了！”

…………

班主任笑道：“这次的卷子确实是难，能考过700分都不容易，你们俩继续努力，反正安排了你们俩做同桌，互相督促，互相激励。”

回到座位，周挽侧头看了姜彦一眼。

他已经拿出各科卷子比对着成绩条开始认真看起来。

到傍晚，年级大榜就贴出来了。大家都发现了这次的第一名和第二名调了个过儿。

这原本并不是件多值得讨论的事，但周挽可是陆西骁的绯闻女友。很快就有人在学校贴吧里议论起这事：

1楼：学神就是学神啊，这都不影响成绩。

2楼：这哪里是不影响成绩，这是成绩还上升了！

3楼：周挽这个脑子真的是凡人的吗，我看以前陆西骁身边的女生被甩了哪个不是哭哭闹闹的，都得瘦半圈。

4楼：说起来，周挽好像确实什么反应都没有。

5楼：楼上别瞎猜人家的关系了，我昨天还在烤肉店碰到了他们俩一起吃饭呢，还在一起。

6楼：???那更惊悚了，从第一次见陆西骁在校门口等周挽到现在，都一个多月了吧，陆西骁对一个女生的兴趣有过超一个月的吗?!

…………

周挽看了一圈帖子。

大家都不知道，她和陆西骁其实昨天才算在一起。今天才是第二天。

只不过快放学了，两人还没聊过天。

陆西骁今天压根儿就没来学校。周挽也不知道现在应该以一个怎样的频率聊天才正常，便心想着等放学了再联系他一下就好。

放学铃打响。

周挽收拾东西和姜彦一块儿去上物理竞赛课。

各科老师今天都讲完了月考卷，从前姜彦的理综和数学几乎都能拿到满分，但这次的数学却没考好，所以才成了第二名。

周挽看过他卷子上的错题，很奇怪，错的并不是什么最难的题，而是一些粗心的错漏，姜彦明明不是那么不仔细的人。

“姜彦。”周挽问，“你最近是不是没休息好？”

姜彦按了按眉心：“嗯，最近睡觉都很晚。”

“其实你数学正常发挥的话，这次还是第一名。”周挽说，“我们才高二，离高考还有一年多呢，你别太紧张了。”

姜彦看了她一眼，点头：“嗯。”过了会儿，他又说，“周挽，其实我并不嫉妒你考第一名。”

周挽侧头。

“我很早就跟你说过，你很聪明，如果你全力以赴，我不会是你的对手，所以在我眼中你是一面旗帜，督促激励我努力学习，不要掉下去。”姜彦说，“想站稳第一名的位置当然不容易，所以我必须很努力很努力才可以。”

“以你现在的成绩一定可以考上名校的龙头专业，第一名和第二名其实没有那么重要。”在周挽看来，第几名并不重要，更重要的是要跟自己比，只要和自己比没有退步就好了。

“你不懂。”姜彦笑了一下，“第一名就是第一名，第二名什么都不是，未来进入社会更是这样。”

周挽想了想，她不需要别人记得她，所以也无所谓自己到底是不是第一。或许，因为姜彦从小出生在那样的家庭，所以在他的认知中，被大家看到的、享受荣华富贵的是沈岚，而他的妈妈姜文盛却永远不能站在阳光底下。所以他才那么看重名利，那么想出人头地，就是想有一天能让姜文盛过上富贵的生活，也想有一天能堂堂正正地回到陆家，得到陆终岳的认可。

但这件事中，罪魁祸首是陆终岳。

姜彦不恨陆终岳，反倒恨着同样是受害者的陆西骁和沈岚。

虽然周挽和姜彦是多年的朋友，但在这一刻，她还是替陆西骁觉得委屈和不甘。

明明他才是最委屈的那个人。他什么都没做错，甚至连做抉择的机会都没有，他无能为力地走到了今天这个地步，可谁又能来心疼他、替他抱不平。

周挽想，自己现在大概终于能够理解陆西骁的性格了。

他缺爱、怕孤单，不喜欢一个人，但又不喜欢吵闹。他将自己牢牢捆缚，根本不给人真正走进他内心的机会。所以他有那么多狐朋狗友，但真正了解他的人却很少。

一旦有人过于主动、过于激进，他就会觉得自己的领地被侵占，他会烦躁、会厌恶、会想甩手摆脱。

…………

竞赛课结束，周挽和姜彦一起走出学校。

忽然，她视线一顿，看到了不远处站着的陆西骁。

她很浅地笑了一下，快步朝他走过去，姜彦却忽然叫住她。

周挽知道他想说什么，但这次她没再给他机会，她回头朝姜彦挥了挥手，干脆道："周一见。"

陆西骁看着穿着校服的小姑娘跑到自己面前，他漫不经心地扫了姜彦一眼，而后收回视线，抬手搭在周挽的肩膀上。

"吃什么？"他问。

"都可以。"

陆西骁嘴挑，带她去的店都很好吃。

这次去的是一家日料店。

这种日料店的价格都很贵，周挽只吃过外卖可以送达的那种寿司，便学着陆西骁的样子吃。

鱼肉很嫩，入口即化，鹅肝也很嫩。就是有点儿吃不惯芥末。

中途蒋帆打电话过来，那头音乐嘈杂，让陆西骁快来。

陆西骁垂眼："不去。"

"骁爷，您这都多久没来了，咱们这些人可都夜夜空闺，就等着你呢。"蒋帆拿腔作调道。

陆西骁有些恶心地抿了下嘴："滚蛋。"

说完挂了电话。

周挽说："你不去吗？"

"再说。"陆西骁喝了两口冰饮，"你一会儿干吗？"

既然想对他好，总是要花时间花心思的。

周挽心想，就是回家又得熬夜写作业了。

"我没什么事，如果你想去的话，我可以跟你一起去。"

陆西骁抬眼，扬了下眉："他们在 KTV，你要去？"

周挽抿唇，点头。

他笑了一声："那去。"

周挽看着他笑起来的样子。其实陆西骁笑时是很好看的，眉眼都舒展开，那双总是空洞又平淡的眼难得地泛起波澜，人又懒洋洋的，看起来恣意又散漫，荷尔蒙爆炸。

周挽也忍不住扯起嘴角，浅笑了一下。

现在的陆西骁，应该是开心的吧。

吃好晚饭，两人下楼，陆西骁站在收银台前结账，周挽扫了眼小票，吓了一跳，刚才他们吃了 1000 多。

周挽从来没吃过那么贵的食物。在陆西骁打车的间隙，她还是忍不住说："陆西骁，以后我们能不能不要来吃这家了？"

他侧头："不好吃？"

"很好吃。"周挽轻声说，"但是太贵了。"

他神色如常："那下次换一家。"

周挽点点头："我一会儿把钱转给你。"

"什么钱？"

"饭钱，太贵了，我跟你一半一半吧。"

陆西骁笑了一声："周挽，这不是你该操心的事。"

她没听明白，愣愣地仰头望着陆西骁。

他打好车，将手机揣回兜，俯身靠近。

周挽下意识地往后仰了一下，眼睛睁大，近距离地看着陆西骁凑近的脸，鼻间都充斥着他身上的气味。

他嗓音很沉，带着调侃的笑意："你该操心的是，好好看着我的钱，别让我给别的女生花钱。"

周挽愣了一下，过了三秒，红晕爬上脸颊。

第十五章

抱一下就原谅你

KTV 里光线昏暗，光亮的地砖上映着顶灯的影子。

周挽跟着陆西骁往里走。她第一次来这种地方，总觉得这里是什么声色场所，不由得露怯，跟在陆西骁身后小心翼翼地打量着四周。

陆西骁另外点了杯果汁，让服务生一会儿送过来。

走到蒋帆说的那个包厢门口，陆西骁回头看了一眼："现在要走还来得及。"

嘈杂的音乐声透过门板传出来，淹没了陆西骁的声音。

周挽没听清："啊？"

陆西骁低身，凑到周挽耳边又重复了一遍。

灼热的呼吸打在她耳畔，薄薄的皮肤瞬间充血。

周挽眨了眨眼："没关系。"

陆西骁勾唇，推门进去。

一群人见到周挽纷纷起身，起哄着说让她坐中间。周挽忙摆手，说自己不会唱歌，坐旁边就好。

陆西骁由着她，便也跟着坐在旁边。

经过上回吃饭不小心让周挽喝了酒那件事，大家这回都不再劝酒，哪怕只是果酒。

又见这小同学乖乖巧巧的拘谨样子，众人更是一点儿臊人的话都不敢多说，生怕怠慢一点儿又惹得陆西骁发火。

陆西骁靠在沙发里，一手捏着杯子，一手环在周挽肩上。

他半靠着周挽，领口敞着，露出瘦削的锁骨和喉结，黑发利落，完美地融入这样的场合中。

周挽对这样的亲昵举动实在不适应，整个后背都僵了，强撑着坐直。

但她还是任由陆西骁揽着，没躲开。她猜，以陆西骁那么通透的心思，当然也能察觉她的不自在，只是他幸灾乐祸，就乐于见她这样。

其间有人说道："对了，听说这回月考挽姐还是第一名啊？"

其他人纷纷捧场。

"厉害啊，膜拜学神。"

"这是文化绿洲到了咱们这片文化沙漠里头来做改造了。"

"哈哈哈哈哈哈，那挽姐和骁哥在一起不就是退沙还林工程？"

…………

陆西骁也跟着笑了一声，侧头问："第一？"

"嗯。"

"怎么没听你说？"

周挽眨了下眼，轻声道："感觉没什么好说的。"

"周老师这么谦虚啊。"陆西骁调侃道。

"周老师"这三个字经过他那副嗓子说出来，变得格外不正经，轻佻又戏谑。

周挽没接话茬儿。

接下来，陆西骁和他们聊了会儿天，没待多久，便牵着周挽起身："我们先走了。"

"这么早就走啊。"

陆西骁扯了扯嘴角："人家是好学生，要回去学习的。"

众人"哎哟""哎哟"怪叫一片，表情暧昧。

"那我们也走了，这破歌也没什么好唱的。"蒋帆说，"还是换个地儿续摊儿。"

于是一群人都走出包厢。

到了外头被冷风一吹，周挽才发现自己的围巾刚才摘下来，落在包厢里了。

“我再回去一趟。”她说。

陆西骁问怎么了。

“围巾落下了。”

“我去。”说完，陆西骁折身又走进去。

周挽便和那些男生一块儿在外面等着，她还拘谨着，而那些人却一点儿不怕生，时不时问她些风马牛不相及的问题。

这时，迎面又走来一个人，笑着跟蒋帆打招呼：“这么巧啊，也在这儿。”

蒋帆跟人击了个掌：“我们刚准备走呢。”

“骁爷今儿又没来？”

“来了，又上去了，等他呢。”

那男生看样子年纪跟他们都差不多，但应该不是阳明中学的，周挽没见过。男生注意到她的视线，也看过来，而后扬了扬眉，冲她笑了一下：“哟，你们这场子有美女怎么都不叫我？”

其他人一顿，刚准备说这人可招惹不得。偏偏他还非常自来熟地掏出手机，根本不给人阻拦的机会：“妹妹，认识一下呗，交个朋友。”

蒋帆出手要拦，而这时陆西骁已经拿了围巾下楼了。

这自家人还得自家来护，蒋帆暗自为眼前这兄弟默哀三秒，收了手，没插手这事。

男生瞥见陆西骁，颇为兴奋地跟他打招呼。

陆西骁淡淡“嗯”了一声，视线落在他几乎要撑到周挽脸上的手机上。

男生又看向周挽，笑着说：“别那么小气嘛，就认识一下。”

周挽看了陆西骁一眼。他没什么表情，站在那儿，手揣兜，下颌微抬，视线平静。

周挽想了想，看样子，这个男生应该是和陆西骁认识的，算是朋友。

那么……至少不能让他朋友尴尬吧。

周挽抬手，拿过他手机，输入自己的手机号。

众人瞬间都闭上嘴，屏息凝神，纷纷在心里感慨，果然不是一般人。

陆西骁眉心微皱，扯着嘴角冷笑一声，牙轻轻磨了下，下颌线条紧绷，拉扯出凛冽的冷感。

他什么都没说，径直穿过人群。

周挽愣了一下，看着他的背影："陆西骁。"

他不理会。

周挽的手机号都还没输完，她匆忙地把手机塞回到男生手里，追了出去："陆西骁！"

男生很蒙。他可太茫然了，根本不知道到底是怎么一回事。

蒋帆拍了拍他肩膀，感叹道："兄弟，你炮灰了。"

"啊？"

"你搭讪的那妹妹，是骁哥的人。"

男生大脑一片空白，过了很久，他忍不住骂了句脏话："那你怎么不说？"

"你给我机会说了吗？"

"那我要号码那会儿，骁爷也不阻止，就看着她给我号码？"男生觉得自己可太冤了，"不是，那她还当着骁爷的面给我手机号，她演我？腹黑啊？欲擒故纵故意让骁爷吃醋？"

蒋帆打了他一拳："人家可没你那些龌龊心思。"

"不对啊。"他渐渐回过味来，"就算是骁爷的人又怎样，他又不是那么小气的人，就搭讪而已，我又没真做什么。"

"不知道你有没有发现，"蒋帆说，"跟从前那些女的比，他们俩的关系已经对调了。"

"……"

没错，以前都是陆西骁被搭讪，那些女生吃醋生气。而那些女生被搭讪时陆西骁压根儿没任何反应。

男生恍然大悟，轻声问："所以，我完了？"

蒋帆睨他："你完了。"

"……"

"除非——"

"除非什么？"

"除非这小姑娘能把阿骁哄开心了，或许还能留你一命。"

男生眼前一黑："就他那狗脾气？谁能哄得好？"

蒋帆幸灾乐祸地笑起来："所以我建议你先预定个医院床位。"

周挽追了好远的路才终于追上陆西骁。

她扯住陆西骁袖子，气喘吁吁，连背都直不起来，上气不接下气："陆西骁，你别走那么快。"

陆西骁居高临下地看着她："周挽，你挺厉害啊，敢当着我的面勾搭别人。"

勾搭。好大的罪名。

周挽只觉得天大的一口锅直接砸在了自己头顶。

"我没有。"她努力平复呼吸，想跟他解释，"我只是觉得他是你朋友，不想让他在这么多人面前下不来台。"

陆西骁懒得听她说，转身就走。周挽累得不行，但还是要继续追上去。

"陆西骁，"她放软了声音，"我不知道你会生气，我以后不这样了。"

陆西骁忽然停下脚步，周挽差点儿撞他背上，连忙后退两步。

"过来。"他皱眉看着她的动作。

周挽连忙上前走到他身旁。陆西骁继续往前走，但总算将速度放慢了。

他周身气场始终冷着，周挽默默跟在他身边，觉得自己也挺委屈，忍不住小声嘟囔了句："伴君如伴虎。"

她格外小声，咕咕哝哝的，没想到会被陆西骁听到。

“骂我？”陆西骁说。

周挽立马闭嘴，装作浑然不知的样子摇头。

“我听到了。”

周挽低头：“对不起。”

陆西骁冷笑一声：“又装乖。”

“……”

他们一起坐出租车回了家。

到小区门口，周挽轻声问：“陆西骁，你还在生气吗？”

“嗯。”

周挽其实挺会哄孩子的，但实在不知道该怎么哄陆西骁，只好又干巴巴地道歉：“对不起。”

“对不起就行了？”他挑眉，“你给我戴绿帽子，就说一句对不起？”

这罪名简直越来越过分，周挽听到这句话时眼睛都不由得睁大了。

“我没有。”她纠正道，又解释，“我就是不知道该怎么做，还以为那种情况应该给他的。”

“还要我教你怎么做？”他反问。

周挽没说话。

“行。”陆西骁点点头，慷慨地说，“我教你。”

“什么？”

“我生气的时候说对不起没什么用，还是做些实际的管用。”

周挽用一双清澈见底的眼看着他，问：“什么实际的？”

陆西骁看了她一会儿，而后轻笑着俯身，凑近她。

周挽下意识地觉得不太安全，往后仰了仰身子，脚却钉在原地般挪不开，瞳孔不自觉地放大，小鹿眼怔怔地盯着他。

陆西骁便又倾了倾身，抬手扣住周挽的下巴，往上很轻佻地掂了掂，懒懒地观察她的表情。半晌，他笑起来：“比如说——”

他捏住她的下巴，指尖蹭过她的唇边，像根捣乱的羽毛。

周挽的思绪也随着他的动作聚集到他手指触碰到的地方，再抬眼，陆西骁眼底黑沉，她像意识到什么一般，脸一下红了，甚至有干脆捂上耳朵的冲动。

可紧接着，陆西骁松开她，把手揣进兜，懒洋洋地笑了一声，语气里带着“算了，放你一马”的意思，说：“抱一下，我就原谅你。”

周挽缓缓地眨了眨眼。方才被他触碰的地方似乎还是滚烫的，不知是真的还是错觉。连带着他的那句话都成了滚烫的，烫得她耳朵通红。

安静几秒后，周挽反应过来。她可没做什么对不起他的事，哪里需要他的原谅。要是别人的话可能还真被他绕进去了，但周挽多聪明，哪怕现在脸烧得通红脑袋也已经有点儿不清醒，还是没被他的歪理绕晕。

她的脸红扑扑的，望着眼前这个罪魁祸首，张了张嘴：“你——”

陆西骁丝毫不觉得自己过分，扬眉道：“我什么？”

“无耻。”周挽鼓起勇气，实在忍不住骂了他一句。

刚骂完，那些勇气就跟被戳破洞的气球似的，立马瘪了，她甚至都没敢去看陆西骁的脸，很快就低下头。

谁知陆西骁不怒反笑，强硬地抬起周挽的头，掐她的脸：“我惯得你，敢骂我了？”

他下手实在没轻没重，周挽的脸颊红上加红，那颜色看起来好像都快要滴血了。

她也不敢嚷疼，乖乖站着立正“挨打”。

陆西骁瞧着她那样子，估摸着小姑娘心里头在偷偷骂他，真是一贯会凭着这张脸装乖骗人。他嗤了一声，松开手，轻斥道：“滚回去。”

周挽没动，又抬眼瞧他：“那你消气了吗？”

陆西骁轻笑一声：“骂了我，还想让我消气？”

“……”也是。

周挽简直是没辙了，不知道还有什么办法能够哄好他。

陆西骁似乎是没耐心了，抬了抬下巴：“回去，感冒了可别怪我。”

…………

回到家，奶奶正坐在客厅看电视。

“挽挽回来啦。”奶奶起身，“吃过饭没，奶奶给你去煮个馄饨？”

“我吃过啦奶奶。”周挽放下书包，没敢太靠近，怕刚才在 KTV 沾染上的烟酒味会被奶奶闻到，“您今天身体怎么样？”

“很好，最近都很好，什么不舒服都没有，放心吧。”

跟奶奶聊了会儿，周挽便回到房间。

卧室门一关上，她便靠着门板长长地舒了一口气。

陆西骁实在是让她招架不住，他太随性也太恣意。

周挽本以为，跟陆西骁在一起就是陪在他身边，让他开开心心就行，到今天才反应过来，情侣之间在一起不是那么简单的。

可她实在做不出来他提的那些要求。周挽垂了垂眼，看着自己的脚尖。也不知道她这个样子，陆西骁能有多久的兴致。

陆西骁难得觉得心情不错，回家洗完澡都没看到周挽给他发一条信息，不知道是不是今天那句话吓到她了。

陆西骁扯了扯嘴角，放下手机。

过了会儿，蒋帆打来电话。

陆西骁接起来问：“怎么？”

蒋帆在那头笑得不行：“没打扰到你春宵一刻吧？”

“别瞎说。”

“得得得，错了错了，不说。”蒋帆笑着讨饶，“周挽在你旁边不？”

“回家了。”

“可以啊，这才不到一小时呢，就把你给哄好了？”

陆西骁轻嗤一声：“她会哄个屁。”

“还吵呢。”话虽这么说，但蒋帆听得出陆西骁心情不差，就算没完全消气也早消了大半了，“你悠着点儿吧，也就周挽那好脾气受得了你，别太过了把人气跑了。”

“她敢吗？”陆西骁说。

“哟，你这话说的。”蒋帆越笑越没个正形，“你可别忘了一开始可是我先觉得周挽漂亮的，是你横刀夺爱的啊。”

陆西骁眯了眯眼：“蒋帆，你皮痒了？”

“行行，我嘴欠。”蒋帆说，“不过别说，你这回和以前还真是不太一样了，难不成你就喜欢这种乖的吗？”

“她乖？”

“这还不乖？”

陆西骁嗤笑：“装的，能把人吃得骨头都不剩。”

翌日，周六。

周挽一大早就醒了，先是陪奶奶去了趟医院，而后便独自去了图书馆。

这个季节早起是件难事，图书馆没几个人，周挽找了个角落的位置，拿出物理竞赛题开始做。

其实很多物理题都是相似的，找到窍门后做起来就不是非常难了。

大多数的题目周挽都能轻松做出来，只有偶尔几题做不出，要看解析。

到中午她也不愿再折腾回家吃饭，给奶奶点了份外卖到家，自己则去图书馆里头的超市买了碗方便面填肚子。

吃完方便面，周挽想了想，给陆西骁发了条信息。

周挽：你吃饭了吗？

陆西骁直到下午 3 点才回复。6：刚起。

不知道昨晚是几点睡的。

6：在家？

周挽：在图书馆学习。

6：晚饭吃不吃？

周挽：去哪儿？

6：随你。

周挽：我知道有家砂锅店还挺好吃的。

6：几点结束？来接你。

周挽：不用那么麻烦，我自己过去就行。

6：几点？

周挽的下巴在卷子上磕了磕，回复：4 点 30 分吧。

又做了几道题，等分针到“20”，周挽便收拾书包下了楼。

走出图书馆大门，陆西骁正坐在台阶上。他模样出众，引得来往的女生纷纷回头看他。

周挽连忙跑过去喊他：“陆西骁。”

他回过头，直起身。

“怎么到了没给我发信息？”周挽问，“你等多久了？”

陆西骁看了她一眼，淡淡道：“两个小时。”

“……”从他起床到现在都还没有两个小时，这人是还在生气吗……

周挽连忙跟上他的脚步：“那家砂锅店很近，走过去就好了。”

“嗯。”

又是一阵沉默。

周挽是个很耐得住沉默的人，并不会觉得难熬或尴尬，但现在的沉默源于陆西骁生气。

可让他能消气的方法……周挽抿了抿唇，低下头将下巴和嘴都藏进外套领口。

“陆西骁。”她出声打破了沉默。

“嗯。”

“你以前因为那样的事生气的时候，那些女生都是怎么哄你的？”

“嗯？”他似乎没反应过来。

陆西骁侧头，看着她泛红的耳根，反应过来她是以为自己还在生气。

他停下脚步，盯着她看了好一会儿，然后扯了扯嘴角，懒洋洋道：“她们没一个有你这胆量，敢让我吃醋。”

“你吃醋了吗？”

“……”陆西骁冷下脸，“你闭嘴。”

周挽：“……”

之前，周挽只通过别人口中和网上知道，有些女生会有些小脾气，被叫作“作”。现在才知道，这种“作”是不限男女的。

吃完砂锅，陆西骁叫了辆车。

周挽坐上车，过了会儿才发现这不是回家的方向。

“我们去哪儿？”周挽问。

“上回带你去过的，”陆西骁说，“玩摩托的地方。”

周挽“哦”了一声，又安静地坐了回去。

依旧是那家小超市，不过今天外面人很多，车也很多，周挽跟着陆西骁下车，一走进去就看见了上回遇到的那几个痞里痞气的男生，他们笑着跟她打招呼：“好久不见啊妹妹。”

陆西骁抬眼：“瞎认什么亲？”

黄毛笑起来：“上回我也叫妹妹，怎么今儿就叫不得了？”

陆西骁懒得理他，拎过周挽的书包，带着她走到角落的一张桌子边上：“你在这儿学吧。”

周挽一愣：“啊？”

陆西骁看她：“里面在比赛，我进去看看，你就在这儿待着吧。”

“我可以陪你一起去的。”

“你又不喜欢。”陆西骁淡淡地问，“物理竞赛什么时候？”

“明年 3 月。”

陆西骁“嗯”了一声：“学吧，不带坏你。”

他掀起一旁的卷帘门走进去，里头传来轰鸣的引擎声和欢呼尖叫声，卷帘门拉下后噪声有所减弱。

周挽是个很能沉得下心的人，并不会被这样的环境干扰，很快就埋头开始做题。

做完一个单元的习题，黄毛拿着一盒草莓过来：“妹妹，吃点儿草莓，学习费脑。”

周挽连忙摆手，说不用了。

黄毛叹口气：“要是陆西骁能有你十分之一的客气就好了。”

“……”

黄毛笑起来：“行了，不开玩笑，吃吧，反正是店里的东西，不花钱。”

“你进货也是要花钱的嘛。”

“哦对，怪不得阿骁说你成绩好呢，差点儿忘了我还要进货，我说我怎么开这么多年超市都挣不到钱。”

“……”

“吃吧，一会儿阿骁出来我好狠狠宰他一笔。”

“……”

周挽觉得，陆西骁这些朋友一个个的也都是奇人。

黄毛说着，还非常自来熟地在周挽面前坐下来，一副要开始和她闲聊的样子：“妹妹，你今年多大啊？”

“16 岁。”

黄毛拍桌：“这个畜生！”

“……我就是上学早，和他是同年级的。”

“同年级……”黄毛笑起来，“这个词和阿骁放一块儿还真是有点儿不太适应，他都不太去学校的吧？”

“嗯，这几天都没去。”

“其实阿骁以前读书挺好的，特聪明。”

周挽愣了一下。

黄毛看着她的表情说：“想不到吧？”

周挽问：“他妈妈去世之前吗？”

这回轮到黄毛愣住了：“可以啊妹妹，这些你都知道了，有点儿东西啊你。”

“……”

“我和阿骁是在他妈妈去世后的那段时间认识的，他来我店里买东西，这小子从小就是个畜生，买我的东西还给我甩脸色看，我也忘记是因为什么鸡毛蒜皮的破事，反正我跟他打了一架。

“我比他大三岁，那个年纪我还高他挺多的，反正就把他痛扁了一顿，吓得这小屁孩儿抱头痛哭，当场认我做哥。”

周挽觉得他这个话应该有艺术加工的成分。陆西骁打输了有可能，抱头痛哭还当场认哥根本不可能。

“这事被我爹知道后就拉着我去跟他道歉，又可怜他一个人，还带他回我家吃了顿晚饭，谁知道这浑蛋还真不要脸地在我家住下来了。”

周挽笑了一下：“然后呢？”

“然后我俩不打不相识，后来他就跟着我一块儿玩赛车摩托。”黄毛说，“他确实聪明，那时候读书好，胆儿大，学赛车也快。”

周挽看着卷帘门的方向：“没想到有那么多人玩这个。”

“平时人也不多，今天是因为有比赛，有奖金的，拿了冠军有1万块呢，其实阿骁要是参加，这冠军准是他的，谁让他没兴趣呢。”

“你们认识那会儿，陆西骁多大啊？”

“小学。”黄毛想了想，在身上比了个高度，“就这么点儿高，三年级吧可能。”

三年级。那些变故都发生在那么早的时候。

黄毛是个话痨，又说：“他住我家那几天我看过他的卷子，还是奥数题，特难，把我爹都看抑郁了，天天逮着我骂不成器。

“其实一直到初中，他成绩都很好，随便考考就年级前十，后来他外公外婆也走了，那次他好像跟他爸大吵了一架，搬出来自己住了，从那以后他就很少去学校了，天天鬼混。”

正说着，陆西骁忽然走出来：“你又在跟她说什么？”

黄毛立马对着周挽做了个噤声的动作，转头说：“我看妹妹做什么题呢。”

陆西骁轻嗤：“你看得懂吗？”

“嘁，说得跟你能看懂似的。”

“我看不懂她也是我的。”陆西骁不知怎么还被点燃了斗志。

周挽：“……”

黄毛摆手：“快滚，看到你就烦。”

陆西骁没理他，问周挽：“学好了吗？”

“好了。”周挽很快收拾好书包。

“那走。”

黄毛问：“真走了？比赛还没结束吧？”

“一群垃圾，没什么好看的。”

“……”跟他说话实在是憋火，也不知这小妹妹是怎么忍的。黄毛向周挽投去一个同情的目光。

回去的路上，周挽的脑海中都是黄毛刚才说的话。

周挽不认为读书是唯一的出路——或许对她来说这句话是真理，但对陆西骁这样家境殷实的人来说并不是。可她还是觉得，他曾经成绩那么好，被现实一步步打压到如今这个地步，实在是太可惜了。

他本该发光的。

“陆西骁，”周挽侧着头问，“周一你来学校吗？”

“怎么？”

“没。”周挽顿了顿，“就是问问。”

他漫不经心地答：“再说吧。”

周挽问：“你以后不用高考吗？”

他笑了一下：“怎么，想让我好好学习啊？”

“嗯。”

陆西骁扬眉，勾着唇恶劣地笑道："学习这事得有奖励，不然我可没兴趣。"

周挽问："什么奖励？"

陆西骁的瞳孔在路灯下泛着琥珀色的光，他散漫地轻笑："比如说，进步几名可以抱你？"

周挽一顿，怎么也没想到学习的事也能扯到这上面。

周挽的脸又开始泛红，她受不了地别过脸去，实在有些忍无可忍："陆西骁！"

他却笑起来了，像是占了多大的便宜，笑得肩膀都止不住地抖。

"是不是又在心里骂我？"

周挽不说话。陆西骁抬手，环住周挽的肩膀，用力将人带进自己怀里，他牢牢地箍住她的脖子，迫使她抬起下巴。

他就这么居高临下近距离地看着她，挑了挑眉："胆子越来越大了，看来你还是对我有点儿误解，真以为我吃素的？"

周挽的脸越来越红，别扭地挣扎："陆西骁，你先松开我。"

"我的人，我想怎么着就怎么着。"他说话简直不可理喻。

少年带来的压迫感越来越重，周挽和他的力气相差太过悬殊，根本就挣不开。

就算他现在真的做什么，周挽也躲不掉。

"陆西骁，"周挽狼狈地挪开眼，气息和声音都随之颤抖，还试图跟他讲道理，"我们这样子……太快了。"

其实陆西骁从来不是个喜欢这些亲密举动的人，更何况"抱一下"在他眼里也不算多亲密的动作，但看到周挽这样子就忍不住想逗她。

"那多久才不算快？"

"至少……至少……一年。"周挽胡乱说了个安全的时间点。

一年，陆西骁肯定已经对她没兴趣了。

他轻笑一声，语气轻佻："一年才给抱，那我这辈子还不得绝后？"

周挽怀疑自己听错了，睁大眼："什么？"

陆西骁看了她一眼。小姑娘睁着一双圆鼓鼓的小鹿眼，表情错愕又震惊。

怕真把人惹恼了，陆西骁抿了抿唇，笑了一声："没什么。"

禁锢在脖子上的手臂终于松开，周挽连忙往旁边走了两步，她整了整衣领，又捋顺弄乱的头发。

陆西骁看了她一会儿，问："刚才那黄毛跟你说什么了？"

"……没什么。"周挽低着头，"我只是觉得，你那么聪明，认真学一学一定能考上一个不错的大学。"

"怎么，想让我跟你考去一个地方？"

"也不是。"周挽跟他保持着安全距离，轻声说，"只是我觉得，你本该就是这样的。"

在听到她的话后，陆西骁脸上那点儿散漫的笑意稍稍散去些，过了会儿，他懒声道："考上大学，然后呢？"

"然后你就可以离开这里。"

陆西骁的眼睫垂下来，下颌收紧，没说话。

"我觉得你是个很自由的人，不应该被过去困在这里，也不应该去走别人强安在你身上的循规蹈矩的路。"

大众意义上的出人头地、功成名就，如果放在陆西骁身上，周挽都会觉得很不相配，好像落入了俗套。

他应该去放肆，应该去闯荡，去走看不到尽头也看不到终点的路。

他没说话，两人继续走在安静的小路上。

走到小区门口，陆西骁停下脚步，无所谓地笑了笑："算了吧。"

周挽仰头看他。他嘴角扬着，但却没太多笑意，眼底黑沉沉的。

周挽不知道该怎么劝、怎么安慰，那些创伤源自太久远之前，即便刮骨疗毒，想痊愈也没那么容易。

"我回去了。"周挽跟他道别，"晚安。"

"嗯。"

她往里走了几步，忽然又停下来，回过头。

陆西骁刚要问“怎么了”，还没出声，周挽忽然朝他跑过来。

少女纤细的腰肢在跑动时被风勾勒出来，她柔软的黑发跳跃着，身上独有的洗衣液花香如席卷的浪花扑面而来。

在周挽扑进他怀里的那一瞬间，陆西骁大脑一片空白，只抬了抬手臂，都没反应过来要抱住她。

不过两秒钟的时间，周挽就松开了他，后退一步。

她低着头，脸红到了脖子。

“陆西骁，”她没敢抬头看他，始终低着头，“我希望你开心，也希望你能过自己想过的人生。”

陆西骁无声地磨了磨牙，觉得心脏像被小爪子挠了一下。

周挽声如蚊蚋：“你好好学习，我就抱抱你，行吗？”

陆西骁扬眉，觉得喉咙、心尖，哪儿哪儿都有些发痒。

“刚才抱的时间太短，没感觉。”他说。

周挽的睫毛颤了颤，低着头再次向前一步，张开双臂。

这回抱了有三秒钟。周挽的脸更红了。

陆西骁估计那温度应该很烫。他笑起来，嗓音磁性深沉，用慢条斯理又恶劣的语调说：“就这样啊，那我好像还是亏了。”

第十六章

陆西骁，平安夜快乐，圣诞节快乐

周挽不知道陆西骁到底亏不亏，反正到了周一，她还是在学校里看到了陆西骁。

他穿了校服。

周挽很少见他穿校服。

周一的升旗仪式，三十几个方阵排列在操场上。

陆西骁站在 7 班最后，像是还没睡醒，神色倦怠疲惫，眼皮都耷拉着。校服在他身上松松垮垮的，连拉链都没拉好，露出了瘦削漂亮的锁骨，勾勒出平直利落的肩线。

周挽听到有女生在议论陆西骁，说他今天竟然来了学校，还穿了校服，说果然衣靠人装，那么丑的校服穿到陆西骁身上都变得青春洋溢。

周挽低下头，抿着唇克制地笑。

校长站在主席台前讲话。

大家的心思都不在这儿，今天是平安夜，明天是圣诞节。这样的节日在学校里特别受欢迎，大家早就在周末买好了各式各样的漂亮贺卡，这会儿正窸窸窣窣地议论各自收到的贺卡和礼物。

周挽也收到不少贺卡。她性格好，很受同学的喜欢。不过今年的贺卡多是女生送的，大概是陆西骁的缘故，男生纷纷对她敬而远之。

升旗仪式结束，各班按序回教室。

顾梦挽着周挽的手臂，说："要是明天能下雪就好了，下雪才有圣诞的节日氛围嘛。"

“天气预报说会下雪吗？”周挽问。

“当然不会啦。”顾梦说，“平川这两年都没下雪，要下雪一般也都是过年那会儿，没这么早。”

周挽想起从前陆西骁说过的：“今年好像是暖冬。”

顾梦叹了口气，说：“我一定要考上北方的大学！”

周挽笑起来：“就为了去看雪啊？”

“还为了暖气！”

上楼回教室，周挽脚步忽然停顿了一下，皱了下眉，压低声音问顾梦：“梦梦，你身上有没有卫生巾？”

“你来了啊。”顾梦立马摸了摸口袋，“我书包里有。”

周挽回教室拿了一片卫生巾，立马快步走去卫生间。

她例假经常不准，偶尔超过一个月，偶尔不到一个月，但每回来例假时都会觉得很不舒服，小腹疼，腰酸背痛，还觉得特别冷。

周挽换好卫生巾，叹了口气。最讨厌冬天来例假。

学校的卫生间里没有热水，周挽用冷水冲了手，人瑟缩了一下，擦干了立马把手缩回口袋。她的小腹胀痛，像有只手要把五脏六腑都往下拽出来一样。

周挽走出卫生间时正好碰见陆西骁。

陆西骁看了她一眼，皱眉道：“脸色怎么这么差？”

周挽摇头：“没什么。”

陆西骁不顾周围经过的同学，抬手将手背贴在周挽的额头上，不烫，反而很凉：“感冒了？”

周挽摇头：“真的没事。”

他沉下声喊她的名字：“周挽。”

周挽不知道该怎么跟他开口解释，只觉得尴尬。

陆西骁去拽她的手腕：“去医务室。”

“不用，陆西骁……”周挽往后抽手，“真的没事。”

但她拽不过他，没办法，看了看周围，同学们都走完了，周挽这才小声说：“我就是……例假来了。”

陆西骁一顿，看了她一会儿，松开手，低声问：“疼？”

“还好，就是有点儿不舒服。”

上课铃在这时打响，周挽匆匆跟陆西骁挥手，忍着难受跑回教室。

语文课。

周挽拿出抽屉里的那些贺卡，现在的圣诞贺卡做得越来越精致，多是立体的，色彩鲜艳。

周挽一张张地认真看着，然后写上回礼的贺卡。

最后一张，她握着笔停顿了会儿。

写给陆西骁的，应该写些什么呢？

想了会儿，她低着头认真地写下：

陆西骁，平安夜快乐，圣诞节快乐。

祝你天天开心，一帆风顺，事事顺遂。

周挽将贺卡夹进课本放进桌子，想等到放学了再去拿给他。

第三节是体育课，因为来例假周挽不用跑步，但被冷风吹了几十分钟还是觉得越发不舒服，手脚冰冷。

下课铃打响，周挽回到教室，想拿下节课的课本时发现桌肚里被塞了一个袋子。

她愣了一下，把袋子抽了出来。

袋子里是一杯滚烫的红枣红糖茶，还有一个热水袋。

顾梦走过来时正好看到，轻呼了一声：“挽挽，这是谁给你的啊？”

“我也不知道。”

“肯定是陆西骁吧！”顾梦说，“除了陆西骁，现在谁还敢给你献殷勤啊。”

周挽垂了垂眼，还是觉得这不像是陆西骁会干的事，轻声说：“我一会儿问问。”

周挽：我抽屉里的东西是你给我买的吗？

6：嗯。

周挽抿唇，心间蔓延开一种异样的感觉。

周挽：谢谢。

6：今天放学还要竞赛培训？

周挽：嗯，一直到明年3月竞赛那天，都要培训。

6：教室等你，下课来找我。

周挽：好。

…………

下午6点，培训结束。

周挽回到教室，把那张给陆西骁的贺卡放进口袋里。

走到7班门口，空荡荡的教室里只有陆西骁一人，他正趴在桌上睡觉，窗外已经黑了下来，教室又没开灯，衬得这里格外空寂。

周挽走进去，轻轻地推了推他的手臂：“陆西骁。”

过了会儿他才直起背，皱着眉，看起来很不耐烦。

周挽噤声。又过了两分钟，陆西骁捋了把头发，看向周挽，眼底的不耐烦稍稍散去些，嗓音还喑哑着：“结束了？”

“嗯。”

他直起身，周挽看到他摊在桌上的课本，上面空白一片，什么笔记都没有。

周挽问：“你今天学习了吗？”

他扬眉：“看不懂。”

周挽垂了垂眼：“那下次我把我的笔记给你。”

陆西骁勾唇：“行。”

他起身，拎过周挽肩上的书包，里面沉甸甸的，有些勒手。

随着他的起身，周挽瞥见他的抽屉里塞满了贺卡和平安果。

她愣了一下。

陆西骁注意到她的视线，漫不经心道：“不知道谁塞的。”

肯定是那些喜欢他的女生。每年这种节日，陆西骁的抽屉都会不知不觉地被塞满各式各样的礼物。

周挽眨了下眼，轻声说：“哦。”

她攥着口袋里那张写给他的贺卡，那是一张很简单的圣诞贺卡，封面上有一棵圣诞树，跟他抽屉里这些精致用心的贺卡完全不能比。

“走吧。”陆西骁说。

周挽“嗯”了一声，口袋里的那张贺卡最终还是没能拿出来。

她觉得心里好像有些异样，不太舒服。一是觉得自己准备的贺卡简陋，拿不出手；二是陆西骁已经收到了那么多贺卡，她不想自己的这张贺卡淹没在其中。

如果是这样，她宁愿不给了。

走出校门，陆西骁问：“还难受吗？”

“嗯？”

他没解释，只看着她。周挽反应过来，低头咬了下嘴唇：“好多了。”她跟着陆西骁往外走，又问，“我们去吃晚饭吗？”

“嗯。”

“去哪里？”

“我家。”

周挽一愣。

陆西骁低头漫不经心地玩手机，随口解释道：“上回烤肉店里不是有打包吃的吗？再不吃就要坏了。”

陆西骁家的厨房构造，周挽比他还要熟悉，她拿出电磁炉和碗筷，又从冰箱里拿出那些打包的冷藏食物，检查了一下，发现都还很新鲜。

“家里有米吗？”周挽问，“还没有饭。”

"没有吧。"陆西骁在餐桌边坐下，他已经不记得上一回跟她一块儿坐在这儿是什么时候的事了，"我点个外卖。"

很快外卖就到了，电磁炉里的羊肉和丸子一类的也都熟了。

周挽夹了一个，味道还不错。

陆西骁吃得比她快，吃完了便捞起手机漫不经心地看。

周挽把碗里最后一口饭扒进嘴里，问："陆西骁，你还吃吗？"

"不吃了。"

她自觉地收拾碗筷，拿进厨房开始洗碗。

洗了会儿，陆西骁走进来，径直走到她旁边，伸手将水龙头往反方向拧："不知道调热水？"

"……我以为没有热水。"

陆西骁靠在她旁边的厨台边上，看着她洗碗。

半晌，他忽然烦躁地"啧"了一声，捏着周挽的胳膊把人拽到一边，而后捋起袖子，干燥冷白的手伸进浑浊的洗碗水中。

他那双手一看就是从来不干活儿的手，周挽扯了扯他的袖子说："我来吧。"

他的校服卷到手肘，额前的头发垂着，侧脸利落流畅，模样却懒散。

"学习去。"

陆西骁动作利索，拿抹布抹净碗底。狭小的厨房内柔和的光线打在他周身，让这一切都产生一种温馨的错觉。

周挽犹豫了一下，还是转身走出厨房。她将餐桌擦干净，便走到沙发边上拿出试卷。

茶几很矮，她坐在地毯上做题的话，高度正合适。

拿笔的瞬间，周挽发现自己手背上又因为碰了凉水浮出细小的淡淡红点，好在已经快退去了。

陆西骁洗完碗出来就看到小姑娘缩成一团，正坐在地上做作业。

小小的一个。

“有桌子。”他说。

周挽仰头看他，笑了一下：“没事，我喜欢这样。”

陆西骁闻言没再打扰她，自顾自地在一旁玩手机。

周挽写完一张卷子，侧头看陆西骁，问：“你没有作业吗？”

问完了她才反应过来，他压根儿连书包都没带回来。

周挽想了想，说：“陆西骁，我先教你数学吧。”

他扬眉，盯着周挽没说话，懒洋洋地靠在沙发上，一条长腿屈起来，半晌，他轻笑道：“学习可以，但不能赊账。”

周挽一顿，旋即红了脸。陆西骁便知道她听明白了。

迟疑了半分钟，周挽扭扭捏捏、磨磨蹭蹭地起身，走到陆西骁面前，俯身，很轻地抱了他一下。“可以了吗？”周挽问。

他笑了笑，坐直了，很慷慨的样子：“可以。”

周挽觉得让他学习的提议简直是搬起石头砸自己的脚。她从书包里翻出数学课本：“马上就期末考了，这次期末考数学的考试范围就是这本书，我从第一单元开始给你讲。”

陆西骁看着她的侧脸。他知道周挽成绩很好，但现在才发现，她做自己擅长的东西时，跟平时的状态是完全不一样的。

很自信，也很坚定。就像是拨开她乖巧温和的外表后，露出里层的那些特质——坚韧、有力、顽强。

她讲得很仔细，再简单的点都拆开揉碎了讲，讲完一课的知识点，她便从练习册里找出对应的题目让陆西骁写。

陆西骁转着笔，看了会儿题，而后写了几个公式在纸上。

公式用对了。周挽抿唇，嘴角上扬，眼底都泛开淡淡的笑意：“你把数字套进去。”

陆西骁的确是聪明的，一点就通，他很快就算出了那道题的答案。

周挽又挑了两道没那么基础的题，他也很快算出了答案。

“陆西骁，”她弯着眼，笑意将瞳孔映得亮晶晶的，“你真聪明。”

他盯着她看了会儿，有点儿出神，笑道：“想哄我多学点儿啊。”

周挽摇头：“你是真的很聪明，认真学的话要不了多久就能看到成绩提升了。”

周挽借着教陆西骁的机会，顺便也当作期末复习重温了一遍。等学完第一单元的前三课，时间已经有些晚了。

“不早了，我先走了。”

“嗯。”陆西骁起身。

周挽阻止道：“你别送我了，外面太冷了，我跑回去马上就到了。”

“太晚了。”

经过刚才教他，周挽对陆西骁的印象又有了新改变，不像从前那样怕他了。

闻言，她又弯眼，夸道：“陆西骁，你真的很好。”

他穿鞋的动作停顿，看向她：“别给我发好人卡。”

“……”

周挽裹紧围巾，跟陆西骁一道走在冬天的寒风中。

风一吹，肚子又有点儿坠着似的难受。

靠近小区门口时，闪烁的蓝红光很刺眼，周挽抬起头，发现小区门口停着一辆救护车。平时这个点总是安静的小区门口今天也格外嘈杂。

她轻轻皱了下眉，不知怎的，听到救护车的声音就有些心慌。她不自觉地加快脚步，有邻居阿姨瞥见她的身影，立马朝她招手，喊道：“挽挽！你奶奶晕倒了，快来！”

周挽的脑袋“嗡”的一下，一片空白。

她冲过去，看到奶奶已经被人抬到担架上，送上救护车。

邻居阿姨在一旁道：“物业说明天要停电，我本想给你奶奶送点儿蜡烛过去，结果就看到她晕倒在客厅，可吓死我了。”

世事难料，这或许是这世上唯一一条定律。

周挽手脚发冷，看着奶奶苍白的脸，心底一阵阵地发毛。各种不好的念头侵蚀着大脑，什么声音都发不出，只有眼泪不停地落下来。

“周挽。”一道声音穿透所有想法钻进她的耳朵里。

她冰冷的手被一片温热覆盖住。陆西骁紧紧攥着她的手，盯着她的眼睛，沉声道：“周挽，冷静点儿。”

陆西骁的声音像是穿越万重难关，跋山涉水，深深扎根进她心中，如同一根定海神针，终于让周挽的理智回归了些。

现在还不是手足无措的时候。周挽拿手背胡乱抹掉眼泪，跟陆西骁一块儿上了救护车。

护士给奶奶做了紧急检查和处理：“发高烧，可能是流感造成的。”

天气变冷，新一轮流感再次席卷全市。

“那怎么办，我奶奶年纪大了，发高烧会不会出事？”周挽带着强忍的哭腔问。

“小姑娘，你先别着急，马上到医院了，我们先要去做一个全面的检查。”护士宽慰道。

陆西骁揽住周挽的肩膀，将她带进怀里，低声说：“不会有事的。”

周挽的眼泪擦了又掉：“都怪我，明知道奶奶不舒服也会强忍着不说，我却连她发高烧都没发现。”

…………

奶奶被推去做检查了。周挽坐在外面，茫然又无措。

她紧张时会不自觉地抠手指，这会儿指尖都被她抓得破了皮，陆西骁瞥见后，在她旁边坐下，捞过她的手握住。

“陆西骁，”周挽的声音发颤，“今天是平安夜。”

“嗯。”他声音很沉，“所以你奶奶不会有事的。”

周挽的脑袋昏昏沉沉的，想什么都想不明白，陆西骁忽然问她：“渴不渴？”

“什么？”

她仰头看着陆西骁黑沉沉的眼，反应过来，摇了摇头。

他抬手，食指指节扫过她干燥的唇瓣：“都咬破皮了。”他很快就收起手，站起身，“我去买水。”

陆西骁走后，走廊上就只剩下周挽一个人。她对时间的流逝失去感知，不知道过了多久，护士终于走出来，说奶奶没有性命危险，就是高烧和尿毒症并发症引起的炎症，要先在医院挂水。

周挽浑身紧绷的神经终于松懈下来，跟护士道谢。

奶奶被安置到输液病房，周挽坐在床边握着奶奶的手，轻声唤了几遍也不见奶奶醒来。

“你奶奶现在应该是睡着了，没事，让她睡着吧。”护士说，“这瓶水挂完了按铃叫我就行。”

周挽点头，又道了遍谢。

奶奶年纪大了，又被各种各样的并发症折磨着。三天两头儿的小病小痛，她怕周挽担心时常瞒着，熬得过便熬过了，熬不过便像今天这样。

周挽在病床旁坐了会儿，想起了陆西骁。

她给陆西骁发了条信息说自己在输液室，但没收到他的回复，犹豫了一下，周挽决定出去找他。

便利店就在医院对面。

周挽刚走出医院大门就看到了陆西骁的背影，他今天穿了校服，身形格外显眼。

周挽往前小跑两步，唤道：“陆西骁。”

他回头道：“嗯。”

周挽在他身后站定后才发现，他前面停着一辆黑色轿车，后座车门打开，一个白发苍苍但精神矍铄的老人探身出来。

陆西骁弯腰搀住他的手臂：“慢点儿。”

周挽的睫毛颤了颤，隐约明白过来，眼前这个老人大概就是陆老爷子。

老人看了会儿周挽，他态度和蔼，气场中又透出威严：“阿骁，这是你同学？”

陆西骁淡淡道：“我的人。”

周挽怔住。

陆老爷子朝他肩上打了一拳，半笑半斥道：“浑小子！”

周挽垂下眼，礼貌性地打招呼：“爷爷好。”

“唉，你好你好。”陆老爷子乐呵呵的，又问，“你们怎么来医院了？”

周挽答道：“我奶奶生病了。”

“哦，现在怎么样了？有没有什么需要我帮忙的地方？”

周挽连忙摆手：“不用了爷爷，已经在输液了，没什么事。”

“行，你是阿骁的同学，有任何需要我帮助的地方都可以跟我讲。”

陆老爷子和周挽想象中的不一样。在她的想象中，这样一个大家族的主心骨，必然是雷厉风行、一丝不苟、严肃不爱笑的，而实际上陆老爷子没有什么架子。

周挽不敢看他，低着头，又跟他道了谢。尽管她和郭湘菱并不怎么相像，但她心虚，还是怕被眼光毒辣的陆老爷子看出端倪来。

“行了，您就别瞎操心了。”陆西骁懒着声开口，“赶紧上去吧。”

“你不跟我上去？”陆老爷子问。

陆西骁淡淡地“嗯”了一声。陆老爷子有些责备地看了他一眼，但最终还是没开口说任何话，过去的那些事不管怎么说都是自己儿子的错。

“阿骁，你有空了还是多回家陪陪你爸，父子俩何必闹得老死不相往来。”

陆西骁扯了扯嘴角，没说话。

正说着，迎面的升降电梯下至一层，“叮”的一声打开。

周挽的步子忽然一滞——郭湘菱走出电梯，跑过来，对着陆老爷子热切地唤了一声：“爸。”

周挽停下的动作太明显，陆西骁察觉到，侧头看了她一眼。

“怎么了？”

周挽艰难地笑了一下，摇头说：“没事。”

此刻的陆老爷子不似刚才和蔼，“嗯”了一声，问：“终岳怎么样了？”

“就是这天突然降温，着了风寒，前段时间老陆不是做了个手术嘛，抵抗力差了点儿就有些发烧。”郭湘菱说，“爸您这么晚来医院干吗？”

“我约了个身体检查，顺道来看看他。”陆老爷子边说着，边回头看向周挽，道，“最近确实降温快，感冒发烧的人不少，对了，小同学，你叫什么名字？”

顺着陆老爷子的视线，郭湘菱终于注意到周挽。

她登时脸色一白。郭湘菱自然以为这一切都是周挽算计好了故意的，眼底迸发出恶毒又怨恨的光。

周挽年纪小，如今已不想再牵扯其中。她不知道陆老爷子有没有调查过郭湘菱，也不知道老爷子知不知道自己的名字，一时沉默，不敢答。

陆西骁以为她是刚才被奶奶晕倒那件事吓到了，还没回过神，于是抬手搭在她肩上，替她答：“周挽。”

陆老爷子点点头，吩咐郭湘菱一会儿跟院方打点一下，多留心照看好周挽她奶奶。

郭湘菱咬咬牙，挤出一个笑，应了一声“好”。

…………

一群人走后，陆西骁在旁边看了周挽一会儿，伸手戳了戳她的脸颊：“发什么呆，丢魂了？”

“没有。”在他看不见的角落，周挽攥紧拳头逼迫自己重新冷静下来，“你真的不上去看看吗？”

“不去。”

“我奶奶已经没事了，现在在输液。”周挽仰头看他，“谢谢你陪我过来，不早了，你回去休息吧。”

陆西骁当然听得出周挽语气的变化。一下子生疏刻板了许多，像是回到了两人刚认识时的样子。

他挑眉，抬手捏住她的下巴，陆西骁耷拉着眉眼，轻佻地上下左右打量了会儿，笑了一下："见到我爷爷，吓傻了？"

周挽的心落了回去。刚才在陆西骁说出自己的名字后，陆老爷子神色没变，大概是不知道她到底是谁。

她抿了抿唇："你怎么直接告诉你爷爷我是你的人？"

"难道不是吗？"陆西骁掐了把她的脸，"他倒挺喜欢你的，不容易，能搞定那老头儿。"

他的语气放肆又乖张。

"是吗？"周挽咕哝道。

"他就喜欢长得乖一些的小丫头。"陆西骁漫不经心道，"被你这样子骗了。"

周挽侧头，没说话。

回到输液室，陆西骁将手里的袋子放到一旁的桌上，从里面拿出一瓶矿泉水，拧开了递给周挽。

她道谢，接过来喝了口水。

陆西骁陪了她一会儿，接起个电话，侧头在她耳边低声道："我出去一下。"

"嗯。"

奶奶现在输液用的瓶子小，这会儿已经快要见底，周挽仰头看着输液瓶，等了会儿后起身去找护士。

推门出去时却被人迎面猛地撞到。周挽轻呼一声，往后踉跄了几下，好不容易才站稳，她身上被泼了滚烫的菜汤，还好只是泼到外套上，没烫到皮肤。

那人原是从外面买了快餐想进来吃，没想到会撞到人，她立马拿出餐巾纸，一边道歉一边想帮周挽擦干净。

"没事没事。"周挽说，"我回去洗一下好了。"

周挽叫来护士，换了个输液瓶，又将弄脏的校服外套脱掉，忽然瞥见刚才陆西骁从便利店买来的那个袋子，那里不只有水，还有一包卫生巾。

她的视线垂着，盯着袋子看了一会儿，脸有点儿烫，嘴角还很轻地扬了下。

她拆开包装，拿出一片去了卫生间。

从卫生间隔间出来，周挽站在水池前照镜子。

她看着镜子里的自己，眼角还泛着点儿红。因为疲惫，她双眼皮的褶皱都加深了一层。她把手臂撑在大理石台上，轻轻呼出一口气，然后低头洗了把脸。

甩干净手上的水，周挽刚准备转身离开，忽然被身后一道力推了把。

“周挽！”郭湘菱恶狠狠地瞪着她，涂了浅粉色指甲油的食指指尖对着周挽，“你当初怎么跟我保证的？我给了你 15 万元，你说不会让陆家人知道的！”

周挽本就有些头晕，差点儿被郭湘菱推倒在地。她脸色发白，手朝后撑在洗手台台面上：“今天是意外，我没想到会遇见他爷爷。”

“你以为老爷子是你一个小丫头就能骗过的?！”郭湘菱压着声咬牙切齿地质疑，看来是被今天这事气得要发疯了，“现在他知道我们俩见面当不认识了，要是哪天他查到你是我女儿，我们俩怎么死的都不知道！敢骗他，我看你是不想活了！”

周挽攥紧拳头，努力从混乱的信息中理出思绪。她抬眼，紧紧盯着郭湘菱，目光一寸不避，一字一顿道：“既然知道这样，你现在就不该来找我，你不怕被人看到吗？”

郭湘菱踩着高跟鞋向前一步，拽着周挽的领口，低声道：“周挽，你不要觉得凭你那点儿伎俩就能钳制住我，你走过的路都没我过的桥多。”

周挽神色不变，甚至还很轻地笑了下。

恍惚间，郭湘菱仿佛从自己女儿身上看到了陆西骁的影子。

周挽声音柔和得没一点儿压迫力，轻声道：“能不能不是你说了算，毕竟我可是你女儿。”

郭湘菱眯眼：“你喜欢陆西骁吧？”

周挽咬紧牙，没说话。

“你既然喜欢他。”郭湘菱松开她衣领，拍了拍手，“还舍得告诉他真相吗？让他知道你是他继妹？”

“你喜欢陆终岳吗？”周挽看着她问。

郭湘菱一愣。

周挽说：“我说了，我是你女儿，自然是像你的。”她重新洗了遍手，慢条斯理地擦干，平静地直视郭湘菱，淡淡道，“我告诉过你，我不会去找陆终岳，只要你别再来招惹我和奶奶，否则，哪怕捅破一切跟你一起死，我也会毁掉你。”

…………

忽然，身侧不远处传来一道声音——

“周挽。”

陆西骁站在那儿，眉心微皱，表情很冷，神色不善地看着她们的方向。

第十七章

我来实现你的愿望

在听到陆西骁声音的那一刹那，周挽浑身从头到脚都发凉。

她侧头看去，他仍皱着眉，一言不发地看着她。

见她没动静，这才不耐烦地“啧”了声：“过来。”

周挽不知道他是什么时候站在那里的，也不知道他到底有没有听到她和郭湘菱的对话。

他周身气压很低，走到他面前后周挽也不敢先开口说什么，低着头没说话。

陆西骁捏着她的下巴迫使她抬起脸：“到处瞎跑，你还跟我甩脸子。”

周挽愣了一下，下意识地仰头去看他。这一眼看得急迫又专注，眼底带着光，像是含着什么未说完的话。

陆西骁被这一眼看得莫名地心头发软，也没什么不爽的了，揽过周挽肩头便往外走，没再理会身后的郭湘菱。

深夜的医院还是人满为患，各种低分贝但混乱嘈杂的声音交织在一起。

周挽被他带着快步走了好几步路，才想起来解释一句：“我没有乱跑，就是去上了个厕所，出来就碰到她了。”

“她跟你说什么了？”陆西骁问。

周挽沉默。

陆西骁扬眉：“她欺负你了？”

“没有。”

“真的？”

周挽不敢正视他，垂着眼，装作轻松道："你不是说我就会装乖，怎么还觉得我会被她欺负？"

陆西骁轻笑，抬手在她发顶胡乱揉了一把："那你们刚才在讲什么？"

周挽顿了顿，垂着眼开口："她只是让我劝你去看看你爸，别的没说什么。"

陆西骁"哦"了一声，没什么表情，而后脱掉外套罩在周挽身上："你衣服呢？"

"刚才不小心弄脏了，就脱掉了。"周挽推拒道，"你自己穿吧，我不冷。"

他懒得跟周挽废话，直接一把拉上拉链，外套像斗篷似的将周挽完全罩了起来。

周挽仰头，看着他眨了眨眼。

他眼睫低垂，看着她这副打扮，半晌侧头笑了笑："你多高？"

周挽穿着他的衣服，下摆都快盖过膝盖，她鼓了鼓嘴，说："一米六。"

陆西骁挑眉："有吗？"

"……"周挽板起脸，认真地说，"有的。"

"多重？"

"上次称的时候好像 78 斤，不知道现在多少了。"

他很轻地皱了下眉："太瘦。"

"还好，因为我个子不是很高嘛。"周挽说。

回到输液室，周挽给奶奶掖了掖被子，又抬手摸了一下她的额头，温度不像之前那么烫，脸上的血色也回来了。

"陆西骁，"周挽说，"你先回去吧。"

"没事，"他一副百无聊赖的闲散模样，"反正回去也没事。"

周挽顿了下，没再说话。

刚才她将那件弄脏的外套随便挂在椅背上，汤汁滴落在椅面上，陆西骁抽了张纸巾，弯腰擦干净。

“我来吧。”周挽说。

她很快擦干净椅面，拎起脏外套上时有什么东西从口袋里滑落。

红绿底，是那张原本要给陆西骁的圣诞贺卡。

周挽心下一惊，快步走过去想把那张贺卡捡起来，但还是慢了一步，贺卡已经被陆西骁捡起，薄薄的一张贺卡夹在他的指间。

他脸上挂着闲散的笑意，玩味又轻佻，拖着长长的声调一个字一个字地读：“陆、西、骁、收。”

明明是一张很普通的圣诞贺卡，经过他那磁性深沉的嗓音说出来，倒像是什么见不得人的东西。

周挽不自觉地红了脸。

“给我的？”他笑。

“……嗯。”

他打开，上面写着：

陆西骁，平安夜快乐，圣诞节快乐。

祝你天天开心，一帆风顺，事事顺遂。

字迹隽秀，一笔一画，写得极为认真。

陆西骁看了会儿，而后笑了笑，说：“平安夜和圣诞节，一张贺卡就把我打发了？”

周挽忍不住撇了撇嘴：“反正你抽屉里有那么多贺卡，明天也会有。”

陆西骁像是愣了一下，随即笑意更浓：“原来那些是贺卡。”

“……”

“我没看过。”

意识到陆西骁是在跟自己解释，周挽脸上越发地烫。陆西骁收了多少贺卡、他到底有没有看过，这些事她本不应该那么在意的。可现在她心头却软了软，心脏像是灌进融化的蜜饯，整个人都变得轻飘飘的。

“哦。”周挽淡淡地应了一句。

“你要是不喜欢，”陆西骁语调懒散，“可以明天来我教室，亲手把那些贺卡都扔了。”

周挽认真道：“人家的心意，扔了不好。”

陆西骁笑起来，他像是听了个特别好笑的笑话，深沉的眼底里噙着笑意，肩膀都在颤抖着，笑着点了点头，插科打诨道：“是，周老师教训得是。”

“……”这分明就是嘲讽。

像被戳穿心事，周挽红着脸去看他，却在他含笑的眼底看到了四个字——你继续装。

欣赏完周挽窘迫的样子，陆西骁终于满意了，没再继续捉弄她，扬了扬指间的贺卡，说：“谢谢周老师。”

周挽看着他将那张贺卡重新对折叠好，放进自己的口袋，最后还是没忍住低头笑了一下。

笑完了，她忽然想到刚才郭湘菱的话——你喜欢陆西骁吧。

周挽终于知道，为什么那些女生明知道陆西骁是个怎样的人，明知道浪子难回头，却偏偏要去撞南墙，还都要撞得头破血流才不得不回头。

陆西骁就是有这样的本事。亲昵时让你觉得整个世界都在你怀中，他轻而易举地就让你晕头转向。

一切都发生得悄无声息，可猎物早就落入陷阱。

可她不能这样啊。

周挽觉得自己仿佛被分化出两个灵魂。其中一个灵魂被他吸引，因为他的举手投足开心或难受；另一个灵魂则冷眼旁观，看着这一切无处可避地发生，时不时提点一句，不要坠落在他的温柔幻象中。

输液室充斥着消毒水味和病人家属带进来的各种饭菜味，两者交织在一起，很不好闻。

奶奶已经输完三瓶水，还剩最后一瓶。

周挽和陆西骁一块儿去外面吹风透气。两人站在医院三楼外的天台栏杆边，陆西骁的手肘搭在拉杆上，背微弯，模样闲散，月光将他锋利的棱角勾勒得柔和，像是一幅浓墨重彩的画报，格外好看。

“陆西骁，我奶奶马上就输完液了，明天还要挂水，肯定要在医院住两天，一会儿你先回去吧。”

他的声音含混不清：“嗯。”

周挽的双手攀着冰冷的栏杆，她的头发被风吹乱，看着对面的景致。

从这个高度往外看，正好能看到不远处的步行街，灰白的砖瓦墙壁，和错落有致、有些年头的屋顶。步行街上多是年轻人，穿着圣诞气息浓郁的衣服，还有许多小贩在卖包装漂亮的平安果。

有商家在做圣诞活动，员工穿着圣诞老人的衣服在街头发传单、发糖果。

“我 9 岁那年的圣诞节，平川市下了初雪。”周挽说，“是我印象中平川市最早的一次初雪。”

陆西骁随着她的话回想从前，但实在没有相关记忆。

他从来不过圣诞节，觉得没意思。

他漫不经心地笑：“记得这么牢？”

“嗯，那是我爸爸陪我过的最后一次圣诞节。”

陆西骁一顿，侧头看她。少女的侧脸白皙又柔和，黑发缠绕在颈间，黑亮的眼看着远方，温柔又专注，眼底透着一点儿光亮。

“陆西骁，你小时候相信这个世界上真的有圣诞老人吗？”周挽轻声问。

“不相信。”

“我到 9 岁时，都相信这个世界上真的有圣诞老人。”周挽侧头看了陆西骁一眼，对上他的视线，她笑了笑，“很傻吧，9 岁了还相信。

“每年圣诞节我都会许愿，写在纸上，在平安夜那晚放在袜子里，我爸爸说圣诞老人会坐着小麋鹿拉的车回收每个小朋友的心愿，然后在圣诞夜时实现那些听话的小朋友的愿望。

“有时候愿望能实现，有时候不能实现，我问爸爸为什么，是因为我不够听话吗？

“我爸爸说，是因为那年没有下雪，圣诞老人的雪橇过不来。”说到这儿，周挽弯着眼笑起来，“现在想想，这样的理由我竟然都会相信。”

陆西骁偏头看着她，认真地听她讲。

可以看得出来，过去的周挽是一个在爱中长大的孩子。她被精心保护着，所以即便聪明如她，也会相信这样拙劣的理由。

“所以那年的圣诞节下了雪，我特别高兴，也特别期待，觉得我的心愿一定可以实现了。”

陆西骁问：“你的心愿是什么？”

“希望我爸爸的咳嗽能快点儿好。”

“实现了吗？”

“没有。”周挽垂眼，“圣诞一过，他咳得越来越严重，因为心疼钱他一直拖着没去医院，后来才知道，是咽喉癌。”

陆西骁沉默了会儿，没再追问其中的细节，而是问：“那现在呢？”

“什么？”

他的嗓音低哑含混：“今年圣诞节的愿望是什么？”

周挽笑了笑：“我都 16 岁了，早就知道这个世界上没有圣诞老人了。”

“如果有呢？”他侧头看向她，夜景中他的眼神沉静又坚定，“你的愿望是什么？”

当时最大的愿望是奶奶身体健健康康，长命百岁。但周挽知道，这样的愿望根本不可能实现。小时候，她许过这样虚无缥缈的心愿，比如明年长高五厘米、爸爸妈妈能恩爱不吵架之类的，总是实现不了。而有时许愿说想要一盒巧克力、想要一个很漂亮的新书包，立马就会实现。

周挽想了想，随口道：“那……我想要一辆自行车。”

陆西骁笑：“一年可就过一次，就一辆自行车啊。”

在天台外吹了会儿风，两人便回到输液室。

奶奶已经挂完了四瓶水，还没醒，要继续留院观察，周挽便打算在医院里将就一晚，让陆西骁先回家。

因为今天是平安夜，深夜的街道不似平时那样冷清。陆西骁独自走在街上，风将他的身形勾勒得更加出挑挺拔，不少女生在经过时频频回头看他。

走到斑马线前刚好是红灯，陆西骁拿出手机，给蒋帆拨了通电话。

“阿骁。”蒋帆那头是意料之中的喧闹，“不是说不来吗？”

“不去，问你个事。”陆西骁侧了侧脖子，看着红灯上跳跃的数字，“上回你说买自行车的地方，在哪儿？”

“你买自行车干吗？”

陆西骁笑了一声：“这你就别管了。”

“我把他微信一会儿推给你，你明天过去买好了。”

“今天不行？”

“不是，你也不看看现在都几点了，今天这个点也就卖苹果的还醒着吧。”

陆西骁挂了电话，很快蒋帆就给他推了车行老板的微信，他停顿了会儿，没加，而是打开导航搜附近的车行。

斑马线前的指示灯红了又绿，绿了又红。

陆西骁始终站在原地，周围许多人来来往往，像是王家卫导演电影中的画面。

他拨打了每个车行的电话，得到的却都是已经关门歇业的回复。

这么晚了，没有一个车行还开门。

翌日一早，周挽是被奶奶叫醒的。

奶奶看着房间内雪白的墙壁，皱着眉问：“这是哪儿啊？”

“奶奶，您昨天发高烧，现在在医院呢。”周挽握住她的手，“昨天医生说要再看看今天的情况。如果烧退了，今天再挂个水就好了，怎么样，还难不难受？”

“发高烧？”

周挽板起脸，认真道：“对啊，奶奶，我都和您说多少遍了，不舒服一定要跟我说，不能自己憋着，您昨晚突然晕倒，救护车都来了，都快把我吓死了。”

奶奶愧疚又心疼地笑了笑，揉了揉周挽的头发：“我没觉得特别难受啊，还以为就是普通的感冒呢。”

“幸好没事，不然我都不知道以后怎么活下去了。”

“别瞎说。”奶奶拍拍她手背，“我们挽挽这么聪明，不管发生什么都会过得很好的。”

周挽俯身，轻轻趴在奶奶身上抱住她，侧脸贴着她胸口，低声道：“我不管，您一定要健健康康地陪着我。”

“好，好，奶奶努力。”奶奶笑着说。

很快，值班医生就过来重新给奶奶测了体温，有点儿发烧，估计还得挂两天水。奶奶担心又要多花钱，推拒着说挂完这瓶就回家去，被周挽严词拒绝后才作罢，答应了再住一天院。

早晨7点，周挽给班主任打电话请假后，便准备回家去收拾些洗漱用品带过来。

清晨的街道已经车水马龙，都是穿戴整齐、行色匆匆的上班族和学生。

路边的树上挂满了小彩灯，现在已经熄灭了许多。

她坐公交车回的家，车子停在游戏厅外，周挽一下车便看到从前在游戏厅上早班的一个哥哥，他靠在广告牌上打瞌睡，看上去累极了。

周挽走上前，唤了一声：“哥哥，你刚刚下班吗？”

“周挽？”他揉了揉眼，随即道，“别提了，这不是节日嘛，昨晚上游戏厅生意好，直接把夜班上成了早班。”

周挽笑了笑：“现在应该找好接你班的人了吧，快回去好好休息。”

“是，再不睡我都要死了。”他顿了顿，忽然想起什么，“对了，咱们游戏厅最高奖项昨天被人领了。”

周挽愣了一下。

“是个帅哥，还一个人来的，走的时候估计得有凌晨 4 点了，我都趴那儿睡着了，被他叫起来兑奖。”那个哥哥说，“不过也奇怪，长那么帅居然一个人过节。”他似乎是还想说什么，但公交车来了，他起身跟周挽说了“再见”，走上公交车。

直到公交车驶远，周挽还处于发蒙的状态。

“我都 16 岁了，早就知道这个世界上没有圣诞老人了。”

“如果有呢？你的愿望是什么？”

“那……我想要一辆自行车。”

“一年可就过一次，就一辆自行车啊。”

陆西骁说这些话时的神情都仿佛还在眼前，声音仍缠绕在耳畔。他的眼神沉静，嘴角带着散漫的笑，漫不经心的样子。

那个人，应该，不会是他吧？

他那么怕麻烦，怎么会为了一辆自行车耗到凌晨 4 点？而且他根本就不相信圣诞老人，也不屑于过什么圣诞节。

周挽不断地这样告诉自己，可她回家的步子却越来越快，到最后都变成跑的。

寒风在耳边猎猎呼啸，像是要把皮肉都刮下来一般。

她跑得气喘吁吁的，迈着步子跑上三楼，扎了低马尾的头发全部散开，披在两肩，像个小疯子。

她站在三楼的楼梯口，定定地看着家门口。

一辆崭新漂亮的自行车摆在那里。

周挽不断被自己呼出的白气糊住眼，那辆自行车时而模糊时而清晰。

这一刻，周挽连一步都迈不动。就好像眼前出现了一个稀世珍宝，生怕靠近一点儿就会破坏它。

过了很久，周挽才终于缓缓靠近，走到自行车旁。

车铃边夹了一张纸。

她打开，看到陆西骁的字迹，龙飞凤舞的。

——挽挽，平安夜快乐、圣诞节快乐。

挽挽。

不是周挽。

人如其字。周挽在看到纸上的字迹时，脑海中就浮现出陆西骁的样子。

少年潇洒恣意，游戏人间，桀骜难驯，就像那遥不可及的一点星辰，费尽力气也不可能够到。可就是这样的少年，在纸上写下了那两个字——挽挽。

陆西骁从来没有这样唤过她——这是第一次。

从前爸爸假扮圣诞老人给她准备礼物时也会在纸上写下“挽挽”两个字。

周挽盯着纸看了许久，半晌，轻轻笑起来。她笑了会儿，又忽然觉得鼻间发酸，一种难以言喻的涩意席卷而来，几乎要将她淹没。

她站在原地，低着头，用手掌用力按了按眼皮。

等到情绪平复，她脸上的表情便恢复如常。

推着自行车进屋，周挽给陆西骁打了个电话。

响了好几声陆西骁都没接，听着那头传来的铃声，过了好一会儿周挽才想起，陆西骁应该才刚睡下没多久。

正打算挂断，电话却被接起来了。

“喂？”他嗓音暗哑，显然还没睡醒，带着起床气。

“我是不是吵醒你了？”周挽轻声问。

他没答，只问：“怎么了？”

“没怎么。”周挽的手指搭在自行车把上，指尖沿着车铃的轮廓来回摩挲，“谢谢你的礼物，我很喜欢。”

“看到了啊。”他哑着声笑了一下，“还以为你要今天晚上才能看到。”

周挽心里感动，在这个节骨眼儿却不知道说什么来表达了。

陆西骁从床上坐起身，喝了口水，喉咙终于舒服了些。

“怎么，这回没觉得是圣诞老人给你送的？”他调侃。

周挽抿起唇：“我又不傻，都多大了。”

“周挽，这个世界上确实没有圣诞老人。”他嗓音低沉，却让听者觉得格外安心，“但我在。”

我在，所以由我来实现你的愿望。

我们都已经无法再去相信童话，但我愿意为你营造童话的幻象，好让你有一瞬间，可以回到无忧无虑的过去。

后面几天，周挽偶尔早早回家照顾奶奶，偶尔和陆西骁吃晚饭。

他去学校的频率提高不少，有时依旧会睡懒觉，到下午才来学校，等到周挽的物理竞赛培训结束后便一起离开。

周挽每天都会抽时间给他补习课本上的内容，陆西骁困时便有一搭没一搭地听着，不困时就配合许多，也会做周挽给他布置的作业。

转眼，就到了12月31日。今年的最后一天，正好是周五。

傍晚时，同学们已经都没了学习的心思，纷纷相约要去哪里跨年，说是哪里新开了家火锅店，特别好吃。

顾梦转过身来：“挽挽，她们说晚上要去西桥那边看烟花，一起去吗？”

“今天我有事，不能去啦。”

“什么事啊？”顾梦眨了眨眼，“哦——你要跟陆西骁一起吗？”

一旁的姜彦握笔的指尖一顿。

周挽笑了笑：“不是，我要陪我奶奶去医院复查。”

“那好吧。”

顾梦虽然有些失望，但没多说，转而又问：“姜彦，那你去不去？”

“我也不去。”姜彦说，“晚上我要和我爸吃饭。”

顾梦撇撇嘴：“这可是过年啊，跟爸爸有什么好吃的？”

顾梦怏怏地转回去，周挽迟疑片刻后，侧过头轻声问：“是……陆终岳吗？”

“嗯。”

“就你们俩吗？”

姜彦安静片刻，说："我也不知道。"

周挽回过头，盯着桌上的试卷看了会儿，又摸出手机给陆西骁发消息。

周挽：你今天晚上有事吗？

6：没。

6：怎么了？

之前陆西骁问过她晚上做什么，周挽告诉他要陪奶奶去医院。

周挽的侧脸贴在冰凉的桌面上，她闭了闭眼，舒出一口气，回复：没什么。

伴随着元旦假期的是成堆的作业，周挽没让陆西骁等她放学，物理竞赛培训结束后她便背着沉甸甸的书包和姜彦一块儿往外走。

刚走出教学楼，她便看见门口停着一辆黑色轿车。

她脚步倏地一顿："我回教室一趟。"

姜彦问："怎么了？"

"有卷子忘拿了，我去拿一下。"

"哦。"姜彦说，"那我先走了。"

"嗯。"

周挽折身回到教学楼中，看着姜彦走到那辆黑色轿车前。

陆终岳从车里出来，笑着拎过姜彦的书包，侧着头关心地问了几句话，看上去和这世上的所有好爸爸一样。

周挽却觉得可笑。

他害了自己的结发妻子和年幼的女儿，儿子也跟他彻底决裂，他却还在这儿假装好父亲。他若是真关心姜彦也就罢了，可实际上根本没有能力让姜彦回到陆家。

等到车驶远了，周挽才出来。

自行车车库里只剩下她的那辆，周挽取出自行车，骑着回家。

…………

冬天的医院里总是有很多生病的婴幼儿，偌大的大厅里充斥着孩子的啼哭声。

周挽陪着奶奶做完检查时，天早已经大黑了。

好在检查结果没什么大碍，周挽终于放了心。

“奶奶，”周挽说，“您想吃什么？我去买一点儿。”

“别乱花那个钱了，随便吃点儿就好了。”奶奶说。

周挽笑了笑：“今天是今年的最后一天嘛，可以吃得好一点儿。”

“挽挽想不想吃饺子？”奶奶说，“冰箱里还有点儿饺子皮呢，我们包饺子吃？”

“好啊。”周挽弯眼笑着说，“不过您身体受得了吗？”

“又不是体力活儿，坐着就能包，而且医生不是都说啦，奶奶这体质还算是可以的。”

周挽本想自己去菜场买点儿猪肉和白菜做馅儿，奶奶坚持要一起去，说是多走走路，当作运动。于是两人一道去菜市场买了些肉和菜。

回到家，周挽剁馅儿，奶奶准备饺子皮。从前她们就这样包过饺子，上手还算快。

周挽包的饺子个个小巧精致，包边漂亮。两人边包饺子边聊闲天，包了整整一大盘，奶奶拿了一部分下锅，剩下的放到塑料盒中存进冰箱，用来以后当早饭吃。

很快，饺子便浮到水面，周挽用笊篱抄出饺子倒入碗中。

周挽调了碗蘸酱，吃了一个。

奶奶问：“怎么样？”

她鼓着腮帮笑：“好吃。”

“好吃就多吃点儿。”奶奶跟着笑，“吃胖点儿抵抗力才强。”

“我抵抗力可强了，今年冬天我可一点儿都没生病。”

吃完饺子，周挽收拾好碗筷，便坐在客厅打开电视。

她很少看电视，奶奶有些新奇地问她今天怎么看电视了。

周挽说：“今天要陪您呀。”

“陪我一个老太婆做什么？”奶奶笑道，“今天这样的日子，你们同学应该约着一块儿去玩吧？”

“嗯，今天西桥那边听说有烟花表演，她们好像一块儿去看了。”

“你也一起去看看呀，天天陪着奶奶做什么！”奶奶摸了摸周挽的脑袋，“每天放学不是都能见到嘛，天天都陪着呀。”

周挽点开朋友圈，最新的一条是姜彦刚发的一张照片。

地点在西餐厅，菜品精致，灯光柔和，图片上方还露出一截陆终岳的灰色西服。

底下有人评论，说他爸爸可真有跨年的仪式感，这家西餐厅人均可得好几千。

周挽垂了下眼。她退出朋友圈，给陆西骁发了条信息。

周挽：你在干什么？

陆西骁发来一张照片。昏暗的背景下立着一排玻璃瓶，有蓝色的射灯扫下来。大概是在他常去的那家店里。

6：跟蒋帆他们。

没等她回复，陆西骁就拨了个电话过来。

周挽一顿：“奶奶，我去接个电话。”

她回到卧室才接起，轻声道：“喂？”

陆西骁那头有点儿吵，轰鸣的音乐声和嘈杂的人声里，他那漫不经心的笑都淹没在其中：“吃饭了吗？”

“刚吃好。”

“吃了什么？”

“饺子，自己包的。”

他挑眉：“你还会包饺子呢。”

“很简单的，只要放水里不散就行。”周挽说，“你呢？”

“待会儿去吃。”

周挽看了眼时间，已经晚上9点多了：“那你少喝点儿，不然会胃疼的。”

陆西骁笑了笑："哦。"

顿了顿，周挽轻声道："陆西骁。"

"嗯？"

"新年快乐。"

他停顿了一下。只不过一秒，但在手机嘈杂的背景音中，一秒的停顿都仿佛被无限延长，让那份沉默变得厚重。

"嗯。"陆西骁的嗓音中依旧是那种熟稔的懒散笑意，"新年快乐，挽挽。"

挂了电话，周挽脑海中还盘踞着他那一秒的沉默。就好像，他根本就不知道今天是12月31日，或者说，根本不在乎。

这样的节日对他而言没有任何意义，反正日复一日，每天都是那样过的。他将自己泡在灯红酒绿的喧闹中，热热闹闹地度过了一天又一天。但他却游离在热闹之外，内心是冷的，眼里是平静的，从来没有真正融入其中。

…………

周挽走出卧室，奶奶问："跟谁打电话呢？"

她低下头，不敢直视奶奶："就同学。"

奶奶温和地笑："是不是约你一起去玩的？"

"不是，就随便聊了几句。"周挽重新坐回沙发上，看着电视上正在播放的电视剧，七十多集的家庭伦理剧。

她的视线落在电视上，却什么都看不进去，什么也听不进去。

奶奶在一旁不动声色地看着她，了然地笑了笑："挽挽，去跟你同学玩吧，朋友也很重要，反正明天也休息，你明天再陪奶奶好啦。"

周挽迟疑了一下，抬头对上奶奶含着笑意的眼。

"那——"因为心虚，周挽的脸上不自觉地透着红晕，"我出去一下，马上就回来。"

"嗯，去吧。"奶奶揉了揉她的头发，"戴上围巾，别着凉。"

周挽换好衣服戴上围巾，到门口又折身回来，从冰箱里拿出一盒饺子，煮熟了又放回盒子里。她把东西塞进包里，快步出了门。

坐上公交车，周挽才想起给陆西骁发信息。

周挽：我现在过去找你。

周挽：可以吗？

6：不是要陪你奶奶去医院？

周挽：已经看好了。

6：我过去找你。

周挽：我已经上公交车啦，你在那儿等我一会儿。

6：行。

今天的街上很堵，公交车行驶缓慢，不停地刹车，周挽随着惯性频频向前，到后来都有点儿晕车恶心。

她打开车窗，冷风一吹，那股恶心感终于缓下去。

四十分钟后，终于到了。

周挽下车，陆西骁所在的那家店就在马路对面。

她远远就看到陆西骁站在门口，背靠着墙，站得懒散，正在玩手机，屏幕的光亮映在他高挺的鼻梁上，显得英俊又利落。

周挽看着他，停了一下，而后朝他跑去。

陆西骁听到脚步声抬起头，看到她时笑了。

少女穿着厚重的羽绒服，包得严严实实，红色的围巾裹住她小巧的下巴，脸被冷风吹得白里透红，像是一块夹心软糖。

“怎么突然过来了？”陆西骁问。

周挽也不知道自己为什么会突然来找他。

她的脸颊被冻得红扑扑的，鼻尖也粉粉的，周挽没回答他那个问题，而是说：“你怎么在外面等我，不冷吗？”

“懒得一个人待在里面。”

“他们这么早就回去了吗？”

陆西骁说：“蒋帆家里有事，其他人不熟，懒得和他们一起。”

周挽一顿，随即庆幸自己来了，否则今年的最后一天，陆西骁就要一个人过。

陆西骁抬手碰了碰她的脸颊，淡淡道："去哪儿？"

"你还没吃晚饭吧？"

"嗯。"

周挽握着背包肩带的手紧了紧。刚才出来时一时脑热，只觉得跨年夜吃饺子更有家庭气氛，却疏忽了陆西骁嘴挑这一点。一路过来，那饺子早就冷了，他肯定不会吃。

"你有什么想吃的吗？"周挽问。

陆西骁扬眉："你不是吃过了？"

"我可以陪你去吃。"

"算了，不饿，晚点儿再说。"

周挽蹙眉，刚想说这样对胃不好，又听陆西骁说："想去哪里跨年？"

"我同学说今天西桥那里会有烟花。"

反正那里有不少吃的，可以在那边吃一点儿。

"那去。"他平静地说着话，似乎一点儿都不期待这些节日氛围，只不过是为了陪周挽去。

西桥离这里很远，陆西骁打了辆出租车。

靠近西桥时就能发现街上的人和车明显变多了，远处的桥上灯光闪烁，路灯下挂着红灯笼。

出租车被堵在水泄不通的马路上，司机扭头说："帅哥，要么你们这儿下吧，太堵了，到桥那儿打表的钱可不便宜。"

陆西骁应声，付了钱，和周挽一块儿下了车。

他穿了一件黑色外套，外套里面目测就一件衣服，周挽问："你冷不冷？"

他垂眼看她："不冷。"

周挽不太相信，就穿这么点儿怎么可能不冷？

她将手从长长的袖子中伸出来，牵住陆西骁的手。

出乎意料，竟然一点儿都不冰，甚至比她的手还暖和些。

陆西骁挑眉，磁性深沉的笑声从嗓子里透出来，模样玩味："周挽，你还挺会。"

周挽一顿，下意识地仰头看他。在他调侃轻佻的眼神中，她又忍不住红了脸，解释道："我就是想看你的手冷不冷。"

"哦。"他点头，"这样啊。"

周挽明明说的是实话，被他这么一搅和，反倒像是什么拙劣的借口。

"……"知道不是他的对手，周挽索性移开眼，干脆不再跟他讲话。

"生气了？"

"没。"她声音嗫嚅。

陆西骁又笑了声："那么，我手冷吗？"

"比我的热。"

"是吗？"他拖着长音，恶劣地调侃，模样坏极了，随即他又伸手捞起周挽的袖子，"我摸摸看。"

他像剥橘子似的，将周挽的手从羽绒服的袖管中剥出来，牵住放进自己的口袋。

周挽愣了一下，下意识地侧头去看陆西骁。他人高腿长，她要仰头才能看到他。从她的角度看去，少年的侧脸流畅又利落，骨相优越到堪称鬼斧神工。他看着不远处的江水和桥，一侧嘴角勾起，笑得很坏。

周挽的心跳忽然滞了一拍，接着"扑通扑通"地快速跳动起来。

她的手被牵着放到他的口袋中，周挽没挣开，任由他牵着。

很快，她手心的温度也和他的一样了。

马路上来来往往的有许多人，多是年轻人，都朝着西桥的方向走。

今晚的烟花秀做足了宣传，来看的人格外多，拥挤不堪。

走了一段路，远远望去桥上已经乌泱泱的一片，完全是人挤人，周挽环顾一圈，看到卖小零嘴的商贩。

“你饿吗？”她又问陆西骁。

“不饿。”

知道他生活不规律，有时醒来都已经是下午，说不定今天一整天都还没吃过一口东西，周挽自作主张还是想让他吃点儿垫垫肚子。

“我们去那边看看。”周挽指了指其中一家卖鸡翅包饭的铺子。

陆西骁走过去，问：“想吃什么？”

“蜜汁鸡翅包饭吧。”周挽慢吞吞道，“不过这一份好大，我吃不完好浪费，你跟我一起吃吧？”

陆西骁“嗯”了一声，买了份鸡翅包饭，又买了一杯珍珠奶茶。

“你不喝吗？”周挽问。

“我不喜欢喝这个。”

周挽捧着奶茶，陆西骁拎着一份鸡翅包饭，转身想坐下时却发现外面的座位上都已经有人，没位置可坐了。

陆西骁看了一圈周围，领着她走到一旁的台阶处。

这片光线昏暗，没什么人，像是被隔开的一道天然屏障，那头热闹喧嚣，这头静谧幽暗。

他脱下外套丢在台阶上，揽着周挽坐下，打开鸡翅包饭的打包盒，将筷子递给周挽。

周挽捧着奶茶喝，说：“我一会儿再吃，你先吃吧。”

陆西骁笑起来，了然地看她一眼：“给我下套啊。”

周挽一顿，眨了眨眼，装作听不懂的样子：“什么？”

陆西骁没拆穿她，咬开一次性筷子的外包装，撕开鸡翅皮，夹了口饭。

不好吃，夹生饭，陆西骁吃了几筷子就放下了。

周挽看他一眼：“不好吃吗？”

“嗯。”

“那……你要不要买点儿别的？”

“不用。”这附近都是小商贩，做出来的东西都差不多，陆西骁吃不惯。

周挽鼓了鼓嘴，没再说什么，继续低头喝奶茶。温热的奶茶喝下去，浑身都暖和起来。

忽然，陆西骁问：“包里是什么？”

她刚才将包放在脚边，正好露出里面盛饺子的包装盒。

周挽停顿了一下，轻轻地“啊”了一声，陆西骁已经弯腰将那盒饺子拿出来，扬了扬眉。

周挽有点儿不好意思：“怕你会饿，本来想带给你吃的。”

“你包的？”

“大部分是我包的，还有些是我奶奶包的。”

陆西骁打开包装盒，又拿起筷子夹起一个，周挽阻止道：“你别吃了，都冷掉了，肯定不好吃了。”

他直接将一个饺子放进嘴里。

的确是冷了，饺子皮也有些硬，但里头汤汁很鲜，馅儿塞得满满的。

周挽看着他的表情：“能吃吗？”

陆西骁咬着饺子皮，说：“比那鸡翅包饭能吃点儿。”

他说得勉强，但陆西骁却一个接一个，将那一盒饺子都吃完了。

周挽还是有自知之明的，知道自己做的饺子顶多是普通味道，不可能有多好吃，更不用说饺子都已经冷掉了。她没想到陆西骁会全部吃完。

“走吧。”陆西骁起身，“烟花快开始了。”

周挽跟着他继续往桥的方向走，最后在江边找到一个不错的位置，视野开阔，看烟花正合适。她的手撑在江边的护栏上，眼角的余光瞥见陆西骁将手撑在胃的位置，眉间微蹙。大概是刚才冷饺子吃多了，顶着了。周挽没忍住，低头轻笑了一声。

“笑什么？”陆西骁问。

周挽不敢告诉他实情，只是笑着看向他。少女明眸皓齿，笑意嫣然。周挽多是毫无攻击性的柔和清纯模样，此刻却明艳异常，陆西骁看着她，心静了静，喉结滑动。

她笑着说："陆西骁，马上就新年了。"

"嗯。"陆西骁的声音不自觉地也染上笑意，"有新年愿望吗？"

"你又要当圣诞老人吗？"

"当你的陆西骁。"

没错，圣诞老人是假的，陆西骁才是真实的。

就像他说的，这个世界上确实没有圣诞老人，但我在。

周挽眼底的笑意越来越深，一双眼睛亮晶晶的，但她似乎是忽然又想到了什么，嘴角的弧度一僵，笑意便散去了些。

"不用啦。"周挽轻声说，"现在我已经很开心了。"

…………

忽然，人群中爆发出一声欢呼："哇！"

成百束烟花光柱齐齐升空，点亮整片黑夜，又在黑暗中绽放、陨落。

像一幕带着悲剧色彩的浪漫场景，无数的烟花升空，无数的烟花绽放，无数的烟花陨落，消失在天际，可紧接着，又有其他光柱前仆后继地升空、绽放、陨落。

周挽仰着头，目不转睛地看着："陆西骁，"她眼睛亮亮的，"你快看。"

在一片欢呼声和感叹声中，陆西骁再次牵住了周挽的手。

周挽一顿，转过头看向他，片刻后，她朝他灿烂一笑。

陆西骁在那个笑容中，浑身一麻，好像有电流顺着尾椎骨往上蔓延，太阳穴也一跳一跳的。

周挽笑得眼睛都成了弯弯的月牙："好漂亮啊。"

陆西骁看着她，移不开视线。他就这么看着。

周遭成百上千的人都仰头看天，只有他看着周挽。

绚丽的烟花将周挽的脸庞映照出不同的颜色。

半晌，他垂眼笑了："嗯。"

第十八章

我们去看雪吧

元旦一过，便正式进入期末冲刺阶段。

全市期末统考，老师们铆足了劲儿发卷子、改卷子。

周挽一边准备期末考，一边又要准备3月份的物理考试，整日忙得不行，只有每天放学后能抽一小时出来给陆西骁补习功课。

很快，到了1月底的期末考。

因为上回月考考了第一名，周挽的座位在第一考场的第一个位置。

而陆西骁上回压根儿没考试，于是就被安排到最后一个考场的最后一个座位。

通常来讲，统考卷子不会特别难，但今年却是例外，各科科目难度都偏高，尤其数学，最后一道大题很多人连看题的机会都没有，就到了交卷时间。两天的期末考结束，众人纷纷瘫倒在座位上哀号，说考砸了，今年过年都过不好，压岁钱肯定得缩水。

正式放寒假前还有一个全校师生大会要开。

成百上千的人聚集在大教室，一个班一个班地进入。1班进入时7班已经都入座了，周挽看见坐在角落的陆西骁，他的眼半合着，看上去倦怠又不耐烦。

她没忍住，低头笑了笑。

等所有人都入座了，校长便上台讲话。

无非是嘱咐了一些寒假期间的注意事项和安全问题，督促大家在假期也不能忘记学习，等春季开学就会进行期初考。

在一片哀号声中，校长终于宣布会议结束，放寒假了。

周挽跟着大部队走出大教室，身后的陆西骁忽然叫她的名字：“周挽。”

她脚步一顿，回过头。

周围的同学都在暗暗打量，窸窸窣窣地低语。

议论的内容无非是他们都在一起挺长一段时间了，怎么还没分开。

周挽走到一边等陆西骁出来：“怎么了？”

“一会儿有事吗？”

“没，怎么了？”

“黄毛生日，让我叫你一起。”

周挽一愣：“是那家超市的……？”

“嗯。”陆西骁道，“想去吗？不想去就不去。”

“可以啊。”周挽笑了笑，“一会儿我们直接过去吗？”

“嗯。”

“那我先回教室整理一下东西。”

陆西骁勾唇，样子懒洋洋的，他拍了拍她的脑袋：“慢慢来，不急。”

周挽不习惯在学校里做这样亲昵的动作，下意识地后退一步，摸了摸头发，轻声道：“那我先走了。”

“嗯。”

…………

寒假作业发了一摞又一摞，书包都装不下，周挽只装了一部分，另一部分装进纸袋里提着。

她跟周围的朋友挥手再见，说了“新年快乐”，说了“明年见”。

刚走出教室，忽然被班主任叫住：“周挽，你过来一趟。”

周挽跟着班主任走到无人的走廊一角。

“之前老师提醒过你，现在是关键时期，你要对自己的未来做好打算，知道什么是要紧的，什么是不要紧的。”

周挽心下一怔，反应过来大概是刚才和陆西骁说话被班主任看到了。

班主任说："老师知道你是好孩子，所以在听到学校里那些传言后也没有特别限制你，但是这个寒假对你来说特别重要，这次的物理全国竞赛你一定要把所有心思都放在上面，考好了，你的未来就敞亮了。"

班主任是个开明的老师，知道周挽做事认真仔细，也确实没有影响学习，对这件事只是点到为止。

"我知道，陈老师。"周挽认真道，"我会好好准备的。"

陆西骁站在校门外，周挽远远看到他，跑过去："你等多久啦？"

"没多久。"陆西骁接过她的书包和袋子，扬眉，"这都是作业？"

"嗯。"周挽问，"你的呢？"

"没拿。"

"寒假大概一个月呢，不做题会忘记的。"周挽劝道。

陆西骁弯唇，随口道："过几天回来拿。"

周挽觉得他大概是懒得听她的念叨，随口敷衍的。

"陆西骁，那我们要不要买礼物？"周挽问。

"没那么讲究。"

但周挽仍不好意思空手去，于是在经过一家面包房时进去选了个小蛋糕。

坐车到那家超市外，周挽跟着陆西骁进屋。

卷帘门一拉起就闻到里头充斥着的浓郁火锅味，他们自己弄了一个鸳鸯锅，放在电磁炉上煮。

见到她，黄毛便起身笑着打招呼："妹妹来啦。"

这是周挽第三次见黄毛了，陆西骁都是叫他的绰号，她一直不知道他叫什么名字，黄毛倒每次都热切地叫她一声"妹妹"。

上次他说自己比陆西骁要大三岁，那么他比她也要大。

出于礼貌，周挽回了个笑，说："生日快乐哥哥。"

陆西骁的脚步一顿，侧头，然后抬手捏住周挽的脸往外扯，语气不善：

“你瞎叫什么呢？”

两人确定关系这么久，陆西骁几乎没有对她发过脾气，除了刚在一起时周挽被人搭讪那回。

而他说话时的样子要不是淡淡的，要不就是笑着的。

骤然听到他这个语气，周挽愣了一下，看着他眨了眨眼。

一旁的黄毛已经笑得直不起腰。电磁炉放在折叠木桌上，本来就不稳，他的手搭在桌上，笑得桌子也不停地抖，火锅汤都差点儿要晃出来。

“我说阿骁，”黄毛笑得岔气，边咳嗽边说，“有你这么小心眼的人吗？”

周挽后知后觉地反应过来，是那声“哥哥”惹恼了他。可除了“哥哥”，她也不好叫别的啊。

黄毛试图圆场：“我比咱妹妹大四五岁呢，叫声哥怎么了，你以前听话点儿的时候也叫我声哥呢，啧啧，真怀念啊。”

陆西骁一记冷眼扫过去：“滚。”

黄毛看热闹不嫌事大：“妹妹，瞧瞧他这臭脾气！多烦人！”

“……”周挽觉得自己什么都没干，却白白招来陆西骁的迁怒。

她任由陆西骁掐着自己的脸，伸手牵住他垂在腿边的另一只手。

陆西骁没挣开，也没回握住，表情仍是不爽，冷着声道：“黄屏。”

“什么？”

“他的名字。”

原来不只是一头黄毛，他还真是姓黄。

周挽意会，乖乖地纠正了称呼：“黄哥。”

黄毛笑道：“怎么感觉听着有点儿社会？不如哥哥好听。”

陆西骁垂眼看她：“我让你叫他名字。”

“……”周挽张了张嘴，还是叫不出口，总觉得直呼其名会显得不礼貌。

她踮了踮脚，靠过去小声道：“他比我大，叫名字不礼貌。”

“你是我的人，叫别人哥就很好？”

“……比自己大的人不是就应该叫哥的嘛。”周挽忍不住嘟囔。

“就是就是。”黄毛继续挑火，食指点了点陆西骁，“自己思想龌龊，还好意思欺负咱妹妹。”

“……”周挽简直想去捂黄毛的嘴让他不要讲话了，真把陆西骁惹生气了要哄人的还不是她?!

陆西骁轻嗤了一声，懒得搭理他，冷着脸走过去，将手里拎着的蛋糕重重地放在桌上：“吃蛋糕，给我闭嘴。”

黄毛夸张地吊着嗓子“哟呵”一声：“这蛋糕肯定是妹妹买的，是吧？”

周挽说：“我们一起去买的。”

“得了吧，他可没那么讲究。”黄毛语重心长地对周挽说，“妹妹，这对男人吧，不能像软柿子一样任他捏，你得学会用套路。这俗话说，自古套路留人心，你得时不时地作一作，才能一直吊着他。”

周挽心道，陆西骁都已经这么作了，要是她也跟着作，估计得天天吵架。

陆西骁在一旁，靠在椅背上，抱臂冷眼瞧着黄屏用一堆歪理荼毒周挽。

周挽不敢将心里想的说出来，只是弯着眼笑了笑，没敢真应腔。

其他几人也端着火锅菜过来，纷纷跟周挽打了招呼。

虽然是用自家电磁炉煮火锅，但菜料丰盛，羊肉、牛肉、虾和丸子，各式各样的都有。几个男生喝啤酒，周挽则从超市货架中挑了瓶柠檬味的饮料喝。

那蛋糕被陆西骁丢在桌上时已经有些散架，歪歪扭扭的，周挽拿刀勉强切了几份分给他们。

陆西骁和他们认识多年，谈话更加随意。

周挽本来就不善交际，没加入他们的话题中，只埋头吃蛋糕，奶油绵软，不是很甜，正是她最喜欢的口感，很快就吃完了自己那份。

陆西骁垂眸看了她一眼，将自己那份没动过的蛋糕移到她面前。

周挽侧头，嘴里还压着塑料叉子：“你不吃吗？”

陆西骁看了她一会儿，说：“不吃，太甜。”

“这个不怎么甜。”

“蛋糕我都不喜欢。”

周挽刮了点儿奶油放进嘴里，说：“吃完这两块该胖了。”

“是该胖点儿。”他说话时微微倾身，靠近周挽耳边，灼热的呼吸都打在耳畔，混杂着淡淡的酒味，让周身的温度都不自觉地升高了。

在人群中，他这样旁若无人地低声跟她讲话，显得格外亲昵。

周挽的耳朵变得很烫，觉得再跟他说话就要露馅，便低头认真吃蛋糕。

一直到晚上 9 点，众人才收摊儿。

周挽吃了不少蛋糕，撑得都快要坐不住。

“不再待会儿？”黄毛问。

“不了。”陆西骁朝周挽侧了侧头，“先送她回去。”

走出超市，刺骨的寒风迎面吹来，周挽拉上外套拉链，将羽绒服的帽子也戴起来，挡住耳朵。

陆西骁垂眸，看到她嘴角还沾了点儿奶油。

“嘴上。”他抬抬下巴，示意。

“什么？”

陆西骁没再重复，伸手，抹去她嘴角的那点儿奶油，而后他极其自然地放到嘴边抿了一下。

周挽看着他的动作，不自觉地睁大眼睛，而后脸上迅速升温，一直红到了脖子根。换作从前陆西骁根本不可能这么做，做这动作的当下可能确实没有想什么。

看到周挽这反应，陆西骁笑起来：“脸皮这么薄，这就脸红了。”

周挽挪开眼，不接他的话茬儿。

陆西骁忽然俯身，近距离地去看她的眼睛。

他整张脸没半点儿瑕疵，扛得住任何审视，甚至越是靠近越是惹人心乱。

周挽听到自己“扑通扑通”的心跳声。

“都快俩月了吧。”陆西骁说着，抬手用食指掂了掂她的下巴，视线直白地落在她唇上，“什么都不让，是不是太小气了点儿？”

“哪有两个月就这样的……”

陆西骁挑眉：“你去问问人家两个月都到哪一步了。”

周挽觉得自己根本就动不了了，整个人都被把控在他手中，热气一点点上升，像小火苗一样将她包围，连呼吸都困难。

陆西骁扣在她下巴上的手指也变得滚烫，轻轻抚着，每一下都显得暧昧，带着极强的侵略感。

“陆西骁，”周挽的声音都有点儿抖，“你别这样。”

他扯着嘴角笑：“我发现你每回叫我，都连名带姓的。”

他的食指戳了戳周挽的酒窝，慢条斯理道：“不是说，比你大的都要叫哥，我也比你大，怎么到我这儿就这么没礼貌？”

周挽跟他解释：“我们俩不是同一个年级的嘛，只是我比你上学早而已。”

“真不肯？”他忽然又把话题转回去，指腹压在她的唇瓣上，忽轻忽重的。

“……”

陆西骁目光黑沉，直直地看着她的嘴唇，像是盯紧猎物的狮子，拖着长音道：“叫声哥，就放过你。”

叫声哥。

周挽脑海中却忽然闪过郭湘菱跟她说过的话——

真论起来，你可得叫他一声哥。

周挽，你就是他继妹！是他妹妹！

陆西骁曾经真有个妹妹，可惜死了，他要是知道了你也是他妹妹会有多生气？

你得罪了他，想想你还能有什么未来。

…………

周挽的脸越发地红，这次却不是因为害羞，而是羞耻。

她叫不出口。

陆西骁再次倾身，更加靠近她，半是威胁半是戏弄：“叫哥。”

周挽梗着脖子，大脑一片混乱。从今天开始回望过去，她原本的计划早就出了偏差，一步错步步错，当时她朝陆西骁说出“会挽雕弓如满月的‘挽’”时，怎么也想不到会到今天这个地步。

她被逼到了悬崖边，眼前是年少悸动，身后是万丈深渊。

她不想这样。陆西骁越是逼她，她就越是觉得自己做错了。

她错得一塌糊涂，早就已经无法悬崖勒马。

忽然，周挽低下头，声音轻得几乎听不见：“我不要。”

那样的称呼，让她觉得羞耻又难堪，像是要将自己钉上耻辱柱。

陆西骁其实并不在乎她到底叫不叫。尽管不喜欢她这么叫别人，但陆西骁也没什么这方面的癖好，还是习惯周挽连名带姓地叫他，那样听着也不错。

于是他只是轻笑了一声，上前一步，俯下身子。就在快要碰到她的唇瓣时，陆西骁瞥见她脸上的泪。

他动作一顿，抬起她的脸。

小姑娘安静地掉着眼泪，泪珠“啪嗒啪嗒”地落下来，简直要多委屈有多委屈。

“怎么了？”陆西骁问。

周挽声音哽咽，细得像只奶猫：“你不要这样逼我。”

陆西骁觉得自己刚才更多的是逗她，算不上什么逼迫。更何况从前没在一起时，他对周挽说过不少混账话，她最多不过红脸，怎么也不到哭的程度。但眼前小姑娘哭得委屈，他脑袋一热，也没工夫去追究什么前因后果。

“我错了。”陆西骁捧着她的脸，用拇指擦掉她的眼泪，“以后不这样了，好不好？”

可偏偏他越是温柔，周挽就越是觉得难过，她觉得自己坏透了。

她抽抽噎噎的，眼泪掉得更凶。

陆西骁不知道该怎么哄女生，也从来没哄过女生。他索性将周挽揽进怀里，低声在她耳边哄："是我浑蛋，不哭了。"

周挽吸了吸鼻子，努力克制住哭腔，窝在陆西骁怀里缓了会儿，而后从他怀里出来。

陆西骁垂着眼观察着她的表情。小姑娘哭得鼻尖眼角都红了，抽噎了会儿，还忍不住打了个哈欠。

他故意逗她笑："怎么还哭累了？背你回去好不好？"他说着就转过身，在周挽面前蹲下，"上来。"

"我自己走就好。"周挽轻声说。

陆西骁直接托着她的腿弯将人背起，在背上颠了下，侧头问："背你回家？"

"好远，"周挽轻声嘟囔，"太累了。"

陆西骁轻笑："那想坐公交车还是出租车？"

"公交车吧。"

他便背着周挽朝一旁公交车站的方向走。

周挽的头垂在他颈边，周围安静得只剩下猛烈的风声。

"陆西骁。"周挽趴在他耳边轻声叫他名字。

"嗯？"

"对不起。"

她知道陆西骁最烦女生在他面前哭哭啼啼，更何况刚才他根本就没错，却凭白承受她的情绪。

"对不起什么？"

周挽顿了顿："跟我在一起，是不是很没意思？"

抗拒亲密的动作，性格沉闷，不会来事。

陆西骁挑眉，笑了一下："还凑合。"

"我们有一天，会不会分开？"周挽轻声问。

陆西骁对女生这样的提问并不陌生，许多女生在他身边都会患得患失，问他类似的问题。通常女生这么问，男生总是信誓旦旦地保证说当然不会，吐出一堆不切实际的诺言。

但陆西骁从来不给人这样的保证。他无法给出保证。一辈子那么长，那么多变数，谁能看到未来是什么样？

这世界上唯一不变的就是任何事都是在不断变化的。

所以即便陆西骁很清楚自己对周挽的感觉跟以往的那些女生都不同，但在这一刻也无法给出一个确定的答案。

他轻描淡写地笑了笑："不知道。"

"那如果哪天我们分开了……"周挽的声音很淡，和他从前身边的那些女生听到他的答案后的反应都不同，平静得好像早就预料到了未来的那一天。这种感觉让陆西骁很不舒服地皱了下眉。

"就再也不要联系了，好不好？"周挽说。

再也不联系。

我会从此离开你的生活。如果幸运的话，你永远不会知道那个秘密，永远不会为此受伤或暴怒。

陆西骁搭在周挽腿弯的手一顿，眉间蹙得更厉害，但周挽都没有看见。

不知道为什么，对于她这样的"懂事"与"不纠缠"，陆西骁并不觉得轻松，而是越来越烦躁。

他轻磨牙，语调疏离得像个陌生人："行。"

越来越靠近年底，整座平川市的年味也越发重。

而伴随着这红红火火的年味儿一起来的，是期末成绩。

上午 8 点，作为班长的姜彦在班级群里丢下一颗"炸弹"——全校的期末考试成绩排名表。

周挽点开表单。

第一名，姜彦，704 分。第二名，周挽，702 分。

又是全校唯二突破七百大关的两人。

周挽继续往下翻，仔细地一个一个看过来，忽然，她指尖一顿，视线落在其中一行，而后抿着唇弯眼笑了起来。

第三百八十名，陆西骁。

高二理科一共五百人，他整整提高了一百多名。

周挽立马把那一栏成绩条截了图，给陆西骁发过去。

到下午他才回复了一条语音。嗓音还暗哑着，大概刚刚才醒，他语气带着笑意："是周老师教得好。"

从寒假第一天到过年前，周挽几乎天天都泡在图书馆，迅速刷完寒假作业后她便埋头继续准备越来越近的物理竞赛，姜彦偶尔也会来图书馆，两人一块儿学。

而陆西骁有时没事干，傍晚便来图书馆外等她，结束后两人会一起去吃晚饭。因此，姜彦和陆西骁也见过几回，姜彦虽不喜但也没什么资格跟周挽说什么，而陆西骁则是完全无视姜彦。

除夕。

奶奶一早去了市场，买了些窗花和福字。

这天周挽没去图书馆，陪着奶奶一起收拾打扫，贴窗花、挂福字，家里焕然一新，红彤彤的，看上去朝气蓬勃。

晚上则在家煮火锅。

窗外小区里的邻居们带着孩子放鞭炮放烟花，热闹极了，天空不断被绚丽的色彩照亮，透过窗户映在每个人的脸庞上。

奶奶今天心情好，难得地喝了点儿热米酒。

周挽跟奶奶碰了碰杯子，笑着说："奶奶，祝您新的一年身体健康，长命百岁。"

奶奶笑着答："那奶奶就希望我们挽挽健康快乐，最近那么辛苦地准备竞赛，也祝我们挽挽在竞赛中可以拿到好成绩。"

"肯定可以的。"周挽托着脸，眼睛含着浓浓的笑意，亮亮的，"奶奶，您还没去过 B 市吧？”

“奶奶哪儿有那个机会去呀！”

“如果我在竞赛里拿到一等奖，就能保送 B 市的大学，到时候我带您一起坐飞机过去。”周挽看着窗外，说，“听说那座城市特别大，到处都是人和高楼大厦。”

“好啊，那奶奶可就等着挽挽带我去了。”

吃完晚饭，奶奶又看了会儿电视，她喝了热米酒，人便容易犯困，没过一会儿就实在坚持不住回屋睡觉了，没守夜。

周挽也回到卧室。她没开灯，烟花的光芒足以照亮屋里。

她就这么静静地看着窗外，外面热闹得就好像另一个世界。

过了会儿，周挽拿出手机。

周挽：陆西骁，新年快乐。

6：新年快乐。

周挽：你在做什么？

6：没事干。

周挽顿了一下：你不是回家了吗？

之前她问过陆西骁除夕做什么，他说每年大家都会回老宅陪陆老爷子过年。

6：走了。

6：跟我爸吵了架。

周挽：那你现在在哪儿？

他没回答这个问题，只问：能打电话吗？

周挽过去将卧室门关上，回复：可以。

很快，一通电话便打了过来。

周挽接起来，听到他那头有风声和混杂的鞭炮声，的确是在外面。

周挽暗暗松了口气，这样的日子，她不希望陆西骁独自一人，能和他的朋友们在一起也不算太孤单。

“在干吗？”他嗓音沙哑。

“没事干，坐着。”周挽轻蹙眉，“你是不是感冒了？”

“还好。”陆西骁说，“陪你奶奶看电视？”

“没有，奶奶已经睡觉了，我一个人坐着呢，小区外面有很多人正在放鞭炮，我在看。”

陆西骁安静几秒，轻声说：“周挽。”

“嗯？”

“想看雪吗？”

周挽愣了一下：“我看过天气预报，未来七天都不会下雪。”

他轻笑：“想看雪吗？”

“……想。”说出这个字的一刹那，周挽的心跳骤然加速。

她忽然想起很早之前陆西骁对她说过的话——

“不知道今年会不会下雪。”

“不会，暖冬。”

“你喜欢下雪？”

“嗯。你不喜欢吗？”

“太吵。”

“我觉得很干净。”

“那年底去看雪。”

“你不是说，今年不会下雪吗？”

而后，陆西骁侧眼看她，少年眉眼间皆是这个年纪独有的张扬放肆，他说：“我说能让你看到，自然就能看到。”

电话那头，陆西骁笑了一声。与此同时，周挽终于听清他那儿的背景音，鞭炮声噼里啪啦，逐渐与她这边的声音重合。

周挽的心重重一跳，她起身趴在窗户边上向外看。

她看到不远处，在那些热闹的场景后面，陆西骁独自一人坐在树下，指间一点猩红的火光，看上去与这整个世界都格格不入，却与周挽的世界不断靠近、重合。

到这一刻，周挽还是觉得难以置信。甚至觉得是不是自己眼花，才会看到陆西骁。

“陆西骁，你在哪里？”她的声音在颤抖。

他依旧没回答，但却像是猜到了周挽已经看到自己。

少年嗓音磁性深沉，淡淡的，与周遭所有的热闹都隔绝一般，世界仿佛只剩下他们两个人，他的话也只是为了说给她听。

他说：“周挽，我们去看雪吧。”

…………

周挽聪明冷静，在这一刻，却没想到天气预报都说了不下雪，陆西骁又能有什么办法让她看到雪，她只是本能地拎上外套跑下楼。

她边快步下楼边套上外套，连拉链都来不及拉，像是生怕让陆西骁在那儿多等她一秒。

她跑到小区的空地处，有邻居跟她打招呼，周挽都来不及一一问候，就飞奔着跑向外面的马路。

果然，陆西骁就坐在那儿。

听到急促的脚步声，他抬起头，看到周挽，然后笑了。

“怎么像个小疯子？”他抬手理顺她凌乱的头发。

周挽气喘吁吁地仰头看着他。

坐上出租车后，陆西骁让司机开快些，去平川车站。

窗外的树木飞快地在眼前掠过，只剩下光秃秃的残影。

他们一路都是跑着去的，下车后，陆西骁便牵着周挽跑到售票处。少年喘着气，说要两张到 K 市的车票。

售票员说春节期间高铁票和动车票早就都卖完了，但他们运气好，还剩下两张刚刚被退掉的普铁站票。

“就要这两张。”陆西骁付钱，从售票员手中接过两张淡蓝色的车票，是 K 开头的绿皮火车。

就在这时，车站的广播中喊道："请乘坐 K83 的乘客尽快检票，即将关闭检票通道。"

售票员喊着让他们快去。

除夕夜的车站格外拥挤，陆西骁拉着周挽在人群中飞奔。

周挽仰头看着他——少年黑发松散，喘息间有白气呼出，他外套敞着，随着跑动，拉链碰到旁边的不锈钢栏杆，铿铿锵锵地响。

他们在最后几秒顺利检票成功，检票员又喊让他们继续跑，马上就要发车了。

一路狂奔，终于在关门的前一秒上了车。

周挽和陆西骁靠在车门上喘气。

周挽好久没这样运动，因为天气冷，嗓子里像是糊了一团冰棉花，但她却忍不住笑起来。刚才那一切，有点儿像电影里的私奔，不管不顾地丢下一切，一起去一个新的城市。

陆西骁侧着眼看向她："笑什么？"

周挽继续笑着摇了摇头。

"就这么跟我上了车，不怕被我卖了？"陆西骁说。

周挽笑着看他："不怕。"

车厢内很多人，多是扛着大包小包要回家过年的外来务工者，列车员推着小推车叫卖瓜子、爆米花和矿泉水，车厢内充斥着各种各样的气味，连个能好好落脚的地方都没有。

可周挽还是觉得开心——她很久没有这样开心了。

陆西骁将周挽圈在里侧，没让来来往往推着大车小车的人碰到她。

绿皮火车在夜幕中行进。

相较于高铁和动车，普铁的速度要慢很多。

周挽习惯早睡，尽管仍兴奋着，但眼皮也逐渐支撑不住。

“困了？”陆西骁看着她问。

周挽努力睁开眼：“还好。”

陆西骁找列车员买了一条毯子，垫在地上：“先坐着睡会儿。”

两人挨着坐下，周挽本还想再坚持一会儿，但没过多久便直接睡了过去，脑袋一歪，枕在了陆西骁肩上。

陆西骁本就睡得晚，再加上觉浅，没法儿在这样嘈杂的车厢中睡觉。

他一只手圈着周挽的肩膀，任由她靠在自己怀里，从他的视角看过去，只能看到小姑娘高挺又小巧的鼻尖。

车内开了空调，不算太冷。但人在睡着时容易受冻，陆西骁还是小心翼翼地脱掉外套，盖在了周挽身上。

周挽在睡梦中似乎是察觉到了，但困得没法儿睁开眼。

她做了个梦，梦的最后，是陆西骁坐在小区楼下散漫张扬的样子。

…………

周挽醒来时愣了好一会儿，才反应过来刚才的一切都不是梦，她真的和陆西骁很突然地坐上了一辆去北方的列车，去看雪了。

拥挤的车厢内安静下来，没买到坐票的纷纷席地而睡。

忽然，耳边传来陆西骁的声音：“醒了？”

周挽一顿，仰头，近距离地看到陆西骁的脸。他大概也困了，眼皮的褶皱都深了些，看上去倦怠又疲惫，声音也透着一股懒劲儿。

“你不睡吗？”周挽问。

“睡不着。”

“几点了？”

“凌晨3点。”陆西骁说，“快到了。”

凌晨3点，她却和陆西骁在去往陌生城市的列车上。

这一切都让这趟旅程充满了神秘和浪漫的色彩。

“那现在不就已经是新年了？”周挽的眼睛忽然亮起来。

“嗯。”陆西骁笑了笑，一手还揽在她肩头，两人挨得很近，他的声音沉沉的，响在她耳边，“新年快乐，挽挽。”

“新年快乐。”周挽学着他那些朋友叫他，“阿骁。”

列车广播在这时响起，淹没了陆西骁的轻笑。

“各位旅客，列车即将到达K市，请在K市下车的旅客准备好自己的行李下车，祝大家新年快乐。”

周围响起窸窸窣窣整理行李的声音，又过了几分钟，列车在K市停下。

绿色灯牌发出幽暗的光，陆西骁牵着周挽的手下了车。

K市比平川市要冷许多，即便在室内也能感觉到刺骨的寒意，陆西骁将那条毯子干净的一面覆在周挽肩上挡风。

旁边有妈妈嘱咐爸爸拽一拽孩子的领口，别让孩子着凉了。

孩子趴在父亲肩头醒来，因为颠簸疲惫的旅途大哭，刺耳的哭声划破深夜的寂静。父亲哄他，说马上到家了，只要他乖乖的就答应他一个新年愿望。

孩子边哭边说：“那我可以买一个变形金刚吗？”

父亲笑着说：“可以啊，那你不可以哭了哦。”

孩子于是立马闭上嘴，不再哭了。

周挽扯了扯嘴角。

他们跟着人群再次检票出站，往外走。

远远地，周挽就看到外头一片雪白，屋顶、树干、车上都是厚厚的一层雪，整座城市都仿佛被雪覆盖。

周挽第一次看到这么大的雪，连带脚步都轻快许多，快步往前走。

“哇！”她跑到栏杆边上，看着眼前的雪景。

这比她记忆中平川市最大的那场雪还要大得多。

陆西骁是不喜欢雪的，所以他没看雪，而是看着周挽。

她浑身都透着股难以掩藏的雀跃。

“陆西骁。”

“嗯？”他的声音难得温柔。

周挽想起刚才那个孩子和他父亲，她笑着问：“你有什么新年愿望吗？”

“我想亲你。”

这么直白的话，周挽一顿，怔怔地仰头看向他。

陆西骁也看着她，视线垂着，从一开始带着淡淡笑意的目光渐渐变得幽深，而后他向前一步，托住周挽的腰肢将她向自己拉近。周挽不由得往后退，后背靠在了栏杆上。

她闻到了陆西骁周身的气味。理智告诉她应该推开他。她也知道，只要她伸手推开他，陆西骁就会松开她，顶多需要花些时间哄他。

但这道理智的声音只是在她大脑中大声呼喊，她却怎么也动不了脚，也抬不起手。

或许是这天太冷了，或许是到陌生城市的那种新奇冲昏了她的大脑，也或许只是她眼前的这人是陆西骁。

陆西骁只给了她几秒的拒绝时间，而后他以一种不容抗拒的力道抬起周挽的下巴，俯下身去。

第一次亲吻，是有些惊慌失措的感觉。

周挽甚至忘了闭眼，她看到了漫天雪花落下，看到陆西骁的黑睫，她的心脏跳得很快，像要从胸腔中蹦出来。

她的睫毛轻颤着，视线从远方的白雪回到近在咫尺的陆西骁身上。有雪花落在他的睫毛上，而后那片雪花又掉落在她仰起的脸颊上，很快就被热气融化。

周挽在此刻产生一种错觉，她和陆西骁就像这片雪花一样融化在一起，他彻底沾染上她的气味，而她也烙下他的印记。

过了很久，周挽的脑袋昏沉沉的，听到陆西骁的声音。

“周挽，”他声音很哑，一下下啄吻，低声说，“我好喜欢你。”

第十九章

以后每年的新年，都跟我过吧

这大概是他们在一起两个月来，陆西骁第一次如此直白地表达心意。

周挽一怔，在那点儿甜蜜的喜悦抵达心脏之前，她忽然清醒过来，想起他们现在还在车站。

人来人往的深夜车站里，她忽然挣扎起来，推开陆西骁。

陆西骁垂眼看着她，小姑娘脸颊通红，嘴唇也是，落在上面的几片晶莹的雪花反倒成了欲盖弥彰的罪证。

她只看了陆西骁一秒，不，连一秒都不到，很快就又低下头。

陆西骁笑起来，替她拂去脸上的雪："脸皮这么薄。"

她觉得痒，牵住陆西骁使坏的手："我们先出去吧。"

坐着扶梯走出车站，周挽终于切实地一脚踩在绵软的雪地中。

她蹲下身，抓起一捧雪放在掌心玩。玩了会儿，她手上就因为受冻浮起细小的红点，陆西骁看见后便不让她玩了，扔掉她手里的雪，又拍了拍周挽的掌心，把残雪掸干净。

"明天买个手套再玩。"陆西骁说，"先找宾馆睡觉。"

周挽一愣。宾馆，睡觉。

现在是凌晨，的确应该先睡觉。但她一开始没想到这点，顿时无措起来。

陆西骁看着她的表情，笑了："怎么，刚才都那——样了，现在就不想负责了？"

他故意把"那"字拖长。

"什么？"周挽的脸颊红扑扑的，"……什么跟什么。"

陆西骁心情好极了，打开手机搜这附近的宾馆。

新年街上没什么出租车，最近的宾馆离车站不远，走路不过十分钟。

一路上陆西骁都缠着周挽，一会儿摸摸她的手，一会儿又钩着她的头发玩，硬是将十分钟的路程走了二十来分钟。

周挽还是头一回见他这么黏人，明明印象中陆西骁总是在感情里游刃有余、来去自如的那一个。她一边觉得害羞，一边又忍不住开心。最后周挽红着脸低下头，小声说："快进去吧，有点儿冷。"

身后就是宾馆。

陆西骁笑："这么急做什么。"他语气狎昵又轻佻，说得意味不明。

周挽越发无措。

走进宾馆，大堂里只有一个正打瞌睡的女人，好不容易撑起精神，说："大床房 360 元一晚。"

周挽脚步一顿。陆西骁垂眼看她，发出一声笑，从口袋里摸出两人的身份证——刚才买车票时周挽的身份证就放在他那儿了。

周挽扯了扯他的袖子，想开口拒绝，又听陆西骁问："两间房有吗？"

女人一顿，再次打量两人，看着的确很年轻，是学生的样子，尤其那女孩子，脸颊都粉扑扑的，但她常见这附近的大学生情侣，下意识地觉得他们也是。她说："单人房 200 元一晚。"

陆西骁"嗯"了一声："就这个，两间。"

女人一边将两人的身份信息录入进去，一边嘀咕道："我还以为你俩是一对呢，都长这么好看，是兄妹？"

周挽的拇指指甲用力掐在食指上，浑身一僵。

"不是。"陆西骁懒洋洋的，难得有闲情逸致地跟人瞎聊，还朝着周挽侧了下头，样子很嘚瑟，"我的人。"

"那还分开住啊？"

陆西骁揽着她的肩膀："没办法，年纪小。"

女人也笑起来："看不出来，你这年纪轻轻的倒还很会为女生考虑，是个好男人啊。”

“没办法，困得不行了，这要还一间今晚就别想睡了。”陆西骁漫不经心地插科打诨道，痞里痞气的。

女人了然地笑，将两张房卡递过去：“三楼，给你们安排了隔间，电梯上去右转。”

“行，谢谢。”

这家宾馆装潢得并不高档精致，电梯里贴满了各式各样的海报与广告，面前有一面镜子。方才萦绕在两人周身的暧昧气息，随着电梯门的关合变得更加浓重。

周挽朝镜子看了一眼，便看见陆西骁插着兜，视线牢牢地落在她身上。空气干冷，偏被他那目光硬生生地挑起一簇火苗。

周挽抿唇，不再看他。可还是被那挥之不去的暧昧气息压迫着，电梯门一开，她立马跑出去。

离他三米远后，周挽才回头一本正经地说：“我要睡觉了。”

陆西骁被她的表情逗笑，扬了扬指尖：“房卡在我这儿你怎么睡觉。”

“……”

“过来。”陆西骁说，“我不弄你。”

“……”周挽慢吞吞地挪到他身边。

陆西骁牵着她的手走到门前，对了下门牌号，刷卡。

随着周挽进屋，他侧过身也走进来，周挽一怔，立马拉住他的手臂：“你做什么？”

陆西骁没答，径直走进去，打开手机的手电筒往房间的各个角落照：“这宾馆估计没什么人检查，我看看有没有隐藏摄像头。”

周挽一顿。

他检查完卫生间出来，关了手电筒，屈指在她额头弹了一下，声音戏谑：“小姑娘满脑子想什么呢？”

“……”

“自己思想肮脏，”陆西骁慢条斯理道，“还好意思贼喊捉贼。”

“……”周挽拽着他的手臂，把他推出门外，然后关了门。刚要关上时，她忽然动作一顿，透过门的窄缝看向他，轻声说：“晚安。”

“嗯。”他笑了笑，“晚安。”

屋内只剩下周挽一人。这宾馆的隔音不是很好，她能听到隔壁的陆西骁趿着拖鞋在地板上走动的声音，以及他房间里卫生间响起的水声。

刚才在火车上睡了会儿，现在又换了新环境，周挽一时睡不着。

她走到窗边，看着窗外的雪景。车站靠近城市郊区，设施并不完善，也不繁华，但并不影响雪景的美丽，世界安静，银装素裹。

周挽拿出手机，拍了张照。她点开朋友圈，很多朋友都发了新年照片，或是美食，或是烟花，或是自拍。

周挽点开刚才的那张雪景照想发个朋友圈，但又想到同学一定会问她哪里下了这么大的雪、跟谁一起去的。

顿了顿，她将那条朋友圈设置成仅自己可见，配的字是：

我真的好喜欢你。

陆西骁，新年快乐。

发送。

这一场雪是她和陆西骁两个人的秘密。

而这一条朋友圈，是她一个人的秘密。

北方的城市到了早上7点多天都是暗沉沉的。气温很低，呼吸进去的空气也是冷的。

周挽醒过来，先给奶奶打了个电话。怕她担心，周挽没告诉她自己现在在K市，只说自己有点儿事出去了一趟。

她向来听话，奶奶也没有多问，只嘱咐了她别着凉。

挂了电话，周挽一个人靠在床头。

隔壁房间没有声响，陆西骁大概还没醒。

到了早上10点，隔壁才传来声响。周挽便也跟着起床，刷牙洗漱，穿好衣服，很快，门铃被按响了。

周挽从猫眼中看到陆西骁，打开门，笑着说：“早上好。”

“起了一会儿了？”陆西骁的眼皮还耷拉着，“心情这么好。”

周挽看着他眼下的青色：“你没睡好吗？”

“离车站太近，被那儿的声音吵得没怎么睡着。”

“那你要不要再去睡会儿？”

“算了。”陆西骁揉了把她的头发，“不是答应你去玩雪的吗？”

这附近有个山地滑雪场。

陆西骁办了退房，带周挽一块儿去滑雪场，在那儿租了两套雪服、雪镜和雪板。

新年第一天，滑雪场上很多人，有年轻人结伴来的，也有父母带着孩子来的。

“你会滑雪吗？”周挽问。

“会一点儿。”

小时候沈岚带他去北方滑过雪，见他喜欢，后来每次过年便都会带他来。

而在沈岚去世后，陆西骁就再没来过。

不过陆西骁向来对运动项目有天赋，上手没一会儿也就熟悉了。倒是周挽，一到雪场就滑倒了好几回。

好在有厚厚的雪服包裹着，也不会摔疼，陆西骁便在一旁看着她笑，扶起她，再看她摔倒。

再看旁边的其他情侣，男生都生怕女朋友摔倒，牵着手滑。

哪儿有像他这样的？

到后来，周挽气急，坐在地上，抓起一把雪就朝他丢过去。松散的雪落在陆西骁的发顶和肩膀上，他一点儿不恼，甚至还笑得更开心，幸灾乐祸的样子要多坏有多坏。

“想让我教你啊？”他语调轻慢，俯身抬手，慢吞吞地在自己的脸颊上点了两下，又刻意停顿了两秒，像在等她反应，说，“我就教你滑雪。”

周挽移开眼，轻声嘟囔：“才不要。”

她挣扎着自己爬起来，没滑出几米又摔倒了。

而陆西骁则利落地滑到她身旁，然后停下，他穿雪服、戴雪镜的模样很好看，白茫茫的雪地反射着阳光，将他的皮肤映得更白。

他蹲下身，靠近周挽：“不疼？”

“不疼。”

他挑眉，少见地服软：“行了，别摔了，我教你。”

陆西骁伸出手，周挽牵住他的，又忽然往自己的方向拉，陆西骁随之一滑，也摔倒在雪地上。

周挽于是弯着眼笑起来。

“你这人，”陆西骁用力掐了一把她的脸颊，“胆子越来越大了。”

他也不急着站起来，揽着周挽的腰扯近了，又去捏她的脸。

他有些用力，周挽吃痛，抬手在他手臂上打了一拳，他轻笑：“怎么还家暴？”

“你先捏我的。”

“捏疼了？”陆西骁捧着她的脸，“我揉揉。”

周挽像面团似的被他揉了揉，头发都乱糟糟的。

“你干什么？”周挽小声控诉。

陆西骁又笑了一声，终于没再继续，将人扶起，好好教她怎么滑雪。

周挽虽然没什么运动神经，但胜在学习能力强，照猫画虎，没一会儿也勉勉强强能滑一段路了。

风吹过耳畔的感觉很美好，眼前是一片干净的白。

没有伤痛的过往，也没有那些阴暗的算计。

周挽任由自己往坡下滑去，速度越来越快，风也越来越大。

她没看见雪下那一块凸起的石头，忽然，滑雪板角度一偏，她没能控制住方向和速度，直直地朝一旁的灌木丛扎去。

“周挽！”

陆西骁快速朝她滑去，眼见她就要摔进灌木丛中，陆西骁猛地一扑抱住她，两人齐齐栽倒在雪地中。

他用手护住周挽的头，后背重重地砸在一块石头上，闷哼了一声。

周挽从惊吓中回过神来，立马问：“你没事吧？”

“没事。”

周挽去摸他的后背：“是不是撞到骨头了？我刚才听到声音了。”

陆西骁也不起来，任由周挽从正面绕过去摸他的后背——倒像是投怀送抱，他轻笑，并不在乎那点儿痛，道：“就碰了一下。”

“你突然冲过来做什么？”周挽的鼻间有点儿涩，“我摔一下就摔一下，你这样要是撞到后脑勺儿怎么办？”

刚才她摔了那么多回他都没拦着，因为他知道那样的雪地上不会真摔疼了。而像刚才那样危险的情况，他却不管不顾地冲过来护住她。

“撞到了你照顾我呗。”陆西骁掐掐她的脸，“正好能让你多匀点儿时间给我，省得天天跑图书馆跟别人约会。”

“说什么呢。”周挽恼他的不正经，又觉得心疼，“那寒假后面几天我多陪你。”

陆西骁笑了笑：“算了，不是快竞赛了吗？”

周挽顿了顿：“那等竞赛结束以后。”

“行。”陆西骁不动神色地动了动脚踝，那里有些扭到了，但不严重，他起身，问，“还滑吗？”

周挽不敢了，怕又拖累他，摇了摇头。

从滑雪场出来已经下午 2 点，两人找了家当地的饭馆吃了午饭，又随处逛了逛，等到傍晚，才打车去车站。

运气不像来时那么好，没有列车票，于是他们便买了城际大巴车的车票。

虽然车速慢点儿，但胜在不用绕路，回平川市的时间也差不多。

两人并排坐着，周挽坐在靠窗的位置。

陆西骁差不多已经两天没怎么睡过觉，上车后没一会儿就难得地在这种环境下睡着了。

周挽坐得很直，挺着背，好让他靠在自己肩上舒服点儿。

大巴车行驶在高速公路。一轮橘色的太阳映在不远处的天际，将一切都虚化晕染，世界变得温柔极了。

周挽轻轻扬起唇角，拿出手机对着落日拍了张照。而后她顿了顿，低眼看了陆西骁一眼，抿唇，调了前置摄像头。

她小心翼翼地将手机拿远了些，肩膀不敢动，怕吵醒了陆西骁。

手机屏幕上出现两个人，陆西骁睡着时也像一把利剑，眉眼都凌厉利落，但靠在她肩头时，额前的碎发垂着，让那些折角锋利的线条都柔和了些。

她的眼睛不自觉地弯起，按下拍摄键，定格了这一秒。

拍完照后，她忽然又觉得羞赧，脸红心虚，立马收起手机看向窗外。

回到平川市时已是晚上 9 点。

一切如常，仍是脑海中的样子，但周挽却觉得过去的那几个小时漫长得像是过了好几个月，又浪漫得像是短暂的昙花一现。

陆西骁送周挽回家。到小区外，他抬抬下巴说："进去吧。"

周挽轻声说："你也早点儿回去休息。"

"嗯。"

周挽往前走了几步，走进单元楼，她回头看了一眼。

陆西骁仍站在那儿，身量挺拔，神色淡漠。他周身的孤单感又回来了。

她迈不动脚步了，在原地迟疑三秒，然后转身飞快地朝陆西骁跑去。

他站在原地没动，挑眉问："怎么回来了？"

周挽没回答，径直跑到他眼前，手轻轻地拽着他领口的衣服往下，踮起脚，搂着他的脖子抱住他。

几乎是撞上去的。

她的手有点儿冰，贴着陆西骁的后颈，好像有细小的电流顺着脖子蔓延到四肢百骸。周挽低下头，小声说："晚安，陆西骁。"说完一溜烟又跑回去了，只剩下那红透的耳朵和后颈。

等到陆西骁回过神，她早就消失在单元楼内。

周挽从来没做过这样大胆的举动。她一直跑到家门口才停下，气喘吁吁地开门进屋。

奶奶正在看电视，抬头看到她的样子笑了："跑这么快做什么，有狼在追你啊？"

周挽喘得没力气说话，倒了杯水咕咚咕咚地灌下去。

回到卧室，她回想刚才自己的举动，害羞到懊悔，觉得自己这样实在是太丢脸了。

忽然，她手机一振——是陆西骁发来的一条语音。

不用听也知道一定又是插科打诨的调侃。

周挽脸热得不敢听。

过了五分钟，等心跳终于稍稍缓下来后她才点开那条语音。

陆西骁声音很有磁性，带着这个年纪少有的低沉和认真，他说："周挽，以后每年的新年，都跟我过吧。"

他很少用这样认真的口吻说话，周挽的心脏又开始剧烈跳动起来，这种感觉像是加热后的巧克力岩浆蛋糕，浓郁的甜顺着心脏蔓延开。

她跑到窗边向外看。陆西骁还站在那儿，又过了会儿，才抬起脚步往回家的方向走。

陆西骁从不跟人保证未来，也从来不谈永远。这是第一次。

他说出口的那一刻，连自己都愣了一下。

周挽，以后每年的新年，都跟我过吧。

我想要每年都有你。

我不喜欢这个世界，也对未来没有憧憬，但如果新的一年都有你在我身边，我好像就对未来有了一些兴趣。

几天前周挽问过他的那个问题，到今天，他似乎想改答案了。

——我们有一天，会不会分开？

——我不知道。

——但我希望我们永远不要分开。

大年初一后，大家都在走街串巷热热闹闹地拜年，就连陆西骁也被陆老爷子硬是叫了回去。

而因为过去周军刚去世时奶奶四处向亲戚借钱，这些年已经少有来往，周挽倒在这几天落了个清闲。

周挽在图书馆时接到他打来的电话，她拿起手机小跑到外面，接起："喂？"

他问："在干吗？"

"图书馆呢。"周挽小声说，"你呢？"

"老宅。"他不耐烦地"啧"了一声，"真烦。"

周挽笑起来："有很多亲戚吗？"

"都不熟。"

周挽给他顺顺毛："好啦，你就勉强待一会儿，马上就可以走了。"

"晚饭你陪我吃。"

"好。"周挽答应。

这时，陆西骁那头传来个声音，似乎是他家里的人，问他晚上想吃点儿什么。

陆西骁说晚饭不在这儿吃。

陆老爷子正好走进来，闻言问他为什么。

他靠在沙发上，跷着腿，懒洋洋的："跟周挽吃。"

好在陆老爷子也了解自己孙子的性格，中午能把这尊大佛请回来陪着吃顿饭已经实属不易，算是给他面子了，也就没多说什么。

挂了电话，周挽又学习了会儿，收到陆西骁说到了的短信便迅速收拾东西。

姜彦侧头看她："今天这么早就回去吗？"

"嗯。"周挽笑笑，"要出去吃饭。"

姜彦很轻地皱了一下眉，但什么都没说。

周挽快步下楼，远远看到陆西骁，她跑过去："怎么又穿这么少？"

"不冷。"陆西骁拿过她的书包，"想吃什么？"

周挽想了一下："烤肉。"吃烤肉暖和些。

两人便找了家烤肉店，刚吃完蒋帆就打电话过来问他晚上要不要一起去打牌。

这些日子陆西骁很少参与他们的活动，多是吃饭唱歌，他也提不起什么兴趣，所以有这种活动蒋帆也很少叫他。

没等陆西骁拒绝，蒋帆便撂下一句："三缺一，等你了啊。"然后直接挂断。

陆西骁扯了扯嘴角，放下手机。

周挽问："去吗？"

"你想去吗？"陆西骁说，"你不想就不去了。"

"我可以啊。"

周挽其实不希望他一直不联系朋友，虽然不少是酒肉朋友，但偶尔能聚一聚也不错，至少热闹些。

"我陪你去吧。"周挽说。

陆西骁按照蒋帆给的地址过去了，而后上楼。

一推开包间门，众人便吵着说现在请他来一趟越来越难了，看见他身后的周挽，他们又纷纷起哄说他谈个恋爱怎么那么黏人。

陆西骁懒得跟他们扯，笑了一声，过去坐下。

他不常打牌，只是以前闲着无聊时玩过几次。不过洗起牌来还会炫技，修长骨感的手指配上一系列流畅的动作看起来更帅。

洗完牌，他侧头问周挽：“会打吗？”

“知道规则。”周挽小时候看郭湘菱打牌，在不知不觉中学会了。

“那你来？”

周挽连忙摆手：“我没打过。”

其他人玩笑道：“来呗，就是无聊找个游戏玩玩。”

轮到陆西骁出牌，他丢出一个对子，又问周挽，低声道：“输了算我的，要不要试试？”

“我先看看。”周挽小声道，“可能都快忘记怎么打了。”

她安静地坐在陆西骁身后看他打牌。

旁边桌子上摆满了水果，草莓、蓝莓、哈密瓜都有，周挽便小口小口地吃着水果。

忽然，陆西骁侧过脸，张了下嘴。周挽一顿，摘掉草莓蒂上的叶子，放到他嘴里。那群男生“哎哟”一声，一副浑身别扭的样子皱起眉：“差不多行了啊，大过年的还虐狗。”

周挽低下头，红了脸。陆西骁则没皮没脸地跟着笑，又侧头看了周挽一眼，叫停：“把人惹恼了都给我跪着出去。”

周挽：“……”说得她脾气多差似的，明明动不动就生气的是他。

他这话说得实在亲昵又纵容。即便知道周挽不一般，是跟在陆西骁身边最久的一个，但众人听到他这话还是愣了一下。

这实在不像是从前那个陆西骁。

他们不由得对周挽更加刮目相看。这个乖巧听话的少女，还真有些本事，能将陆西骁管得这么服服帖帖。

一局结束，输赢平均，陆西骁赢得多些。

他起身，拉着周挽坐下："随便玩，不用怕输。"

"那我尽量给你少输点儿。"周挽轻声说。

周挽手小，抓牌都有些抓不牢，整牌也慢，其他人都不急，等着她慢慢整好，但正式出牌后他们就渐渐琢磨出不对劲儿了。

周挽出牌很利索，一早就想好要出什么，甚至连他们会出什么都已经预判好了，一点儿也不慢。

陆西骁在一旁看着，挑了下眉。

第一局，周挽赢了。大家夸她深藏不露，周挽抿着唇答是运气好、牌不错。

她的牌的确不错，但又来了几轮，众人便察觉出不对劲儿了。

她这牌出得也掐得太准了，每回出的牌都正好能压住下家，手里的牌越少她压得就越准。

小姑娘打牌时全神贯注，很认真，一本正经的，没一会儿另外三人脸上就贴上了纸巾条，不过二十分钟，一轮就结束了。

蒋帆脸上被贴满了纸巾条，只露出一双眼睛，他看着牌面愣了愣，问："周挽，你是不是会算牌啊？"

周挽顿了下，点头："大概能记住出过的牌。"

他们本以为她从没打过牌，却忘了人家那可是数学能考满分的学神。

几局下来，几乎都是周挽赢牌。

陆西骁在一旁看着，轻笑："你这是给我挣面子来了。"

玩了一会，陆西骁便起身要走，朋友们拉着不放，说是赢牌的人不能说结束。

陆西骁扬眉道："我先送她回去。"

"行，那送完记得回来继续打啊。"有人说道，"这回也该我们赢了吧！"

陆西骁牵着周挽离开了。

"你一会儿还回来吗？"周挽问。

“嗯，怎么了？”

“你不要太晚回去，熬夜对身体不好。”

他笑说：“知道了。”

坐上出租车，周挽手机一振，陆西骁给她发来一笔转账，她问：“这是什么？”

“你赢的钱。”

“不是不算钱的吗？”

“算我给你的新年红包。”他捏捏周挽的手心，“新年快乐，挽挽。”

周挽犹豫：“不用啦……。”

陆西骁直接拿过她手机，按了“确认收款”。

他视线稍扬，看到周挽给他的备注：“6？”

像是什么秘密被发现，周挽脑袋一空，支吾了一阵：“就……你不是姓陆嘛，是中文数字的6，就改了这个备注。”

平白得了这么个绰号，陆西骁笑问：“怎么之前没听你说过？”

“很早之前改的。”周挽小声解释，“那时候刚刚加你嘛，不好意思备注你的名字，怕被人看到，就改了这个。”

“怕被人看到。”他挑眉，“我很见不得人？”

周挽看了他一眼，说：“因为你以前很有女生缘，要是被人看到传出去，会招人恨的。”

陆西骁笑起来：“周挽，你现在倒是学会了倒打一耙。”

周挽嘟囔：“……本来就是。”

“吃醋了？”

周挽愣了一下，没答。

在这段关系里，她哪里有吃醋的权利。但细想起来，陆西骁虽然的确很受女生喜欢，但在一起以后周挽却没怎么因此烦恼吃醋过。

没听到她的回答，陆西骁便当她是默认。从前最讨厌那些女生吃无名醋，这会儿他心情竟然不错。

他揉了揉周挽的头发，轻描淡写道："以后就你一个。"

转眼，正月十四，寒假结束，返校。

假期最后两天，周挽没去图书馆，去了陆西骁家陪着他把那些寒假作业都补了个七七八八。

一返校，周挽和姜彦就被老师叫了过去。

"下个月就要去B市参加全国竞赛了，这个假期你们应该都有好好准备吧？"

姜彦说自己和周挽在寒假经常一起去图书馆学习。

"那就好，老师就知道你们俩是最让我省心的。"物理老师说，"这些日子你们可得休息好，千万别生病，到时我们会提前一天坐飞机去B市，机票学校这边会安排好，我跟你们一道去。"

从办公室出来，外面冬日阳光正盛，暖洋洋的。

…………

晚上依旧是陆西骁送她回家，路上周挽给奶奶打包了一份面回家。

小区外，陆西骁抱着她说了会儿话，才放她回去。

周挽小跑着上楼，推门进去："奶奶，您还没吃晚饭吧？"

她去厨房拿了个碗将面倒进去。

"你吃了没？"奶奶问。

"我在外面吃过了。"

"怎么买这么多？吃不完的。"

"没事，吃不完就剩着。"周挽将筷子递过去。

奶奶坐在餐桌前吃面，可没吃几口就放下筷子说吃不下了。

面都没吃多少，甚至都看不出吃过的痕迹，周挽一顿，问："奶奶，您不想吃面吗？"

"不是，奶奶今天很饱。"她笑了笑，"可能过年那段时间吃得有点儿多了，最近都一直觉得饱。"

“那您下次想吃什么告诉我，我买回来给您。”

“好。”奶奶揉了揉周挽的头发，“挽挽，你是不是快要去比赛了？”

“嗯，下个月。”

“正好我今早听隔壁的阿央说下个月要去庙里拜拜，我去文昌菩萨前给你求个香囊回来，保佑你这次考试能考好。”

周挽弯着眼笑起来：“不用啦，那么远的路您去一趟多累，我准备了这么久一定可以考好的。”

“嗳。”奶奶拖着长音，声调扬起，表示不赞同，“你是你，菩萨是菩萨，这叫天时地利人和。”

“好吧。”周挽也由着她，“那你们坐出租车去，不要坐公交车，您腿脚不稳，公交车太颠了。”

“奶奶知道，你快回去学习吧。”

周挽“嗯”了一声，拿着书包回卧室。

奶奶独自一人坐在客厅里，垂眼看着眼前这碗几乎没动过的面，顿了顿，她又夹起一口放进嘴里，咀嚼几下后胃里忽然涌上一股酸水，又吐了出来。

这样子已经有几天了。身体什么都好，没哪里特别难受的。可就是吃东西没味道，酸甜苦辣都没感觉，也没胃口，每天只能逼着自己吃，可稍微多吃一点儿就立马会吐出来。

之前听人说过，人将死之前都是这样，虚弱到一定程度，连味觉都没有了。

尿毒症到了最后会引发很多并发症，虽然靠着透析能够勉强维持住生命，但身躯早就被耗损到只剩一个空架子，里面早就都已经腐烂、空洞。

谁都不知道哪一天哪个并发症就会危及性命。

这是上回陈医生给她说的。奶奶没让陈医生告诉周挽，她现在还要专心读书。

奶奶一个人坐在餐桌前无声地流眼泪。不为自己，只为了她的挽挽。

眼前墙上的日历上，3月份的其中一天被碳素笔圈出，那是周挽考试的日期。

拿到好成绩就能保送好大学。不到一个月了。

她的挽挽，苦了那么多年，终于能够守得云开见月明。

后面几天依旧按部就班地进行。周挽每天花大量时间准备物理竞赛，其他老师也都知道这次竞赛的重要性，纷纷表示周挽和姜彦可以把别的科目的功课缓一缓，先全力准备竞赛。

放学后周挽有时会带饭回去跟奶奶一起吃，但奶奶总是吃得不多，也不知是不是天冷的缘故。

有时她会叫外卖去陆西骁家吃，她在他家学习，他则在一旁玩手机，偶尔被周挽抓着看会儿书。

很快，2月结束，迎来了3月。

“你这段日子是不是瘦了不少？”陆西骁问。

周挽摸摸脸：“不知道，我没称体重。”

“我抱抱就知道了。”陆西骁长臂一伸，将周挽拽进怀里。他搂住她的腰，将小姑娘弄得面红耳赤才终于松开，煞有介事地点评一句：“是瘦了。”

“……”

“今天带你去外面吃点儿好的。”陆西骁牵住她的手，“养养肉。”

周挽轻笑道：“好啊。”

陆西骁带她去了一家餐厅，光看门面就知道价格不菲。

周挽忍不住扯了扯他的袖子：“我们吃这家吗？”

“嗯。”

“是不是很贵？”

陆西骁笑了一声：“这不是看你考完试就要飞黄腾达，先贿赂你一下，以后可得你养我。”

“陆西骁，”周挽轻声说，“我们还是换一家吧。”

“怎么，不想养我？”他调笑着，“想赖账？”

“不是……”

周挽还想再说，陆西骁直接拉着她进去，跟一旁的侍者说：“两位。”

“……”

入座，陆西骁点菜，多是海鲜，价格高得周挽看一眼就肉疼。

周挽索性不再看了，随他点，顿了顿，她说：“我们那个竞赛如果拿到一等奖，除了保送好像还有一笔奖金。”

他挑眉：“是吗？”

“如果能拿到的话，我请你吃饭。”

陆西骁轻笑：“行。”

正说着，餐厅门拉开，接待的侍者齐声道“欢迎光临”。

经理殷切地笑着说：“陆总，怎么没打个电话过来？我们也好提前为您准备。”

“没事，就是来吃个晚饭，随意点儿就可以。”是陆终岳的声音。

周挽一顿，下意识地去看陆西骁。

他只是淡淡地抬了下眼皮，没什么情绪。

周挽回头，看到陆终岳和姜彦走进来。

姜彦也看到了她，视线一顿，但什么都没说，也什么都没做。

侍者问他们想坐哪边的位置，姜彦答：“那边吧。”他指了反方向的位置。

陆终岳没看到他们。

“陆西骁，”周挽盯着他的表情看，“我们要不要换一家店吃？”

“没事。”他无所谓地扯扯嘴角，“不用管。”

这家餐厅用餐的人不少，但这样的环境下大家都很安静，除了低分贝的交谈声便是餐具碰到盘子的清脆声。

周挽能隐隐听到姜彦和陆终岳的声音，陆终岳问了他关于学习的事，对话中时不时夹杂着男人的笑声。

看得出来，姜彦让他很满意，而姜彦也在刻意让陆终岳高兴，他本来并不是这样健谈的个性。

忽然，陆终岳手机响了，他接起：“湘菱。”

周挽握着筷子的手一顿，后背变得僵硬。

“嗯，我在……和阿彦一起。”陆终岳对着电话那头说，“那你过来吧，正好菜都还没上。”

他没问姜彦的意见，挂了电话后对他说：“你阿姨也要过来。”

姜彦脸上的笑滞了一瞬，又恢复如常：“好啊，我还没见过阿姨呢。”

郭湘菱要过来。

周挽像是迎面被浇了一盆冰水，连呼吸都艰难起来。

她和姜彦从初中开始就是同校，虽然不同班，但因为永远是第一和第二名，两人之间的交集并不少，算是很早就认识了。某次学校活动要请家长过来，周挽当时登记的号码是郭湘菱的，班主任便打到了她那里，让她过来一趟。

那时候，姜彦是见过郭湘菱的。

可到如今已经那么多年过去了……他应该不记得了吧？

周挽的脸色发白，她握紧了筷子。

陆西骁给她夹了块蟹肉：“想什么呢？”

她回神，摇头：“没什么。”

“不喜欢吃？”

“没有，很好吃。”

陆西骁盯着她看了会儿，而后平静地移开视线：“吃饱了就走了。”

桌上还有许多菜，这么高昂的价格，剩这么多实在心疼。

但周挽更不想在这里见到郭湘菱。如果姜彦认出了她……周挽不敢往下想。

于是，她放下筷子：“嗯。”

走出餐厅，陆西骁拦了辆出租车送周挽回家。

一路沉默，谁都没有说话。她能察觉到陆西骁似乎是不太高兴的，但也不知道该怎么开口。这件事越往后拖，就越像是抱火在怀，一不小心就会被彻底点燃。

周挽悄悄牵住他的手，捏了捏。

陆西骁垂眸看她，看得出来小姑娘在服软示好，他也没拂她的面子，笑着揉了一把她的头发："早点儿休息。"

"嗯，晚安，陆西骁。"

目送周挽走进单元楼中，陆西骁转身回家。

到家后，陆西骁靠坐在沙发上，倦怠地仰头看着天花板。

他是个多么聪明的人，一眼就能看透周挽的情绪。

从他们刚认识时就是这样，陆西骁一早就清楚她扮乖守拙，一早就看出她刻意接近自己，只是不知从什么时候开始，他就不再纠结这些了。

不管一开始她到底是因为什么接近他，只要她现在在他身边就可以。

周挽不说，他也从不会去盘问。

同样地，陆西骁很清楚她刚才那个状态是不对劲儿的。一开始陆终岳刚进来时周挽只是担心会影响他，所以小心翼翼地观察他，但从某个节点开始，周挽的情绪忽然转变，有些自顾不暇了。

是从什么时刻开始的呢？陆西骁皱着眉回想。

没错——是在陆终岳接起郭湘菱打来的那个电话开始。

忽然，陆西骁脑海中闪过许多过去的片段。

那天晚上，在路上碰到郭湘菱的车时，周挽是慌张的；后来在医院，周挽见到郭湘菱时也是极为明显地浑身一僵；以及，他也曾经看到过周挽和郭湘菱在卫生间的洗手台前说话。

…………

一切，似乎都被一条暗线拉扯着。

陆西骁从没怀疑过周挽对自己的感情。他见识过不同的女生表达爱意，周挽虽然没用过那些直白的方式，但看向他时，她眼睛是亮的。

她会在他生日时带他去逛游乐场，认认真真地对他说生日祝福。

她会在他恐高症发作时，坚定地握住他的手，像个勇士一般挡在他身前。

她会因为怕他孤单，在凌晨陪他去别的城市看雪。

周挽的确是喜欢他的。只是，她似乎从没想过会永远和他在一起，甚至早就平静地预料到了那一天。

就像她说的：

“那如果哪天我们分开了……

“就再也不要联系了，好不好？”

周挽有秘密。

陆西骁闭了闭眼，眉间紧皱，憋着哑火，缓缓呼出一口气。

一整个晚上，周挽都惴惴不安。

周挽不知道姜彦到底有没有认出郭湘菱来——但姜彦没有联系她，那或许是没有。

这样四处提防让周挽觉得累极了，她也曾经想过要不要将一切告诉陆西骁，跟他道歉、忏悔。但以陆西骁的骄傲来看，如果知道这一切不过是一场局，他一定会暴怒，再不会理她。

周挽曾希望当一切尘埃落定时，陆西骁能坦坦荡荡地恨她。

可到如今，她却不舍得跟他分开。

能走一步是一步。就像饮鸩止渴。明知是毒药，还要不断灌下去。

翌日上学，周挽到教室时姜彦已经在座位上，他只是看了她一眼，如往常一样说了声“早”。

周挽松了口气：“早。”

本以为这件事到这儿就算是又逃过一劫，没想到当天傍晚又生事端。

下课铃打响，同学们陆陆续续都走了，教室里只剩下他们两人。

“周挽，”姜彦侧头看着她，声音低而沉，“你知道你自己在做什么吗？”

周挽倏地抬眼看向他。

姜彦目光平静，这件事他想了一整夜一整天，一开始看到郭湘菱那一刻的震惊早就耗掉了。

周挽顿了顿，轻声道："你都知道了？"

"所以你早就知道你妈妈现在是和他在一起了。"姜彦不敢置信地睁大眼，"那你和陆西骁还……"

"他不知道。"周挽打断姜彦，"只有我知道，是我明知道却还要和陆西骁在一起。"

"为什么？"

周挽垂下眼。

"为什么，周挽？"姜彦眉头紧皱，"你明明不是这样的人啊。"

"你以为我是什么样的人？"这么多日子，她独自承受这个秘密的压力，在这一刻终于爆发，"听话，乖巧，没有脾气？所以就算郭湘菱背叛我爸、抛弃我、对我奶奶见死不救，我也要眼睁睁地看着她的幸福人生什么都不能做吗？"

这一刻，姜彦仿佛不认识眼前的周挽："……你是故意的？"

"是。"周挽紧紧攥着书脊，指节用力到泛白，"我就是看不得她如意，所以才故意接近陆西骁，想借此让陆家将她赶出去，我就是这样的人，一直都是。"

"可你已经和陆西骁在一起一段时间了，怎么……"姜彦顿了顿，没说下去。

"因为……"周挽别开眼，说，"我不想伤害他。"

因为陆西骁比她原以为的，要更喜欢她。

姜彦一怔，而后皱眉道："纸包不住火的，这个道理你难道不知道吗？你怎么可能一直瞒着他，总有一天他肯定会知道。"

周挽的心脏上像是坠了颗巨石，不断往下沉，像是要堕入无尽黑暗之地。这些日子来，她自欺欺人，说服自己一定有办法让陆西骁不知道这件事。

可旁观者清，姜彦用最直白的方式替她点明了。

“姜彦，”周挽看着窗外暗下来的天，“你告诉陆终岳了吗？”

“当然没有。”他皱眉，“我是不喜欢陆西骁，我也很清楚这样的事对我来说有益，但周挽，你是我很重要的朋友。”

“谢谢，后面不管发生什么，都是我应该承受的。”

不管陆西骁有多生气，不管陆西骁会怎么对她。

周挽收拾好物理卷子，起身，轻声道：“走吧，上课去了。”

今天一天她都没和陆西骁联系，陆西骁也没来找她，竞赛培训快结束时周挽给陆西骁发了条信息。

周挽：你还在学校吗？

6：不在，有点儿事。

周挽的视线垂着，看着陆西骁发来的这几个字，眼眶不由得酸涩。

所以说，人总是贪得无厌的。

培训结束，周挽收拾好书包离开学校，路上给奶奶打了个电话问她想吃什么，在外面买了东西后回了家。

可奶奶最后还是没有吃多少就停了筷子。这样子已经好几天了。一开始周挽也只当作是奶奶食欲不振，可这么些天过去了，奶奶几乎没吃过什么，人都瘦下来了，气色越来越差。

“奶奶，吃完饭我们去一趟医院吧。”周挽说。

“去医院做什么？”

“您这样一直吃不下东西不是办法，身体肯定会出问题的，我们去检查一下到底是什么问题。”

年纪大了，出入医院的频率也越来越高。

奶奶实在不想再给周挽添麻烦，更何况，周挽马上就要去比赛了。

“年纪大了就是这样的。”奶奶笑着说，“这检查也检查不出来什么问题。”

但奶奶最后还是拗不过周挽，和她一道去了医院。

漆黑昏暗的小巷，电线在头顶拉扯交织。

陆西骁一脚踩在骆河肩上，他眉眼阴鸷，面无表情、居高临下地看着骆河，周身都散发着浓烈的戾气。

骆河的肩胛骨被踢得快要碎裂，蜷在地上哀号。

陆西骁松开他，捏着他的脸抬起来："你敢再议论周挽一句，我不会放过你。"

骆河一嘴的血，牙齿都被染红了，看着十分恐怖。但他也是个不要命的，到了这一刻还不肯服软，啐了口血沫，嘶哑着声音说："看不出来，你有一天也能成情种。"

陆西骁看着他没说话。

骆河近乎癫狂地笑起来："她有什么地方能让你这么高看？下次我也……"

话音未落，陆西骁骤然暴怒，猛地扑过去一拳拳砸在骆河脸上。

他眼底黑沉，什么后果都不顾了，骆河被打得血沫飞溅。

眼见再这么打下去要出人命，蒋帆冲过去抱住陆西骁的腰，吃奶的劲儿都使出来了，总算将他扯开了。

"骆河，"陆西骁在暴怒中冷声道，"你敢招惹她，我肯定不会轻饶你。"

他们刚才在常去的店里。陆西骁已经很久没有参与这一类活动了，蒋帆还奇怪他怎么会来，只察觉他心情不佳，便猜他和周挽或许是闹矛盾了。

好死不死地，骆河偏就坐在旁边的卡座。几个男生谈起天没皮没脸，到后来又牵扯到周挽身上，说出来的那些话是个人听了都会觉得不堪。

陆西骁直接提起酒瓶就过去了，什么招呼都没打，抬手就将酒倒在骆河头上，而后将人直接拽了出去。

…………

闹剧收场。

蒋帆问："周挽呢？"

陆西骁冷笑一声："不知道。"

“……”果然是吵架了。一边吵架，一边还为了她不要命。

陆西骁看向另一边男生的手臂，上面有血顺着指尖滴落：“怎么了？”

男生骂着啐了一口：“骆河旁边那个耍阴的，划了我一刀，不过并不严重。”

陆西骁自己身上也有许多大大小小的伤，虽没见血，但脱了衣服也肯定是大片瘀青，看都不忍看。

他自己无所谓，但朋友到底是因为他才受的伤。

“去医院看看。”陆西骁起身，“这伤口不浅。”

坐上出租车，司机看到他们这架势愣了一下，一看这些人就是刚打完架的混混，衣服上都有血渍，本想拒载，陆西骁拿出钱包，沉默地抽出十几张钞票递过去。

司机撇撇嘴：“上来吧，去哪儿？”

“医院。”陆西骁坐在副驾驶位上，拉下车窗，呼啸的风打乱他的头发，脸上的血痕长长一道，已经干涸了。

他的脑袋有些混乱。乱线团似的思绪理来理去，也不过理出一个周挽。

那些他曾经不去想、不去在意的东西，一旦被戳破摆上台面，就再也不能被忽视。

他淡淡地看着窗外的夜景，目光没有焦点。

过了会儿，他极其烦躁地拿出手机，给周挽拨了通电话过去。

很快，周挽就接了起来：“陆西骁。”

声音很轻，但却奇迹般地抚平了些他心尖上的那些烦躁。

“嗯。”他垂下眼，淡淡道，“在干吗？”

奶奶刚刚检查好身体，各项指标都没什么太大的问题，就是这段时间实在没怎么吃东西，身体有些虚弱，要输一瓶营养液。

周挽站在配药处，已经检查完了，她也不想白白让陆西骁担心，便笑了笑说：“没什么，你在外面吗？”

正好这时出租车停在医院外，司机说：“到了。”

陆西骁下车，关上车门："嗯。"

周围的声音有些嘈杂，周挽想他大概是和朋友们在外面玩。

"那你玩吧。"周挽说，"不要喝太多酒了。"

陆西骁冷着张脸，勾了勾嘴角："知道了。"

挂了电话，蒋帆笑着拍了拍陆西骁的肩膀："干吗？你和周挽吵架了？"

"没。"确实不能算吵架。周挽那性格，谁能跟她吵起来。

"那你怎么是这副态度？"蒋帆挑眉，"前段时间不还好好的吗？"

就算是厌了，也不该是现在这样。

正说着，陆西骁忽然脚步一顿，蒋帆诧异地抬眼，顺着他的视线看过去，便看到不远处刚刚配完药的周挽。

刚才他们通电话时蒋帆站在旁边，内容也听了个大概。

陆西骁问她在干吗时，她可是说"没什么"。

旁边的同伴很没眼力见儿，一见到周挽就兴冲冲地扬起那双受伤流血的手，还喊了一声。

听到声音，周挽下意识地看过来，脚步一顿。

而后她看到陆西骁衣服上的血渍、鼻梁上的一道瘀青，还有手背上的血痕。

她皱起眉，跑过来问："你怎么了？"

陆西骁看着她，淡淡地问："怎么在这儿？"

"带奶奶过来。"周挽稍顿，"现在已经没事了。"

"哦。"

周挽认真打量他身上的伤："陆西骁，你是不是打架了？"

"是骆河。"同伴没看出这别扭的氛围，还大嗓门地说，"有胆没种，再有下次看我弄不死他！"

蒋帆打圆场："是刚才在店里阿骁听……"

"蒋帆。"陆西骁忽然打断他的话，"你们先进去。"

说完，他拉着周挽的胳膊往外走。

周挽被扯得踉跄，可满心满眼都是他的伤，一边跌跌撞撞地往外走，一边想去牵他的手，好好看看他的伤。

“陆西骁……”周挽的声音轻颤，心疼又生气，“你干吗又要去打架啊？”

陆西骁烦躁到暴怒，骤然停下脚步转身，居高临下地看着她，眼底都是不耐和盛怒。

“我打不打架，你管得着吗？”陆西骁轻嗤，“周挽，你以为你是谁？”

周挽一怔，伸在半空的手停在原地，而后缓缓放下了。

陆西骁在说出刚才那句话的瞬间就后悔了。但看着周挽垂下的手，他又冷了脸，硬是咬着牙又问了一遍：“说，你是我的谁？”

“对不起。”周挽低下头，“你先去看医生好不好？”

陆西骁侧头冷笑了一声。他宁可周挽对他发脾气，打他骂他都无所谓。可他说了那么过分的话，她却还能好声好气地跟他说对不起。

周挽根本没真正把他当成亲近而重要的人。

一点儿脾气都没有，一点儿情绪都没有，更像是根本就不在乎他，所以不需要生气，也不需要在他身上白白消耗情绪。

反正总会分开。反正她早就预料到并接受了那一切。

她顶着那张最干净最清纯的脸，干的却是最浑蛋的事。

就像是只为了及时行乐，只为了享一时的乐趣。

或许是他从前作恶多端，现在报应到了他的身上。

陆西骁闭了闭眼，深吸了口气：“周挽。”

她低着头：“嗯。”

“我问你在干什么，你为什么不告诉我你在医院？”

周挽顿了一下：“因为那时候都检查好了，没什么事，我就不想说了，怕你担心。”

这本来并不是多严重的事，但在这个当口儿，这件小事就被无限放大，陆西骁心底的那个猜测不断膨胀。

“昨天我问你在想什么，你说没什么，行，你不想说我就不问。”陆西骁冷淡地开口，“今天又是这样，你到底把我当什么人？什么都不肯说，什么都藏在自己心里，谁都进不去，周挽，有你这么不近人情的吗？”

昨天周挽就察觉到陆西骁不高兴，但没想到会发酵到如今这个地步。

她红着眼仰头去看他。少年低垂着眉眼，眼底是失望透顶的冷意和烦躁。

像陆西骁这样的人，轻而易举就能得到人心。而曾经被他温柔对待过的人，再看到他现在的神色，怎么能不委屈。

她的眼眶红了，睫毛湿润，鼻尖也红通通的。

陆西骁依旧烦躁，但还是因她这副样子心软了，他垂在腿边的手指弯曲了一下。

他妥协地想，算了，管她想什么，只要人在自己身边就可以了，别的什么他也懒得去在乎了。

刚要俯身去擦周挽的眼泪，她忽然低着头轻声问：“陆西骁，你不想跟我在一起了吗？”

陆西骁一顿，喉结滑动。

周挽甚至没敢抬眼去看他，怕又看到他那副冷漠疏离的表情。她努力让自己的声音不那么抖：“如果你想要跟我分开的话，那我们……”

“周挽。”陆西骁没让她继续说下去，冷声打断了她的话。

但如果当时周挽再仔细一些，就会发现他的急迫，他生怕她真说出那个字眼，那就真的到了无法挽回的地步。

“你——”他气结，没说下去，忍着满腔怒火呼出一口气，侧头看向别处，“算了，随便你。”

奶奶输完营养液已经是半个小时后。

“挽挽，冷不冷？”奶奶站在医院门口问。

“不冷。”周挽说。

奶奶握住她的手，“哎哟”了一声：“都这么冰了还说不冷啊，这马上就要考试了，可别冻感冒了。”奶奶立马捞着她的手放进自己的棉袄里头，还不停地搓着她的手背替她取暖。

周挽的黑睫轻轻颤动了一下。她鼻间忽然涌上一股涩意，心脏抽得生疼。她只能用力地睁大眼睛，将这股涩意硬是忍了回去。

“奶奶，”周挽说，“回家吧。”

回到家，周挽洗了澡坐在床头。

床边一直放着陆西骁给她夹来的那个屁桃娃娃。

她盯着娃娃看了会儿，回想起刚才陆西骁的样子。

说完“算了”，他便转身走了，再也没回头。

一滴眼泪毫无预兆地砸落下来，终于打破了她强装的镇定。她抬起手掌用力地挡住眼睛，可依旧挡不住眼泪，滚烫的泪水顺着指缝滑落。

冬天总是个让人心碎的季节。她连哭都不敢大声，紧紧咬着牙，颤抖的尾音刚发出就被克制地收回，只剩下伤心痛苦到极致的细碎哽咽。

那个晚上，周挽不记得自己是什么时候睡着的，只记得枕头都湿了，眼睛也酸得发疼，半梦半醒间做了一个梦。

她梦到小时候，爸爸去世时发生的事，又梦到郭湘菱拖着行李箱离开家，奶奶第一次发病晕倒……

不知道为什么，从小到大，她在乎的东西总是留不住，总是要离她而去。

那个梦的最后，是在游戏厅里。

光线昏暗，周挽耳边充斥着游戏机的声音，陆西骁看着她，扬眉问：“叫什么？”

他身上落满了少年人独有的光芒，青春、张扬、恣意、轻狂、自负。

就像是那个夏天的雷阵雨，急促又短暂。

淋得她浑身湿透，好不容易终于习惯了，雨却停了，只剩下萧瑟的风。

留她一人一病不起。

陆西骁就像是那一场雷阵雨。

冬天来了，她还是留不住他。

学校里都在传，陆西骁和周挽闹崩了。

陆西骁向来高调，从不在乎别人的目光，而现在在学校里见到周挽他却不会主动过去找她了。

学校贴吧又热闹了一阵。

1楼：我早说了陆西骁这样的人怎么可能从良。

2楼：不过周挽跟他确实挺长时间了吧。

3楼：说起来周挽确实挺有骨气的，在学校里也没见她再去找过陆西骁。

4楼：找了有什么用，之前那些女生找他哪次有用过，就只有被羞辱的份儿。

…………

后来几天陆西骁干脆没去学校，又成了以前那样。

包厢内光线昏暗，徒增暧昧气氛。

陆西骁坐在人群中，却融入不了这嘈杂浑浊的氛围，依旧清冷疏离。他与这里格格不入，却也成为最吸睛的一处风景。

没一会儿，一个女生拎着个杯子过来："能在你们这借个位置吗？"

美女有要求，他们自然不能拒绝。其他人纷纷起身挪了个座位给她。

"能坐那儿吗？"女生示意陆西骁身旁的位置，点明来意。

众人先是犹豫了一下，但想到周挽好几天没出现，大概两人是真分了，便让出了陆西骁身旁的位置。

陆西骁这才抬眼，他漫不经心地扫了眼女生，而后又收回视线，自顾自继续看手机。

女生没气馁，也丝毫不觉得难堪："能给个联系方式吗？"

"没兴趣。"这是陆西骁对她说的第一句话，嗓音深沉又冷淡。

"有喜欢的人？"

陆西骁磨了下牙，没说话。

女生见过太多在这种娱乐场中的假清高，多是寻欢作乐的，哪来那么多情种？

她笑了笑，看着陆西骁眨了眨眼，语气暧昧："能被你喜欢的人肯定很漂亮吧？跟我比呢，谁更漂亮？"

她长得确实漂亮，明艳出挑，一双狐狸眼很勾人。

"呵——"陆西骁忽然笑了一声。听不出情绪，但这是今晚他第一次笑。

他笑起来更加好看，又痞又撩人，侧脸到喉结的线条流畅锋利，可说出来的话就不能算好听了。

"你差远了。"

女生一怔。大概是从没吃过这样的闭门羹，她脸色一黑，什么兴趣都没了，起身就走。

剩下其他人面面相觑。

蒋帆问："阿骁，你没和周挽分啊？"

陆西骁抬眼："谁跟你说分了？"

"大家不都这么说？我也以为前几天在医院你们吵了一架就……"

"没。"

"那……"

蒋帆还想问什么，但陆西骁没兴趣在这么多人面前剖析自己那点儿感情史，直接起了身："走了。"

从店里离开，陆西骁独自走在外面灯红酒绿的街上，过了会儿，他还是没忍住拿起手机，给周挽拨了电话。

"嘟"了几声后，传来冰凉的机械女声，说"您拨打的用户暂时无法接听"。

陆西骁的脸上又沉了几分，他冷笑一声。

她周挽倒是有骨气，说不联系就不联系，当真是说到做到。

陆西骁拦了辆车，去了黄屏那儿。

一掀开超市卷帘门，黄屏看到便直接屏蔽他叫了一声："咱妹妹来啦。"

陆西骁啧了啧。

黄毛也发现了今天他身后没跟着周挽："妹妹呢？"

"谁是你妹妹？"他语气烦躁。

黄毛看着他的表情笑起来："怎么，吵架了啊？"

陆西骁没说话。

黄毛说："是不是你这臭脾气气到人家了，活该！就该这么治你！"

"她想跟我分开。"陆西骁忽然说，声音很轻。

这话一出，黄毛顿时愣住了。虽然除了周挽，他从没见陆西骁带别的女生来过他这里，但听说过不少陆西骁的事，也从没见他被甩过。

"分了？"

"没。"顿了一下，陆西骁烦躁地捋了把头发，"不知道。"

陆西骁就是在和女生的相处中习惯了占主导地位，他曾经如鱼得水，来去自由、不受束缚，从没学过怎么低头怎么挽回。

如今碰上个硬茬儿。

"那你们是吵了一架？"

"算是。"

"为什么？"

陆西骁靠在椅背上，沉默片刻后，将那天的事跟黄屏简单地讲了。

"人家不就是怕你担心吗？又不是跟别的男生去玩了还瞒着你。"黄屏给他下定论，"你什么时候这么小心眼儿了，难不成你以前干什么都告诉她？"

陆西骁嗤了一声："我没骗过她。"

"这算什么骗，这叫……那什么玩意儿。"黄屏一拍桌，"善意的谎言！"

"跟你说不明白。"

黄屏乐不可支："不是，我女朋友要是跟你一样小心眼儿，动不动就上纲上线的，我也想跟人分手。"

"我气的不止这个。"

"那是什么？"

陆西骁垂了垂眼，低声说：“她有事瞒着我。”

黄屏一愣，回想周挽那乖巧温柔的样子，有些诧异，“嚯”了一声：“看不出来，咱妹妹还是个有秘密的妹妹。”

陆西骁没什么表情地看了他一眼，黄屏终于正色道：“瞒你什么？”刚说出口他就知道自己又问了个蠢问题，“哦，你要是知道就不叫瞒着你了。”

陆西骁双手插着兜，倦怠地仰面靠在铁质椅子上，头顶的白炽灯刺得他睁不开眼。“如果我想知道她的秘密，我一定可以知道。”陆西骁低声说，“但我不敢。”

“你还有不敢的事？”

“哥。”陆西骁忽然这么唤了黄屏一声。

陆西骁只有小时候跟个流浪儿童似的在他家蹭吃蹭喝时这么叫过他，稍微长大些后不是叫他“黄屏”就是叫他“黄毛”。

黄屏怔了怔，终于认真起来：“嗯。”

陆西骁就这么仰面看着头顶的白炽灯，声音很淡，平静得就像只是说了句“吃了吗”：“我是真的想过，以后要好好读书，跟她去一个城市读大学。”

黄屏看着陆西骁安静了许久，仿佛又看到了从前那个每回考试都拿满分的小男孩儿。

“可你知道她的秘密后，难道就不能在一起了？”黄屏皱眉，“她瞒着你的事有那么严重吗？”

“我不知道。”陆西骁扯着嘴角笑了一下，过去种种迹象都在他脑海中浮现，连成一条模糊不清的线，他敛了笑意，“或许，有这么严重。”

“那就装不知道，等她自己想告诉你的那天。”黄屏说，“阿骁，如果你真的那么喜欢她，就不能再这样浑浑噩噩下去，我知道你有多聪明，如果好好读书，将来肯定能闯出一番天地。”

陆西骁没说话。

黄屏继续道：“我知道你讨厌你那个家，但你现在即便搬出来住，依旧不可能摆脱他们，周挽跟着你也同样会受制于你的家庭，你希望她以后这样子吗？”

陆西骁想起他的妈妈。沈岚自始至终都被陆家牵制，一开始被陆终岳和老爷子牵制着没能离婚，后来又被陆家两个孩子牵制住双手双脚，她慢慢地崩溃，最后走向那样的结局。

黄屏说：“你想保护好她，你就要强大到能挡在她身前，那么不管那个秘密到底有多大，都是你来做决定，只要你喜欢她，没人能让你们分开。”

第二十章

你是有翅膀的

周挽从周五晚上就开始发烧，整个人都烧得迷迷糊糊，不知做了多少个梦，又多少次从那些支离破碎的梦中哭着醒来。

就像陷入了那个闷热异常的梅雨季节。

她早早吃了药，捂着厚厚的被子睡了很长的一觉，醒来后手脚终于有了些力气。

一大早物理老师就打电话过来，问她怎么样了。

周挽喝了口水，清了清嗓子："好多了。"

听声音确实好多了，她昨晚根本连声音都不怎么能发出来。

这一场高烧来势汹汹，可来得实在不是时候，下周一她就要去 B 市考试，明天一早学校就会安排她和姜彦先飞去 B 市。

物理老师叮嘱周挽好好养病，放轻松，不要再去看书，已经准备到这个地步，正常发挥一定可以考好。

周挽"嗯"了一声。

挂断电话，周挽才发现手机里有一通陆西骁昨晚打来的未接电话。

周挽愣了一下，睫毛轻颤，指尖在屏幕上停留许久，最终也没回拨过去。

自从那一晚，陆西骁就再没有找过她。

再继续和陆西骁纠缠下去只会让事情越来越糟，还不如就此断了。

就像她曾经说过的，如果哪天他们分开了，就再也不要联系了。

她洗了把脸，脑袋终于清醒些，换好衣服走出卧室时正好看到奶奶拎着个布袋在门口换鞋。

“奶奶？”周挽出声唤了一句。

奶奶立马快步走过来：“怎么样，身体舒服点儿没？”

“好多了，再睡一晚应该就没事了。”

奶奶摸了摸周挽的额头，的确是没那么烫了，终于松了口气：“奶奶煮了点儿粥，在锅里，一会儿你记得吃点儿，吃过药后再回去捂捂汗。”

“嗯。”周挽问，“您要出门吗？”

“上次跟你说过的，要去庙里进香，替你后天的考试拜拜。”奶奶说，“马上就回来了。”

“那么远的路，还要去呀？”

“这有什么远的。”奶奶笑了笑，“为了我的挽挽能顺顺利利的，这算什么呀。”

“那您路上小心，到了以后给我打个电话。”

“知道。”奶奶揉揉周挽的头发，关门之际还嘱咐她，“记得喝粥啊。”

屋里又只剩下周挽一个人。她穿着厚重的外套，舀了一勺粥，独自坐在餐桌前。

这些天她哭得太多了，现在眼眶发涩，哭不出来，眼圈都肿了不少，好在还能将这一切推给发烧，不用再花心思寻借口。

她安静地看着眼前的粥碗，一小口一小口地喝。喝到见底，她忽然低下头，抬手按在心口的位置。

她垂着眼，睫毛飞快地颤着，竭力稳住凌乱急促的呼吸。

连哭都哭不动了，可为什么心还这么疼。

她低下头，脸深深埋进臂弯，自言自语般喃喃说着：“对不起，陆西骁……对不起。”

这一切都是她的错，都是她咎由自取。

陆西骁一天都没有碰手机。

少年站在摩托赛道前，身上是修身利落的赛车服，红白相间，衬得他风采飞扬。他的神色很淡，面无表情地看着眼前的一切。

陆西骁从来不屑于参加黄屏这儿的各种赛道比赛，这是第一次。

不为什么，就为了拿到第一名的奖金。

他知道周挽缺钱，奶奶要看病，还要读书付学费，到处都是花销。之前因为物理竞赛周挽暂时辞掉了游戏厅的工作，等竞赛结束肯定还要找工作兼职。

陆西骁也确实不缺钱，但那些钱多是沈岚留给他的。周挽肯定不愿意拿他的钱，那至少他能把自己挣来的钱给她。

十七八岁的年纪，陆西骁确实没能力真的像黄屏说的那样，保护好周挽不受任何伤害。但至少，他能让周挽尽量轻松一些、快乐一些。

黄屏从后面走过来，拍了拍陆西骁的肩膀："还没去找咱妹妹啊？"

"等她考完试回来吧。"陆西骁看着远方，轻声说，"我要拿到第一，等她回来，至少让她知道，我也可以靠自己挣到钱。"

随着一声哨响，比赛预备。

陆西骁人高腿长，穿上赛车服更加出挑帅气。他跨步上车，拉下头盔，沉默又冷静地看着前方。

随着"嘟"的一道长声，几辆赛车从起点线疾驰而出。

风在耳边呼啸，陆西骁领先。

他想，等到周挽回来，等到比赛结束，他就去找她。不管是挽留还是求情——

告诉她，他有多喜欢她。

告诉她，他以后会好好听话，读书、高考，和她一起去读大学。

告诉她，其他的什么他都不在乎了，以后只有他们两人。

…………

赛车场内都是引擎的轰鸣声和刹车片摩擦的尖锐声音。

同样的刹车声还响起在一条漆黑的巷子里——

骑着摩托送外卖的男人远远看到路边倒着一个白发苍苍的老太太，他把车停到一边，快步跑过去。

地上一汪水，老太太的脸栽在水坑里，头发和衣领都被弄脏了。

“大妈？”男人推推老太太的肩膀，“您没事吧？醒一醒！”

可老太太脸色苍白，什么反应都没有。

男人手忙脚乱地拨通120，头一回碰到这样的场面，他的手都在抖：“喂，是120吗？这里有一个老太太在路边晕倒了……”

周日早上的平川机场人来人往。

姜彦拉着行李箱站在安检口外，一旁的物理老师正焦急地给周挽打电话，可却怎么也打不通。

他急得满脑门儿汗，跺脚：“这节骨眼儿怎么不接电话啊？飞机都要飞了！”

物理老师扭头对姜彦说：“姜彦，你先进去，我再继续联系。”

姜彦皱着眉：“会不会是路上出什么事了？”

“你别操心这个了，先进去。”物理老师推着他走进安检口，连连挥手让他快点儿走，“你放心，就算周挽迟到了也可以改签，你先过去。”

看着姜彦走进去，物理老师又拨通了周挽班主任的电话，问有没有周挽家长的联系方式。

“我把她奶奶的电话给你啊。”班主任也一样着急。

物理老师忙说：“她奶奶的我这也有，已经打过了，也一样没人接！”

“你等一下啊。”班主任迅速调出学生档案，“周挽妈妈的电话登记是登记了，但是她父母很早之前就离婚了，她没跟她妈妈。”

“你先给我吧，不管了，先都试试。”

物理老师拿到郭湘菱的号码，立马拨过去：“喂，你好，是周挽妈妈吗？”

郭湘菱顿了一下。

这些日子她正为这事发愁，生怕露什么马脚，索性撂了句“不是”，直接挂了电话。

后来过了很多年，周挽回想过去，她这一辈子的转折点，一个是在游戏厅对陆西骁说“周挽，会挽雕弓如满月的‘挽’”，一个就是这一天。

让她在人生这条道路上偏离了原本的方向，渐行渐远。

周挽做了一个荒诞的跑马拉松的梦，梦里她奔跑在一条漫无边际的马路上，每个人都拼了命地往前跑，谁也不敢停下来，好像停下来就会被身后可怕的怪物捉住。

她跟着如潮的人群奋力向前。但她实在太累了，有无数的人超过她，她被甩在后面。

然后有一个人忽然从身后握住她的手。

周挽看不到他的脸，只觉得他像是一阵风，带着她、推着她往前跑。

可跑着跑着，他也消失了。

明明大家都在朝一个方向跑，可周挽却忽然觉得迷了路，什么也看不清，什么也不明白。

还要跑吗？要跑到哪里去？周挽停下脚步，在汹涌向前的人群中驻足，回头看向身后。

理智告诉她不能停，要快点儿跑起来，可她又被撞倒在地，没有力气起身。

她看着身后的路混杂着泥土和砾石噼里啪啦地爆裂而起，像是电影里世界末日的画面，然后陷落的路迅速蔓延到她的脚下。

她快速坠落，耳边风声呼啸。其中夹杂了一句“周挽，以后每年的新年，都跟我过吧”，但这句话很快被猛烈的风撕扯成碎片，什么都听不到。

她坠入万劫不复之地。

…………

“嘟——”

黑色的海水仿佛灌入卧室。铃声响起，周挽从睡梦中惊醒，接起电话。

对面有人说：“您好，请问您是黄雪芬的孙女吗？这里是市人民医院。”

周挽猛地从床上弹坐起来，一种极为不祥的预感涌上心头。

“是。”她迅速回复，顾不得别的，迅速下床，“我现在马上过来，麻烦你们先治疗我奶奶，我马上就会过来付医药费。”

周挽随手扯起一件外套套上，底下是睡裙，她连裤子都没时间换，趿拉着棉拖就跑出卧室。

电话那头停顿了一下，带着安抚的意味轻声说：“抱歉，我们已经尽力了。”

周挽本以为，自己永远无法做好准备面对这一天。

但事实上，她比自己想象的要镇定得多。

她重新换好衣服，打车去了医院，一路都没有哭。

到了医院，电梯口有很多人，她甚至还有力气走楼梯。

奶奶安安静静地躺在那儿，安静又平和，像是只是睡着了。

护士在旁边告诉她，奶奶是因为突发心肌梗死，也是尿毒症并发症的一种，晕倒在路边被经过的路人发现，这才打了120，可惜送到医院的时候就已经没有了生命体征。

太突然了。前一秒还好端端的人，就因为心肌梗死走了。

今早奶奶出门时，周挽甚至都没有好好跟她道一声别。

她垂着眼，“嗯”了一声，轻声问：“送我奶奶来的那个人还在吗？我想谢谢他。”

护士头一回见到这样反应的，愣了一下，感觉周挽的状态不对劲儿，认真地打量她，说：“是个送外卖的小伙子，还要送餐，已经走了。”

周挽点头，问：“我能和我奶奶单独待一会儿吗？”

“可以，”护士转身往外走，到门口，她忽然想到什么，折身回来，“对了，这是你奶奶的东西。”

周挽回头看。

护士摊开手，手心里躺着一枚黄色的香囊。

护士说："送来医院的时候你奶奶还紧紧地把这个香囊攥在手里。"

是……今天奶奶去庙里替她求来的保佑香囊。

保佑她的挽挽能考得好成绩，保佑她的挽挽一生顺利快乐幸福。

周挽接过香囊说："谢谢你。"

护士离开，替她轻轻关上门。

房间内只剩下周挽。她低头看着那枚香囊，看了很久，看得眼睛都酸了，里面血丝密布。

"奶奶，"她蹲下来，看着床上的奶奶，"为什么您也要丢下我一个人啊。"

她紧紧攥住香囊，用力抿住嘴唇，又说："但我一个人也可以过下去的，您放心吧，可以见到爸爸了，您很想他吧。"周挽顿了顿，指甲用力地掐进肉里，几乎要掐出血痕，她低下头，极其小声地说，"可我也好想他，也好想您。"

…………

跟奶奶告别后，周挽联系了殡仪馆。

还有很多东西要准备，周挽没有在医院多待，又回了家。

家里一片漆黑，周挽开了灯，看着眼前空荡荡的一切，其实和之前并没有什么区别，可就是平白冷清了许多。

她走进奶奶的卧室，打开衣柜。

她找出一件浅灰色的毛衣，准备送葬火化时给奶奶穿上。

这件衣服是去年她拿到奖学金后买给奶奶的，但奶奶舍不得穿，到如今也没穿过几回。

她垂着眼，全程很平静，就连在收拾奶奶的遗物时看到奶奶抽屉里放着的保险单也没有掉眼泪。那一份份的保险都写着周挽的名字，周挽从来不知道，奶奶连字都不识，是怎么买的这些，又是抱着怎样的心情买的这些。

对奶奶来说，她走后，她的挽挽就真的无依无靠了。

她只能尽可能地让她的挽挽过得顺畅一点儿。

卧室灯光昏暗，周挽整个身子都笼在阴影下，只有脸上铺了一层淡淡的月光，衬得她淡薄又脆弱。可她却没哭，甚至什么表情都没有。

这时的平静更加可怕，她那波澜不惊的躯壳下，似乎有什么早就已经失衡，摇摇欲坠，快要坍圮。

两天后比赛结束，陆西骁如愿拿到第一，有两万元的奖金。

有相关的俱乐部看上他，想邀他加入，他兴致缺缺地拒绝了，一边将那个装着一沓钞票的信封放进口袋，一边拨通了周挽的电话，已关机。

陆西骁皱了下眉，继续拨。

“行了。”黄屏的手臂撑在台面上，幸灾乐祸道，“叫你之前不联系吧，非要拿到奖才找人家，现在人家更生气了，估计你得跪下来求饶才可以。”

“她去外省参加竞赛了，准备那么久，不想这时候打扰她。”陆西骁淡淡地说，低着头继续给周挽发信息，“可能还在飞机上。”

回家路上，经过周挽家的小区，他抬头看向那个方向，灯都关着，一片漆黑，周挽大概是还没回来。

他又拨了个电话，还是没人接，于是改发信息。

6：回来了吗？

路灯下，身形挺拔的少年直直站着。

他低着头，继续打字：下飞机了跟我说一声。

顿了顿，他又全部删除，打开行程 APP 搜平川市和 B 市之间的航班，晚上一共有两班，一班是晚上 8 点，一班是凌晨 12 点。

现在赶过去还来得及，陆西骁直接打车到了机场。

他站在拥挤的出站口，心里想着一会儿见了周挽要怎么说。

他头一回在感情里低头，没有经验，也不知道应该怎么道歉，他打了一通腹稿，推翻再推翻，少见地感觉紧张。

他怕周挽真的生气了，更怕周挽真的不愿意原谅他。他知道自己脾气差，有时控制不住情绪。他那硬邦邦的脊梁骨，不会低头，不肯妥协，这才闹得如今这结果。

只要周挽是喜欢他的就行，别的什么都不重要。

他们这样的年纪，只要喜欢就足够。

陆西骁本以为，自己会一辈子游戏人间，他从来没有真正爱过谁，也从来没有真正在乎过谁。他很清楚，如果这辈子一定会有一个人能走进他心里，这个人就只能是周挽。

他站在出站口，看着不同航班的人一个又一个的出来，跟来接机的人拥抱牵手接吻，笑容满面地离开。

从晚上 7 点 30 分等到凌晨，机场里的人换了一拨又一拨。

如今机场中来来往往的都是等航班的神色倦怠的行人。

陆西骁不确定周挽到底会搭哪个航班，他按了按干干的眼眶，重新看了一遍航班，凌晨 2 点还有一班。

可等到天都泛起鱼肚白，他也没等来周挽。

或许，她下午就回来了。

陆西骁又拨了她的电话，还是关机。

他蹙了蹙眉，不知道周挽是真的没注意手机，还是单纯不想理他。

不知道为什么，他有点儿心慌。

他走出机场，拦了辆出租车："去阳明高中。"

司机透过后视镜看他，笑道："这眼都熬红了还上学去啊？现在高中生学业可真重。"

陆西骁礼貌性地回了个笑："不是，去哄人。"

司机夸张地扬起一侧的眉毛："哟，有情况啊？"

陆西骁只笑，不说话。

"你们学校老师不管？"

陆西骁闲聊解困，随口道："她成绩好，我沾个光，没被训。"

司机笑起来："你们阳明成绩好的那些可是能考华清吧？"

“嗯。”陆西骁摇下车窗吹风，扯了一下嘴角，“她能保送。”

出租车停在校门口，门卫一看是陆西骁，也没拦他。门卫没管他穿不穿校服，这祖宗能来学校就不容易了。

陆西骁一路跑着上楼，直奔高二（1）班。

他头发都跑乱了，人还在轻喘着气。他向里面看了一下，周挽的位置空着，但姜彦在教室，看来他们已经回来了。

他敲了敲门，问：“周挽在吗？”

教室里原本安静，看到他的出现有人低声交谈议论。

最后竟是姜彦起身回答陆西骁。他冷眼看着陆西骁：“你不知道周挽在哪儿吗？”

陆西骁没说话，侧了一下头。

“她根本没去参加竞赛，整个周末谁都联系不上她。”姜彦走上前，在教室外走廊上直视着陆西骁，他扯起嘴角，露出个不屑讽刺的笑，“你不是跟她闹别扭了吗，现在又来找她做什么？”

陆西骁懒得理会姜彦语气中的挑衅，脑海中盘旋的都是姜彦说的前一句话。

整个周末谁都联系不上她。周挽没去考试。

她昏天暗地地准备了那么久，却根本就没去考试。

“她怎么了？”陆西骁努力稳住声音。

姜彦心里并不愿意告诉陆西骁。可现在周挽失联，他无能为力，但或许……陆西骁有办法。

毕竟周挽曾经告诉过他，她喜欢上陆西骁了。

“她奶奶去世了。”姜彦说。

陆西骁的脑袋里瞬间“嗡”的一下。他太清楚奶奶对周挽有多重要，那是她在这个世上唯一的亲人，更是最后的亲人。

他不知道，失去奶奶的周挽，会是怎样的，会做什么事。

他一句话都没多说，也来不及说，就转身飞奔下楼。扬起的衣角兜住了清晨的阳光，割裂开原本平和的画面。

周挽不知道自己这三天是怎么过的，她几乎感觉不到自己还活着，只是机械地动着，安排好奶奶的后事。

有邻居来帮忙，周挽一一道谢，强撑着没哭。

入夜后，房间里又只剩下她一个人。漆黑的夜晚裹挟着刺骨的寒意，将她淹没。她坐在地上，后背靠着沙发，整个人都颓败下来。

她已经三天没有换衣服了，脸也没洗，东西也几乎没吃过。周挽白天四处奔波料理奶奶的后事，晚上就这么坐着，睡不着，一发呆就能耗掉十几个小时。

直到这一天，奶奶的遗体火化了。一切都结束了。

周挽在回家时经过菜市场，买了点儿排骨和冬瓜，想做冬瓜排骨汤喝。

她煮了一锅汤，喝了几勺就没了胃口。周挽坐回到沙发前，熬了几十个小时没休息，她的意识变得模糊，不知是睡着还是醒着。

空气中弥漫开一股异样的气味，像是煤气，周挽却一点儿力气都没有，她起不来，便闭上眼索性由它了。

她实在太累了，顾不上空气中蔓延开的气味，也没注意到门外传来的急促敲门声。

…………

陆西骁一脚踹开房门的时候就闻到了浓烈的煤气味。

那个瞬间，他脑海中闪过一百个念头，却抓不住任何一个。

窗帘拉着，屋内漆黑一片。陆西骁从学校一路跑过来，满头大汗，他喘着粗气，在寒冷的冬日里呼出一团团的白雾。过了几秒他才适应屋内的黑暗，看到了坐在地上的周挽，背靠沙发，像是睡着了。

陆西骁跑过去时踉跄了一步，他狼狈地站稳，然后扑到周挽身前，捧起她的脸："周挽！周挽！"

她没有任何反应。

陆西骁手忙脚乱地开窗，跑进厨房关紧煤气。

回到周挽身边，他拿起一旁的矿泉水，拧开往周挽嘴里灌。

他的手都止不住地颤抖。

忽然，周挽呛了一声，抬手打掉矿泉水瓶。水瓶掉在两人中间，剩下的水咕嘟咕嘟地流出来，将周挽弄得湿漉漉的，也将陆西骁身上都打湿了。

“周挽！”陆西骁握住她的肩膀，盯着她的眼睛。

周挽在迷蒙间睁开眼，看到陆西骁也并没有露出过于吃惊的表情，开口声音哑得不能听：“你怎么来了？”

“你怎么能……”陆西骁的手在抖，声音也在抖，还处于踹开门时的震惊和后怕中，他红着眼瞪住周挽，“你怎么能！”

他的呼吸急促，带着压抑不住的颤意。

周挽缓缓地眨了一下眼，反应过来，轻声说：“我没有想自杀。”

陆西骁低声压着火气：“我再来晚一点儿，你就要煤气中毒了。”

周挽愣了一下，后知后觉地反应过来，梦中闻到的味道就是煤气味。但她也不觉得后怕，甚至觉得，如果真是这样，也算轻松了。

“我只是，没力气起来。”周挽轻声说。

陆西骁伸手去拽她的胳膊，她真跟棉花似的，一点儿力气都没有，软趴趴的。周挽被陆西骁拎起来，倒在沙发上。

陆西骁终于看清了周挽的脸。她眼睛里血丝密布，黑眼圈几乎挂到下巴上，脸颊瘦得陷进去，头发乱糟糟的。

才几天，她就瘦得快要脱相。陆西骁从没见过这样子的周挽。

他皱起眉，走到一旁开灯，周挽许久不见天日，抬手挡住眼睛，从指缝里看到陆西骁走进卫生间，洗了条毛巾出来。

他脸沉着，一言不发地抬起周挽的脑袋，不怎么温柔地帮她擦脸。

周挽连抬手拒绝的力气都没有，便由着他了。

给她擦完脸，陆西骁又去倒了杯热水，逼她喝。

周挽连喝水的想法都没有，别过脸拒绝。

陆西骁掰过她的脸：“喝完。”

“不要。”

他按着周挽的下唇往下压，迫使她张嘴：“别逼我灌你。”

知道他一定有办法让自己喝水，周挽看了他一眼，接过水杯，屏着气一口灌进去。

周挽将空水杯丢到一边，人又栽下去。她躺在沙发上，用手臂横挡着脸，轻声说：“你回去吧。”

陆西骁看不得周挽这样子。哪怕从前的周挽也不是个多阳光多积极的人，但却从来不颓败，她身上有一股温柔而强大的力量。

不是现在这样的。不应该是现在这样的。

“周挽，”陆西骁皱眉，叫她的名字，“起来。”

“干吗？”

“我带你出去晒太阳，你要发霉了。”

“不要，我困。”

“到外面，你靠着我睡。”

周挽朝着沙发里侧偏了偏头，声音依旧很轻，却还是重复那一句：“不要。”

陆西骁拽着她的手臂想把人拽起来，周挽不愿意，向后扯着手挣扎抵抗，陆西骁便更用力地直接将人拽起来。

周挽这辈子唯一一次叛逆仿佛都用在了这一刻，她用力甩开了陆西骁的手，而随着这个动作，她失衡地再次摔进沙发里。

人颠了颠，头发散了满脸。

陆西骁沉着脸，打定主意不能让周挽继续在这间屋里消沉：“周挽，你再这样下去你奶奶能放心走吗？”

刚攥住她的手腕，周挽就用力甩开，她浑身所剩的活力都在这一刻迸发。她用近乎和人撕扯般的尖叫喊道：“那我能怎么办！”周挽的眼眶里布满红血丝，眉眼皆是即将破碎的样子，惊心动魄，“我能怎么办，我才

16岁！”

“一鸣惊人”后，她的声音又逐渐小下去。

刚才那一声耗尽了她的所有力气。周挽在沙发里蜷缩成小小的一团，她抱着膝，脸埋进去，发出刻意压抑后依然极致的呜咽。

陆西骁的心像是被密密麻麻的针扎烂了。

“陆西骁。”周挽忽然唤了一句，声音像奄奄一息的奶猫一样轻。

他喉结滑动，说：“嗯。”

周挽像是终于知道应该如何流泪，这是这些天她第一次哭出来。

她的呼吸凌乱又急促，抽噎得不成样子，肩膀一抖一抖的，指尖攥紧裤子，用力到发白，止不住地抖。

“陆西骁，我没有你了……现在连奶奶也没有了。”她满脸是泪，头发丝上也沾了泪水，“我什么都没有了……为什么，为什么我的人生是这样的？”

周挽回想起那天晚上做的梦。她终于明白梦中那场荒诞的马拉松是什么。

它有一个名字，叫人生。

所有人都在向前跑，周挽停下来，被汹涌的人群撞得站都站不稳，而后泥土、砾石爆裂而起，脚下的路破裂崩坏，她坠入深渊。

她泣不成声，眼泪汹涌到像是要将这些天没哭出来的泪都一次性流干。

陆西骁在她面前跪下来，牵住她的手。

忽然，有什么滚烫又湿润的东西砸下来，落在周挽的手背上。

“挽挽，”他抱住周挽，一下一下地拍着她的背，在她耳边轻声说，“对不起，上次是我浑蛋，对你态度不好。”

…………

“对不起，这些天我都没有陪着你。”

…………

像是踽踽独行、跋涉过万里关山的人，终于找到一个依靠。周挽在陆西骁怀里号啕痛哭。

而陆西骁一遍一遍、不厌其烦地告诉她：“挽挽，我在，我永远都会在。至少，我会陪你长大，和你一起长大。”

不管未来发生什么。

只要你回头看，就会发现，我一直在你身边。

周挽在陆西骁低沉的声音中渐渐平复下来，她还是在掉眼泪，但没那么歇斯底里了。

陆西骁不劝，只轻轻地拍着她的背，任由她哭。

他肩头的衣服湿了一遍又一遍。

从前周挽在网上看到过一句话，说流眼泪其实是在排毒。这些天的泪都在这次宣泄而出，她心里头那块堵着的石头也终于被眼泪冲刷得圆润了些，没那么棱角分明了。

“挽挽。”陆西骁依旧跪在地上，他不知自己跪了多久，膝盖都发麻了。

他擦掉周挽的泪，在她脸颊上碰了一下：“饿不饿，要不要吃东西？”

周挽其实并不觉得饿，但还是点了头。压抑的情绪宣泄出去后，她终于清醒了些，反应过来自己刚才那一刹那可能真的有结束生命的念头。

她不想这样，所以需要去外面逛一逛。

“那走。”陆西骁说。

“等一下，”周挽抽了抽鼻子，“我想换衣服。”

她已经三天没洗澡换衣服了。周挽走进卧室，她洗了澡，换上了干净衣服。

她走出去，看了一眼陆西骁，说：“走吧。”

他们又去了那家面馆。

康叔也听说了周挽奶奶的事，劝她节哀，周挽跟他道了谢。

她点了二两的面，康叔硬给了三两的量，周挽虽没什么胃口，但明白这是他的心意，逼着自己吃了不少。

吃完面，两人去了旁边的超市。陆西骁买了瓶水，拧开递给周挽。

她一路没什么话，陆西骁话也不多，只安静地陪在她身边。

傍晚回到家中，陆西骁将窗帘全部拉开，又开了窗。空气中飞尘蔓延，在夕阳的光束中打着转。

他又走到厨房，重新检查刚才为什么会煤气泄漏。他估计是管子出了些问题，虽然能修，但陆西骁不放心让周挽继续一个人住在这儿，容易触景生情，而且怕又出现什么万一。

“挽挽。”

“嗯。”

“你去我那儿住吧。”

周挽动作一顿，扭头看向他。

陆西骁说：“等你状态好点儿了可以再搬回来，这些天先住我那里，有房间可以住，反正空着也是空着。”

“好。”

陆西骁没想到她那么轻易地就点了头，再看向周挽时她已经坐在沙发上，侧头看向外面晕染成一片的晚霞。

安静、沉闷又脆弱。

陆西骁一言不发地走进周挽的卧室，从柜子里翻出一个行李箱，将她衣柜里冬天的衣服都翻出来，扔进行李箱。

周挽的衣服不是很多，一个行李箱正好能装下。

他又翻出一个袋子，将她的各种洗漱用品、生活用品丢进去。

“还有什么要拿的吗？”陆西骁走出去问。

周挽看了看袋子里的东西：“差不多了。”

“嗯，那走吧。”陆西骁说，“要是缺什么我再过来拿一趟。”

“谢谢。”周挽轻声道。

夕阳西下，火烧云映在天际，将整片天都染得浓墨重彩，像是一幅色彩艳丽的油画。

陆西骁一只手拖着行李箱，袋子挂拉杆上，另一只手牵着周挽的手，沉默地往家的方向走。

陆西骁家的房间不少，但许久没人住了。

他检查了客房柜子里的被子，都是一股长久不晒的气味，不能用了。

“你晚上先睡我房间。”陆西骁说。

周挽抬眼：“你呢？”

“我睡客房。”

周挽轻蹙了一下眉，想要拒绝，但明白陆西骁一旦决定了就改变不了了，她也没什么力气说话，便点了点头，说：“好。”

吃完晚饭，陆西骁独自出了门。

他到商场买了一床新被子和一个新枕头，旁边是家家居店，他又去给周挽买了一身新睡衣、新拖鞋。

买完后他一路赶着回家，总共花了不到半小时。

他到家时看到周挽又坐在一边发呆。陆西骁的脚步一顿，静了静，不动声色地放缓了起伏的呼吸。

“挽挽。”

周挽回头，看向他。

“你这几天都没休息好，今天早点儿去睡觉吧。”

她像个机械娃娃，听话地点头：“好。”

陆西骁定了早上 6 点 30 分的闹钟，想着如果周挽要去学校的话要陪她一起去。早上他准时醒过来，外面天还是黑的，他简单洗漱后走出卧室，周挽那间房门还关着，没动静。

他悄声过去，轻轻地转动门把手。在一片昏暗中，周挽侧躺在床上，背对着门，黑发在床上铺散开，像是还睡着。

陆西骁没叫醒她，又安静地退了出去。

周挽实在太累了，这是奶奶去世后她第一次真正睡着。

不知是因为换了环境可以暂时逃避那些回忆片段，还是因为床上带着陆西骁身上的熟稔的气味。

醒来时天还阴沉着。周挽从床上坐起来，看了眼时间，下午 1 点。

她换掉睡衣，走过去拉窗帘。原来是下雨了，难怪天那么暗。

周挽走出卧室，没见到陆西骁，又往外走，扭头在厨房里看到他的背影，而厨房里烟雾缭绕，一股煳味。

她愣了一下："陆西骁？"

他扭头问："醒了？"

"嗯。"周挽走过去，"你在干什么？"

"买了外卖，冷了，想给你热一下等你醒了吃。"听到她走近的脚步声，陆西骁立马扯着她手腕往后拽了拽，"你站远点儿。"

周挽轻抿了一下嘴唇："我来吧。"

明明只用微波炉加热就可以，周挽也不知道陆西骁到底做了什么，能把厨房糟蹋成这样。

她试图补救，倒是陆西骁先看不下去，扯着她手腕往外走："算了，都吃不得了，再点一份。"

周挽坐在餐桌上，看着陆西骁低头挑外卖店。

他选了一家，把手机给周挽看："这个要吃吗？"

"好啊。"

吃完饭，外面还在下雨。雨淅淅沥沥，天暗得像是还在晚上。

陆西骁将外卖袋放到外面的垃圾桶里，又回来问："一会儿做什么？"

"不知道。"

"去学校吗？"

周挽顿了一下，眼珠动了动，然后摇头："不想去。"

"行。"陆西骁什么都没问。

但不能放任周挽继续这样无所事事，没事干就会胡思乱想，总得给她找点儿事做。过了会儿，陆西骁说："陪我打游戏。"

不是问句，而是陈述句。

周挽顺着点头。

他拿过手机，坐到周挽身边，点开一个好久没碰的游戏 APP。

周挽坐在他旁边，屈腿踩在沙发上，手臂抱着大腿，安安静静地看他打游戏。

玩了两局，陆西骁问："以前玩过吗？"

周挽摇头，又看到陆西骁正专注地看着屏幕，看不到她的动作，就开口道："没有。"

前期加载结束，陆西骁将手机递给周挽："你试试。"

"我不会。"

陆西骁笑了笑："教你呗。"

周挽拿过手机，点下"Start"的按键。

刚才看陆西骁打了两局，周挽知道一些基本的操作，但运用得还不熟练，没一会儿就被人"围殴"了。

陆西骁伸手环过她的肩膀，以一个从后面抱住她的姿势将她拢住。他的下巴搭在她颈窝上，修长骨感的手指轻轻罩在周挽的手背外，带着她操作。

他在她耳边低声指导："你这样——"

周挽顿了顿，黑睫轻颤。耳边是他磁性深沉的嗓音，鼻间是他身上很清冽的沐浴露味。明明一切都自然如常，甚至安静到温馨，周挽却忽然鼻酸到难以克制，她用力地低下头。

陆西骁察觉到她的异常，低眸看她。他没说话，只是揽住她肩膀时微微用力。

游戏还在继续，陆西骁没再玩，很快屏幕中那个小人就被"杀死"了。

手机里出现"Game Over"的声音，周挽的眼泪停不下来，她向后靠在陆西骁怀里，仰着头靠在他肩上，用手臂挡住眼。

她哽咽着："为什么我还是那么难过，陆西骁……"

陆西骁揽住她的肩，将她带到怀里，用力抱住。

他抱得极为用力，周身的温度、气味似乎都要随之占据周挽的身体，好像这样她的痛苦就能被他分担。

过了很久，陆西骁才终于松开她。他盯着周挽的眼睛，低声说：“周挽，我曾经在网上看到过这样一段话。”

“什么？”

“你奶奶只是跳出了时间，变成了宇宙里最原始的组成部分，变成原子、分子，慢慢地重新构建成你身边的其他事物。以后为你遮风挡雨的大树是她，为你抵挡寒冷的毛衣是她，你奶奶看似消失了，但其实她以后无处不在。”

周挽静了静。

“以后奶奶会一直陪着你，在任何时候，以任何方式。”陆西骁在她耳边轻声说，嗓音温柔又坚定，“我也会。”

后面几天周挽都没有去学校，陆西骁便天天在家陪着她，他手机静音，放一边不太看，跟周挽一起与世界隔绝。

他们一起睡到自然醒，有时点外卖，有时去外面吃。

陆西骁将从前沈岚常用的磁带机捣鼓一通，去外面的影像店租了些老电影碟片，傍晚两人就一块儿窝在房间里拉着窗帘看电影。

他们晚上有时出门去逛逛超市逛逛商场，有时就在家玩游戏。

周挽每天都被安排着，也不算太过难熬。

周日那天，周挽走出卧室，发现陆西骁破天荒地不在。

餐桌上放着还温热的早饭，还有一张字条，上面是陆西骁的字迹。

写着：我出去一趟，晚点儿回来，有事给我打电话。

周挽收起字条，对折后放进口袋，坐下开始吃早饭。

…………

最近发生了太多事。周挽根本不记得，今天是 3 月 25 日，是她的生日。

陆西骁昨晚就订好了蛋糕，之前摩托车比赛拿到的那两万块钱他到现在还没找到合适的时机给周挽。

本来是不想她那么辛苦，拿这笔钱来给奶奶看病，陆西骁怕她触景生情，便一直没给她，正好可以借这个机会给她买个生日礼物。

陆西骁收过数不清的礼物，但实在不擅长送礼物。

他在商场里逛了一圈，也没找到适合送给周挽 17 岁的生日礼物。

想起上回给周挽整理行李箱时发现她冬天衣服不多，陆西骁便去给她买了几件衣服，又在服务员热情的介绍下买了其中一件男士同款式的黑色羽绒服，周挽的则是白色。

他提着好几个袋子走出商场，但就送这么几件衣服陆西骁总觉得不够，也没什么意义。

漫无目的地在街上逛着，他忽然脚步一顿，看到眼前一块大大的黑色灯牌上写着“喃喃”两字。

这店名虽听着温柔缱绻，但字的整体是黑、灰、白三色，笔锋遒劲有力，更显得特别。

陆西骁在原地站了几秒，抬脚走了进去。

“欢迎光临。”其中一个店员起身。

陆西骁没说话，而是看向一边的展示墙，上面有各式各样的图案，或大或小，都有它们独有的风格和记忆点。

店里常会来这种顾客，算不得什么爱好者，一般是临时起意，或是为了纪念一些具有私人意义的人和事。

李焰从架子上拿出册子：“你可以先看看这个。”

陆西骁接过，道谢。

这时，从里间走出一个蓝发女人，瘦且干练，但生得很江南气，是跟这店名一样矛盾的存在。

她一边摘掉手套扔进垃圾桶，一边说：“李焰，你负责里头那位吧，这里我来。”

“好。”

许知喃走到桌前，看了一眼陆西骁，问：“决定了吗，想留个什么样的印记？”

“两个字——”陆西骁说，“周挽。”

许知喃稍顿，像是想起什么，过了会儿才回过神，笑了笑确认：“确定了？”

陆西骁轻笑了一声，无所谓又漫不经心的样子：“确定了。”而后拎了一把领口，指着锁骨的位置，“这儿。”

许知喃拿出绘画板，陆西骁在上面亲手写下——周挽。

没刻意写得端正，就跟他平时写的字一样，“周”字连笔流畅，“挽”字最后一笔拉得很长。不算有设计感，但胜在真切。

就像十七八岁的少年一样，像山风一样干净，像白雪一样坦荡。毫无伪饰，直白地剖开一颗真心献给对方，就连那点儿张扬、放肆都是独具少年感的浪漫。

他仍然不相信永远。

他不相信什么东西是可以永远不变的，也难以想象两个人会永远在一起。

但如果是周挽，他就愿意用最愚蠢的方式让自己和周挽永远捆绑在一起，融于骨血，密不可分。

这不算送给周挽的 17 岁生日礼物，但这是他在周挽 17 岁这一天，暗暗许下的只有自己知道的承诺。

尽管他不相信，但他也愿意拼尽全力去试一试。

…………

李焰解决了里间客人的工作，坐在许知喃旁边，闲聊问：“帅哥，你跟这个叫周挽的姑娘在一起多久啦？”

陆西骁从来不记这样的日子，想了会儿说：“四五个月。”

李焰挑了挑眉：“看不出来，你这样的大帅哥还挺恋爱脑。”

陆西骁看了她一眼，清楚她想说什么，扯着嘴角笑了一声：“没人把你当哑巴。”

“……”

样式简单，很快就结束了，许知喃检查了一遍，摘了手套起身，跟陆西骁叮嘱后续的一切注意事项。

最后，许知喃说："祝你们能有一个好结果。"

"谢谢。"陆西骁付了钱后离开。

回家路上，陆西骁顺路去取了生日蛋糕，又买了点儿吃的。

回到家，周挽正坐在沙发上看电影，听到声音说："你回来了。"她侧头看到陆西骁手里提着的大包小包，愣了一下，起身过去帮他拿，"怎么拿了那么多东西？"

陆西骁没让她拿，直接提着袋子放到一旁桌上，然后将其中两袋衣服递给周挽。

"给我的？"她又愣了一下。

"嗯。"

"怎么买了这么多？"周挽眨了眨眼，又觉得鼻子发酸，轻声说，"陆西骁，你不要对我那么好。"

"今天特殊点儿。"陆西骁抬手在她额头轻弹一记，"忘记了吗？"

"什么？"

"周挽。"他轻笑。

周挽在他的笑声和磁性深沉的嗓音中静了静。

陆西骁说："17 岁生日快乐。"

周挽错愕。

他说得极为认真，像是一阵强势的风，带给周挽力量——17 岁的周挽，一定要快乐。

…………

陆西骁拉了窗帘，关灯，点上生日蜡烛。

这是周挽第一次听他唱歌，他的嗓音沉又稳，像在她耳边温柔低语，唱着祝你生日快乐。

房间被暖色的烛火点亮，就连这寒冷的冬日都被映照得温暖许多。

周挽不知道为什么，脸上是笑着的，但却红了眼。

陆西骁实在太好了，好得她根本不敢去想以后，她一边爱他，一边又讨厌自己。

“许个愿吧，周挽。”陆西骁说。

她双手合十，闭上眼，在昏暗的火光前，认真轻声道：“我希望，陆西骁能一辈子都事事顺遂，成为他喜欢的样子。”

陆西骁笑起来：“你生日，替我许什么愿。”

“我没有别的愿望。”周挽确实没有愿望了。她真正想要的愿望实现不了，别的她又都不想要。

“再许一个。”

周挽想了会儿，还是想不出：“能不能，先欠着？”

“可以。”陆西骁笑了笑，“反正我都会在，等你想好了再告诉我。”

我会替你实现你的愿望。

周挽吹灭蜡烛，火光一熄，房间内就陷入黑暗中。

她起身想去开灯，却被陆西骁牵住手，带着放到他的身上，位置像是锁骨处。

陆西骁本想把自己身上的印记作为生日礼物，也作为他给 17 岁周挽的承诺。但到了这一刻，他却不好意思拉下领口让她看。

他觉得这样刻意又矫情，类似于近乡情怯的情绪蔓延开。

于是陆西骁只是攥着周挽的手，放在自己锁骨下方的位置。

他在一片黑暗中开口，低声说：“周挽，你是有翅膀的。”

你可以飞。

曾经，周挽在日记中将自己比作风筝，哪怕可以制作成展翅雄鹰的模样，但永远逃不开身后牵制的线。一旦飞远，就会被拉回来，反反复复地被拉扯。

周挽停顿了一下，搭在他锁骨处的手不自觉地蜷缩了一下。

她的指尖隔着毛衣摩挲过那下面的名字。

“你可以自由自在地飞去任何你想去的地方，而我会成为你用来歇脚的山。”

他们是被世界抛弃的两个人，阴错阳差地遇见，在边缘地开辟出一个新的小世界。

陆西骁的声音很平淡，但厚重又坚定：“周挽，17 岁生日快乐。

“我们都还有以后，都还有未来，什么都还没成定局，什么都还来得及改变。

“所以，没关系的，周挽，每个人都会经历失去，会难受、会掉眼泪、会崩溃，但这一切都会过去的。

“而我，会点燃蜡烛，陪你一直走到灯火通明处。”

人生的黑夜也没什么不好，愈是黑暗的晚上，月亮和星星就愈是美丽了。[1]

就像此刻望着她的少年。

勇敢、坦荡、轻狂。

1　人生的黑夜也没什么不好，愈是黑暗的晚上，月亮和星星就愈是美丽了。——林清玄

番外

一起去北方的城市吧

周挽在遇到陆西骁之前是不喜欢冬天的，她喜欢下雪，却不喜欢冬天。

因为冬天天气太冷，她的手碰到冷水后起的红疹子总要很久才能消失，让人看着就心烦意乱。

她是在遇到陆西骁后，才开始真正喜欢上冬天。

因为他们一起去看了雪，一起过了平安夜和圣诞节，寒假前的那场期末考，他们也都考得不错。好像所有这一切，都让冬天变得不一样。

尽管那个寒假，大多数的时间周挽都在准备那场物理竞赛，和陆西骁见面的时间并不多。他也明白这次竞赛对周挽有多重要，除了偶尔一起吃饭，也很少约周挽出来玩。

晚上，周挽打开英语磁带听听力。卧室内很安静，周挽洗过澡，头发散在胸前，片刻后，毫不犹疑地在试卷上写下一个“A”。

半小时后，听力结束。

周挽刚按下按钮，手机便响了。

陆西骁打来的。

她的视线落在手机屏幕上闪烁的“6”上，过了几秒才接起：“陆西骁。”

电话那头轻笑了一声，磁性深沉的嗓音通过电流传递过来，他问：“在干吗？”

“做题。”

“那你继续？”

“刚写完了。”周挽轻扬嘴角，露出了笑，“你呢，在做什么？”

“没事干。”他一副百无聊赖的模样。

周挽打开答案簿对答案，最后在卷子上打了个大大的钩，她收起卷子放到一边，看向窗外：“你没有出去玩吗？”

“懒得去。”

平川市依旧没下雪。

天色晦暗，连星星都找不到一颗，月光映着路边光秃秃的樱花树枝干，延伸到漆黑的天际。

电话里两人暂时都没说话，只能听到彼此轻微的呼吸声。

这是他们的常态。

又过了几分钟，很突然地，陆西骁漫不经心地淡淡说道：“想你了。”

这三个字像是一簇烟花，点燃了眼前漆黑的天。周挽的心跳骤然加速，行动却慢了一拍，有些茫然地缓缓眨了下眼，没说话。

陆西骁总是这样，用最轻描淡写的态度说让人脸热的话。

没听到回应，陆西骁又笑了一声，懒洋洋的：“想我没？”

周挽的脸一点点地发烫，抿了抿唇，声音很轻：“嗯。”

“要见面吗？”他问。

已经很晚了，街上都找不到行人。周挽一时间不确定这是不是他故意捉弄人的话。但很快她就听到从电话那头传来的沙沙声——是踩在落叶上的声音。

那句“你现在在哪儿”还没说出口，便听到陆西骁说：“快到你家了。”

周挽披上外套跑下楼，正好看见陆西骁从不远处走过来。

寒假寂静的深夜里，路灯落在陆西骁身上，将他周身都晕染出一圈晦暗不清的光芒。

陆西骁听到声音，抬头看过来，而后便笑了。

他站在原地不动，等周挽跑到他面前后拨弄她因为跑动而凌乱的头发。

“着什么急？”他取笑她。

周挽一时答不出，随便找了个别的话题："你怎么这么晚过来？"

"我说了，"陆西骁说，"想你了。"

他坦荡得几乎带来压迫感。

路边有木头长椅，上面落了些枯叶。陆西骁随手掸去，跟周挽挨着坐下。

"冷吗？"陆西骁侧头，看着她暴露在寒冷空气中的手。

都冻红了。

"还好。"

"手伸过来，我摸摸。"

周挽看他一眼，指尖蜷缩了一下。说来奇怪，或许是周遭太过安静，他们的一举一动、一言一语都变得不一样，成为和这寒冬格格不入的热潮。

陆西骁不主动牵她的手，偏要她自己伸过去。

周挽知道他是故意的。这个坏人。

但她还是照做了。她的手心轻轻覆在他的手背上——他的手比她暖和许多。

等她主动牵住了，陆西骁才将手心翻过来，指尖钩着她的手指缠绕，而后十指交扣。交缠的手被放进他的口袋，瞬间就暖和许多。

偶尔几声犬吠，显得黑夜更加寂静。

周挽很喜欢这样的氛围，安静，只有他们两人，哪怕谁都不说话。

"周挽。"

"嗯？"

"我开始喜欢冬天了。"陆西骁说，"下雪的冬天。"

周挽侧头，过了会儿，她收回视线，低下眸浅浅地笑："你不是说，太吵了？"

他无奈地笑："吵点儿就吵点儿吧，我想跟你一起看雪。"

陆西骁很轻易就能拨动她的心弦。

"以后我们一起去北方的城市吧。"陆西骁说。

一起去下雪的城市，那样我们每年都可以一起看雪。

周挽看着他，沉默片刻后，轻声问："陆西骁，你怎么了？"

她察觉出陆西骁的不对劲儿。他就靠在椅背上，懒散轻慢，表情很淡，情绪也很淡，从那笑意下透出若有若无的倦怠和低落。

周挽在看不到的地方用力地攥紧他的手。好像想用这样的方式，将自己的力量传递给他。

他很少将自己的情绪这样外露出来。是喝酒了吗？

周挽不动声色地微微向他靠近，吸着鼻子嗅了嗅。

没喝酒啊。

下一秒陆西骁就笑起来："哪儿来的小狗。"

周挽又重复了一遍："你怎么了？"

"没怎么。"他无所谓地笑，"我能有什么事？"

他不愿意说，但周挽大概也知道，能让陆西骁这样的无非是他家的那些事。寒假，总是伴随着春节这样的团圆节日，他或许是和他父亲闹不愉快了，又或许，只是想他妈妈了。

周挽也想她爸爸了。

但这广袤天穹下只有他们两人。

周挽一点点地收紧指尖，更紧地攥住他的手。

察觉到她的动作，陆西骁侧头看她，默不作声地盯着她看了好一会儿，目光都变得戏谑。

"挽挽，"他插科打诨道，"把你那可怜人的表情收一收。"

周挽一顿，立马调整了表情，嘟囔道："没有。"

"你还没回答我。"

"嗯？"

"以后去北方的城市，一起。"

周挽沉默，她不知道该怎么回答这样的话。她明知道……

过了会儿，周挽轻声问："你想去北方哪个城市？"

“都行。”

周挽低下头，含糊道：“那我……想一想哪座城市比较好。”

两人在无人的街道坐了会儿，陆西骁起身，拍了拍周挽的脑袋：“回去了。”

“你回去就睡觉吧，不要总熬那么晚。”周挽说。

他勾唇，懒散道：“知道。”

周挽本想目送陆西骁离开后再进去，但他就站在原地不动，催促她快回，周挽顿了顿，跟他道了晚安，走进公寓。

回到房间，周挽脱掉外套爬上床，捞过床头的屁桃君公仔抱在怀里。

她回想起陆西骁那句“以后我们一起去北方的城市吧”。

她心尖悸动，却感觉到酸涩，紧接着又开始懊悔。她分明已经察觉到陆西骁的情绪，却还是不能开口说句哄他开心的话。

明明从一开始，她就只是想让他开心而已。

翌日晚上，陆西骁和蒋帆一群人去吃饭。

陆西骁到的时候包厢里已经坐了很多人，他们刚才在KTV，氛围很好，正互相怂恿着玩游戏，瓶口转到谁谁就给微信列表第一个联系人发信息表白。

瓶子旋转几圈，骨碌骨碌的，陆西骁刚一推门进去，瓶口正好对准他。

一群人叫嚣着让他交手机。

陆西骁的手机里没什么秘密，直接给了他们。

众人打开微信一看，微信置顶是周挽。

“这可就没意思了啊。”

“置顶下边那个呢，跟那个表白！”

“下边就是蒋帆！”

“更没意思。”

陆西骁抽出手机，懒洋洋地坐下，这才问了一句在干什么。

蒋帆笑着给他解释了一遍："怎样，阿骁，跟我告白还是跟咱挽姐告白？"

"我跟你告什么白？"陆西骁笑骂，而后捞过手机，给周挽拨过去。

换作平常，他大概压根儿就懒得玩这游戏。

没一会儿，周挽就接起了电话。陆西骁也不直接完成游戏任务，像是闲聊，旁若无人般："做什么呢？"

"陆西骁，你等我一下。"她大概是在图书馆，声音很小，而后走到外面声音才大些，"刚做完卷子，怎么啦？"

"也没什么。"

周挽站在图书馆的走廊窗边。昨晚那件事像块沉甸甸的石头，在她心头压了一整晚。

她不想陆西骁不开心。

"陆西骁。"

"怎么？"

"我想考华清大学。"

陆西骁指尖稍顿，还没反应过来她这没头没脑的一句是因为什么。

紧接着便听周挽又说："B 市每年都会下雪吗？"

这回陆西骁听懂了，低下头笑起来，胸腔震荡："会。"

听到他笑，周挽便也知道他听懂了。

而周围其他人却压根儿没懂他们在说什么，急吼吼地在一旁做口型让陆西骁快点儿告白。

周挽终于说了这些话，心口也畅快许多，这才想起来问："你打我电话有什么事吗？"

"也没什么，就是跟你说一声……"陆西骁声音懒洋洋的，但磁性深沉，透过电流低频振动。

"我很喜欢你。"他说。